HELENE HOLMSTRÖM

Office Affair

W0320673

HELENE HOLMSTRÖM

OFFICE AFFAIR

Roman

Ins Deutsche übertragen
von Corinna Roßbach

LYX

LYX in der Bastei Lübbe AG
Dieser Titel ist auch als E-Book und als Hörbuch erschienen.

FSC
www.fsc.org
MIX
Papier aus verantwortungsvollen Quellen
FSC® C014496

Die Originalausgabe erschien 2020 unter dem Titel
»Sikta högt« bei Lovereads, Sweden.
Copyright © 2020 Heléne Holmström
First published by Lovereads, Sweden
Published by arrangement with Nordin Agency AB, Sweden

Für die deutschsprachige Ausgabe:
Copyright © 2021 by Bastei Lübbe AG, Köln
Textredaktion: Annika Krummacher
Umschlaggestaltung: © Sandra Taufer, München,
unter Verwendung von Motiven von Shutterstock
(© Nattee Chalermtiragool; © chanchai howharn; © Zakharchuk)
Satz: Greiner & Reichel, Köln
Gesetzt aus der Adobe Caslon
Druck und Verarbeitung: GGP Media GmbH, Pößneck
Printed in Germany
ISBN 978-3-7363-1496-2

1 3 5 7 6 4 2

Sie finden uns im Internet unter lyx-verlag.de
Bitte beachten Sie auch: luebbe.de und lesejury.de

1

Was würde ein Mafiaboss in dieser Situation tun?, fragte sich Victoria Leander und musterte ihren Exmann, der mit dem Rücken zu ihr an der Kaffeebar stand. Diese Frage stellte sie sich jedes Mal, wenn sie vor einer Herausforderung stand. Sie liebte Fernsehserien und Kinofilme, die von listigen Mafiabossen handelten. Diesmal war die Antwort glasklar. Ein Mafiaboss hätte sich natürlich für einen Nackenschuss entschieden. Sie stellte sich vor, wie der Kopf ihres Exmannes explodierte und seine Hirnflüssigkeit auf die blitzsaubere Theke und die dort im Zentimeterabstand aufgereihten Rohkostbällchen spritzte.

Als er mit ihrem Kaffee zu ihr zurückkam, nahm sie die Tasse lächelnd entgegen.

»Danke«, sagte sie und lächelte noch strahlender. Sie wusste, dass sie ruhig bleiben musste. Eine wichtige Verhandlung stand bevor, und sie durfte ihre Chance nicht verspielen.

»Mit extra viel warmer Milch, so wie du es am liebsten magst«, sagte er.

Versuchte er, auf eine persönliche Ebene zu gehen? Sie unterdrückte einen Seufzer und lächelte weiter.

Dann sah er sie ernst an. »Wie gut, dass du dir Zeit genommen hast, Vicky. Ich dachte, es wäre am besten, wenn wir beide uns vor dem Treffen mit den Anwälten unterhalten, damit es schnell über die Bühne geht. Ich möchte, dass wir uns beim Thema Vermögensaufteilung einig sind.«

»Ja, das wäre natürlich gut.« Sie war zusammengezuckt, als sie ihren Spitznamen hörte, den nur ihre Freunde und ihre Familie benutzten. Er gehörte nicht zu ihrem engsten Kreis. Nicht mehr. Jetzt war er nur noch jemand, den sie einmal gekannt hatte. Ein Mensch, mit dem sie verheiratet gewesen war. Sie hatten keine Kinder, keinen Hund, nicht einmal Aquariumsfische. Kein Band, das sie zusammenhielt, jetzt, wo die Scheidung durch war.

»Denn ich möchte, dass wir Freunde bleiben.«

Ein spitzes Lachen entfuhr ihr, als sie seinen absurden Vorschlag hörte. Ihr Versuch, ruhig zu bleiben, war gescheitert. Eine halbe Minute hatte sie es ausgehalten.

»Was ist?« Er sah gekränkt aus. »Wollen wir nach zwölf gemeinsamen Jahren keine Freunde mehr sein? Zwölf Jahre!« Offenbar hatte er vergessen, dass er es gewesen war, der alle Chancen verspielt hatte, weiterhin mit ihr befreundet zu sein.

»Ich weiß, wie lange wir ein Paar waren, ich habe die Jahre mitgezählt. Aber ich sehe keinen Grund, mit dir befreundet zu sein. Freundschaft setzt gegenseitigen Respekt voraus.«

Karl seufzte und setzte eine mitleidige Miene auf. Als trauere *sie* immer noch um sie beide. Um ihn. Sie blickte ihn kühl an.

»Wie geht es dir?«, fragte er schließlich.

»Es geht mir sehr gut.« Tatsache war, dass sie sich schon lange nicht mehr so gut gefühlt hatte. Sie musste nur noch ein paar Dinge regeln. Karl loszuwerden war die reinste Befreiung gewesen.

»Aber wie geht es dir *wirklich*?« Er beugte sich zu ihr, versuchte ihr über die Wange zu streicheln, doch sie zuckte zurück.

»Fass mich nicht an.«

»Vicky …« Er sah sie wieder bedauernd an, als wolle er sie trösten, und fuhr sich mit der Hand durchs dunkle Haar, das an den Schläfen bereits ergraute.

»Hör auf, mich Vicky zu nennen. Du bist nicht mein Freund, und ich bin nicht deine Freundin. Wir trinken Kaffee, um über die Vermögensaufteilung und das bevorstehende Treffen zu reden, also lass uns anfangen. Was wolltest du sagen?«

Karls Ego füllte das gesamte Lokal inklusive Außenterrasse, und er schien der Meinung zu sein, dass sie nur deshalb so wütend war, weil sie noch immer nicht über ihn hinweg war.

Dabei wollte sie einfach nur das Organisatorische regeln, damit sie nicht länger mit ihm zu tun haben musste. Sie richtete sich auf und schob das dünne Schaffell auf ihrem Stuhl zurecht. Der nackte Zementfußboden und die rauchgrauen Kacheln an den Wänden betonten die Kälte im Raum. Alles hier drinnen war kalt. Spartanisch eingerichtet mit einer großen, ungeschliffenen Steinplatte, auf der nur sehr wenige, ungeheuer gesunde Kuchenstücke auslagen. Wahrscheinlich machten sie einen jünger, wenn man nur an ihnen roch. Durch die hohen Fenster war der Vormittagsverkehr auf der Birger Jarlsgatan zu sehen.

»Was passiert ist, war unschön.« Er stellte seinen Saft ab, eine grüne Brühe, die aussah, als schmecke sie nach Gras, und beugte sich über den Tisch zu ihr.

»Da stimme ich dir zu.« Sie konnte ihren Sarkasmus nicht verbergen.

»Aber wir waren eine ganze Weile verheiratet. Findest du nicht, dass wir trotzdem Freunde sein können?« Sollte das ein Witz sein? »Bedeuten dir unsere gemeinsamen Jahre denn gar nichts?«, fuhr er fort.

Diese Frage hättest du dir stellen sollen, bevor du deine Sekretärin gevögelt hast und offenbar mit allen Juristinnen der Stadt unter dreißig im Bett warst, dachte sie. »Tut mir leid, dass ich dich nicht vergöttere. Im Gegensatz zu deiner Sekretärin finde ich nicht, dass dein Hintern der Nabel der Welt ist.« Letzteres rutschte ihr einfach so heraus. Sie hatte die Nachrichten zwischen Karl und seiner Sekretärin gelesen, einer jungen Frau, die aussah, als hätte sie gerade erst Abitur gemacht – mit langen Beinen, künstlichen, borstenartigen Wimpern und kaugummirosa Lippenstift. Jedes Mal, wenn Victoria im Büro gewesen war, hatte die Sekretärin sehr freundlich gegrüßt, viel *zu* freundlich, wie Victoria im Nachhinein klargeworden war.

»Das hättest du dir jetzt sparen können.« Karl klang vorwurfsvoll, als wäre sie zwei Jahre alt und hätte ihn mit Sand beworfen. Dabei sah er trotzdem irgendwie zufrieden aus.

Was war eigentlich sein Plan für das heutige Treffen? Wollte er ihr eine Art Reaktion entlocken? Wie üblich ging es immer nur um ihn. Sie hatte sich auf das Treffen mit ihm eingelassen, weil sie gedacht hatte, es würde die Gespräche mit den Anwälten vereinfachen, aber jetzt beschlich sie das Gefühl, dass er irgendetwas von ihr wollte. Sollte sie beteuern, wie traurig sie darüber war, jahrelang betrogen worden zu sein?

»Ich finde ja, dass zwölf gemeinsame Jahre …«, fuhr er fort. Konnte er bitte endlich damit aufhören, es immer wieder zu betonen? Sie wusste nur zu gut, wie viele Jahre sie an ihn verschwendet hatte. Seine weiteren Worte wurden vom Lärm des Milchaufschäumers übertönt, sie sah nur noch, wie seine Lippen sich bewegten. Wahrscheinlich rechnete er gerade auf, wie viele Nächte sie nebeneinander geschlafen, wie oft sie morgens zusammen gefrühstückt und wie viele Reisen sie miteinander unternommen hatten. Eine Ehe in Zahlen.

»Verdienen wir nicht einen würdigeren Abschluss als ein Ende im Streit?«, fragte er, nachdem die Kaffeemaschine verstummt war. Der Geruch nach verbrannter Milch breitete sich aus.

»Du hast die Chance, diese Ehe würdig zu beenden, in dem Moment verspielt, als du dich entschieden hast, deine Sekretärin auf dem Ledersofa der Empfangshalle zu vögeln.«

Karl schüttelte müde den Kopf. Er schien es äußerst irritierend zu finden, dass sie erneut seine Affäre ansprach. »Ja, ich hatte ein Verhältnis mit einer anderen Frau.« Das klang sachlich. »Aber wenn man sich in einer Ehe nicht geliebt fühlt und wenn es ständig kriselt, ist das vielleicht kein Wunder.«

»Du meinst also, ich bin schuld an deiner Affäre?« Sie versuchte, sich zu beherrschen und nicht die Fassung zu verlieren. »Habe ich irgendetwas nicht mitbekommen? Habe ich euch etwa ausgezogen und aufs Sofa gelegt?« Die Sekretärin hatte in ihrer SMS beschrieben, dass sie nicht mehr am Sofa in der Empfangshalle vorbeigehen könne, ohne an Karl zu denken. Um zu demonstrieren, wie sehr sie an ihn dachte, hatte sie ihm ein Foto von sich geschickt, auf dem sie ihr nacktes Bein über die Rückenlehne des Sofas gelegt hatte. Zum Glück hatte sie wenigstens ihr Höschen angelassen.

»Das habe ich nicht gesagt«, entgegnete Karl.

Er hatte genau das gesagt.

»Ich meine, dass die Schuld nicht bei einem liegt, wenn zwei sich streiten. Du warst nur selten liebevoll zu mir.« Es wurde ihr plötzlich bewusst, dass er sich nie bei ihr entschuldigt hatte – dafür, dass er sie wie Dreck behandelt und mehrere Jahre lang angelogen hatte. Fand er etwa, dass sie es verdient hatte?

»Ich habe mich nie genug von dir geliebt gefühlt«, fuhr er fort.

Etwas in ihr zerbrach, als sie seine anklagenden Worte hörte. Sie hatte sich so angestrengt, damit ihre Ehe funktionierte, auch in den härtesten Zeiten. War es etwa nicht genug gewesen?

Doch sie wollte ihm nicht zeigen, wie sehr seine Worte ihr zusetzten. Er hatte heute schon genug von ihren Gefühlen mitbekommen. Stattdessen schüttelte sie den Kopf und sah auf die Uhr. »Wir müssen in fünf Minuten da sein. Danke für den Kaffee.« Sie stand eilig auf und hängte sich Tasche und Sportbag über die Schulter. Ohne Karl noch einmal anzusehen, verließ sie die Kaffeebar.

2

Daniel Häger strich sich übers Kinn und versuchte, sich auf die Grafiken auf dem riesigen Papier zu konzentrieren, das vor ihm lag.

»Ungefähr so habe ich es mir gedacht. Von oben nach unten in der Organisation.« Jack machte eine ausladende Geste.

»Mm …«, antwortete Daniel und trommelte mit den Fingern gegen die Tischkante, während seine Gedanken abschweiften.

»Sieh mal hier.« Jack zeigte auf eine Zahl in der unteren Ecke, doch Daniels Blick wanderte zum Fenster hinaus und folgte einem einsamen Vogel, der mit ausgebreiteten Flügeln über den leuchtend blauen Himmel segelte.

Plötzlich dachte er daran, dass sich die Finanzchefin noch nicht wegen der Liste der Investoren gemeldet hatte, die sie im kommenden Monat besuchen sollten. Er nahm sein Handy und schickte ihr eine Erinnerung. Dann brachte er eine Mail auf den Weg, in der er um Zahlen bat, die er brauchte, und antwortete auf eine weitere.

»Hörst du mir überhaupt zu?«, fragte Jack und setzte sich auf einen Stuhl.

»Natürlich höre ich dir zu«, log Daniel.

Jack seufzte laut. »Das tust du nicht. Ich sehe doch, dass du mit anderen Sachen beschäftigt bist.«

»Aber ich habe das Ganze doch schon einmal gesehen.«

»Ja, ich weiß, du hast mir heute Nacht um drei dein Feedback geschickt, und jetzt bin ich hier, um die Details durchzugehen. Wie lange warst du gestern eigentlich im Büro?« Jack sah ihn besorgt an.

»Ziemlich lange. Ich bin gerade ziemlich im Stress, weißt du?« Dann warf er Jack einen irritierten Blick zu. »Du bist doch mein Berater, schließlich bezahle ich dich für deine Arbeit. Redest du mit allen deinen Kunden so?«

»Natürlich nicht.« Jack rollte mit den Augen. »Behandelst *du* all deine Berater so? Beschäftigst du dich da auch mit anderen Dingen, während sie dir die Arbeit eines halben Jahres präsentieren?«

»Nein, das tue ich nicht«, gab Daniel zu und lächelte entschuldigend. »Aber es gibt ganz schön viel zu tun mit dem Börsengang, da darf ich keine Sekunde verlieren.«

Jack schüttelte den Kopf. »Vergiss dabei aber nicht zu leben. Du arbeitest zu viel.«

Daniel zuckte die Schultern. Wahrscheinlich hatte Jack recht, aber er liebte nun mal seine Arbeit. Vor Kurzem hatte er das große Projekt gestartet, seinen Fitnesskonzern an die Börse zu bringen. Er war der alleinige Eigentümer, brauchte jedoch Kapitalzuwachs, um das Unternehmen weiterzuentwickeln und die neuen Behandlungsheime für drogenabhängige Jugendliche zu eröffnen, die er schon so lange plante. Der Börsengang war ein Meilenstein in seiner verhältnismäßig kurzen Karriere. Niemand hätte gedacht, dass es so schnell gehen würde, am wenigsten er selbst. Er war vorangeprescht und hatte nicht vor, das Tempo zu drosseln. Durch den Börsengang würde er Kapital ranschaffen, und damit wäre der Erfolg garantiert.

»Ich weiß.« Daniel seufzte tief und ging zum Fenster. Er

blickte über die schwarzen Blechdächer hinunter auf die Birger Jarlsgatan. Weiter hinten war das rotierende Logo auf dem Dach des Kaufhauses NK zu sehen, und überall standen Baukräne, die inzwischen ein fester Bestandteil des Stadtbildes geworden waren. Die Hauptgeschäftsstelle seines Unternehmens lag beinahe zu zentral. Die Miete war horrend, doch er wollte so nah wie möglich am größten ihrer Fitnessstudios sein, dem Flaggschiff und Herzen der Firma.

Menschen hasteten über den Östermalmstorg und in die Markthalle. Mit ihren Gewölben, den Säulen und dem hohen Turm glich sie einem kleinen Palast aus Ziegelsteinen. Die Leute trugen bereits hohe Stiefel aus glänzendem Leder, meterbreite Schals und dicke Strickpullover, obwohl es erst Anfang September war, doch in Schweden hatte man ja schon immer die Tendenz gehabt, der nächsten Jahreszeit vorzugreifen. Am Ende des Winters fror man in zu dünnen Frühlingsjacken, im Mai fröstelte man in seinen Shorts, und im Spätsommer schwitzte man in seinem Herbstmantel. Daniel blickte hinauf in den leuchtend blauen Himmel. Diese klare, frische Luft bereitete ihm Übelkeit, weil sie die Jahreszeit verkündete, die er am meisten von allen verabscheute. Er konnte zwar verstehen, worin für andere der Reiz des Herbstes bestand. Die Dekadenz des Sommers mit seinen langen, hellen und durchwachten Nächten, Wein zu jeder Gelegenheit und spontanen abendlichen Badeausflügen war vorüber. Nun begann wieder das regelmäßige und geordnete Leben. Mit neuen Möglichkeiten. Vielleicht einem Neustart. Doch dieser schicksalhafte Spätherbsttag vor bald fünf Jahren war kein Neustart gewesen, sondern ein trauriges Ende.

Der Ärger seines Cousins war verflogen, stattdessen sah er ihn vertraulich an. »So bist du immer um diese Zeit des Jahres. Du vergisst alltägliche Dinge. Zum Beispiel, dich zu rasieren.«

Er blickte vielsagend auf Daniels dunkle Bartstoppeln. »Und du bist die ganze Nacht im Büro.«

Daniel strich sich über sein kratziges Kinn. »Es ist nur wegen des Börsengangs.« Jack hatte recht, aber er wollte nicht darüber reden. »Wir sehen uns Investoren an, das ist verdammt wichtig. Es nimmt meine gesamte Zeit in Anspruch.« Dann lächelte er. »Aber ich glaube, das kann richtig gut werden. Mit der richtigen Geldsumme können wir Wunder vollbringen.«

Jack erwiderte sein Lächeln. »Ja, da bin ich mir sicher.« Er stand auf, klappte seinen Laptop zu und steckte ihn in seine Tasche. »Schau dir die Unterlagen einfach im Lauf der Woche durch«, sagte er und deutete auf die Papiere. »Wir können nach dem Wochenende darüber reden und auf Details eingehen.«

Daniel nickte. »Perfekt. Vielen Dank!«

»Ich mache es aber nicht gratis.« Jack zwinkerte ihm zu.

»Nein, klar, das weiß ich doch.« Daniel lachte, obwohl die Kosten für diverse Berater in der letzten Zeit alles andere als witzig waren.

Jack umarmte ihn fest und ging zur Tür, blieb dann aber stehen und drehte sich noch einmal um. »Du … ich habe mit meiner Mutter gesprochen. Die mit deiner Mutter gesprochen hat«, sagte er vorsichtig.

Daniel verschränkte die Arme vor der Brust. »Erzähl mir was Neues. Soweit ich weiß, sprechen die beiden jeden Tag miteinander, oder?«

»In zwei Monaten ist der Jahrestag. Deine Mutter wollte mit dir über die Planung reden, hat dich aber wohl nicht erreicht.«

»Worauf willst du hinaus?«

»Das weißt du genau. Hör schon auf.«

»Das kann doch mein Vater entscheiden. Wie immer.« Er versuchte, gleichgültig zu klingen.

Jack trat einen Schritt vor und legte die Hand auf seine Schulter. »Vielleicht solltet ihr darüber sprechen?«

»Das glaube ich nicht. Es ist einfacher, wenn er das entscheiden darf.« Daniel graute es ohnehin schon vor dem Jahrestag, und er verzichtete gern darauf, den Tag zusammen mit seinem Vater zu planen.

»Es ist bald fünf Jahre her. Ihr müsst …«

»Danke, ich weiß.« Daniel klappte ebenfalls seinen Laptop zu. »Wolltest du nicht gerade aufbrechen? Ich muss noch ein paar Dinge zu Ende bringen. Gleich habe ich eine Trainingseinheit mit einer Kundin. Ich habe keine Zeit, um über die Gespräche unserer Mütter zu reden.« Er ging zur Tür und schob Jack vor sich her.

»Eine Kundin? Hast du keine Personal Trainer, die sich darum kümmern?«

Daniel liebte es, als Personal Trainer einzuspringen, und er würde damit bestimmt nicht aufhören – egal, wie groß der Konzern noch werden würde. Außerdem vertrat er eine seiner besten Personal Trainerinnen, um die er sich sehr bemüht hatte. Sie teilte die Werte des Konzerns, was ein gesundes Training betraf, und hatte einen beachtlichen Kundenstamm. Nun hatte sie sich das Schlüsselbein gebrochen, und er vertrat sie gerne.

»Ich übernehme das Training gern«, sagte er zu seinem Cousin und umarmte ihn noch einmal. Jack legte die Hand auf den Türgriff, dann drehte er sich wieder um.

Daniel seufzte tief. War er noch immer nicht fertig?

»Ich habe übrigens gelesen, dass du zum begehrtesten Junggesellen unter dreißig ernannt worden bist.« Jack grinste. »Das wurde auch Zeit. Bald bist du nämlich alt, und dann ist es nicht mehr so cool, Junggeselle zu sein.«

Gleich morgens hatte die Rezeptionistin ihm die Zeitung unter die Nase gehalten, und im Unternehmen war schon eine

Mail mit der Neuigkeit herumgeschickt worden. Manchmal spielte Daniel mit dem Gedanken, etwas strenger mit seinen Mitarbeitern umzugehen, damit ihm so etwas erspart blieb.

»Sogar Assar hat inzwischen eine feste Beziehung.« Jack spielte auf ihren gemeinsamen Freund an, der lange Zeit hoffnungsloser Single gewesen war.

»Ach, ich bin doch erst neunundzwanzig und habe noch das ganze Leben vor mir, um Spaß zu haben.«

Jack sah ihn mitleidig an. »Das war vielleicht das Traurigste, was ich dich je habe sagen hören.«

3

Der Konferenzraum der Anwaltskanzlei Magnitud war mit einem dicken blauen Teppich ausgelegt, und in der Mitte stand ein wuchtiger, dunkler Holztisch mit sechs hohen, gepolsterten Stühlen. An den Wänden hingen kitschige Kunstwerke, vermutlich die Erzeugnisse irgendeines Kanzleipartners, der darauf bestanden hatte, seine fantasielosen Stillleben mit Weinreben und Flaschen, die er in seinem Sommerhaus fabriziert hatte, an die Wand zu nageln. Alles war bedeutend einfacher eingerichtet als in den Wirtschaftskanzleien, wo Victoria zu tun gehabt hatte, solange sie als Wirtschaftsanwältin tätig gewesen war.

Aber Anwälte für Familienrecht hatten häufig auch mit Strafsachen zu tun, und das funktionierte nicht in Kanzleien, die aussahen wie das Foyer eines Luxushotels. Jeder, der nicht gerade Geschäftsführer einer Bank war, hätte sich dort unwohl gefühlt. In dem Raum roch es nach Reinigungsmittel und altem Holz. Auf dem Tisch stand ein Silbertablett mit Kaffee und kleinen Schokoladenstückchen, die in glänzend blaues Papier mit dem Logo der Kanzlei verpackt waren.

Victorias Anwältin hieß Lisen und war ihr von ihrer Freundin Ebba empfohlen worden. Lisen hatte bei einer Vermögensaufteilung im Auftrag von Ebbas Kollegin die Verhandlungen geführt und die Gegenseite ausgenommen wie eine Weihnachtsgans. Sie war klein, blond und zuckersüß, aber wenn sie den Mund aufmachte, klang sie wie ein privilegierter weißer Mann mittleren Alters. Victoria mochte sie.

An diesem Tag war Victoria ein paar Minuten vor Karl eingetroffen. Er war immerhin besonnen genug gewesen, sie nicht vor dem Termin abzufangen. Sie begrüßten einander mit einem Nicken. Victoria schüttelte Karls Anwalt die Hand, dann nahmen alle vier Platz.

Fast zwanzig Minuten lang lief alles wie am Schnürchen, und sie waren sich in den meisten Punkten einig.

Lisen hatte erklärt, dass der Einfachheit halber all ihre Besitztümer inklusive der finanziellen Mittel aufgelistet werden würden, bevor man alles gleichmäßig zwischen ihnen verteilte. Wenn einer zu viel bekam, gab es für den anderen Part einen finanziellen Ausgleich. Genau wie alle anderen Jurastudenten hatte Victoria ein Semester Familienrecht belegt, aber alles vergessen. So kam ihr die Auffrischung durchaus entgegen.

Das Auto wurde Karl zugeteilt, denn er nutzte es am meisten. Victoria fand es ohnehin zu groß und zu protzig. Sie wollte sich lieber ein kleineres Elektroauto kaufen. Auch das Segelboot ging an ihn. Victoria hatte es kaum je betreten. Das Boot war Karls Traum gewesen, und er war meist mit seinen Freunden gesegelt.

»Und dann haben wir noch Karls Anteil an der Kanzlei.« Karls Anwalt, ein Mann namens Erland mit erstaunlich vollem Haar in verschiedenen Grautönen und kleinen, bösen Augen beugte sich über die Papiere auf dem Tisch. Er erinnerte sie an ein Wiesel, und es fiel ihr schwer, sein Alter zu schätzen. Er konnte fünfundvierzig sein oder auch sechzig.

Victoria setzte sich aufrechter hin. Das Haus und Karls Anteil an der Kanzlei waren die einzigen Besitztümer von einem gewissen finanziellen Wert.

»Wie Sie wissen, existiert eine Aktionärsvereinbarung, die eine Übertragung verhindert.« Erland sah auf, blinzelte ein paar Mal und sah höchst zufrieden aus.

»Aber der Wert muss bei der Vermögensaufteilung berücksichtigt werden«, stellte Lisen klar. »Auch wenn Victoria keine Partnerin werden oder die Kanzlei übernehmen kann, steht ihr die Hälfte des Wertes zu.«

»Na ja …«, sagte Erland und nickte langsam. »Es gibt ja einen Ehevertrag.« Er zog ein Dokument aus seinem Papierstapel und schob es über den Tisch.

Verdammt … Victoria warf einen Blick auf das Blatt. In ihr toste ein Orkan, der sich aber schnell wieder beruhigte. Auf dem Dokument befand sich ihre Unterschrift. Dieser Umstand an sich war keine Überraschung, sie konnte sich daran erinnern, wie sie das Papier unterzeichnet hatte. Aber Karl hatte ihr hoch und heilig versprochen, dass der Ehevertrag keinerlei Bedeutung habe. Eine reine Formalie, etwas, was die anderen Partner verlangt hätten. Der Ehevertrag war aufgesetzt worden, als Karl sich zusammen mit zwei früheren Kollegen selbstständig gemacht hatte, und er hatte ihr versichert, dass ihr in jedem Fall die Hälfte zustehe, auch wenn es ohnehin nie so weit kommen würde. Sie hatte ihm vertraut, in der festen Überzeugung, dass dieser Fall nie eintreten würde. Sollte es wider Erwarten doch schiefgehen, verfügte sie über genug Mittel, um auf eigenen Beinen zu stehen. Das hatte sie sich nämlich schon früh geschworen: dass sie niemals von jemandem abhängig sein wollte. Doch dieser Vorsatz hatte sich in Luft aufgelöst, als sie angefangen hatte, von einer Familie zu träumen. Wie hatte sie so naiv sein können? Sie wusste nicht, über wen sie sich mehr ärgerte: über sich selbst oder über Karl. Sie hatte das Dokument völlig vergessen – es bedeutete ja nichts.

»Aber ich war doch dabei. Ich habe Zeit und Energie in die Kanzlei gesteckt, ich habe …«

»Ja, ab und zu hast du mir geholfen«, unterbrach Karl sie. Er lehnte sich auf dem Stuhl zurück, verschränkte die Hände über dem Bauch und lächelte nachsichtig. »Und *ich* bin schließlich Partner in der Kanzlei.«

Stumm blickte sie ihn an. Tat er ihr das wirklich an? Sie hatte ihm unglaublich viel geholfen, mit ihm über einen langen Zeitraum an Fällen gearbeitet, ganze Arbeitswochen, oft sogar am Wochenende. Ja, es hatte ihr Spaß gemacht, und so hatte sie ihr Gehirn auf Trab halten können. Als sie sich entschieden hatte, eine Pause in ihrer Anwaltskarriere einzulegen, um schwanger zu werden, was aber leider nicht klappte, hatte sie sich mit anderem beschäftigen müssen, um nicht immer nur an die missglückten Versuche zu denken.

Tatsache war, dass sie es sogar herausgezögert hatte, sich wieder einen Job zu suchen, weil sie voll und ganz damit beschäftigt gewesen war, Karl zu helfen.

Doch man durfte sich auf niemanden verlassen. Sie hätte es wissen müssen.

»Wollen wir weitermachen?«, fragte Erland, ohne sie anzusehen. Karl nickte.

»Einen Moment«, sagte Victoria. »Du meinst es also ernst? Du weißt, dass ich nicht richtig informiert war, als ich den Ehevertrag unterschrieben habe.«

»Wenn meine Mandantin in die Irre geführt wurde, wird der Ehevertrag nicht berücksichtigt. Das solltet ihr beide wissen.« Lisen verschränkte ihre Hände und beugte sich über den Tisch.

»Sie haben doch gewusst, dass es sich um einen Ehevertrag handelte?«, fragte Erland.

Victoria nickte.

»Und Sie sind doch auch Juristin? Ich kann mir kaum vorstellen, dass ein Gericht der Ansicht sein könnte, Karl habe Sie hintergangen.«

»Aber wenn meiner Mandantin ein Anteil versprochen wurde …« Kopfschüttelnd unterbrach Victoria ihre Anwältin.

»Lass gut sein.« Sie schluckte und versuchte unbeteiligt auszusehen, obwohl sie innerlich vor Wut schäumte. Erland hatte recht. Sie war selbst schuld. Karl war ein Mistkerl, und vor Mistkerlen sollte man sich hüten, auch wenn sie seinerzeit nicht hatte voraussehen können, dass er sich zu einem Mistkerl entwickeln würde.

»Dann haben wir noch das Haus«, fuhr Lisen fort. »Meiner Mandantin steht es eher zu, also sollte sie es bekommen.«

Victoria räusperte sich. »Ich wohne schließlich dort. Du bist schon ausgezogen.«

»Ich wohne doch nur übergangsweise in der Wohnung, damit du Zeit hast, dir etwas anderes zu suchen.«

Wollte er sich tatsächlich auch um das Haus streiten?

»Ich will aber das Haus behalten«, sagte sie.

»So einfach ist es leider nicht«, warf Karls Anwalt ein. »Wenn wir uns Ihre Schulden und Ihr jeweiliges Vermögen ansehen, dann können Sie es sich nicht leisten, Karl auszubezahlen. Karl hingegen kann es sich leisten, das Haus zu behalten, da er kreditwürdig ist.«

»Ich kann auch einen Kredit aufnehmen«, sagte sie leise.

»Hast du denn eine Kreditzusage von der Bank?«, erkundigte sich Karl in dem überlegenen Tonfall, den er immer einsetzte, wenn er glaubte, dass ihn die Leute nicht verstanden. Eigentlich hatte er erst in den letzten beiden Jahren so mit ihr gesprochen. Vorher hatte er es nie getan. Vielleicht, weil zu dem Zeitpunkt die Gefühle verschwunden waren und er begonnen hatte, sich über sie zu ärgern.

»Die Kreditzusage würde ich gerne einmal sehen.« Erland kniff die dünnen Lippen zusammen.

Das Problem war, dass sie keine Kreditzusage hatte. Sie hatte mit allen Banken gesprochen, und alle hatten dasselbe gesagt: Zuerst müsse sie ein regelmäßiges Einkommen vorweisen. Das war ja auch nachvollziehbar. Wer wollte schon einer ehemaligen Hausfrau einen Kredit gewähren, die nicht länger jemandes Frau, sondern nur noch zu Hause war?

»Ich habe einen Job in Aussicht, also bekomme ich bald eine Kreditzusage.« Das stimmte, wenn auch mit Vorbehalt. Den ganzen Frühling über war sie auf Jobsuche und in mehreren Vorstellungsgesprächen gewesen, aber leider hatte es bis jetzt noch nicht geklappt.

»Du hast also einen Job in Aussicht?« Karl verschränkte die Arme vor der Brust und grinste arrogant. »Wie erfreulich.« Er wusste, dass sie log. Und er wusste, dass sie es wusste. Diese nonverbale Kommunikation zwischen ihnen hatte sie immer als etwas Schönes und Intimes empfunden, doch irgendwann war es nichts Besonderes mehr gewesen. Inzwischen war es ein Band, das sie gerne losgeworden wäre. In stillem Einverständnis sahen sie einander an, bis sie wegschaute. Lag es an der Fähigkeit, sich gegenseitig lesen zu können wie ein Buch, dass sie es schon die ganze Zeit gespürt hatte? Dass sie schon so lange ein ungutes Gefühl gehabt und bereits am Anfang ihrer Beziehung gefühlt hatte, dass es den Bach runtergehen könnte? Oder redete sie sich das nur ein? Vielleicht glaubte man immer, es im Gefühl gehabt zu haben, wenn etwas schiefging. Aber wenn Victoria gewusst hätte, was für ein Mistkerl Karl war, dann hätte sie doch niemals mit ihm zwischen den Vorlesungen einen Kaffee getrunken, damals am Anfang ihres Jurastudiums. Oder sich einen Monat später auf ein Date in Lunds bestes Restaurant einladen lassen.

Vielleicht war es einfach ein Fall von Selbstbetrug.

»Da Karl sich schon eine Mietswohnung organisiert hat, ist Victorias Anspruch, im Haus wohnen zu bleiben, höher zu bewerten«, sagte Lisen.

»Hm, und wann, meinst du, hast du deine Kreditzusage?« Das selbstgefällige Grinsen lag noch immer auf Karls Lippen.

»So bald wie möglich«, antwortete Victoria schnell. Sie musste es schaffen. Es musste irgendwie gehen.

»Das war ja eine sehr präzise Antwort. Das Haus steht da, und ich zahle es ab.« Karl schnaubte.

»Das ist nicht korrekt«, stellte Lisen fest. »Sie zahlen gar nichts. Seit der Scheidung hat Victoria alle Raten gezahlt, und …«

»Aber du wirst es dir nie leisten können, mich auszuzahlen«, unterbrach Karl sie scharf. »Also nehme ich das Haus, und du bekommst genug Geld, um dir etwas anderes zu kaufen. Außerdem habe ich dieses Haus finanziert. Ich habe Zinsen gezahlt, während du zu Hause geblieben bist.«

Victoria holte tief Luft. Am liebsten hätte sie Karl mit der schweren Thermoskanne, die auf dem Tisch stand, die Nase gebrochen. Was für eine Frechheit! Er hatte sich um seine Karriere gekümmert und Geld verdient, während sie wie eine untaugliche Zuchtstute zu Hause geblieben war. Sie hatte kein Geld verdient. Für ihn. Für sie beide. Dass er sich gar nicht schämte, ihr alles nehmen zu wollen?

»Zunächst einmal: Der größere Anteil des Hauses wurde von Victoria finanziert«, sagte Lisen scharf.

Victorias Großvater hatte eine Reihe von Aktien aus dem Unternehmen besessen, in dem er sein Leben lang gearbeitet hatte. Außerdem waren ihre Großeltern Eigentümer diverser Wohnungen gewesen und hatten im Alter eine ordentliche Summe angehäuft. Da sie wussten, dass ihr einziger Sohn,

Victorias Vater, sein Geld hauptsächlich in schnelle Autos und Rennpferde mit Namen wie Lucky Strike oder Moonlight investierte, hatten sie Victoria und ihrem Bruder alles vererbt. Victoria hatte ihren Anteil des Erbes für den Kauf des Hauses in Bromma eingesetzt, von dem sie und Karl so lange geträumt hatten. An einen Ehevertrag hatte sie noch nicht einmal gedacht. Sie würde ja für immer mit Karl zusammen sein. Außerdem hatte sie aufgeschnappt, dass im Testament von persönlichem Eigentum die Rede war, und gedacht, das sei Sicherheit genug. Was auch stimmte. Wenn man im Besitz des Testaments war.

Weil Karl wusste, woher das Geld kam, hatte sie auf seinen guten Willen gehofft und darauf, dass sie ihren Anteil erhalten würde. Wahrscheinlich war diese Hoffnung das Idiotischste von allem gewesen.

»Du willst also wieder mit dieser alten Sache anfangen?«, seufzte Karl.

»Sie haben nichts in der Hand, was auf persönliches Eigentum hinweist, zum damaligen Zeitpunkt gab es auch keinen Ehevertrag. Das Geld, mit dem Sie damals das Haus bezahlt haben, geht also in die Vermögensaufteilung mit ein und wird zwischen Ihnen und Karl aufgeteilt.« Erland sah jetzt noch wichtiger aus. »Wenn Sie Karl nicht ausbezahlen können, übernimmt er entweder das Haus, oder es wird verkauft.«

Passierte das gerade wirklich? Weigerte er sich, ihr etwas von seinem Eigentum abzugeben, und versuchte gleichzeitig, ihren Besitz an sich zu reißen?

»Karl, ich brauche das Haus«, sagte sie und merkte selbst, wie panisch ihre Stimme klang. Sie wollte ihn wirklich um nichts bitten, doch er ließ ihr keine andere Wahl.

Er wusste, was ihr das Haus bedeutete. Es war mehr als nur ein Haus, es war ihre Sicherheit.

Den eigentlichen Grund für ihre Panik konnte sie jedoch nicht preisgeben. Sie hatte Karl selbstverständlich nichts von ihrem großen Entschluss erzählt, der voraussetzte, dass sie das Haus behalten konnte. Sie durfte unter keinen Umständen obdachlos sein oder in einer kleinen Wohnung zur Untermiete leben.

»Wir geben Ihnen eine Woche Zeit, um Nachweise zu erbringen, dass Sie die Geldforderung meines Mandanten erfüllen können. Ansonsten gehört das Haus Karl«, sagte Erland.

»Einen Monat«, konterte Lisen.

»Du weißt, dass ich den Großteil des Hauses bezahlt habe.« Victoria sah Karl bittend an. »Warum reißt du alles an dich? Reicht es nicht, dass du …« Sie unterbrach sich. Es war unter ihrer Würde, erneut seine Affäre anzusprechen. Er verstand sie auch so.

Karl sah sie lange an, tauschte anschließend einen Blick mit Erland und bedachte sie dann mit einem mitleidigen Lächeln. Victoria erschauerte.

»Ich gebe dir einen Monat, das ist schon ein ziemliches Entgegenkommen«, sagte Karl abschließend mit einem selbstgefälligen Grinsen.

Die Tränen brannten ihr in den Augen, als Victoria den Eingangsbereich des Fitnessstudios betrat. Wie sie ihn hasste! Er hatte sie verletzt, hintergangen und betrogen, und nun setzte er dem Ganzen noch die Krone auf. Irgendwann würde sie sich rächen, das wusste sie. Sie konnte es geradezu vor sich sehen, wie sie ihn erniedrigte. Eines Tages …

Sie war dankbar, dass sie gleich einen Termin mit ihrer Personal Trainerin hatte. Beinhartes Training war das Einzige, was ihre Panik vertreiben konnte, wenn sie am schlimmsten war.

Ihr Handy vibrierte. Eine Mail war eingegangen.

Wie immer, wenn sie Mails erhielt, setzte ihr Herz einen Schlag aus. Sie erwartete eine Rückmeldung von drei Kanzleien, wo sie Vorstellungsgespräche gehabt hatte, und eine Mail war ein schlechtes Zeichen. Bei einer Zusage meldeten sie sich immer telefonisch. Mit zitterndem Daumen öffnete sie die Mail.

Leider müssen wir Ihnen mitteilen, dass wir uns für einen anderen Bewerber entschieden haben. Danke für das interessante Gespräch.

Leichte Übelkeit überkam sie. Wenn sie etwas noch dringender brauchte als das Haus, dann war es ein Job. Wollte sie sich um ein Kind kümmern und es alleine versorgen, dann musste sie ein Einkommen haben.

»Scheiße!«, fluchte sie. Das junge Mädchen am Empfang sah sie verwundert an und grüßte verhalten. Victoria erwiderte den Gruß mit einem verkrampften Lächeln, las ihre Karte ein und ging zu den Umkleideräumen.

Während sie sich umzog, stellte sie sich langsam den Tatsachen. Ihr lang gehegter Traum würde nicht in Erfüllung gehen. Vielleicht war es vom Schicksal nicht vorgesehen, dass Victoria eine Familie und ein Haus bekam. Die Zeit, in der sie und Karl versucht hatten, ein Kind zu bekommen, hätte sie davon überzeugen müssen, dass sie offenbar nicht für ein solches Leben geschaffen war. Und offenbar war sie, wenn man Karls Worten glauben wollte, so lieblos, dass man nicht anders konnte, als fremdzugehen.

Die Resignation erstickte jede Hoffnung in ihr. Sollte sie alles aufgeben und sich nur noch darauf konzentrieren, alleine klarzukommen? Ohne Mann und Kind? Reichten Freunde, ihre Mutter und Jens mit seiner Familie?

Ihr war bewusst, dass sie sich gerade in Selbstmitleid suhlte.

Manchmal war es schön, sich selbst zu bedauern und auf das Leben zu schimpfen.

Schließlich raffte sie sich auf und verließ die Umkleide. Sie hatte mit ihrer Personal Trainerin einen Termin im City-Studio ausgemacht, damit sie direkt nach dem Termin mit den Anwälten hingehen konnte. Sie war zum ersten Mal hier. Das Fitnessstudio lag in einem der obersten Stockwerke, die Wände bestanden aus weißgetünchten Ziegelsteinen, und die Sonne schien durch die riesigen Rundbogenfenster herein. Seit sie zur Fitnessstudiokette Kraft gewechselt war, hatte sie nur deren Studio in Bromma besucht. Doch sie hatte gehört, dass alle Filialen modern und schick seien. Sie kannte den Konzern gut, weil Karls Kanzlei involviert gewesen war, als Kraft vorgehabt hatte, ein Pflegeunternehmen aufzukaufen. Victoria hatte diesen Fall begleitet, doch dann war das Geschäft aus irgendwelchen Gründen ins Stocken geraten. Mittlerweile war der Konzern innerhalb weniger Jahre stark gewachsen, hatte neue Studios im ganzen Land eröffnet und sich außerdem innerhalb der Pflegebranche positioniert.

Sie blickte sich um. Um diese Tageszeit trainierten hauptsächlich jüngere Leute, vermutlich Studenten, und ein paar vereinzelte Rentner. Und natürlich die Hausfrauen. Die Kategorie, zu der sie selbst lange gehört hatte.

»Victoria, wie schön, dich zu sehen!« Die schrille, wohlbekannte Stimme dröhnte in ihren Ohren. Sie blieb stehen und wappnete sich. Laura.

»Laura … Hej!« Zögernd drehte sie sich um. Lächelte gequält. Die letzte Person, die sie heute treffen wollte.

Laura seufzte tief und umarmte sie. »Dich habe ich ja schon ewig nicht mehr gesehen! Wie geht es dir?« Ihre Stimme hatte einen mitleidigen Unterton, als wäre gerade ein enger Angehöriger von Victoria gestorben.

»Danke, es geht mir gut.«

»Alle reden über euch. Und vor allem darüber, was für ein Schwein Karl ist. Alle sehen das so!«

»Danke, das weiß ich zu schätzen.« Victoria wusste, dass sie sich in Wahrheit daran labten. Victoria hatte selbst diverse weinselige Mittagessen miterlebt, wenn die Frauen aufgeregt die neusten Skandale durchgehechelt hatten. Immer waren alle derselben Ansicht, dass gerade dieser Mann, über den sie herzogen, ein richtiges Schwein war. Aber in ihr scheinbares Mitleid mischte sich unverhohlene Schadenfreude, was bei Victoria Unbehagen hervorrief. Sie beteiligte sich selten an den Lästereien, weil sie sich nicht gut dabei fühlte.

»Was machst du hier? Warum trainierst du in der Stadt? Bist du aus eurem Haus ausgezogen?« Laura sah sie neugierig an.

»Nein, ich hatte vorhin einen Termin. Es ging um die Vermögensaufteilung.«

»Oh, und wie ist es gelaufen?«

»Geht so. Wir sind uns wegen des Hauses noch nicht ganz einig.«

»Das muss hart für dich sein. Schließlich bist du schon vierzig. Frisch geschieden und nicht einmal ein Zuhause.« Laura sah sie mitleidig an. »Werde bloß nicht verbittert.« Dann musterte sie Victoria von oben bis unten. »Aber immerhin siehst du so aus, als ginge es dir gut. Ich habe vor kurzem Lovisa Lejon getroffen. Sie hat wahnsinnig abgenommen seit der Scheidung! Das reinste Skelett!« Sie lächelte. »Echt hübsch.« Sie zwinkerte mit einem Auge, als habe sie es scherzhaft gemeint, aber Victoria wusste, dass die anderen Hausfrauen alle der Ansicht waren, sie müsse mindestens zehn Kilo abnehmen und sich ebenso viel Botox ins Gesicht spritzen lassen.

»Victoria Helmersson? Die einen Trainingstermin mit Leah hat?« Eine dunkle Männerstimme unterbrach sie.

Beim Namen Helmersson zuckte sie zusammen. War sie etwa immer noch unter ihrem alten Namen registriert? Sie musste sich dringend darum kümmern, dass der Name im System geändert wurde, denn sie wollte nur ungern an ihre missglückte Ehe und die vergeudeten Jahre erinnert werden.

»Victoria Leander.« Sie drehte sich um. »Ja, genau, ich hatte einen Termin mit Leah ausgemacht.« Sie streckte ihre Hand aus, hielt jedoch inne, als sie den hochgewachsenen Mann erblickte, der vor ihr stand. Sein Haar war weizenblond, die Augen blau mit langen, dunklen Wimpern, so wie sie Männer eigentlich nicht haben sollten, weil es zu ungerecht war. Ein äußerst kleidsamer, dunkler Dreitagebart verhinderte, dass er allzu sehr wie das Mitglied einer Boygroup aussah. Er sah ihr fest in die Augen. Wahnsinnig attraktiv, aber jung. Jünger als sie.

»Hej, Daniel!«, zwitscherte Laura hinter ihr. Victoria drehte sich um und stellte fest, dass Laura ihn von oben bis unten taxierte. Er war durchtrainiert, aber eben nicht so übertrieben, wie es Personal Trainer häufig sind. Nein, er sah stark und gesund aus, so als trainiere er, um sich gut zu fühlen und den Körper zu stärken. Also aus denselben Gründen wie Victoria auch.

»Hej, Laura!« Daniel lächelte flüchtig und sah dann Victoria an. »Okay, Victoria Leander. Leah hat sich das Schlüsselbein gebrochen, und ich übernehme ihr Training. Wollen wir gleich loslegen?«

»Das Schlüsselbein?« Victoria hielt sich erschrocken die Hand vor den Mund. Das klang übel. »Was ist passiert?«

»Ein Unfall beim Kampfsport. Bereit?« Daniel drehte sich um, ohne ihre Antwort abzuwarten.

»Klar …«, begann sie. Dann fielen ihr seine definierten Rückenmuskeln und die breiten Schultern auf. Die dünne Sporthose schmiegte sich über einen festen, runden Hintern.

Er blieb stehen und wandte sich um. »Es ist zwei Uhr. Wenn wir das ganze Programm schaffen wollen, sollten wir loslegen.«

»Hoffentlich kriegst du irgendwas hin, wenn du mit ihm trainierst«, sagte Laura leise und grinste Victoria vielsagend an.

Sofort kam sie sich alt vor und ekelte sich vor sich selbst, weil sie so ungeniert einen jungen Kerl anschmachtete. Sie holte Daniel ein, der auf die Konditionsgeräte zuging, drehte sich noch einmal um und sah, wie Laura Daniel hinterherstarrte.

Als sie die Laufbänder erreicht hatten, wies Daniel mit der Hand auf eines davon, und sie nahm an, dass sie draufsteigen sollte. Sie stellte ihr Standardtempo zum Aufwärmen ein und sah durchs Fenster. Von hier oben hatte man eine wunderbare Aussicht über Östermalmstorg und den Süden des Stadtteils. Die Hausdächer badeten im goldenen Licht der Herbstsonne, nur wenige Wolken waren am Himmel zu sehen.

»Wir fangen mit Aufwärmen an, erst mal zehn Minuten Intervalltraining.« Daniel erhöhte die Geschwindigkeit und die Steigung. Ziemlich heftig zum Aufwärmen, doch sie hielt mit. Die ganze Zeit stand er mit verschränkten Armen daneben und sah ihr zu. Ab und zu grüßte er jemanden, der vorbeikam. Außer seinen Anweisungen, das Tempo zu steigern oder zu drosseln, sagte er kein einziges Wort zu ihr. Gut, sie mochte auch keinen Small Talk, aber ein paar Worte konnte man doch wechseln? Aber nein, er führte sich auf, als sei er ein Leutnant der amerikanischen Marine und sie eine simple Soldatin. Nach fünf Minuten brannten ihre Oberschenkel. Wenn sie durchhalten wollte, musste sie das Tempo drosseln, doch sie wollte nicht zugeben, dass es ihr zu anstrengend war. Offenbar wollte er, dass sie aufgab. Also hielt sie aus und gab alles. Sie würde durchhalten.

Schon nach der Hälfte der Zeit waren ihre Beine taub. Sie konnte nicht mehr. Gerade als sie aufgeben wollte, streckte er seine Hand nach dem Regler aus. Gott sei Dank, er hatte begriffen, dass es für sie zu heftig war. Wahrscheinlich hatte er aus Versehen ein zu hohes Tempo eingestellt und hatte nun vor, es zu drosseln.

Doch nein. Das Band unter ihren Füßen rollte *schneller*. Er musste ein Sadist sein. Um nicht herunterzufallen, beschleunigte sie ihre Schritte. Genau genommen waren alle Personal Trainer Sadisten. Sie liebten es ja offenbar, Menschen leiden zu sehen.

Das höhere Tempo erzeugte bei ihr erstaunlicherweise einen Adrenalinstoß. Sie lief und lief. Daniel stand mit verschränkten Armen da und blickte sie verbissen an. Sie würde durchhalten, und sei es nur, um es diesem Quälgeist zu zeigen. Als die Zeit um war, stellte er das Band aus. Sie wurde langsamer und versuchte, ihre Atmung in den Griff zu bekommen. Die Erschöpfung hinderte sie zumindest daran, dem jungen Mann schmachtende Blicke zuzuwerfen.

»Wir gehen weiter zu den anderen Geräten.« Er drehte sich um und ging auf die Treppe zu. Sie hielt sich an beiden Handgriffen des Laufbandes fest und atmete lautstark aus, bevor sie ihm folgte. Während sie schwer atmend die Treppe hinunterstolperte, trank sie große Schlucke aus ihrer Wasserflasche. Obwohl ihr vom Atmen beinahe schwarz vor Augen war, wurde ihr Blick erneut von seinem Hintern angezogen.

Das untere Geschoss des Studios bestand aus mehreren Räumen mit verschiedenen Geräten. Daniel ging zu einem Regal, griff nach einem schweren Medizinball und warf ihn ein paar Mal auf den Boden. Es sah aus, als würde er mit einem Gummiball dribbeln. Ohne ein Wort reichte er ihr den Ball. Natürlich musste er ihr nicht erklären, dass sie nun dasselbe tun sollte, aber eine kurze, mündliche Anweisung hätte doch nicht geschadet?

Sie warf den Ball zu Boden.

»Beug die Knie.« Seine Stimme klang hart.

Sie gehorchte.

»Und spann den Körper an, du bist total krumm.«

Sie zog den Bauch ein, streckte den Rücken, blitzte ihn wütend an und warf den Ball erneut auf den Boden.

»Die Knie sind immer noch durchgedrückt.«

Ohne ihn anzusehen, winkelte sie die Beine an und machte weiter.

»Haltung!«

Unglaublich, dass er immer etwas zu bemängeln hatte. Sie nahm den Ball und dribbelte weiter.

»Los, jetzt streng dich mal an!« Was dachte er eigentlich, was sie die ganze Zeit machte? Mit einem mehrere Kilo schweren Ball zu dribbeln ging doch nur, wenn man sich anstrengte. Sah es etwa so aus, als würde es ihr leichtfallen? Aber sie strengte sich gern an. Am liebsten hätte sie den Ball gepackt und ihn dem Trainer mitten ins perfekte Gesicht geworfen. Doch sie widerstand der Versuchung und warf ihn weiter zu Boden. Wieder und wieder, während die Milchsäure sich in ihren Muskeln ausbreitete.

»Gut. Das reicht«, sagte er nach einer Weile. Sie schnaufte und atmete tief ein. Ihr Puls hämmerte an den Schläfen, dennoch unternahm sie eine letzte Anstrengung und warf ihm den Ball eine Spur zu heftig zu. Er trat einen Schritt zurück, während er ihn erstaunt auffing.

»Leg ihn ins Regal zurück, dann kannst du mitkommen.« Er warf ihr den Ball so heftig zurück, dass sie beinahe umgefallen wäre.

Mit zitternden Armen legte sie ihn ins Regal. Bisher hatte

ihr Ärger die Erschöpfung überdeckt, doch nun überfiel sie die Müdigkeit.

»Du scheinst viel zu trainieren. Das ist gut. Besser als nur hier herumzusitzen und zu quatschen«, sagte er, während sie durch den Raum gingen.

»Warum sollte ich ins Fitnessstudio gehen, wenn ich nur herumsitze und quatsche? Wer macht denn so etwas?« Sie trank einen Schluck Wasser und sah ihn skeptisch an. Was meinte er?

»Ich habe den Eindruck, deine Freundinnen kommen in erster Linie her, um zu plaudern. Das ist wahrscheinlich so, wenn man zu viel Zeit hat. Aber du scheinst das Training ja ernst zu nehmen.« Zum ersten Mal lächelte er, vermutlich, um seine Unterstellung zu überspielen. Was wusste er über ihre Zeit? Er zeigte auf eine Reckstange in Kopfhöhe. »Dreimal zwölf.« Offenbar wollte er, dass sie Klimmzüge machte.

Sie tat ihr Bestes, ihn kalt anzusehen, während sie sich an die Stange hängte. »Ich verbringe meine Tage tatsächlich mit etwas Sinnvollem. Ich jobbe in einem Café und suche gerade eine neue Stelle als Juristin.«

»Du bist Juristin?«, sagte er, als sie fertig war mit den Klimmzügen. Er schien zu überlegen. »Ich brauche eine Rechtsberatung. Kennst du eine gute Kanzlei in Stockholm?«

»Leider kenne ich mich bei Strafrechtskanzleien nicht so gut aus, aber ich kann bestimmt jemanden ausfindig machen, falls du einen Verteidiger brauchst.« Wenn er Vorurteile hatte, konnte sie auch welche haben. Aber sie lächelte schelmisch, um ihren Worten dic Schärfe zu nehmen.

Er lachte auf, und sein harter Gesichtsausdruck wurde weicher. »Ob du es glaubst oder nicht, es geht mir um Wirtschaftsrecht.«

Aha, wozu brauchte ein Personal Trainer eine Wirtschaftskanzlei? »Eine gute Freundin von mir ist Teilhaberin von Svärdh & Partner«, sagte sie. »Das ist eine gute Wirtschaftskanzlei.«

Er nickte bestätigend. »Die wurde mir tatsächlich schon empfohlen.«

»Sie haben ein breites Angebot an Dienstleistungen, aber natürlich kommt es darauf an, in welchem Bereich du Unterstützung brauchst. Wenn es sich um ein kleineres Unternehmen handelt, würde ich mich an ein juristisches Beratungsbüro wenden. Das ist billiger.«

Er nickte. »Ende der Pause«, sagte er dann. »Jetzt kommen wir zu den Gewichten.« Er ging zu einer Hantelstange und gab viel zu viele Gewichte darauf. »Jetzt die Knie beugen!«

Sie legte los. Noch immer verstand sie nicht, warum er einen Wirtschaftsanwalt benötigte. Vielleicht konnte sie ihm für ein günstiges Honorar ihre Dienste anbieten? Sie brauchte ja einen Job. Aber das war sicher unpassend, ihm im Fitnessstudio so ein Angebot zu unterbreiten. Insbesondere, da sie ihn vorhin so angestarrt hatte …

Ihre Beine zitterten bereits nach dem ersten Durchgang, doch er griff nach zwei weiteren Gewichten. Sollte das ein Witz sein? Er nahm die Stange, steckte die Hantelscheiben darauf und reichte sie ihr. Er genoss es, das war nicht zu übersehen. Der Ärger von vorhin machte sich wieder bemerkbar, und sie unterdrückte den Impuls, die schwere Stange auf seine Füße fallen zu lassen.

Doch dann roch sie seinen Duft: Parfüm, Salz und etwas Undefinierbares, Herbes – Kiefernnadeln oder Holz. Dieser wunderbare Duft veränderte alles. Sie wollte noch immer die Stange fallen lassen, aber nicht auf seine Füße, sondern um ihn zu umfassen und an sich zu ziehen, einen breiten Männerrücken und feste Schultern zu spüren.

Herrgott, er war noch so jung. Im Grunde war sie nicht besser als Laura, die wahrscheinlich mehr als einmal seine Arme etwas zu lange berührt hatte.

Er sah sie an, ihre Blicke trafen sich, und Hitze schoss ihr ins Gesicht. Es kam ihr fast so vor, als könne er ihre Gedanken lesen, und sie strengte sich an, unbeeindruckt zu wirken, obwohl sie einerseits verärgert war und sich andererseits ungeheuer von ihm angezogen fühlte.

»Noch zehn«, sagte er, und es fühlte sich an, als würde ihr Rücken gleich durchbrechen. »Denk an deine Haltung!« Er trat näher zu ihr, legte die Hände auf ihre nackten Schultern und zog sie zurück. Obwohl ihr bereits warm war, brannte die Berührung auf ihrer Haut. Das Gefühl seiner warmen Hände auf ihren Schultern blieb, auch nachdem er sie losgelassen hatte. Sie schüttelte sich, um es loszuwerden, schob die Schultern wieder zurück und führte die Übungen aus. Sie versuchte, an etwas anderes zu denken als an seine Hände auf ihrem Körper, doch das war nicht ganz einfach, denn er beobachtete sie eingehend und schien zu begutachten, ob sie die Übungen korrekt ausführte. Allerdings fühlte es sich eher so an, als würde er ihren Körper begutachten.

Er legte noch mehr Gewichte nach. »Noch einen Durchgang.« Wieder blitzte sie ihn böse an. Gott im Himmel, sie konnte sich nicht entscheiden, ob sie mit ihm schlafen oder ihn umbringen wollte. Vielleicht beides.

Als sie fertig waren, gingen sie in einen Raum weiter hinten mit einer großen, weichen Matte auf dem Boden und Sprossenwänden. Es gab zwar keine Fenster, doch die Deckenspots und die weiß gestrichenen Wände gaben dem Raum ein helles Aussehen. Sie machten weiter mit Liegestützen und Burpees, die Victoria ganz besonders hasste – eine Sadistenübung, die aus Sprüngen und Liegestützen bestand. Als sie beim letzten

Durchgang der Burpees war, breitete sich ein zufriedenes Lächeln auf seinem Gesicht aus. Er wartete regelrecht darauf, dass sie aufgab, doch den Triumph wollte sie ihm nicht gewähren.

»Vielen Dank, das war's für heute!«, sagte Daniel, als sie fertig war. »Du kannst die Matte abwischen.« Er deutete mit dem Kopf auf die Schweißpfütze, die sich unter ihr gebildet hatte. Und mit diesen Worten verließ er sie.

Sie blickte ihm nach und verfluchte ihn mitsamt seinem unverschämt knackigen Hintern, bevor sie Papier aus dem Spender an der Wand und eine Sprayflasche mit Desinfektionsmittel holte, um die Matte sauberzumachen. Dann ging sie schnaufend und auf zitternden Beinen zur Treppe und stieg die Stufen hinauf zur Umkleide. Dort ließ sie sich schwer atmend auf dem kalten Fliesenboden nieder, der ihren verschwitzten Rücken kühlte.

Als sie eine Weile später aus der Dusche stieg und sich anzog, fühlte sie sich entspannt wie schon lange nicht mehr. Sie hatte nicht einmal an Karl, das Haus oder erfolglose Bewerbungen gedacht. Zum ersten Mal seit Langem war ihr Körper vollkommen entspannt. Das Training hatte ihre Ängste und Sorgen vertrieben. Und das alles war der Verdienst dieses sadistischen Schönlings.

4

Daniel stellte die Dusche an. Er wusste, dass er unnötig streng mit seiner Kundin gewesen war. Doch er kannte Laura und war auf eine Frau eingestellt gewesen, die hauptsächlich ins Fitnessstudio ging, um ihre neuesten Trainingsklamotten vorzuführen, und hatte sie ein wenig schocken wollen. Als sie dann mitzog, hatte er sich stattdessen zum Ziel gesetzt, sie zum Aufgeben zu bringen. Es war wie ein Wettstreit zwischen ihnen gewesen und hatte verdammt viel Spaß gemacht. Allerdings hatte er nicht damit gerechnet, dass sie so viel aushielt.

Außerdem fand er sie interessant. Dass sie so durchtrainiert war, sprach für Ausdauer. Und sie war eindeutig stur. Nicht dass sie viel miteinander gesprochen hätten, aber den wenigen Worten nach zu urteilen schien sie witzig zu sein. Eigentlich war sie gar nicht sein Typ. Kühle, unnahbare Schönheiten wie sie waren nur selten für Flirts zu haben. Doch schon bevor er sich vorgestellt hatte, war sie ihm aufgefallen. Nicht nur, weil sie mit Laura gesprochen hatte, sondern wegen ihres starken, durchtrainierten Körpers und der langen dunklen Haare, die sie zu einem hohen Pferdeschwanz gebunden hatte. Auch ihre schönen Augen waren ihm nicht entgangen, die ihn an die Farbe von Milchkaffee erinnerten.

Während er sich abtrocknete, konnte er nicht aufhören, an sie zu denken. Bestimmt war sie verheiratet, und er sollte gar nicht darüber nachdenken, wie attraktiv sie war. Niemals würde er etwas mit einer verheirateten Frau anfangen, so etwas war respektlos. Aber hatte sie einen Ring getragen? Wenn er recht darüber nachdachte, hatte er keinen an ihr gesehen. Die meisten verheirateten Frauen im Studio liebten es, mit ihren überdimensionierten Diamantringen herumzufuchteln, was sehr unpraktisch war, wenn sie mit Gewichten trainierten. Was sie allerdings nur selten taten, aus Angst, zu muskulöse Arme zu bekommen.

Das Treffen mit einem Vorstandsmitglied stand an, und er zog sich schnell seine dunkelblauen Chinos und einen weißen Baumwollpullover über. Sogar wenn er Vorstandsmitglieder traf, weigerte er sich, einen Anzug zu tragen – bequeme Kleidung war etwas, was er sich in seiner Eigenschaft als bislang einziger Aktieninhaber des Konzerns herausnahm.

Er trat hinaus ins beinahe leere Studio, blieb jedoch abrupt stehen, als er seine Mutter auf einem der Laufbänder entdeckte, in Sportleggings, einem lila Funktions-T-Shirt und schwarzen Turnschuhen, die sehr neu aussahen. Ihr blondes, schulterlanges Haar, das sie sonst immer offen trug, wurde im Nacken von einem Haargummi zusammengehalten.

Was war los? Etwas musste passiert sein. Seine Mutter kam nie ins Studio, und ihr Training beschränkte sich auf tägliche Spaziergänge und einen Besuch auf dem Golfplatz etwa alle zwei Jahre.

Er stellte sich neben das Laufband und lächelte. »Waren nicht Fitnessstudios nur etwas für Kriminelle und Zehntklässler? Ich hoffe, es ist nichts passiert?«, fragte er mit mehr Ernst in der Stimme.

Seine Mutter drehte sich um und sah ihn erfreut an, vermutlich, weil sie seine Stimme gehört hatte. Doch als ihr der Inhalt seiner Aussage bewusst wurde, sah sie irritiert aus. »Das muss dein Vater gesagt haben, ich habe so etwas nie behauptet. Außerdem war fast meine halbe Verwandtschaft kriminell.« Sie lächelte zwar, aber sie hatte recht. Zumindest wenn man ihr und ihrer Schwester Anita Glauben schenken wollte, die immer wieder erzählt hatten, wie ihre Cousins in der Gegend um Fagersta gewütet hatten. Ihr Vater war auch nicht viel besser gewesen. Sein Alkoholproblem hatte dazu geführt, dass er früh seine Arbeit verloren und sich stattdessen zwielichtigen Geschäften gewidmet hatte, um seine Töchter Eva und Anita zu versorgen.

Beide Schwestern waren nach Stockholm gezogen, sobald sich die Gelegenheit bot. Daniels Mutter hatte Journalismus studiert und Anita Soziale Arbeit. Bald hatte seine Mutter einen Job bei einer Wirtschaftszeitschrift gefunden, und ihr Leben wurde auf den Kopf gestellt, als sie den jungen Douglas Häger interviewen durfte, der gerade das große Investmentunternehmen seines Vaters übernommen hatte. Nach nur fünf Minuten hatten sie sich Hals über Kopf ineinander verliebt, und ihre Liebe sprengte alle Klassengrenzen.

Seine Mutter hatte auch recht, was seinen Vater betraf. Er hatte damals von Kriminellen und Zehntklässlern geredet, als Daniel erklärt hatte, dass die Leitung einer Fitnessstudiokette eine ernstzunehmende Tätigkeit sei, die er auszubauen gedachte. Nachdem er sich für eine Ausbildung zum Personal Trainer entschieden hatte, war sein Vater der Ansicht gewesen, das gehöre vielleicht zum Prozess des Erwachsenwerdens. Doch es sei etwas komplett anderes, seinen Lebensunterhalt damit zu verdienen.

Seine Mutter nahm einen Schluck aus ihrer Wasserflasche mit dem Logo von Kraft. Sie musste sie an der Rezeption gekauft haben. »Weißt du, ich sollte mich einfach etwas mehr bewegen.«

Das nahm er ihr nicht ab. Es war sonnenklar, dass sie mit irgendwelchen Hintergedanken hergekommen war. Sie lief nun langsamer auf dem Band und sah sich im Studio um. »Wie schön es hier geworden ist. Was für tolle Arbeit du geleistet hast, Daniel. Habe ich dir das schon gesagt? Dass ich stolz auf dich bin?«

Er lächelte. In dieser Hinsicht hatte sie immer ganz klar Stellung bezogen. »Ja, das hast du gesagt.«

Sie betrachtete ihn von oben bis unten, und ihr Blick blieb an seinen nassen Haaren hängen. »Hast du auch trainiert?«

»Ich hatte eben eine Kundin.«

Seine Mutter runzelte die Stirn und lächelte dann. »Bist du nicht der Geschäftsführer des Unternehmens?«

»Doch, aber es gibt viele Geschäftsführer, die auf Kundennähe Wert legen.« Er versuchte, seine Irritation zu verbergen. Streiten wollte er sich nicht.

»Ich werde es Papa nicht verraten.« Sie zwinkerte ihm zu.

»Du kannst es ihm gerne erzählen. Ich schäme mich nicht dafür, manchmal als Personal Trainer zu arbeiten.« Er seufzte.

»Nein, das meine ich auch nicht.« Unsicher drückte sie auf den Knöpfen des Laufbandes herum. Daniel half ihr, das Band zu stoppen. Sie legte die Hand auf seinen Arm. »Ich weiß, dass es dir gefällt, aber er ist dir gegenüber so unversöhnlich.« Auch in diesem Punkt hatte sie recht. »Ich habe übrigens versucht, dich zu erreichen«, sagte sie dann.

»Ich weiß. Tut mir leid, dass ich noch nicht zurückgerufen habe, aber ich habe gerade sehr viel zu tun. Mit dem Börsengang und allem.«

»Hast du noch mal mit Papa darüber gesprochen?«

Konnte sie über nichts reden, ohne gleich seinen Vater zu erwähnen? »Nein, seitdem er mich ausgelacht hat nicht mehr.«

»Das hat er doch gar nicht. Er wollte dir nur ein paar gute Ratschläge geben.« Seine Mutter versuchte ständig, seinen Vater zu verteidigen, wahrscheinlich, weil sie im Gegensatz zu Daniel seine Schwächen nicht sah. Gute Ratschläge. So konnte man mit viel gutem Willen das Verhör nennen, das der Vater höhnisch durchgeführt hatte, nachdem Daniel ihm vor einem Jahr von den Plänen für sein Unternehmen erzählt hatte. Wer wolle schon in einen Fitnesskonzern investieren?, hatte er gesagt. Ob der Höhepunkt der Gesundheitswelle nicht längst überschritten sei? Und war der Wert der Firma wirklich hoch genug? Nach diesem Gespräch hatte Daniel beschlossen, sein Unternehmen an die Börse zu bringen. Er würde es mit seinen eigenen Händen dorthin schleppen, wenn es nötig war, nur um es seinem Vater zu zeigen. Seitdem hatte er beinahe rund um die Uhr daran gearbeitet.

»Ich könnte mir vorstellen, dass er Interesse haben könnte, in einen solchen Börsengang zu investieren. Sein Aktienportfolio könnte es gebrauchen.« Seine Mutter arbeitete schon seit vielen Jahren nicht mehr, aber sie hatte ein Händchen für Geschäfte, und ihr Mann überließ ihr viele wichtige Entschlüsse.

»Da bin ich mir nicht sicher. Ich glaube, das Gegenteil ist der Fall. Er findet nämlich, dass das alles hier, mein Lebenswerk, im Grunde nur Unfug ist, etwas, das man …«

»Er ist stolz auf dich«, unterbrach ihn seine Mutter. »Es fällt ihm nur schwer, es zu zeigen.«

Daniel schnaubte. »Stolz? Weißt du, wie er mich genannt hat, als wir uns das letzte Mal gesehen haben? Einen Möchtegernunternehmer für Bodybuilder und Drogenhändler.«

Jetzt sagte sie nichts mehr. Es tat ihm weh, sie so traurig und enttäuscht zu sehen. Ihretwegen hätte er gerne ein gutes Verhältnis zu seinem Vater gehabt, doch dieser Mistkerl machte es ihm schwer. Alles, was Daniel tat, war falsch. Schon immer hatte er sich in der kleinen Welt seiner Heimatgemeinde Djursholm fehl am Platz gefühlt, während sein Vater sich gewünscht hatte, Daniel würde sich besser einfügen. Seine Noten hatten nicht für die Handelshochschule gereicht, was ohnehin nicht Daniels Ziel gewesen war. Er wusste, dass er im Sportsektor arbeiten wollte, und als er sein erstes Studio eröffnet hatte, war für ihn ein Traum in Erfüllung gegangen. Seinem Vater wäre es am liebsten, wenn Daniel irgendeinen großen Aktienfonds verwalten und wichtige Meetings besuchen würde oder etwas anderes in der Finanzbranche machen würde. Wie er selbst auch.

Dass Daniel immer weitere Fitnesscenter eröffnet und der Kraft-Konzern im Laufe der Jahre viele Auszeichnungen erhalten hatte, darüber hatte sein Vater nur das Gesicht verzogen. Daniel vermutete, dass sein Vater es nicht leiden konnte, Unrecht zu haben, und widerwillig musste er feststellen, dass er in dieser Hinsicht nicht anders war.

»Wie sieht es denn mit den Investoren aus?«, fragte seine Mutter neugierig.

»Hat Papa dich gebeten, mich danach zu fragen?«

»Nein.« Ihre Antwort kam viel zu schnell.

»Ich habe nächste Woche tatsächlich ein Treffen mit einem finanzkräftigen Investor. Es ist jemand, der eventuell sogar ein Ankerinvestor werden könnte.«

Hier schoss Daniel etwas über das Ziel hinaus. Er wusste ganz und gar nicht, ob das Treffen positiv enden würde. Aber wenn er diesen Investor ins Boot holte, dann wäre das ein Beweis dafür, dass eines der renommiertesten Investmentunternehmen Schwedens an Kraft glaubte. Viele weitere Interessenten würden Aktien erwerben und einen Börsengang ermöglichen. Das würde seinen Vater zum Schweigen bringen.

»Das kannst du Papa ausrichten.«

Seine Mutter seufzte. »Ich bin nicht hierhergekommen, um zu streiten!«

Warum hast du dann angefangen, von Papa zu reden?, wollte er fragen, doch auch er hatte keine Lust, sich mit seiner Mutter zu streiten. Genauso gut konnte er mit ihr über den wahren Grund sprechen, warum sie hier war.

»Ich weiß, warum du hergekommen bist, Mama. Der Jahrestag.«

Die Mutter nickte ernst. »Der fünfte Jahrestag«, ergänzte sie. Das wäre nicht nötig gewesen, denn Daniel zählte jeden einzelnen Tag. In siebenundsiebzig Tagen war es fünf Jahre her. Fünf verdammte Jahre.

»Was sollen wir denn an dem Tag tun, an dem Adrian gestorben ist? Wir feiern doch schon seinen Geburtstag.«

»Ich möchte nicht, dass wir etwas tun, ich möchte nur, dass wir uns sehen. Ich möchte an diesem Tag die Menschen treffen, die ich am meisten liebe. Dankbarkeit empfinden darüber, dass es euch gibt.«

»Und was genau hattest du dir gedacht?« Er versuchte, entgegenkommend zu wirken.

»Ich dachte, wir könnten uns einfach nur bei uns zu Hause treffen. Etwas zusammen essen, was auch Adrian gerne mochte. Miteinander Zeit verbringen. Vielleicht könnten wir in die Oper gehen?« Adrian, Daniel und ihr Vater waren in der Tat gern in die Oper gegangen. Ihre Mutter war auch mitgekommen, aber es war hauptsächlich eine Sache von Papa und den Brüdern gewesen, das einzige Interesse, das Daniel mit seinem Vater teilte. Sie legte ihre Hand auf Daniels Arm. »Ich brauche das.«

Er sah seine Mutter an und verstand, wie viel es ihr bedeutete. »Okay.« Auch er fand den Jahrestag jedes Mal schrecklich, im Gegensatz zu ihr verbrachte er ihn allerdings am liebsten allein. Aber er wollte es seiner Mutter leichter machen. »Dann komme ich zu euch.«

Die Mutter lächelte froh und umarmte ihn dann fest. »Wie glücklich mich das macht. Ich dachte, wir erinnern uns an schöne Erlebnisse und verbringen einen netten Tag miteinander.«

Schöne Erlebnisse … Wie damals, als ihr Vater sie gezwungen hatte, von morgens bis abends Tennis zu spielen, oder als er Adrian angebrüllt hatte, weil er nicht die volle Punktzahl in der letzten großen Matheklausur am Gymnasium erreicht hatte? Der Druck hatte in jedem Fall dazu beigetragen, dass es Adrian nicht gut ging und alles schiefgelaufen war.

Immer ging es um die Erwartungshaltung des Vaters, und Daniel wusste, dass es auch an diesem verdammten Jahrestag so sein würde.

Er sah seine Mutter lange an. Und beschloss, ihr zuliebe seinen Vater am Jahrestag zu ertragen. »Ich muss jetzt gehen. Natürlich sehen wir uns vorher noch, aber wir halten schon mal fest, dass ich am Jahrestag zu euch komme.« Er umarmte seine Mutter und eilte aus dem Studio.

5

Die Geräusche der spielenden Kinder waren durch das ganze Viertel zu hören. Victoria blieb am Tor des Kindergartens stehen und lauschte. Lachende Kinder. Gab es ein schöneres Geräusch? Sie betrachtete den Garten und ließ ihren Blick zur Ecke mit der Rutsche wandern, wo sie Ludvig am häufigsten entdeckte. Dann sah sie die beiden Kinder unter einem der Kastanienbäume. Ludvig hob eine stachelige grüne Fruchthülle auf und schrie auf, als er sich stach. Filippa lachte laut. Victoria öffnete das Tor und winkte ihnen zu. Ludvig entdeckte sie, und die beiden liefen zu ihr hin.

»Holst du uns jetzt schon ab? Es ist doch noch gar nicht vier Uhr!«, sagte Ludvig, der Ältere von beiden.

Wenn Victorias beste Freundin Ebba oder deren Mann es nicht rechtzeitig aus dem Büro schafften, holte Victoria die Kinder ab. Das hatte sich so ergeben. Sie liebte Kinder und hatte selbst keine. Jetzt war der Vater der Kinder verreist, und Ebba und sie wollten am Abend zusammen essen.

»Ich dachte, ich hole euch heute etwas früher.« Sie wuschelte durch Ludvigs blondes Haar.

»Juchu!«, jubelte er.

Filippa tat es ihm nach und streckte die Arme in die Luft. »Juchu!«

Nachdem sie die Spielsachen eingesammelt hatten, die mit

nach Hause sollten, warme Pullover übergezogen und Filippas Wagen ausgeklappt hatten, gingen sie los und kauften ein. Ludvig liebte es, Victoria in der Küche zu helfen, und sie beschlossen, Ebba mit Spaghetti bolognese zu überraschen. Ludvig half ihr, Nudeln und Hackfleisch zu holen, sie suchte Zwiebeln, Basilikum, Dosentomaten und Knoblauch zusammen. Mit zwei vollen Einkaufstüten verließen sie den Laden.

Als sie Ebbas und Peters große Wohnung im noblen Stadtteil Östermalm betreten hatten, half Victoria den Kindern beim Ausziehen der Jacken und hängte sie in die eingebaute Garderobe. Sie nahm die Kinder mit in die Küche, stellte die Tüten auf die riesige Kücheninsel und packte mit ihnen zusammen die Einkäufe aus. Dann schnitt sie ein paar Äpfel auf und gab sie den Kindern als Zwischenmahlzeit mit, als sie in Ludvigs Zimmer gingen. Dort spielten sie hochkonzentriert mit seiner neuen Autorennbahn, bis Ebba um halb sechs nach Hause kam.

Als ihre Freundin die Wohnung betrat, sah sie so perfekt aus wie immer – ihr blonder Pagenkopf wirkte auch nach dem langen Bürotag frischgeföhnt und die Kleidung kein bisschen zerknittert. Aber ihre Augen blickten müde. Seit Ebba Geschäftsführerin von Svärdh & Partner geworden war, arbeitete sie härter als je zuvor. Die Kinder rannten zur Tür und umarmten ihre Mama. Victoria versetzte es einen kleinen Stich. Sie hasste dieses Gefühl, das sie jedes Mal beschlich, wenn sie die grenzenlose Liebe der Kinder zu ihrer Mutter sah. Diese Liebe, die größer war als alles andere. Victoria hatte so lange davon geträumt, sie aber nie erleben dürfen und würde sie vielleicht auch niemals erleben. Das Gefühl, für jemanden die Sicherheit in Person zu sein, ein Mensch, der alles bedeutete. Sie konnte diese Kinder oder die Kinder ihres Bruders so sehr lieben, wie sie wollte, niemals würden sie sie auf diese Weise ansehen.

Als Filippa ihre kleinen Finger in die Haare ihrer Mutter bohrte und sie mit entrücktem Blick ansah, als wäre Ebba eine Göttin, fragte sich Victoria, ob ein Kind sie jemals so ansehen würde.

Sofort gewann Ebbas Blick sein gewohntes Glitzern zurück, und sie entspannte sich. Sie küsste Filippa aufs Haar, umarmte Ludvig und dann Victoria. »Danke, dass du die Kinder abgeholt hast! Sie sind so gern mit dir zusammen.«

»Kein Problem, das macht mir doch Spaß.«

»Mama, wir machen Spaghetti bollnäs für dich!« Ludvig blickte sie stolz an.

Victoria musste lachen. »Genau, Spaghetti bolognese.« Dann sah sie Ebba an. »Du kannst dich in Ruhe umziehen, wir machen das schon.«

Victoria und Ludvig brieten das Hackfleisch, während Filippa in ihrer Spielküche herumhantierte. Dann setzte Victoria das Nudelwasser auf, und Ludvig durfte die Dosentomaten in die Pfanne mit dem Hackfleisch geben. Sie ließen alles eine Weile köcheln, und Ludvig gab ein paar Esslöffel Tomatenmark dazu. Rotwein musste auch sein. Victoria öffnete den großen cremeweißen SMEG-Kühlschrank, um nachzusehen, ob es einen Weinrest gab, den sie dafür nutzen konnte. Tatsächlich standen zwei Flaschen in der Kühlschranktür, die zu jeweils einem Fünftel voll waren. Es war Ebbas und Peters Hauswein, den sie kistenweise direkt bei dem Weinbauer kauften, wo sie zehn Jahre zuvor geheiratet hatten.

Ebba kam in schönen grauen Leggings und einem langen Pullover in die Küche. »Das war jetzt schön, noch schnell zu duschen. Hmm, wie lecker es riecht!« Sie wandte sich an Victoria. »Könntest du einen guten Rotwein aus der Weinkammer holen? Du kennst dich so gut aus.«

»Mit Vergnügen!« Victoria verschwand im Wohnzimmer.

Ebba und Peter hatten eine Ecke des großen Zimmers zu einem temperierten Raum mit Platz für etwa fünfzig Flaschen umfunktioniert und ihn Weinkammer getauft. Da Victoria eine exzellente Weinkennerin war, überließ Ebba ihr gern die Entscheidung, und natürlich wählte sie einen italienischen Wein zur Pasta aus. Einen Chianti, fruchtig und trocken zugleich, der gut zur üppigen Sauce passen würde.

Sie ging zurück in die Küche, entkorkte die Flasche und füllte zwei Weingläser für sich und Ebba. Jetzt konnte sie einen Wein gut gebrauchen. Sie deckten den Tisch mit großen weißen Tellern, dunkellila Servietten, Löffeln und Gabeln – nur so konnte man Spaghetti essen. Ludvig half ihr dabei, eine Knoblauchzehe in die Sauce zu pressen. Dann rührten sie um und ließen sie noch etwas weiter köcheln.

Als das Essen fertig war, gab Ebba den Kindern je eine Portion, während Victoria sich reichlich Spaghetti und Sauce auf den Teller häufte und Parmesan darüber rieb. Sie setzten sich an den Küchentisch neben dem Fenster. Die Kinder saßen auf der weiß gestrichenen Küchenbank, die Victoria und Ebba einmal an einem schönen Frühlingstag auf einer Auktion in Nyköping ersteigert hatten, die Erwachsenen nahmen an den Schmalseiten des Tischs Platz. Durch das Fenster sah man das Gebäude des Historischen Museums mit dem terracottafarbenen Seitenflügel und der Boulebahn nebenan. Die Ebereschen trugen kleine feuerrote Beeren, und die Blätter der etwas entfernter stehenden Ahornbäume waren bereits buttergelb und orange.

Victoria liebte diesen Teil Östermalms. Direkt gegenüber von Ebbas Wohnung lag das ehemalige Elektrizitätswerk, wo eine Brasserie untergebracht war. Dort teilten sie sich einen Teller mit Austern und tranken Champagner, wann immer sie Gelegenheit dazu hatten, während Peter mit den Kindern auf dem Spielplatz gegenüber spielte.

Die Kinder tranken Milch, Ebba und Victoria nippten an ihrem Wein, der gleichzeitig sanft und schwer war und angenehm am Gaumen kitzelte. Pasta und Wein schmeckten fantastisch, besser als alles, was Victoria in der letzten Zeit gegessen hatte. Ihr erschöpfter Körper saugte Kohlenhydrate und Fett in sich auf, während der Wein sie entspannte. Sie atmete aus, lächelte Ebba an und lachte über Filippa, die es bereits geschafft hatte, die Hälfte ihres Essens neben dem Teller zu verteilen. Trotz des unerfreulichen Vormittagstermins mit dem negativen Ausgang spürte sie eine angenehme Ruhe.

Nachdem die Kinder eingeschlafen waren, ließen sie sich mit der angebrochenen Weinflasche auf dem Balkon nieder. Kleine Lampen, die um das Geländer gewickelt waren, erleuchteten den Herbstabend. Die Luft war kühl. Sie zogen sich warme Strickjacken über, legten Decken über die Beine und blickten hinunter in den Innenhof.

Ebba seufzte tief. »Eigentlich müsste ich den ganzen Abend an einem komplizierten Scheidungsverfahren für nächste Woche sitzen, aber das hier …« Lächelnd hob sie das Weinglas. »Das habe ich jetzt einfach gebraucht!« Ihre Augen blitzten, als sei ihr ein Gedanke gekommen. »Und ich muss unbedingt über Karl lästern. Wie ist es heute gelaufen?«

Victoria seufzte resigniert. Dann erzählte sie vom Termin in der Anwaltskanzlei und vom Ehevertrag, den Karl aus dem Hut gezaubert hatte.

»Das tut mir leid, Victoria.« Ebba sah traurig aus und legte die Hand auf ihre. »Ich hatte immer geglaubt, Karl hätte genügend Anstand, um dir den Anteil am Haus zu überlassen, der dir zusteht. Nach allem, was er dir angetan hat, müsste sogar er begreifen, dass er dir etwas geben muss. Eigentlich müsste er dir alles geben. Ich weiß, wie sehr du das Haus liebst.« Ebba sah Victoria ernst an. »Du weißt, dass du dir jederzeit von uns

Geld leihen kannst, oder? Peter und ich tun alles für dich, was in unserer Macht steht.«

Victoria lächelte schwach. »Das ist sehr lieb von euch. Aber das wäre ein Darlehen, das ich mir eigentlich gar nicht leisten kann. Zuerst brauche ich einen Job und dann einen Kredit von der Bank.« Sie verstummte, drehte das Glas zwischen ihren Fingern und sah dann Ebba an. »Ich sehne mich wirklich danach, wieder als Juristin zu arbeiten. Und zwar für mich selbst. Nicht für Karl.« Sie hatte Karl viel zu viel in seiner Kanzlei ausgeholfen, ohne dafür bezahlt zu werden. Letztlich hatte sie nichts davon gehabt, das war ihr erst jetzt klargeworden, da sie sich scheiden ließen. »Und ich brauche einen gut bezahlten Job, wenn ich ein Kind adoptieren will.«

Karl und sie hatten schließlich eine Fruchtbarkeitsuntersuchung machen lassen, bei der herausgekommen war, dass sie niemals würde schwanger werden können. Während sie sich gleich darauf eingestellt hatte, ein Adoptionsverfahren einzuleiten, hatte Karl das Ergebnis zu schaffen gemacht. Doch mit ein bisschen Überredungskunst hatte sie erreicht, dass sie sich bei der Adoptionsvermittlung anmeldeten, wo sie auf die Warteliste aufgenommen wurden. Der Platz auf der Liste entschied darüber, wie lange sie auf ein Kind warten mussten, wenn das Jugendamt ihre Eignung als Adoptiveltern festgestellt hatte. Doch danach war nichts mehr weitergegangen. Victoria wollte sich um die Eignungsprüfung durchs Jugendamt kümmern, doch Karl hatte nicht mitgezogen. Stattdessen hatte er das Thema vermieden, mit der Begründung, dass er keine Zeit habe, sich damit auseinanderzusetzen. Er hatte sich wohl schon damals innerlich von ihr verabschiedet.

Noch am selben Abend, an dem sie die Nachrichten von Karls Sekretärin gelesen hatte, nahm Victoria Kontakt zur Adoptionsvermittlung auf, bei der sie registriert waren, und teilte mit, dass sie ab jetzt alleinerziehend sei. Sie bat darum, den Platz in der Warteliste dennoch behalten zu dürfen. Zu ihrer Überraschung und großen Freude stimmten sie ihrem Wunsch zu.

»Erzähl, hast du schon irgendetwas von den Kanzleien gehört?«, fragte Ebba.

Victoria hob die Augenbrauen und seufzte tief. »Ja, gerade heute. Danke, aber nein danke!« Sie nahm einen großen Schluck Wein.

Ebba sah sie mitleidig an. »So ein Mist.« Sie strich ihr über die Schulter.

Ein Job lag in weiter Ferne, und noch weiter weg lag das Haus. Sie hatte zwar Ersparnisse, von denen sie eine Weile leben konnte. Ihr Bankvermögen hatten Karl und sie zu gleichen Teilen untereinander aufgeteilt. Aber es bot nicht genug Sicherheiten für einen Kredit. Ohne Wohnsitz und ein geregeltes Einkommen konnte sie alles andere vergessen. Ihren Traum von einem Kind. All die schlechten Nachrichten riefen ihr die ganzen negativen Schwangerschaftstests und missglückten Versuche einer künstlichen Befruchtung in Erinnerung.

»Was soll ich sagen? Als Juristin bin ich offenbar raus.«

»Nein, das stimmt nicht.« Ebba drückte ihre Schulter erneut. »Warum lässt du nicht zu, dass ich dir helfe?« Victoria hatte sich in Ebbas Kanzlei beworben, doch ihre Freundin hatte sich auf Victorias Wunsch hin aus dem Prozess herausgehalten.

»Ich möchte den Job auch *wert* sein. Ich kann keine Hilfe von meiner besten Freundin annehmen.«

»Von uns hast du noch nichts gehört, oder?«

»Nein, nichts.«

»Måns Fritzson hat nach dir gefragt. Ich habe versucht, so unparteiisch wie möglich zu antworten, aber ich könnte morgen natürlich noch weiter mit ihm reden.« Ebba sah sie vielsagend über den Rand ihres Weinglases an.

»Ich weiß nicht, ob ich das möchte. Es ist wirklich sehr nett von dir, aber … ich würde mich schämen. Ich bin vierzig und schaffe es nicht, einen Job zu finden.« Victoria schlug beide Hände vor ihr Gesicht. Vierzig. Frisch geschieden. Ohne Wohnsitz, ohne Familie. Arbeitslos. Wie hatte es so weit kommen können?

Als sie Karl im Jurastudium kennenlernte, war alles so vorhersehbar gewesen. Ein Scheitern wäre ihr undenkbar vorgekommen. Noch bevor sie ihr Examen in der Tasche gehabt hatte, war ihr ein Job angeboten worden, lange bevor Karl sein erstes Angebot erhielt. Bei einer der damals angesagtesten Kanzleien. Zur Klientel gehörten die größten Unternehmen an der Börse, die renommiertesten Risikokapitalgesellschaften. Wenn sich namhafte internationale Konzerne in Schweden etablieren wollten, dann wandten sie sich an diese Kanzlei. Im Jahr darauf hatten sie und Karl sich verlobt, wiederum ein Jahr später heirateten sie. Als junge, vielversprechende, frisch verheiratete Juristin war sie fest davon überzeugt gewesen, dass sie mit vierzig Kinder haben würde, vielleicht Elternzeit genommen, danach aber wieder auf ihre Karriere gesetzt hatte.

Sie war erschüttert gewesen, nachdem sie erfahren hatte, dass Karl fremdgegangen war. Doch schon bald war ihr klargeworden, dass ihre Ehe eigentlich nie das gewesen war, was sie sich erhofft hatte. Karl war nicht der gewesen, den sie sie sich erhofft hatte. Sie begann sein wahres Ich zu erkennen und hörte auf, über ihre gescheiterte Ehe zu trauern.

Stattdessen bedauerte sie ihren derzeitigen Status als arbeitsloser Niemand.

»Bitte, lass mich ein gutes Wort für dich einlegen«, fuhr Ebba fort. »Du warst ein Star während des Studiums und ein

Star an deinem letzten Arbeitsplatz. Die Kanzleien sind selbst schuld, wenn sie so altersfixiert sind. Aber ich möchte nicht, dass du Svärdh & Partner vorenthalten bleibst. Ich möchte nicht, dass uns eine so kompetente und tüchtige Juristin entgeht.«

Das Mitgefühl der Freundin und ihre anerkennenden Worte trieben Victoria die Tränen in die Augen. Während der letzten Jahre war ihre Persönlichkeit darauf reduziert worden, niemand Besonderes zu sein. Kein Mensch hatte sie kompetent genannt.

»Danke. Deine Worte tun mir so gut, und es bedeutet mir sehr viel zu wissen, dass du an mich glaubst. Aber ich möchte trotzdem auf dem offiziellen Weg eine Arbeit finden. Außer von Svärdh & Partner erwarte ich noch von einer anderen Kanzlei eine Antwort.«

Ebba nickte. »Ich drücke dir die Daumen.« Sie beugte sich vor und umarmte Victoria. Die erwiderte die Umarmung und hielt ihre Freundin extra lange fest. An Nähe mangelte es zurzeit in ihrem Leben.

Dieses Bedürfnis nach Nähe war eindeutig der Grund dafür gewesen, dass sie am Morgen so stark auf die Berührung des Personal Trainers reagiert hatte. Nicht dass sie seit der Scheidung keinen Mann mehr gehabt hätte. Ein paar Mal war sie mit ihrer Schwägerin und deren Freundinnen unterwegs gewesen und hatte bisweilen sogar jemanden mit nach Hause genommen. Doch das war nicht viel mehr als durchschnittlicher Sex gewesen.

Dieser viel zu junge, sadistische Personal Trainer hatte eine merkwürdige Anziehungskraft auf sie ausgeübt.

Sie tranken den Wein aus, redeten über alte Studentenpartys und lästerten über Kommilitonen. Victoria schlief im Gästezimmer. Gerade heute Abend hätte es sich zu einsam angefühlt, in das Haus zu fahren, das wahrscheinlich schon bald nicht mehr ihr gehören würde.

Am nächsten Morgen stand sie zusammen mit Ebba und den Kindern auf, brachte die Kleinen in den Kindergarten und fuhr mit der U-Bahn bis Brommaplan. Dort stieg sie aus und nahm den Bus zur Kirche in Bromma. Dann ging sie die wohlbekannte Straße entlang bis zum Backsteingebäude, in dem sich das Café ihres Bruders befand. Jens und seine Frau hatten ihre gut bezahlten Jobs in der IT-Branche aufgegeben, um sich ihren Lebenstraum von einem Café mit Bäckerei zu erfüllen. Im Lauf der Jahre hatte Victoria häufig ausgeholfen, und seit Karl sie verlassen hatte, bezahlten sie ihr auch ein richtiges Gehalt. Zuerst hatte sie energisch abgelehnt, denn sie half mit, weil es ihr Spaß machte. Doch Jens und Åsa hatten darauf bestanden, da das Café erstmals Gewinn einbrachte, und sie wollten sie für ihre Unterstützung entlohnen. Und wenn sie ehrlich war, brauchte sie das Geld.

Die Tür stand offen, und der Duft von frisch gebrühtem Kaffee und noch warmem Brot zog hinaus auf die Straße. Sie ging hinein. Die Leute standen Schlange, und Åsa tat ihr Bestes, um den gestressten Gästen ihre Frühstücksbrötchen zu servieren.

»Brauchst du Hilfe?«, rief Victoria ihr zu.

Åsa sah auf, ihr sonst eher blasses Gesicht war ganz rosig, das rotblonde Haar zerzaust. »Ja, gerne!«.

Victoria verschwand hinter der Theke, stellte ihre Tasche ab, wusch sich die Hände, band sich eine Schürze um und wandte sich an den nächsten Kunden in der Schlange.

»Wo ist Jens?«, fragte sie zwischen zwei Kaffeebestellungen.

»Er bereitet gerade dreihundert Minibrötchen vor.« Åsas Augen verdunkelten sich.

»Minibrötchen?« Victoria nahm die Bezahlung des nächsten Kunden entgegen.

»Ja.« Åsa seufzte schwer. »Gestern hat er die Idee einem Unternehmenskunden präsentiert – dass wir drei verschiedene Sorten kleine Brötchen für ihre heutige Konferenz liefern könnten. Mit Leberpastete, Schinken und Käse, auf hellem Brot, Roggenbrot und Sirupbrot.« Åsa setzte ein Lächeln auf, während sie der nächsten Kundin ein Brötchen in einer Papiertüte reichte.

Victoria litt mit der Schwägerin angesichts der überambitionierten Pläne ihres Bruders, konnte sich ein Grinsen jedoch nicht verkneifen.

»Eure Mutter musste einspringen und sich um die anderen Dinge in der Bäckerei kümmern«, fuhr Åsa fort.

»Ach, sie ist hier?«

Åsa nickte, und im selben Augenblick kam Victorias Mutter mit einem Blech dampfender Kanelbullar aus der Backstube. Ihr dunkles Haar war zu einem ordentlichen Pferdeschwanz gebunden. Sie strahlte, als sie ihre Tochter erblickte, stellte die Zimtschnecken auf eine Bank und umarmte sie.

»Ich wollte dich noch anrufen! Wie ist es gestern gelaufen?«

Victoria schloss die Augen. Es tat so gut, die Umarmung ihrer Mutter zu spüren. Sie wünschte, ihre Mutter hätte alles geradebiegen können so wie früher, als sie noch ein Kind war.

»Schlecht«, seufzte sie und half der Mutter, das Gebäck in die geflochtenen Körben zu verteilen, die aufgereiht auf den Bänken standen. »Er will das Haus.«

»Meine kleine Vicky …« Mama strich ihr über die Wange, und in dem Moment fühlte es sich fast so an, als könne sie wirklich alles wieder in Ordnung bringen.

»Ich hatte gedacht, er würde mir den größeren Anteil überlassen, weil ich mein Geld hineininvestiert hatte, doch er weigert sich.« Sie nahm die nächste Bestellung entgegen.

»Das ist unverschämt von ihm.« Ihre Mutter seufzte und half ihr, für den Kunden Roggenbrot und Baguette einzupacken.

Plötzlich fiel Victoria das Testament ein. Sie reichte dem Kunden das Brot, nahm das Geld entgegen und wandte sich dann schnell an ihre Mutter. »Du, ich habe noch mal darüber nachgedacht, dass es sich ja um persönliches Eigentum gehandelt hat ... Weißt du, ob das Testament noch existiert?«

»Das weiß ich leider nicht, meine Liebe. Aber ich gehe davon aus, dass dein Vater es weiß. Hast du ihn schon gefragt?«

»Nein. Ich hatte bisher gar nicht an das Testament gedacht, sondern fest damit gerechnet, einen höheren Anteil zu bekommen.« Wie dumm sie gewesen war.

Als die lange Schlange sich aufgelöst hatte, nahm Victoria die Schürze ab, versah sich mit einem Vollkornbrötchen und schüttete Kaffee in einen Pappbecher. Sie umarmte Åsa und versprach, am Nachmittag wiederzukommen und auszuhelfen.

Als sie ihre Mutter umarmte, fasste die Mutter sie an den Schultern und sah sie auffordernd an. »Ruf deinen Vater an und frag ihn. Er muss die Sache klären.«

Victoria nickte resigniert. »Ja, ich werde es zumindest versuchen. Ich brauche ja ein Zuhause, und vermutlich ist dieses Testament meine einzige Chance.«

»Hast du schon etwas vom Sachbearbeiter im Jugendamt gehört?« Ihre Mutter war der Mensch, der am meisten ins Adoptionsverfahren involviert war und der Victoria in ihrem Entschluss bestärkt hatte, die Sache alleine durchzuziehen.

»Nein. Ich bin am Zuge, und ich hätte gerne alles geregelt, bevor ich mich bei ihnen melde.«

Ihre Mutter sah sie lange an und umarmte sie dann fest. »Mach dir keine Sorgen, Liebling. Du wirst deine Dinge regeln. Du bist ja Vicky.«

Ihre liebevolle Umarmung gab ihr Kraft. »Das hoffe ich.«

Sie verließ das Café und trank ihren Kaffee, während sie nach Hause ging. Ihr Wohngebiet bestand hauptsächlich aus Häusern der Sechziger- und Siebzigerjahre. In den meisten Gärten nahmen riesige Trampoline die halbe Rasenfläche ein. Dafür, dass es so eine alte Siedlung war, gab es hier ungewöhnlich viele Kinder. Doch die Rentner waren zu alt geworden und weggezogen, stattdessen waren junge Familien mit kleinen Kindern hierhergezogen.

Sie bog in die Auffahrt zu ihrem Haus ein und ging am Rasen vorbei, den die Trockenheit des Spätsommers gelb gefärbt hatte. Sie betrachtete die Klinkerfassade des Hauses und die quadratischen Fenster. Vom Obergeschoss aus kam man auf den Balkon, wo sie in der Frühlingsabendsonne Tee trank und an warmen Sommerabenden ein Glas Wein. Sie ging weiter zum Kücheneingang. Davon hatte sie immer geträumt, bevor sie hierhergezogen war – eine Küchentreppe zu haben, auf der sie ihren Morgenkaffee trinken konnte, so wie ihre Mutter es auf der Treppe vor ihrem Reihenhaus getan hatte, als Victoria klein gewesen war. Ihre Mutter hatte nie gesagt, dass sie es vermisste. Es gefiel ihr in ihrer selbst gekauften Wohnung, doch Victoria wusste, dass sie den kleinen Reihenhausgarten und die Momente am Morgen geliebt hatte.

Victoria setzte sich mit dem Kaffee und dem Brötchen auf die Küchentreppe. Sie betrachtete den hinteren Teil des Grundstücks, wo in ihrer Phantasie ihre gemeinsamen Kinder herumgesprungen waren. Vielleicht hätte sie mit ihnen Fußball gespielt, während Karl im Garten arbeitete.

So pathetisch es auch klang, so empfand sie das Haus als

das Einzige, was ihr geglückt war. Natürlich hatte sie es mithilfe von geerbtem Geld finanziert, aber auch mit ihrem guten Gehalt und zahlreichen Bonuszahlungen, nachdem sie jahrelang achtzig Stunden pro Woche gearbeitet hatte. Es war ihr Zuhause. Nach der turbulenten Kindheit, in der sie jedes Mal umziehen mussten, wenn ihr Vater sie wieder einmal verlassen hatte, war es ihr wichtig, eine sichere Zukunft zu haben, ohne von irgendjemandem abhängig zu sein. Als sie das Haus gekauft hatten, spürte sie, dass es zu ihr gehörte. Niemand konnte es ihr wieder nehmen.

Als sie das Brötchen aufgegessen hatte, suchte sie in ihrem Handy widerwillig die Nummer ihres Vaters heraus. Sie atmete tief ein und wählte. Der Freiton war zu hören, dann meldete sich der Anrufbeantworter. Sie versuchte es erneut, doch noch immer ging er nicht ans Telefon. Wie erwartet. Sie sprach eine Nachricht aufs Band und bat ihn, sie zurückzurufen, weil sie wissen wolle, wie es ihm gehe, was nicht stimmte. Sie nahmen nur miteinander Kontakt auf, wenn sie etwas vom anderen wollten. Da sie wusste, dass es nicht ihre Schuld war, hatte sie kein schlechtes Gewissen deswegen.

Gerade als sie auflegte, klingelte und vibrierte das Handy in ihrer Hand. Sie zuckte zusammen. Rief ihr Vater schon zurück? Doch sie erkannte die Nummer nicht. War es etwa eine der Kanzleien?

»Victoria Leander.«

»Hier ist Måns Fritzson. Von Svärdh & Partner.«

6

»Die Zahlen sind fantastisch. Euer Unternehmen ist in der Tat sehr wachstumsstark.« Hannes, Geschäftsführer bei Arnhem Invest, sah zufrieden aus. Der Besprechungsraum der Investmentfirma erinnerte an die Suite in einem minimalistischen Kopenhagener Boutique-Hotel, wo Daniel einmal übernachtet hatte – stilvolle Stühle in dänischem Design, Holztische mit einer dünnen Platte und ausgestellten Beinen, beigefarbene Leinengardinen, die vor den hohen Fenstern hingen.

»Das freut mich zu hören.« Daniel versuchte sein schlechtes Bauchgefühl zu ignorieren. Was Hannes sagte, war gut, trotzdem fühlte es sich an, als käme gleich ein Aber. Er hatte sich lange auf dieses Meeting vorbereitet. Und sich bei seiner Mutter verplappert, die es mit Sicherheit seinem Vater weitererzählen würde. Was Daniel durchaus beabsichtigt hatte, allerdings hieß das auch, dass Arnhem mitziehen musste.

Daniel blickte Antonia an, seine Finanzchefin, die keine Miene verzog. Er wusste, dass sie mindestens so nervös war wie er. Sie kannten sich schon lange. Ihr Mann Fred war mit Daniel zusammen aufgewachsen. Fred war ein paar Jahre älter, aber sie hatten den Kontakt gehalten. Antonia hatte er immer gemocht, und als Daniel sich selbstständig machte, war es für ihn sonnenklar gewesen, dass er sie zu seiner Finanzchefin machen würde. Sie war clever und gerissen, konnte Daniel gegenüber aber auch Nein sagen.

»Und du bist sehr kompetent. Mit neunundzwanzig bald Geschäftsführer eines Börsenunternehmens – einer der jüngsten in Schweden!« Hannes lächelte.

Daniel erwiderte sein Lächeln. Sein Hemd und die steif gebügelte Anzughose klebten an seinem warmen Körper. Zu diesem Anlass hatte er ausnahmsweise einen Anzug gewählt.

Hannes seufzte tief und blickte seinen Analysten an, einen jungen Mann in teurem Anzug, der seine Haare mit viel zu viel Wachs nach hinten gekämmt hatte. War das nicht längst wieder out?

»Euer Geschäftsmodell wirkt solide und vielversprechend für einen Börsengang«, sagte der Analyst zögernd.

Daniel wurde ungeduldig. Zum Teufel, jetzt komm schon zum Punkt, dachte er. »Aber …?«, sagte er angespannt.

»Aber ich weiß nicht, ob es wirklich zu unserem Portfolio passt.« Der Analyst lehnte sich zurück und sah etwas überheblich aus. »Ich meine, mittelständische Unternehmen sind zwar unser Gebiet, aber wir haben schon etliches in die Pflegebranche investiert, und Kraft hat zweifellos eine Pflegeausrichtung, insbesondere seit dem Erwerb von Rekrea. Die Idee, Gesundheit und Pflege zu kombinieren, ist überzeugend, aber wir müssen unsere Risiken verteilen.«

Daniel biss die Zähne zusammen. Mist. Er hatte es geahnt. Natürlich hatte er vorher ihr Portfolio untersucht und verstand die Argumentation, dennoch hatte er gehofft, diesen Investor gewinnen zu können. Außerdem mochte er Hannes. Sie hatten sich schon ein paar Mal in beruflichen Zusammenhängen getroffen, und im Gegensatz zum Großteil der schwedischen Finanzwelt war Hannes kein Freund von Daniels Vater, was ihn in Daniels Augen umso interessanter machte.

»Aber ich habe mir eure Investitionen angeschaut und finde, dass ihr einen gewissen Schwerpunkt in der Telekommunikationsbranche habt, was eine Investition in unser Unternehmen aufwiegen würde«, konterte Daniel.

Der Analyst runzelte die Stirn, fuhr sich mit der Hand durchs fettige Haar und öffnete den Mund, um etwas zu sagen, doch Hannes kam ihm zuvor.

»Das ist richtig, aber wir werden demnächst unser Konzept ein wenig ändern, was wir bisher noch nicht publik gemacht haben. Leider wird ein weiteres Pflegeunternehmen dann nicht mehr ins Portfolio passen.«

Daniel schloss die Augen. Er brauchte den Börsengang und mehr Kapital, um seinen Traum von weiteren Behandlungsheimen für drogenabhängige Jugendliche verwirklichen zu können. Warum sah niemand das Potenzial davon? Er hatte so sehr auf Arnhem Invest gehofft. Er brauchte sie.

»Allerdings weiß ich, dass Häger Investments auf der Suche nach einem Unternehmen aus der Pflege- und Gesundheitsbranche sind.« Der Analyst schien ihn aufmuntern zu wollen.

»Dann ist es aber ziemlich schade, dass Douglas Häger der Ansicht ist, Kraft bestünde nur aus Muskelprotzen, die Anabolika nehmen«, sagte Daniel, ohne nachzudenken.

Der Analyst hob kaum merkbar die Augenbrauen, doch Hannes sah ruhig aus.

Antonia legte die Hand auf Daniels Arm. »Daniel ist der Meinung, dass Häger Investments in Kraft kein Potenzial sehen, was keine gute Voraussetzung für eine Zusammenarbeit wäre. Aber trotzdem vielen Dank für den Tipp!«

Hannes sah ihn noch immer schweigend an. Daniel war es leid, immer von seinem Vater zu hören. Wenn es nicht von seiner Mutter kam, dann von Investoren. Diesem Mann war nicht zu entkommen. Klar, seine DNA hatte er zu Hälfte vom Vater, aber wie war es möglich, dass er das Leben seines Sohnes noch immer so beeinflusste, obwohl Daniel alles dafür getan hatte, um sich von ihm zu entfernen?

Nichtsdestotrotz war sein eigenes Verhalten unprofessionell. Schlecht über andere Investmentunternehmen zu sprechen würde ihm bei der Jagd nach Investoren nicht gerade helfen.

»Dann sind Häger Investments die Einzigen, die nicht an Kraft glauben«, sagte Hannes zu seiner Verwunderung. Freundlich sah er Daniel an. »Ich kenne mehrere Unternehmen, die sich auf den Börsengang eines solchen Unternehmens freuen, und ich glaube, dass es mehrere potenzielle Ankerinvestoren gibt.«

»Hoffen wir mal, dass wir sie finden«, sagte Daniel etwas ruhiger. Er meinte eine Art Mitleid im Blick des Mannes zu erkennen. Aber nun war es an der Zeit, das Treffen zu beenden. Arnhem Invest war nicht zu überzeugen, also stand er auf. »Dann danke ich für euer Interesse.« Er schüttelte erst Hannes' trockene, warme Hand, dann die des Analysten.

»Ich bringe euch nach draußen«, sagte Hannes. Zusammen gingen sie hinaus in den Flur. Ihre Schritte wurden von einem grauen Teppich gedämpft. Der Rest des Bürogebäudes war ebenso minimalistisch und durchdesignt wie der Besprechungsraum.

Am Ausgang nahmen sie ihre Mäntel von der Garderobe. Erst jetzt merkte Daniel, dass er einen großen, feuchten Erdfleck am Mantelsaum hatte. So ein Mist. Das sah nicht gerade präsentabel aus. Er wischte mit der Hand über den Saum, obwohl es nichts half. Es war in jedem Fall besser, als es zu ignorieren.

»Bist du unterwegs hingefallen?« Hannes grinste.

»Nein, ich habe ein paar Pflanzen auf der Büroterrasse umgetopft«, berichtete Daniel.

Antonia schüttelte lächelnd den Kopf. »Er besteht darauf, sich um die Pflanzen zu kümmern, was eher suboptimal ist, wenn man für ein geschäftliches Treffen gekleidet ist.«

»Schon, aber der Japanische Ahorn musste hereingebracht werden. Die Blätter waren schon braun vom Nachtfrost«, erklärte Daniel. Der Grund, warum er sich in die Pflege der Büropflanzen einmischte, bestand darin, dass der Hausmeister eben diese Dinge gerne vergaß, wie zum Beispiel die Pflanzen hereinzustellen, wenn es nachts kalt wurde. Außerdem kümmerte er sich gern um die Pflanzen. Der kleine Regenwald auf seiner Terrasse zu Hause reichte ihm nicht.

Hannes sog zischend Luft durch die zusammengebissenen Zähne ein. »Oje.« Bekümmert runzelte er die Stirn. »Der Frost ist dieses Jahr früh gekommen, und diese Pflanzen sind ja ganz schön empfindlich.«

Daniel nickte beeindruckt. »Du interessierst dich fürs Gärtnern?«

»Ich verschwinde kurz, während ihr das ausdiskutiert«, meinte Antonia und ging in Richtung der Toiletten.

»Ja«, antwortete Hannes lächelnd. »Das ist mein Ausgleich. Und du interessierst dich offensichtlich auch dafür!«

»Ja, allerdings habe ich keinen eigenen Garten, nur eine Terrasse mit Pflanzkübeln, aber manchmal fahre ich nach Hause zu meinen Eltern und kümmere mich um deren Garten.«

»Zu Hause bei Douglas Häger?«

Daniel lächelte schief. »Genau.«

Hannes sah Daniel vertraulich an. »Es tut mir leid, dass dein Vater nicht an dein Unternehmen glaubt. Ich weiß, wie es ist, wenn man einen Elternteil hat, der einen nicht unterstützt.« Hannes' graublaue Augen blickten freundlich. »Mein Vater fand Finanzen viel zu theoretisch, nicht das richtige Leben. Er hätte es lieber gesehen, wenn ich Unternehmer geworden wäre, so wie du.« Hannes lächelte. »Ich habe einen guten Freund bei Lerberg. Stehst du mit denen bereits in Kontakt?«

Daniel schnappte nach Luft. Lerberg verwaltete die größten Fonds des Landes. Mit ihnen zusammenzuarbeiten kam ihm unerreichbar vor.

»Nein, wir dachten, dass wir nicht zu ihnen passen würden.«

»Ich denke, einen Versuch ist es wert. Ich kann ein gutes Wort für euch einlegen und dafür sorgen, dass sie ein Treffen mit euch einplanen.«

»Danke. Vielen Dank.« Er konnte sich beim besten Willen nicht vorstellen, dass Lerberg auch nur Interesse zeigen würde, doch er freute sich aufrichtig über Hannes' Überzeugung und seinen Glauben an Kraft.

»Keine Ursache. Viel Glück mit dem Japanischen Ahorn.«

7

Nach dem Gespräch mit Måns Fritzson hatte Victoria sich erst mal für eine ganze Weile hinsetzen müssen. Er wollte, dass sie bei ihnen anfing, und zwar sofort. Als ihr die Konsequenzen dieser Tatsache klar wurden, fuhr die Erleichterung durch ihren Körper wie ein herrlich kühler Bach im Sommer. Einziger Wermutstropfen war das Gehalt, das nicht so hoch war, wie sie es sich vorgestellt hatte. Aber sie würde sich selbst und irgendwann auch ein Kind davon ernähren können. Allerdings war nicht ganz klar, ob es reichen würde, um das Haus zu behalten. Diese Ungewissheit nagte an ihr, aber in diesem Moment schob sie den Gedanken beiseite – sie hatte einen Job.

Im selben Moment, als Victoria den Empfang von Svärdh & Partner betrat, fühlte sie sich unwohl in ihrer Garderobe, die sie am Abend zuvor ausgewählt hatte. Weiße Bluse und Kostüm hatte sie für eine sichere Sache gehalten. Zwei Frauen mit hohen Absätzen traten mit Kaffeetassen in den Händen aus einem Konferenzraum. Die eine trug eine weite Anzughose und eine gemusterte Seidenbluse, die andere einen engen, modern geschnittenen Bleistiftrock mit einem weißen Oversize-Hemd. Victoria fühlte sich in ihrem dunkelblauen Kostüm unscheinbar und altbacken. Außerdem kratzte ein Etikett an der Seite, das sie vergessen hatte abzuschneiden, und der Rock spannte unangenehm über dem Bauch.

In ihrer alten Kanzlei waren die Besprechungsräume ein einziger Laufsteg gewesen. Die Frauen, auch Victoria, hatten Blusen, Kostüme, lange Hosen und Blazer von angesagten skandinavischen Designern getragen, kombiniert mit teuren Accessoires – blinkenden Goldarmbändern oder großen Halsketten, Designerhandtaschen und dem neusten Chanel-Nagellack. Doch sie besaß keine moderne Bürokleidung mehr. Zu Hause war sie meist in Jeans und T-Shirt herumgelaufen. Deshalb hatte sie sich heute für etwas Diskretes entschieden. Damit fühlte sie sich jetzt allerdings wie ein graues Mäuschen.

Als die beiden Frauen an ihr vorbeigingen, registrierte sie, wie sich die Kleinere von ihnen auf die Zehenspitzen stellte, um ihrer groß gewachsenen Kollegin, einer Frau mit langem, dunkelblondem Haar, breitem Mund und großen grünen Augen, etwas ins Ohr zu flüstern. Die andere drehte sich um, sah Victoria amüsiert an und murmelte der kleineren Kollegin etwas zu.

Bildete Victoria es sich nur ein? Hatten sie über sie getuschelt? Gehörte eine von ihnen zu den vielen Frauen, die mit Karl eine Affäre gehabt hatten? Die niedliche kleine Blondine war ganz nach Karls Geschmack.

Auf jeden Fall wussten sie, wer sie war, und dass Karl sie betrogen hatte. Victoria bekam Lust, auf dem Absatz kehrtzumachen, ging jedoch weiter zum Empfang.

Als sie ihre Freundin gefragt hatte, wie viele von Karls Affäre wussten, hatte Ebba sich nur diskret umhören müssen, um die Wahrheit zu erfahren, die Victoria bereits befürchtet hatte: Alle hatten es gewusst. Das war die größte Demütigung gewesen. Trotzdem war es schön, dass zumindest Ebba genauso unwissend gewesen war wie sie selbst. So fühlte Victoria sich nicht ganz so allein.

Die junge Frau hinter dem edlen Empfangstresen blickte sie freundlich an.

»Victoria Leander ist mein Name. Ich bin mit Måns Fritzson verabredet.«

»Willkommen!« Die Frau lächelte liebenswürdig. »Ich informiere ihn darüber, dass Sie hier sind. Möchten Sie einen Kaffee?«

»Gerne, danke! Dann nehme ich einen Macchiato, wenn es geht.«

Die Frau nickte, schrieb etwas in ihren Computer und verschwand dann den Flur hinunter. In derselben Richtung lagen die Besprechungsräume, wo Victoria ihr Vorstellungsgespräch gehabt hatte. Der Empfangsbereich war in gedeckten Farbtönen gehalten – ein quadratischer dunkelvioletter Teppich bedeckte den Fußboden vor den Fenstern, die von dicken braunen Vorhängen eingerahmt wurden. Sie ließ sich in einem niedrigen Ledersessel neben dem quadratischen Glastisch nieder, auf dem ein Stapel Coffeetablebooks lag. Sie sah aus dem Fenster auf den großen Innenhof des Armeemuseums.

Die Empfangsdame war bald mit ihrem Kaffee zurück. Dankend nahm sie die Tasse entgegen und nippte an dem schaumigen Getränk. Erstaunlich lecker für einen Bürokaffee.

Wenige Minuten später erschien Måns Fritzson am Empfang, tadellos gekleidet in dunkelblauem Anzug und weißem Hemd ohne Krawatte. Er war etwa zehn Jahre älter als sie. Sein dunkles Haar war kurzgeschnitten und für sein Alter noch bemerkenswert dicht und wies nur vereinzelte graue Strähnen auf. »Hej, Victoria, schön, Sie zu sehen! Ich dachte, ich stelle Ihnen gleich eine unserer Assistentinnen vor. Ich muss nämlich zu einem Meeting, aber Mikaela wird Sie zu Ihrem Arbeitsplatz begleiten und Ihnen alles zeigen.«

Sie gingen hinaus in den großen Lichthof und weiter die Wendeltreppe hinauf in den ersten Stock. Währenddessen erzählte Måns von den Terminen, auf die er Victoria im Lauf der Woche mitnehmen wollte.

Sie gelangten in einen Flur, der mit grauem Teppichboden ausgelegt war. Die Wände waren in dunklem Holz gehalten, und die Büros hatten gläserne Wände, sodass man die Kollegen an ihrem Arbeitsplatz sehen konnte. Sie betraten eines der Büros. Dort saß die Frau mit den dunkelblonden, langen Haaren und dem großen Mund, die Victoria schon in der Empfangshalle gesehen hatte.

»Das ist Mikaela«, sagte Måns.

Die Frau erhob sich mit ausgestreckter Hand und aufgesetztem Lächeln.

Victoria gab ihr die Hand. »Victoria.«

»Ich muss leider weiter«, sagte Måns, »aber Mikaela hat für uns um zwölf einen Tisch im Theater-Grill reserviert. Treffen wir uns um zehn vor am Empfang?«

Victoria nickte, doch Måns war bereits verschwunden. Im selben Moment verschwand Mikaelas Lächeln, und sie seufzte. »Ja, ich kann dich ja schon einmal herumführen. Wir können zu deinem Arbeitsplatz gehen.« Ihre Stimme klang monoton, und sie ging vor Victoria her, ohne sie anzusehen.

»Gerne!«

Auf dem Weg durch den Flur kamen sie an sechs Büros vorbei, bogen dann um eine Kurve und passierten weitere sechs Büroräume. Die Mitarbeiter waren in Telefongespräche vertieft, diskutierten mit Kollegen oder tippten etwas in ihren Computer. Die Hälfte der Büros war leer. Vermutlich befanden sich die Mitarbeiter gerade in Besprechungen.

Schließlich kamen sie zu einem kleineren Raum, in dem sich vier Schreibtische befanden, von denen zwei ungenutzt waren. An einem der Tische saß eine hohläugige Frau mit riesigen Kopfhörern, vermutlich Ohrenschützern, und tippte wie wild auf ihrer Tastatur herum. Neben ihr lagen mehrere Papierstapel mit Bemerkungen und gelben Post-its an den Rändern. Sie war bestimmt zehn Jahre jünger als Victoria. Mindestens.

»Hier wirst du sitzen. In der Höhle, so nennen wir diesen Raum. Neueingestellte Mitarbeiter haben kein eigenes Büro und auch keine Fenster.« Mikaela wies auf einen der leeren Schreibtische.

Victoria nickte, sah dann die Frau mit den Kopfhörern an, streckte die Hand aus und grüßte. Doch die war so versunken in ihre Arbeit, dass sie gar nicht aufsah.

»Sie steckt mitten in einer DD«, erklärte Mikaela. Dann klopfte sie der jungen Frau auf die Schulter, woraufhin diese die Kopfhörer abnahm. »Das ist Victoria Helmersson.«

»Leander«, berichtigte Victoria sie.

»Was?« Mikaela sah sie irritiert an.

»Ich heiße Victoria Leander«, sagte Victoria.

»Richtig, ja.« Mikaela schüttelte den Kopf, als sei sie nicht ganz bei sich gewesen.

Die junge Frau erhob sich. »Hej, ich heiße Azra. Aber du kannst mich auch Azzie nennen. In welcher Abteilung wirst du sein?« Azzie hatte freundliche dunkelbraune Augen. Jetzt, da sie die Kopfhörer abgenommen hatte, wallten lange, dunkle Locken über ihre Schultern.

»In der Transaktionsabteilung.«

Azzie verzog das Gesicht. »Dann wirst du gut zu tun haben. Zurzeit arbeiten wir Tag und Nacht. Aber nächstes Jahr wechsele ich zum Glück in die Zivilrechtsabteilung.«

Tag und Nacht zu arbeiten war Musik in Victorias Ohren. Auch wenn sie die Nächte nicht sonderlich gern im Büro verbracht hatte, gefielen ihr Tempo und Dynamik der Transaktionsabteilung. Es ging um den Erwerb großer Unternehmen und das Verhandeln von Kaufverträgen, aber auch um die Due Diligence, abgekürzt DD, was bedeutete, dass Unternehmen, die verkauft werden oder an die Börse gebracht werden sollten, auf Herz und Nieren geprüft wurden. Offenbar erforderte genau dies die volle Konzentration dieser hart arbeitenden jungen Frau.

Victoria hatte ihre Arbeit geliebt und war eine fähige Transaktionsanwältin gewesen. Ihr Chef hatte es kaum glauben wollen, als sie kündigte, und ihr angeboten, Teilzeit zu arbeiten oder sie zu beurlauben. Doch Karl hatte darauf bestanden, dass sie Ruhe brauchte und sich entspannen sollte, ohne an den Job denken zu müssen. Er glaubte, dass der Stress die Ursache dafür war, dass sie nicht schwanger wurde. Nach einem äußerst intensiven Jahr im Büro war es vielleicht nicht verwunderlich, dass ihr Körper es nicht schaffte, schwanger zu werden. Zu diesem Zeitpunkt hatte sie sich furchtbar nach einem Kind gesehnt und befürchtet, dass sie sich auch bei einer Teilzeitanstellung immer weiter stressen würde und daher keine Chance auf eine Schwangerschaft hätte. Zumindest hatte sie das damals geglaubt, nachdem sie alles mit Karl besprochen hatte.

»Okay, wollen wir den Rest deiner Abteilung begrüßen?«, fragte Mikaela in einem Ton, als hätte sie vorgeschlagen, das ganze Büro zu staubsaugen. Sie wandte sich ab, bevor Victoria antworten konnte.

Victoria nickte Azzie zum Abschied zu. »War nett, dich kennenzulernen!«

Azzie antwortete mit einem müden Nicken und machte sich wieder an die Arbeit.

Mikaela stellte Victoria den anderen Juristen und Kanzleipartnern innerhalb der Transaktionsabteilung vor. Alle begrüßten sie herzlich, und jedes Mal stellte Mikaela sie als Victoria Helmersson vor.

Schließlich kamen sie in ein Büro, wo ein Mann vor seinem Bildschirm an einem riesigen, fast leeren Schreibtisch saß. Als sie eintraten, blickte er auf. Sein dunkles Haar war zur Seite gekämmt, er trug einen Dreitagebart und hatte helle Augen. Sie kannte ihn von etlichen Transaktionen, die sie gemeinsam durchgeführt hatten, doch sie mochte ihn nicht. Er war immer sehr von sich überzeugt gewesen.

»Das ist Victoria Helmersson«, sagte Mikaela.

Victoria räusperte sich. Das Ganze wurde langsam zu einer Farce. »Victoria Leander«, korrigierte sie und schüttelte dem angestellten Juristen die Hand. Mikaela verdrehte die Augen, als sei es spitzfindig von Victoria, darauf zu bestehen, dass man sie mit ihrem richtigen Namen ansprach.

Der Mann lächelte breit und streckte ihr die Hand entgegen. »Henrik Andersson. Du hast früher bei Hammar & Co. gearbeitet, oder?«

Sie schüttelte ihm lächelnd die Hand. »Ja, das stimmt. Wir hatten beim Projekt Light miteinander zu tun.«

»Richtig! Das war vielleicht ein Fall …« Er schüttelte den Kopf und lachte. Sowohl Svärdh & Partner als auch Victorias ehemalige Kanzlei hatten monatelang an diesem Fall gearbeitet, bis ihr Mandant, der Käufer, sich plötzlich zurückzog. »Der Vorstand hat den Kauf nicht bewilligt. Überhaupt hat sich der Vorstand in alles eingemischt. Ein altes Industrieunternehmen.«

»Ein värmländisches Unternehmen«, ergänzte Victoria.

»Aus Värmland, glaube ich«, sagte er, als habe er sie nicht gehört. »Ein richtiges Traditionsunternehmen. Vermutlich wollte der Vorstand, dass alles beim Alten bleibt.«

Jetzt erinnerte sie sich wieder daran, dass Henrik immer alles besser wusste und allen alles erklären wollte.

»Willkommen hier bei Svärdh & Partner!«

»Danke.« Sie verließen den Raum. Victoria wollte Mikaela einen vielsagenden Blick wegen Henriks Mansplaining zuwerfen, doch die Assistentin ignorierte sie und ging weiter den Flur entlang. Victoria verdrehte die Augen und folgte ihr.

Weiter ging es zum Lichthof des Gebäudes. Durch das gläserne Dach, das einer Pyramide glich, fiel das Licht der Vormittagssonne herein. Tische und Stühle standen an den Wänden, und an einer der Schmalseiten befand sich eine Bar aus gehämmertem Kupfer. Es fühlte sich ungewohnt an, nach so langer Zeit wieder in einer Anwaltskanzlei zu sein.

»Wirklich schöne Räumlichkeiten«, sagte Victoria, als sie wieder zurück zu ihrem Arbeitsplatz gingen. »Ich war schon einmal bei Svärdh & Partner, allerdings in eurem ehemaligen Büro in …«

»Mmm«, unterbrach Mikaela sie, als wolle sie die fehlende Relevanz von Victorias Worten hervorheben. »Ich sehe, dass die IT deinen Computer schon bereitgestellt hat«, sagte sie gelangweilt, als sie an Victorias Platz angelangt waren. Auf dem weißen, einfachen Schreibtisch standen ein Laptop mit einem Post-it, eine Steckdose, wo man es anschließen konnte, und ein breiter schwarzer Bildschirm. Am Schreibtisch gegenüber saß Azzie immer noch mit ihren Ohrenschützern.

Mikaela seufzte tief. »Dann können wir ja gleich mit der Zeiterfassung beginnen.« Sichtlich enttäuscht über die Effektivität der IT-Abteilung zog sie einen Stuhl heran und forderte Victoria mit einem Nicken auf, sich zu setzen.

Victoria gab den Benutzernamen und das Passwort ein, die auf dem Zettel standen, erhielt jedoch eine Fehlermeldung. Mikaela riss ihr den Laptop aus der Hand und gab erneut die

Zugangsdaten ein. Jetzt funktionierte es. Das Zeiterfassungssystem glich jenem, das Victoria aus ihrer Zeit bei Hammar & Co. kannte.

»Hier gibst du die Fallnummer ein.« Mikaela schrieb Ziffern in ein kleines Feld rechts auf dem Bildschirm. Aus den Augenwinkeln sah sie, wie Azzie den Gehörschutz abnahm und zu ihnen herübersah. »Dann trägst du die Tätigkeiten ein, klickst hier, dann dort, und dann hier, um alles zu speichern.« Mikaelas Hände bewegten sich schnell über die Tastatur, der Cursor sprang hin und her, und Victoria verlor den Überblick.

Und sie war es leid. »Du scheinst es sehr eilig zu haben. Gibt es vielleicht eine Anleitung, in der ich das nachlesen kann?«, fragte sie barscher als beabsichtigt.

Mikaela sah sie beleidigt an. »Die findest du im Intranet.« Sie erhob sich und ging in Richtung ihres Büros. Sie schien keine Minute zu viel an Victoria verschwenden zu wollen.

»Und wo finde ich …«

»Startseite.«

»Und wie funktioniert der Drucker?«

Doch da war Mikaela bereits um die Ecke verschwunden.

Typisch. Schon am ersten Tag hatte sie es sich mit der Assistentin verscherzt. Das war taktisch unklug. Mit der Assistentin sollte man sich immer gut stellen. Das hätte sie wissen müssen. Karl hatte diesen Punkt besonders beherzigt. Seine Assistentin kümmerte sich um alles. Zum Beispiel um einen Blowjob im Kopierraum (was aus den Nachrichten hervorgegangen war, die Victoria gelesen hatte).

Doch Mikaela hatte sich benommen, als brenne es irgendwo, da hatte Victoria sich nicht mehr beherrschen können.

»Okay.« Sie starrte auf ihren Bildschirm.

»Mach dir keine Sorgen. Sie ist nicht besonders hilfsbereit und behandelt die meisten Kollegen so.« Azzie rollte auf ihrem

Schreibtischstuhl nach hinten, die Ohrenschützer hatte sie abgenommen.

Victoria lächelte dankbar. »Aha, und trotzdem darf sie bleiben?« Die Frage rutschte ihr einfach heraus. Als Assistentin sollte man Assistententätigkeiten doch mögen, oder nicht?

»Schon. Zu den Kanzleipartnern und den Juristen, die etwas zu sagen haben, ist sie immer freundlich.« Azzie zog eine Grimasse. »Und die lieben sie. Bei ihnen strengt sie sich an. Auf neu eingestellte Kollegen hat sie keine Lust. Aber ich habe ja alles gerade erst gelernt, also frag nur, wenn etwas unklar ist.«

»Vielen Dank!« Wenigstens eine, an die sie sich wenden konnte. Victoria war ihr unendlich dankbar für ihren herzlichen Empfang. Sie öffnete ihr Mailprogramm. Die erste Mail, die eingetroffen war, stammte von Henrik.

Carl-Adam Lamm zuckte zusammen, als sein Handy summte. Er sah auf das Display. *Ich arbeite heute länger. Du brauchst nicht auf mich zu warten.*

Er seufzte tief und lehnte sich auf seinem Schreibtischstuhl zurück. Die Rückenlehne gab nach, und er rollte ein Stück nach hinten und blickte durch das Bürofenster hinunter auf die Riddargatan. Vielleicht sollte Jack lieber Bescheid geben, wenn er ausnahmsweise einmal pünktlich nach Hause kam? Das war der vierte Abend allein in dieser Woche, an dem er Überstunden machte. In der letzten Woche war es dasselbe gewesen, und vermutlich würde er auch morgen spät nach Hause kommen, obwohl dann Freitag war. Es war keineswegs außergewöhnlich, jeden Abend zu arbeiten, das tat auch Carl-Adam in manchen Phasen. Aber Jack war kaum zu Hause gewesen, seit sie aus dem Urlaub zurückgekommen waren. Genau genommen hatte er seit ihrer Hochzeitsreise im Frühling nur gearbeitet, und wenn er zu Hause war, dann war er nicht wirklich anwesend. Seine Gedanken schienen ganz woanders zu sein.

Carl-Adam blickte wieder auf seinen Bildschirm, versuchte, an etwas anderes zu denken. Woran hatte er gerade gearbeitet? Richtig, am Bericht. Er wollte sich den Abschnitt genauer ansehen, den die Junior Associates zum Thema Händlervereinbarungen verfasst hatten. Das Dokument lag ausgedruckt auf dem Schreibtisch, und zum dritten Mal fing er an, es sich durchzulesen.

Warum war Jack so zerstreut? In der letzten Woche hatte Carl-Adam gefragt, ob irgendetwas nicht in Ordnung sei, doch Jack hatte nur irritiert geantwortet, dass er gestresst und müde sei.

Er hatte doch wohl keine Affäre? Wie oft hatten sie Witze über verheiratete Männer gemacht, die Affären hatten. Niemals würden sie so etwas tun, das stand fest, auch wenn sie es nie so offen angesprochen hatten. Der Gedanke, Jack könne einen Geliebten haben, war völlig absurd. Jack war nicht so einer.

Sicher bildete Carl-Adam es sich nur ein. Sie waren erst seit vier Monaten verheiratet. Niemand betrog seinen Mann nach nur vier Monaten, oder etwa doch? Und sie liebten einander doch.

Trotzdem wühlte die Ungewissheit in seiner Brust, und Jacks Nachricht machte es nicht besser, ganz im Gegenteil.

Ein Klopfen an der Tür unterbrach seine Gedanken.

»Herein.«

Die Tür zu seinem Büro wurde vorsichtig geöffnet, und eine Frau trat ein.

»Guten Tag, ich hoffe, ich störe nicht.« Eine Brünette mit kühlem Gesichtsausdruck sah ihn an. Nach wenigen Sekunden erkannte er sie. Victoria Helmersson, Karl Helmerssons Exfrau. Sie kannte sich bei Gott damit aus, betrogen zu werden. Vielleicht sollte er sie um Rat fragen? Er lachte in sich hinein. Was für einen überdrehten Eindruck würde er machen, wenn er sie gleich nach ihrem untreuen Mann fragen würde!

Victoria sah ihn nachdenklich an. Offenbar hatte er laut gelacht. Überdreht – das passte wohl.

»Nein, gar kein Problem.«

Sie streckte ihm die Hand entgegen. »Ich habe mich noch gar nicht vorgestellt. Ich heiße Victoria und bin neu in der Kanzlei.«

Er stand auf und ergriff ihre Hand. »Carl-Adam.«

»Henrik hat mich gebeten, mit dir über den Bericht zu sprechen, den ich dir vor etwa einer Stunde gemailt habe, falls du schon draufgeschaut hast.«

»Ja, natürlich.« Er hielt das Papier hoch. »Ich bin gerade dabei.«

»Sehr gut! Offenbar braucht der Mandant das Dokument schon in ein paar Stunden.« Sie klang bedauernd, aber nicht so unterwürfig wie andere Juristen, wenn sie einen höherstehenden Kollegen stören mussten. »Der Aktienübertragungsvertrag muss leider schon heute Abend verschickt werden, und er wollte etwas über die Händlervereinbarungen dabeihaben.«

»Klar, sag ihm doch, er soll schreiben, dass es jede Menge davon gibt.«

Victoria blickte ihn schweigend an.

»Also, das war ein Scherz. Natürlich werden wir das nicht schreiben, auch wenn es stimmt.«

Victoria lächelte verhalten. »Ah, ach so.« Sie lächelte höflich. »Aber dann können wir bald mit deiner Antwort rechnen, oder?«

»Ja, ich melde mich.« Herrgott, die wirkte ja völlig humorlos.

Gut, sein Witz war schlecht gewesen. Sogar richtig schlecht, aber sie hätte dennoch darauf eingehen können.

Kein Wunder, dass dieser Karl Helmersson sie betrogen hatte.

Dann schämte er sich für seine Gedanken. Gab es überhaupt eine Entschuldigung fürs Fremdgehen? Er schüttelte den Kopf, darüber wollte er gar nicht nachdenken. Jack hatte einfach viel zu tun, mehr war es nicht.

Auf dem Heimweg von der Kanzlei machte er einen Abstecher zur Markthalle und kaufte Pfifferlinge und Parmesan für ein Risotto. Die restlichen Zutaten hatte er zu Hause. Kochen brachte ihn immer auf andere Gedanken. Vielleicht würde seine beste Freundin Charlotta zum Essen vorbeikommen? Das wäre eine willkommene Ablenkung. Dummerweise war sie jedoch frisch verliebt und ständig mit ihrem unwiderstehlichen Freund beschäftigt. Schön für sie, dass sie glücklich waren und Zeit füreinander hatten, dachte er bitter und ein wenig neidisch.

Er schrieb ihr eine Nachricht, als er in den Aufzug zu seiner Wohnung stieg, doch sie schrieb ihm gleich zurück, dass sie arbeiten müsse. Vielleicht war es besser so, er sollte früh schlafen gehen. Wenn er sich mit Charlotta traf, wurde der Abend immer lang.

Zu Hause zog er sich schnell um. Dann stellte er sich in die Küche, die er zusammen mit Jack renoviert hatte. Nach langen Diskussionen hatte Carl-Adam sich mit seinen Vorstellungen durchgesetzt, was die Farbauswahl betraf. Er war die hellgrauen Küchen mit Marmorplatten leid und hatte stattdessen Fronten aus dunkel gebeizter Eiche, vanilleweiße Arbeitsflächen und einen riesigen Herd ausgesucht. Nun öffnete er sich eine Flasche kalten Riesling und goss ihn in ein Riedel-Glas. Seitdem er die neuen Gläser besaß, hatte sein Weingenuss neue Dimensionen erreicht, und er überredete seinen kompletten Bekanntenkreis, sich ebensolche Gläser zu kaufen.

Er nippte am Wein, genoss den Geschmack nach tropischen Früchten und den etwas sandig-kalkigen Abgang und sah durch das Küchenfenster hinaus auf den Kungsholmstorg. Er liebte diese Aussicht. Liebte ihre Wohnung. Sie wohnten noch nicht lange dort, erst ein paar Monate, doch er hatte sich schon eingelebt. Wahrscheinlich lag es daran, dass die Auswahl jedes einzelnen Möbelstücks und Dekorationsgegenstands wohl durchdacht war. Der Klapptisch in der Küche zum Beispiel mit seinen abgewetzten Kanten und der robusten Platte trug Spuren von Rotweingläsern und diverse Kerben – Erinnerungen an die zahlreichen Abendessen mit Freunden, bei denen das ein oder andere Glas lachend auf den Tisch geknallt worden war. Er stammte von Carl-Adams Großmutter und hatte schon viele Umzüge überstanden. Oder die schwarze, italienische Deckenlampe, nach der sich Jack schon so lange verzehrt und mit der Carl-Adam ihn schließlich überrascht hatte.

Er kochte Brühe auf und maß den Reis ab, briet ihn in reichlich Butter goldbraun an und löschte ihn dann nach und nach mit Brühe und Weißwein ab. Parallel dazu blanchierte er die Pfifferlinge, briet sie dann in Butter und rührte sie unter das Risotto. Den Abschluss bildete eine gute Portion geriebener Parmesan, der das Risotto cremig machte. Er gab das Gericht auf einen großen weißen Teller von Royal Copenhagen, dem Service, das sie als Hochzeitsgeschenk bekommen hatten, und nahm Teller und Weinglas mit zum dunkelblauen Samtsofa, um es sich vor einer Folge der alten Serie *Das weiße Haus* gemütlich zu machen. Er hatte gemeinsam mit Jack begonnen, die Serie zu sehen, doch nun, wo Jack nur noch selten zu Hause war, schaute er sie alleine weiter. So etwas nannte man Serien-Untreue. Das war die einzige Art von Untreue, die er sich erlaubte. Es konnte doch nicht sein, dass Jack jemanden anderen hatte. Oder? Wieder schob er die Gedanken beiseite. Es tat zu weh, daran zu denken.

Nach vier Folgen ging er zu Bett. Er schrieb Jack einen Zettel, dass noch Risotto im Kühlschrank sei, und legte ihn auf den Tisch im Flur. Wenn Jack spät von der Arbeit kam, aß er gern noch etwas, kurz bevor er schlafen ging. Allerdings hatte er schon lange nichts mehr von Carl-Adams selbstgekochten Gerichten gegessen. In der letzten Zeit hatte er sogar abgenommen. Ob es ihm schlechtging?

Der Wein bewirkte, dass Carl-Adam rasch einschlief, doch als Jack sich einige Stunden später neben ihn legte, wachte er auf.

»Hej«, sagte er verschlafen und streckte die Hand aus, um seinen Ehemann zu berühren.

»Hej.« Jack zog die Decke über sich und legte sich zurecht.

»Wie war es auf der Arbeit?«

»Gut. Viel zu tun, aber schlaf jetzt weiter. Ich wollte dich nicht wecken.« Jack klang freundlich, doch kurz angebunden.

Carl-Adam rutschte näher an ihn heran und spürte, wie er ihn vermisst hatte. Plötzlich war er ganz wach und bekam Lust auf Sex. Er wusste nicht, ob es an Jacks Wärme lag oder ob es eine Art Wunsch nach Bestätigung war, aber er wollte Jacks festen Körper spüren. Ihn in sich aufnehmen.

»Es macht nichts, dass du mich geweckt hast.« Er legte sich dicht neben Jack, strich ihm über die nackte Brust, auf der die Muskeln noch stärker hervorzutreten schienen als sonst. Er hatte eindeutig abgenommen. »Es macht überhaupt nichts«, sagte er leise und beugte sich über Jacks Gesicht, küsste ihn und wanderte mit dem Mund seinen Hals hinab.

Jack erstarrte, als hätte die Berührung wehgetan. »Nicht jetzt. Ich bin so müde. Ich muss morgen wieder früh im Büro sein.« Jack rückte von ihm ab, und Carl-Adam verharrte in seiner Position, auf der Seite, die Hand ausgestreckt ins Leere. In eine verdammt große Leere.

Jack drehte ihm den Rücken zu. Er rutschte nur ein paar Zentimeter weiter weg, doch sie fühlten sich an wie Kilometer, wie Lichtjahre – ja, wie eine ganze, dunkle Galaxie.

Irgendetwas stimmte nicht. Carl-Adam versuchte den Kloß im Hals herunterzuschlucken. Wieder und wieder. Er musste sich beherrschen, entschied sich aber trotzdem nachzufragen.

»Jack, was ist los? Du bist so abwesend in der letzten Zeit.«

»Bitte, C-A, wir haben doch schon darüber gesprochen. Du weißt ganz genau, wie anstrengend es auf der Arbeit sein kann. Wir waren uns doch einig, dass wir das noch ein paar Jahre so durchziehen wollen.« Jack klang irritiert.

Genau genommen war das Jacks Ansatz gewesen. Carl-Adam hätte den Versuch, ein Kind zu adoptieren, an erste Stelle gesetzt. Dieser Prozess konnte unglaublich lang dauern. Bei Freunden von ihnen, die ein Kind adoptiert hatten, hatte es sogar mehrere Jahre gedauert. Und bei gleichgeschlechtlichen Paaren sowieso. Doch Jack wollte sich zunächst auf seine Karriere konzentrieren, und Carl-Adam hatte es ihm zuliebe akzeptiert.

Jack drehte sich zu ihm und streichelte kurz seine Schulter, als wolle er seinem Ton die Schärfe nehmen. »Ich bin jetzt einfach nur müde und muss schlafen. Glaub mir, es ist alles in Ordnung, außer dass ich seit mehreren Wochen nicht mehr genug geschlafen habe.«

»Bist du sicher?«

»Ganz sicher.« Jack rutschte näher. Küsste ihn. »Es gibt nur dich und mich, C-A, das weißt du.«

Leise atmete Carl-Adam auf. Der Kloß im Hals löste sich, und er lächelte im Dunkeln. »Okay.«

»Okay. Gute Nacht.« Jack legte sich wieder hin.

»Gute Nacht.« Carl-Adam rollte auf den Rücken, zog die Decke um sich und schloss die Augen.

Doch die Erleichterung, die er für einen kurzen Moment verspürt hatte, wich erneut einer dunklen und erdrückenden Unruhe.

8

Gerade als Måns den Mund öffnen wollte, um die vor ihm liegende Liste durchzugehen, vibrierte Victorias Handy. Schnell drückte sie das Gespräch weg, ohne auf das Display zu sehen, und blickte sich verschämt um. Doch niemand schien etwas bemerkt zu haben. Es dauerte einen Moment, dann vibrierte es erneut, und sie drückte das Gespräch erneut weg. Wer wollte sie so dringend erreichen?

Måns eröffnete das wöchentliche Abteilungsmeeting, indem er Victoria in der Kanzlei willkommen hieß. Sie hatte die Hälfte bereits bei ihrem Rundgang in der vergangenen Woche getroffen und nickte den anderen zu, die sie noch nicht kannte. Die Transaktionsabteilung war die größte der Kanzlei mit insgesamt neunzehn Personen, davon vier Kanzleipartner, fünf Senior Associates, acht jüngere angestellte Juristen und zwei Assistentinnen.

Schon wieder vibrierte ihr Handy. Eine Nachricht. Diskret sah sie auf das Display.

Wollte nur mal hören, wie es mit der Bank gelaufen ist. Karl. Sie hatte Zeit bis zum Ende des Monats, das waren noch vier Wochen. Warum meldete er sich jetzt schon? Sie legte ihr Handy zur Seite und sah entschuldigend in die Runde, doch auch diesmal schien niemand davon Notiz genommen zu haben.

Dessie berichtete von einer neuen, großen Transaktion. Sie war schon in jungen Jahren Kanzleipartnerin geworden, und Victoria hatte schon früher einmal mit ihr zu tun gehabt. Dessie hatte sie in der vergangenen Woche herzlich begrüßt, als sie einander vorgestellt worden waren. Partnerin vor dem fünfunddreißigsten Geburtstag. Und ungeheuer attraktiv. Sie sah aus, als würde sie jeden Morgen Weizenshots trinken, bevor sie sich die Haare im Friseursalon machen ließ, und nie ihre wöchentlichen Gesichtsbehandlungen im Sturebad verpassen.

Stünde Victoria auch dort, wo Dessie jetzt stand, wenn sie auf ihren Job und nicht auf den Traum einer Familie mit Karl gesetzt hätte?

Es war müßig, sich darüber Gedanken zu machen, aber sie war neidisch. Neidisch auf eine unvorteilhafte Weise, die sie entgegen Lauras Rat bitter werden ließ. Nicht bitter wegen Dessie, sondern wegen des Mannes, der sie gebeten hatte, das alles aufzugeben, bevor er sie aussortiert hatte wie ein altes, mottenzerfressenes T-Shirt.

Als Dessie fertig war, ergriff Carl-Adam das Wort. »Ich hatte Anfang der Woche einen Termin mit Kraft, zusammen mit der Aktienrechtsabteilung. Der Geschäftsführer des Unternehmens, Daniel Häger, ist der Cousin meines Mannes und hat uns gebeten, den geplanten Börsengang seines Unternehmens zu begleiten. Die Kollegen von der Aktienrechtsabteilung brauchen allerdings Unterstützung bei der Due Diligence und bei der Begleitung des Börsengangs ganz allgemein, sie haben gerade viel zu tun.«

Vielleicht konnte sie etwas zur Due Diligence beitragen? Sie wusste sicher noch einiges aus der Zeit, als sie Karl im Fall Rekrea geholfen hatte.

»Daniel Häger«, wiederholte Dessie. »Wurde der nicht kürzlich zum heißesten Junggesellen unter dreißig ernannt?« Vereinzeltes Lachen.

Carl-Adam lächelte schief. »Das stimmt, aber darauf ist er nicht sonderlich stolz.«

»Gut gemacht, Carl-Adam.« Dessie sah ihn zufrieden an. »Kraft ist ein guter Mandant.« Carl-Adam lächelte breit.

»Stimmt, die sind ziemlich erfolgreich. Ich denke zum Beispiel an den Deal mit diesem Unternehmen aus der Pflegebranche«, warf Måns ein.

»Rekrea«, sagte Carl-Adam.

Victoria hatte nicht offiziell an Karls Fällen gearbeitet, und es würde unseriös wirken, wenn sie davon erzählte. Doch wenn sie sich in den Fall einarbeitete, würde sie bestimmt die Strukturen wiedererkennen. Das wäre eine geringe Hürde, und wenn sie etwas gebrauchen konnte, dann war es ein einigermaßen leichter Fall, mit dem sie glänzen konnte. Etwas, womit sie zeigen konnte, was in ihr steckte. Vielleicht erhöhte das ihre Chancen auf eine Festanstellung oder Gehaltserhöhung. Es war die perfekte Gelegenheit.

»Die Due Diligence sollte recht einfach werden«, fuhr Carl-Adam fort. »Rekrea wurde kürzlich schon geprüft, vor dem Erwerb durch den Kraft-Konzern. Die Sache ist zwar etwas knifflig, mit Zulassungsfragen und dergleichen, aber gerade dieser Teil sollte ausreichend dokumentiert sein.«

Victoria rief sich den ziemlich chaotischen Prozess in Erinnerung, als es um den Kauf von Rekrea gegangen war. Irgendetwas war da gewesen, sie versuchte sich zu erinnern. Karl war ziemlich gestresst gewesen von diesem Fall.

Hatte sein Kollege sich nicht wegen irgendetwas geweigert? Karl hingegen hatte nicht aufgeben, sondern das Geschäft weiter vorantreiben wollen.

In ihren schlaflosen Nächten hatte sie oft überlegt, wie sie sich an Karl rächen konnte. Am liebsten hätte sie seine Karriere zerstört, insbesondere seit er ihr letzte Woche dieses Dokument unter die Nase gehalten hatte, das ihr jegliche Anteile an seiner Kanzlei versagte. Er war noch nie der rechtschaffenste Jurist gewesen, doch sie hatte bislang keinen Skandal gefunden, der ihn hätte zu Fall bringen können. Zumindest nichts, was sie hätte beweisen können.

Doch nun wollte Svärdh & Partner eine Analyse des Kraft-Konzerns durchführen. Und da Kraft Rekrea bereits gekauft hatte, würde auch dieses Unternehmen Bestandteil der Analyse sein. Victoria würde eine weitere Chance erhalten, die Dokumente durchzugehen. Karl war richtig nervös gewesen wegen der Sache, über die er sich mit seinem Kollegen uneinig gewesen war. Sie erinnerte sich, dass das ganze Geschäft vermutlich geplatzt wäre, hätte Kraft von der Sache erfahren.

Sie musste herausfinden, um was es gegangen war.

Aufregung breitete sich in ihrem Körper aus. Das konnte wirklich etwas werden.

Victoria räusperte sich. »Die Aktienrechtsabteilung braucht also Hilfe bei der DD? Da helfe ich gerne. Ich brauche ein paar DDs, um mein Gedächtnis aufzufrischen.«

Måns sah sie nachdenklich an. Wirkte sie übereifrig? Sie versuchte, ihn so neutral wie möglich anzublicken, und spürte ihr Herz klopfen.

»Vielleicht wäre für diese Aufgabe ein jüngerer Jurist besser geeignet? Ich denke, deine Kompetenz ließe sich besser woanders nutzen«, sagte Måns, mit dem sie inzwischen auch per Du war.

»Ich habe absolut nichts dagegen, zu Anfang eine leichtere Aufgabe zu übernehmen.«

»Wir werden sehen.«

Irgendwie musste sie es schaffen, an diesem Fall zu arbeiten. Das war ihre Chance.

Was würde ein Mafiaboss in dieser Situation tun?

Als sie an diesem Abend nach Hause kam, kochte sie sich eine ordentliche Portion Spaghetti Carbonara. Sie ging hinunter in den Weinkeller und wählte einen der teureren italienischen Rotweine aus, einen Brunello, den Karl auf einer Auktion gekauft hatte. Bevor ihm aufging, dass bei der Vermögensaufteilung auch der Wein berücksichtigt wurde und ihm mindestens die Hälfte zustand, gedachte sie so viele Flaschen wie möglich zu leeren.

Sie goss sich ein großes Glas voll, gab die nach Olivenöl und Knoblauch duftende Pasta in einen tiefen Teller und setzte sich im Obergeschoss vor den Fernseher. Karl und sie hatten beide keinen Fernseher im Wohnzimmer gewollt und stattdessen in der ersten Etage ein Zimmer mit Ecksofa und einem kleinen Couchtisch aus Teak eingerichtet. Sie startete eine Folge der *Sopranos*. Es war das dritte Mal, dass sie diese Serie sah. Sie hatte extra einen 65-Zoll-Fernseher gekauft, um den *Paten*, *Gomorrha* und *Die Unbestechlichen* im Großformat genießen zu können. Nach ihrem Einzug hatte sie eine halbe Woche investiert, um die Dolby-Surround-Anlage mit den riesigen Lautsprechern einzubauen, die den abgefeuerten Pistolenschüssen einen extra Effekt gaben.

Nachdem sie die Spaghetti aufgegessen hatte, ging sie hinunter in die Küche, räumte den Teller in die Spülmaschine und schenkte sich Wein nach. Mit der Flasche und dem Weinglas ging sie durchs Wohnzimmer. Immer hatte sie von einem luxuriösen, verklinkerten Sechziger-Jahre-Haus geträumt, mit hohen Fenstern und abgesenktem Wohnzimmer, dessen Decke bis zum Giebel reichte. Ihr Haus war auch beinahe so, nur kleiner und weniger luxuriös. Es besaß eine verklinkerte Fassade, das Wohnzimmer war abgesenkt, und sie hatte versucht, dieses dekadente Sechziger-Jahre-Gefühl zu erzeugen, indem sie stilvolle Designklassiker ausgewählt hatte – im Wohnzimmer standen zwei Wegner-Sessel aus cognacfarbenem Leder neben einem rauchfarbenen Glastisch von Vitra. Sie hatte auch ein paar kitschige Accessoires untergebracht, die den von ihr so geliebten Sechziger-Jahre-Luxus verströmten: eine leuchtend blaue Vase in Form eines Gesichts, ein Lampenfuß, der wie ein Frauenkörper geformt war, und eine breite, türkisfarbene Tischlampe, die den größten Teil des Sideboards aus Teakholz einnahm, das an der einen Wohnzimmerwand stand.

Sie liebte dieses Haus.

Ihr Bruder wohnte nur einen Steinwurf entfernt, was ein wichtiger Baustein in ihrem Plan war, als alleinerziehende Mutter Kind und Job unter einen Hut zu bekommen. Jens und sie waren schon immer sehr eng miteinander gewesen, und als Åsa und er vor vier Jahren Eltern von Zwillingen geworden waren, hatte Victoria im ersten Jahr mehr oder weniger bei ihnen gewohnt. Sie wusste, dass sie genauso auch für sie da sein würden. Die räumliche Nähe zu ihnen und zu ihrer Mutter, die am Brommaplan wohnte, war für das Gelingen ihres Vorhabens ebenso entscheidend wie die Möglichkeit, in ihrem Haus wohnen bleiben zu können.

Sie ging ins Arbeitszimmer, wo immer noch Aktenordner mit Unterlagen von Karl standen. Ob sie hier etwas finden würde?

Sie schaltete die Deckenlampe aus Messing mit den drei plissierten Lampenschirmen ein, die einen gemütlichen Schein verbreitete. Die Möbel hatten sie gemeinsam ausgesucht. In der Ecke standen ein Jetson-Sessel, den sie bei Bukowski ersteigert hatten, und daneben eine Leselampe. Der alte Schreibtischstuhl auf Rädern von Arne Jacobsen stammte ebenfalls von einer Auktion. Das Leder besaß die perfekte Patina. Eigentlich passte der Schreibtisch nicht dazu, doch sie waren beide begeistert gewesen von dem überdimensional großen Mahagonitisch mit lederbezogener Tischplatte, den Victoria von ihren Großeltern väterlicherseits bekommen hatte. Sie ging zum Tisch und strich über das zerfurchte Holz. Beim Aufstellen hatten sie beide von den Großtaten geträumt, die sie dort planen wollten. Sie würden an den Abenden und Wochenenden arbeiten, sich aber auch Auszeiten füreinander und für ihre zukünftige Familie nehmen.

Dunkelbraune String-Regale voller Ordner, Papiere und Bücher zierten die Wände. Sie goss sich noch mehr Wein ein, stellte sich vor die Regalwand und überlegte, wo sie anfangen sollte zu suchen. Als Erstes nahm sie sich einen Stapel blauer Mappen, legte sie nebeneinander und setzte sich. Es waren große Mengen an Ausdrucken von allen möglichen Fällen, die Karl bearbeitet hatte – Zivilklagen, Scheidungsverfahren und Vertragsverhandlungen. Die chronologische Sortierung war eine große Hilfe. Sie suchte und überflog die Dokumente, doch fand nichts über Kraft oder das Pflegeunternehmen Rekrea. Also stapelte sie die Mappen wieder übereinander. Seufzend blickte sie hinaus in den Garten, der vom gelblichen Licht der Straßenlaterne beleuchtet wurde.

Der Grund, warum sich Karl mit dem Pflegeunternehmen beschäftigt hatte, bestand darin, dass eine ehemalige Kommilitonin von ihnen eine der Gründerinnen war und im Vorstand saß. Gabriella Bodin. Victoria schauderte beim Gedanken an diese Frau. Sie war furchtbar eingebildet. Und erfolgreich. Etwas zu erfolgreich. Inzwischen war sie Chefin von Rekrea und hatte eine Menge Vorstandsaufgaben. Victoria hatte den Überblick über die Angaben auf LinkedIn verloren, wusste aber, dass sie auch im Vorstand von Kraft saß.

Sie lehnte sich auf dem Stuhl zurück. Versuchte sich an die Sache zu erinnern, die an ihr nagte. Karls Kanzlei hatte die Analyse im Auftrag von Rekrea gemacht. Es war durchaus üblich, dass der Verkäufer eine eigene DD erstellen ließ, um eventuelle Probleme vor dem Verkauf beheben zu können.

Sie suchte weiter. Zog einen Ordner nach dem anderen hervor. Nach zwei Stunden Suche wurde ihr ganz schwindlig vom Scannen der Papiere. Gerade als sie das Handtuch werfen wollte, sah sie es.

Rekrea stand auf dem obersten Dokument in einem der Ordner. Ein Vertrag zwischen Karls Kanzlei und Rekrea. Sie blätterte. Ein paar uninteressante Mailausdrucke. Sie blätterte weiter. Dann stieß sie auf einen alten DD-Bericht, erstellt vermutlich von einem der jüngeren Juristen in Karls Kanzlei und von Karl handschriftlich kommentiert. Einige Seiten weiter gab es einen längeren Abschnitt, der mit einem dicken roten Filzstift durchgestrichen war. Daneben standen wütende Ausrufezeichen und die Notiz: *Mit Gabriella diskutieren!* Bingo.

Laut der Angabe am Rand handelte es sich um ein sogenanntes *Finding*, also eine Entdeckung, auf die der Verfasser des Berichts besonders hinweisen wollte.

Victoria versuchte, den durchgestrichenen Abschnitt zu lesen, ging zur Schreibtischlampe und hielt das Papier gegen das Licht, konnte jedoch nichts erkennen. Die Überschrift des Abschnittes lautete: *Potenzielle Streitpunkte.*

Da erinnerte sie sich plötzlich. Karl hatte etwas von einer Angestellten erzählt, die Anzeige erstattet hatte und später gefeuert worden war. Konnte es das sein? Sie zog Notizblock und Stift aus der Schreibtischschublade und schrieb auf: *Frühere Angestellte, gefeuert?*

Dann blätterte sie weiter und stieß auf eine rot eingekreiste Stelle, die mit noch vehementeren Ausrufezeichen versehen war. In diesem Abschnitt ging es um die Zulassung des Unternehmens. *Zulassung in Gefahr wegen Anzeige einer ehemaligen Angestellten, die* … Der Rest des Satzes war durchgestrichen. Sie notierte auf ihren Block: *Betriebszulassung, Missstände? Ehemalige Mitarbeiterin.*

Gab es einen Zusammenhang zwischen den beiden Entdeckungen?

Sie blätterte weiter im Ordner und fand eine neuere Version des DD-Berichts, die zwei Monate später entstanden war. Hier fand sich nirgendwo etwas über Unstimmigkeiten mit einer Angestellten oder irgendwelche Vorbehalte wegen der Zulassung. Waren die Mängel beseitigt worden, oder hatte Karl irgendetwas vertuscht?

Wenn es mit der Zulassung zu tun hatte, war es ernst. Sie hatte in der Kanzlei mit einem Unternehmen zu tun gehabt, das Wohnheime für unbegleitete minderjährige Geflüchtete betrieb. Die Zulassung war entscheidend für das Unternehmen und auch das Wichtigste, wenn es um den Verkauf von solchen Einrichtungen ging.

Sie ließ sich mit dem Rotweinglas in der Hand im Jetson-Sessel nieder. Lehnte den Kopf an und schloss die Augen. Was hatte Karl gesagt, als er an jenem Abend nach Hause gekommen und so verärgert gewesen war? Sie versuchte sich zu erinnern. Dass die Transaktionsjuristen zu akribisch seien und dass man Abstriche bei seinen Prinzipien machen müsse, um geschäftlich erfolgreich zu sein? So etwas war es gewesen. Und was hatte diese Angestellte damit zu tun? Inwiefern konnte eine Auseinandersetzung mit einer Angestellten Einfluss auf die Zulassung haben?

Sie blieb auf dem Sessel sitzen und zog die Beine an. Vielleicht brauchte sie wieder eine ordentliche Trainingseinheit. Nach dem Training konnte sie immer am besten denken. Noch besser war es nach dem Sex. Wenn etwas den Kopf frei machte, dann das. Sie hatte bloß niemanden, mit dem sie Sex haben konnte.

Sofort waren ihre Gedanken bei dem Personal Trainer. Sie nahm noch einen Schluck vom Wein. Die Flasche war schon fast leer. Sie rutschte tiefer in den Sessel hinein und stellte sich seine Rückenmuskulatur vor. Und seine Hände. Er hatte so große, wohlgeformte Hände gehabt. Wie es sich wohl anfühlte, wenn diese Hände ihren Körper berührten? Sie streichelten … den Rücken, die Brüste und den Bauch … Sie seufzte leise.

Seit dem letzten Training hatte sie immer wieder an ihn gedacht. Dieser Mann verkörperte alles, was sie anziehend fand: Er war selbstbewusst, energisch und hatte den Schalk im Nacken. Außerdem war er nicht so glatt wie beispielsweise Karl. Dessen maßgeschneiderte Anzüge, blank polierte Schuhe und dazu passende Krawatten, die fein säuberlich im Kleiderschrank einsortiert lagen, hatte sie immer so spießig gefunden. Klar, auch sie mochte Ordnung, aber sie hatte sich manchmal gewünscht, dass Karl eine etwas entspanntere Art gehabt hätte.

Dieser persönliche Trainer hatte sie. Nicht dass sie das beurteilen konnte, sie kannte ihn ja gar nicht. Doch seine Bartstoppeln, das halblange Haar und die bloße Tatsache, dass er Personal Trainer war, machte ihn zum völligen Gegenteil von Karl. Und das gefiel ihr.

Aber er war viel zu jung. Natürlich fühlte er sich von ihr nicht angezogen.

Ein Training buchen konnte sie aber trotzdem, oder etwa nicht? Sie musste wieder Sport machen, und es war auch nicht verkehrt, ein wenig zu flirten. Oder war das unpassend, jetzt, da Kraft ihre Kanzlei beauftragt hatte? Nein, das machte nichts, beschloss sie, während sie nach dem Handy griff und sich eine Erinnerung in den Kalender eintrug, das Studio wegen eines Trainings anzurufen. Dieser PT war schließlich nicht der Geschäftsführer des Unternehmens.

9

Am darauffolgenden Morgen kaufte Victoria sich auf dem Weg von der U-Bahn zur Kanzlei eine große Latte Macchiato. Die Flasche Brunello, die sie am Vorabend getrunken hatte, schien von innen gegen ihre Stirn zu klopfen. Nach der Koffeinzufuhr fühlte sie sich schon deutlich besser. Verkatert und neu in einem Job war keine gute Kombination, aber bisher hatte von den größeren Fällen, in die Victoria eingebunden war, kein einziger begonnen. Es war wahrscheinlich die letzte Gelegenheit gewesen, an einem Abend unter der Woche Wein zu trinken. Sie beschloss, so bald wie möglich Jens und Åsa einzuladen, damit die beiden ihr halfen, den Weinkeller zu leeren.

Måns hatte sie darum gebeten, die Vertragsvorlagen der Transaktionsabteilung durchzugehen, und mit dieser Aufgabe beschäftigte sich Victoria den Vormittag über.

Etwas eingerostet fühlte sie sich schon, und es dauerte eine Weile, bis sie wieder alles im Kopf hatte. Sie machte einen Abstecher in die Bibliothek der Kanzlei, um in einem Buch über Vertragsrecht nachzuschlagen. Die frühere Ausgabe dieses Buches war ihre Bibel gewesen. Auf dem Weg dorthin kam sie an der Küche vorbei, wo gerade aus zwei großen Kaffeemaschinen zischend der letzte Rest Wasser in die Filtertüten tropfte. Sie schnappte sich eine Kanne, füllte eine Tasse bis zum Rand und nahm das lebensrettende Getränk mit in die Bibliothek.

Sie befand sich an einem Ende des Lichthofes, mit Glaswänden zur Hofseite hin und dicken Gardinen, die nur einen Teil des Tageslichtes einließen. Die Deckenbeleuchtung und kleine Tischlampen verbreiteten gedämpftes Licht. Der Raum war leer und die Stille angenehm. Schon bald fand sie das Buch, das sie suchte, nahm sich am Eingang einen Notizblock und einen Stift und setzte sich in einen der Lesesessel an einem niedrigen, runden Tisch aus hellem Holz.

Als sich nach einer Weile die Tür zur Bibliothek öffnete, blickte sie auf. Es war Carl-Adam. Als er sie bemerkte, blieb er stehen, als überlege er, gleich wieder zu gehen. Sie nahm es ihm nicht weiter übel, sie hatte sich nicht gerade von ihrer herzlichsten Seite gezeigt. Er nickte ihr zu und sah offenbar ein, dass es unhöflich wäre, einfach kehrtzumachen.

»Hej.« Er ging auf sie zu. »Bringst du dich auf den neuesten Stand?«

»Ganz genau. Ich muss meine Kenntnisse auffrischen.«

Er nickte. »Ich bin auf der Suche nach einer neuen Studie, die eingetroffen sein soll.« Er verschwand zwischen den Regalen, sie vertiefte sich erneut in ihr Buch.

Kurze Zeit später kam er zurück, und sie sah auf. Er hielt eine kleine, blau eingebundene Broschüre in der Hand. »Hier ist sie.«

Victoria lächelte verhalten und nickte zur Antwort.

Dann schwieg er, blieb aber stehen und sah beinahe nervös aus.

Sie konnte nicht anders, als ihn abwartend anzusehen, denn er schien etwas sagen zu wollen. Vielleicht sah sie unfreundlich aus? Karl hatte sie oft darauf hingewiesen, dass sie feindselig blicke und doch mehr lächeln solle. Was dazu geführt hatte, dass sie noch weniger lächelte.

»Ja, also … Måns hat mich letzte Woche gebeten, dein Mentor zu werden«, begann Carl-Adam. »Erst war er der Meinung, dass du vielleicht keinen brauchst, aber dann fand er, es könne nicht schaden, gerade am Anfang Unterstützung zu haben, auch wenn du natürlich viel Erfahrung mitbringst ... Also, äh ... vielleicht gehen wir mal zusammen mittagessen?« Sein Zögern verriet, dass er lieber mit dem alten, knarrenden Stuhl in der Ecke der Bibliothek essen gegangen wäre.

Bestimmt fand er sie langweilig und spröde. Und sie hatte sich bisher nicht wirklich angestrengt, Kontakte in der Kanzlei zu knüpfen. Aber sie wusste schon, was sie über sie dachten: Sie war eine betrogene Frau mittleren Alters, über die man herziehen konnte. Carl-Adam hatte bestimmt alle Klatschgeschichten über sie gehört und war derselben Ansicht. Sie brauchte keine Freunde in der Kanzlei.

»Ja, gerne!«, antwortete sie und versuchte, positiv zu klingen, obwohl auch sie nicht gerade begeistert von der Idee war. Vermutlich wollte auch Carl-Adam den Chef zufriedenstellen. »Vielleicht schon bald, jetzt, wo es noch verhältnismäßig ruhig ist?«

Wenn die Transaktionen einmal gestartet waren, hatten die Leute kaum noch Zeit zu essen, erst recht nicht außerhalb der Kanzlei um die Mittagszeit.

»Das klingt gut. Morgen habe ich keine Besprechung, passt das?« Er klang widerwillig. »Oder ist das zu kurzfristig, hast du schon Pläne?« Das klang beinahe hoffnungsvoll.

Instinktiv dachte sie, dass sie es ihm leichter machte, wenn sie ihm von irgendeiner Mittagsverabredung erzählte, aber es war wohl besser, es hinter sich zu bringen. »Morgen passt!«

Carl-Adam kratzte sich im Nacken. »Dann reserviere ich uns einen Tisch im Hillerbergs. Mikaela sagt dir noch die genaue Zeit.«

»Sehr schön.« Sie schätzte seinen Willen, unangenehme

Dinge direkt anzugehen. Das war eine gute Eigenschaft. Er drehte sich um und ging zur Tür.

»Du brauchst nicht zufällig Unterstützung bei einem Fall?«, fragte sie.

Er drehte sich um, schien nachzudenken. »Zurzeit habe ich tatsächlich nichts.«

»Auch nicht im Fall Kraft?« Einen Versuch war es wert.

»Jetzt, wo du es sagst ... Du könntest eine Liste von Dokumenten erstellen, die sie uns für die DD zur Verfügung stellen müssen.«

»Alles klar. Mach ich sofort.« Victoria musste sich anstrengen, nicht zu aufgeregt zu klingen.

Sie verließ die Bibliothek und kehrte zu ihrem Schreibtisch zurück. Azzie saß wie immer mit ihren großen Ohrenschützern vor dem Bildschirm. Sie schien zurzeit die einzige Juristin der Gruppe zu sein, die viel zu tun hatte.

Sofort machte sich Victoria an die Liste. Sie eröffnete ihr zwar keinen Zugang zur gesamten Dokumentation über Rekrea, konnte aber eine Eintrittskarte für den Fall darstellen. Den Fall, den sie einfach haben musste.

Zwei Stunden lang arbeitete sie konzentriert und effektiv, bis sie von Henrik gestört wurde, der vorbeikam und Azzie zusammenstauchte, weil sie ihren Teil des DD-Berichtes nicht rechtzeitig abgegeben hatte. Victoria bot an, ihr auf den letzten Metern zu helfen.

Gemeinsam arbeiteten sie bis zum Mittag. In der Küche gab es fertigen Quinoasalat. Zusammen gingen sie dorthin, während Azzie von ihren Wochenendplänen berichtete.

Gerade als sich Victoria etwas aus der großen Salatschüssel nahm, kam Carl-Adam mit zwei leeren Wasserkaraffen in die Küche. Seine Miene erhellte sich, als er sie sah. »Gut, dass ich dich treffe! Kannst du gleich in den großen Besprechungsraum kommen? Kraft ist hier, und ich dachte, du könntest mit ihnen die Dokumentenliste durchgehen.«

»Jetzt?«

»Genau.«

»Ja, natürlich. Ich laufe nur kurz nach oben und hole meinen Laptop.«

Wenn sie an dem Fall weiterarbeiten wollte, musste sie Einsatz zeigen. Schnell stellte sie den Teller beiseite.

»Sehr gut.« Carl-Adam füllte die Karaffen mit Wasser, während sie die Treppe hinauf zu ihrem Stockwerk eilte. Sie blieb stehen, als sie ein Lachen aus der Garderobe vernahm.

»Kein Wunder, dass er fremdgegangen ist. Die ist ja der reinste Kühlschrank.« Sie erkannte die Stimme sofort. Mikaela.

»Kühlschrank? Ich würde eher sagen, Tiefkühlschrank. Man friert sich bestimmt den Schwanz ab, wenn man mit ihr Sex hat.« Eine prustende Männerstimme, die eindeutig Henrik gehörte.

»Also, Henrik, hör auf, solche Wörter zu benutzen!«, entgegnete Mikaela und tat entrüstet, als fände sie Henrik in Wahrheit ziemlich lustig.

»Warum, ist doch wahr! Wie sie sich selbst auf dem Rundgang vorgestellt hat … Victoria Leaaander.«

Mikaela lachte laut. »Vor allem ist sie peinlich. Was hat sie eigentlich hier zu suchen? Sie war vor gefühlt hundert Jahren als Juristin tätig, und ich glaube noch nicht einmal, dass sie hier arbeiten will. Laut einer Freundin, die mit Karl arbeitet, hat Victoria es genossen, die Luxusgattin zu sein. So eine, die im Sturehof zu Mittag isst, ins Fitnessstudio geht, andere Hausfrauen trifft und mit seiner schwarzen American Express im NK shoppen geht. Außerdem hat sie wohl ohne Ende mit ihm um seine Kanzlei gestritten. Sie will die Hälfte haben.«

»Faule Kuh«, meinte Henrik lachend. »Er hat hart gearbeitet, während sie zu Hause rumgesessen hat, und trotzdem will sie einen Anteil an der Kanzlei?«

Die Stimmen näherten sich, sie waren auf dem Weg zum Ausgang. Ihr Puls raste. Was sollte sie tun? Sich zu erkennen geben oder verschwinden?

Sie musste sich schnell entscheiden, denn die Stimmen kamen näher.

Wahrscheinlich war es am wenigsten erniedrigend, wenn sie sich versteckte. Also schlich sie lautlos in das dunkle Besprechungszimmer, das sich gleich gegenüber befand, und wartete, während sie auf dem Flur vorbeigingen und weiterlachten. Über sie.

Victoria drückte sich gegen die Wand. Als sich eine Tür hinter ihnen schloss, hörte sie nur noch ihre eigenen Atemzüge. Langsam ausatmend ging sie zum Fenster. Es wurde bereits dunkel. Der Himmel war klar, und ein glutroter Streifen lag über den Hausdächern. Sie lehnte ihre Stirn gegen die kalte Scheibe und schloss die Augen.

Henriks Worte, dass ihm klar sei, warum Karl fremdgegangen war, bohrten sich wie scharfe Dolchspitzen in ihre Brust. Sie hatte diese Gedanken selbst so oft gehabt, und sie taten weh: dass sie nicht interessant genug war, um gut behandelt zu werden. Dass sie eben zu dieser Kategorie von Menschen gehörte, die man betrügen konnte. Natürlich gab es keine solchen Kategorien. Dass der Partner fremdging, konnte jedem passieren. War nicht sogar Beyoncé betrogen worden? Doch es war eine Sache, es zu wissen, und eine andere, auch daran zu glauben. Das Schlimmste war, dass sie so lange gedacht hatte, Karl und sie verbinde etwas Besonderes – sie hatten immer miteinander geredet, und ihre Ansichten waren ihm wichtig gewesen. Sie hatte nicht geglaubt, dass sie ihm so wenig wert gewesen war, dass er fremdging und auf ihr herumtrampelte. Doch da hatte sie sich geirrt.

Sofort nahm wieder die Wut überhand, und sie dachte an die Möglichkeit, die jetzt in greifbarer Nähe lag. Sie würde den Börsengang begleiten, einen fantastischen Job machen und allen zeigen, dass sie unrecht hatten. Sie war eine kompetente, clevere Juristin, und sie würde es ihnen zeigen. Und obendrein würde sie einen Weg finden, Karl zu vernichten.

Daniel nahm das Wasserglas entgegen, das Carl-Adam ihm reichte. Dann kratzte er aus der Plastikschale den letzten Rest Caesar Salad, den sie sich bestellt hatten. Das Treffen hatte länger gedauert als geplant, doch Svärdh & Partner wollten mit der DD loslegen. Auch wenn Daniel seine Abende lieber woanders als in einer Anwaltskanzlei verbrachte, wusste er, dass sie recht hatten.

Bei dem Termin hatte er Måns Fritzson kennengelernt, den zuständigen Kanzleipartner. Am liebsten hätte er mit Carl-Adam zusammengearbeitet, doch weil sie verschwägert waren, hatten sie sich geeinigt, dass Carl-Adam mit dem Fall nichts zu tun haben würde. Zum gemeinsamen Essen war er jedoch dazugestoßen.

»Eine Kollegin hat eine Liste von Dokumenten erstellt, die ihr schon mal vorbereiten könnt«, sagte Carl-Adam. »Sie kommt jeden Moment vorbei.«

»Klingt super.« Daniel blickte zum Beamer, der eine Übersichtsgrafik mit dem Zeitplan der Kanzlei an die Wand projizierte. Alles war professionell vorbereitet.

Auf dem Konferenztisch vor ihm vibrierte sein Handy, und der Eingang einer Mail wurde auf dem Display angezeigt. Ein Name, den er wiedererkannte. Linda Törnqvist von Lerberg Investments.

Mit klopfendem Herzen klickte er sie an. Sie schlug ein Treffen in der darauffolgenden Woche vor, um sich die Pläne zum Börsengange anzuhören.

Er blickte Antonia an. »Linda Törnqvist von Lerberg möchte sich mit uns treffen.«

»Ist das wahr?« Antonia sah ihn mit großen Augen an.

Er nickte eifrig. »Ich leite dir die Mail weiter.« Das war gut. Unglaublich gut.

Dann klopfte es an der Tür. Carl-Adam erhob sich und öffnete.

Eine brünette Frau trat ein. Mit starker, stolzer Haltung, hocherhobenem Kopf und einer kühlen, aber starken und sexy Ausstrahlung, die ihn Lerberg, Investitionen und alle Börsengänge der Welt vergessen ließen. Sie war es. Die Frau, mit der er kürzlich trainiert hatte. Heute trug sie ihr dunkles Haar offen. Ihr Gesicht war dezent geschminkt bis auf den dunkelroten Lippenstift. Sie war elegant. Anspruchsvoll und schlicht zugleich. Die Hausfrau, die Juristin war, aber in einem Café jobbte, und inzwischen offenbar in einer Anwaltskanzlei arbeitete.

»Guten Tag, ich heiße Victoria Leander.« Sie lächelte professionell. Er hatte ihre Augen schon wütend blitzen sehen, doch da war er nicht ihr Mandant gewesen. Tatsächlich hatte er sich auf ihren Rat hin an Svärdh & Partner gewandt. Antonia und er standen zur Begrüßung auf. Victoria schüttelte zuerst die Hand seiner Finanzchefin, dann streckte sie ihm die Hand hin. Erst jetzt schien sie *ihn* wahrzunehmen. Sie hielt inne, ihr Gesicht versteinerte sich, und Verwirrung war in ihren Augen zu sehen.

Daniel hielt ihr seine Hand hin. »Daniel Häger, Geschäftsführer von Kraft.« Er lächelte.

»Hej!« Sie schüttelte seine Hand einen Augenblick zu lange, als müsse sie sich erst sammeln.

»Wie gesagt, ich brauche keinen Strafrechtsanwalt.« Er grinste.

Sie kniff die Augen zusammen, ihre Wangen überzog eine attraktive Röte. »Ich bitte um Entschuldigung.«

»Kennt ihr euch schon?«, fragte Carl-Adam neugierig.

»Nicht wirklich.« Daniel grinste noch immer. »Aber sie hat mich neulich kriminell genannt.«

»Du hast was?« Måns blickte mit großen Augen von seinem Salat auf.

Daniel lachte. »Das ist ein Insiderwitz, könnte man sagen.«

Victoria lächelte skeptisch. Sie schien seinen Humor nicht zu teilen, doch in ihren Augen zeigte sich dennoch ein amüsiertes Funkeln. »Ich habe in Daniels Studio trainiert«, erklärte sie. Dann zog sie schnell einen Stuhl heran und klappte den Laptop auf. »Wollen wir anfangen? Ich habe die Dokumente aufgelistet, die wir von euch für die DD benötigen. Habt ihr die Liste schon durchgeschaut?« Sie tippte etwas in den Computer.

»Ja, wir haben sie uns angesehen«, sagte Daniel, und Antonia nickte bestätigend.

»Gut. Und habt ihr schon überlegt, wie ihr die Daten ablegen wollt? Möchtet ihr die Dokumente elektronisch hochladen, oder möchtet ihr ...«

»Wir wollen lieber eine Papierablage«, unterbrach sie Daniel. »Das finde ich sicherer, falls es mal irgendwelche Datenprobleme geben sollte.«

»Okay.« Victoria nickte. »Wo sollen die Dokumente aufbewahrt werden? Hier oder bei euch?«

»Lieber bei uns, falls wir sie brauchen.« Das hieß nämlich, dass die Juristen von Svärdh & Partner einen Grund hatten, in sein Büro zu kommen. Insbesondere Victoria.

»Das ist natürlich eure Sache, aber das kann teuer werden«,

gab Victoria zu bedenken. »Wir stellen nämlich auch die Anfahrtszeit zu euch in Rechnung.«

»Was am schnellsten geht, ist am besten«, sagte Arash, der Projektleiter der Investmentbank, ohne von seinem Laptop aufzusehen. Er hatte bisher kein einziges Mal aufgesehen. Arash war Mitte vierzig, hatte viele Ideen und etwas zu hohe Ambitionen. Daniel hatte noch nie einen so effektiven Menschen getroffen. Leute, die bei Investmentbanken und Unternehmensberatungen arbeiteten, schienen einem anderen Menschenschlag anzugehören, sie hatten Ähnlichkeiten mit Robotern. Und nach einer Stunde in der Anwaltskanzlei stellte er fest, dass Anwälte offenbar genauso waren. Carl-Adam ausgenommen, der einer der lustigsten und herzlichsten Menschen war, die er kannte. Aber vielleicht würde Arash irgendwann auch seine soziale Ader zeigen.

Arash wedelte mit der Hand und schien der Meinung zu sein, dass sie weitermachen sollten.

»Du kannst im Büro vorbeikommen, wann immer du möchtest«, sagte Daniel und sah Victoria dabei an. »Dort befinden sich alle Dokumente.« Ob sie seine Anspielung verstanden hatte? Er sah sich schnell im Raum um. Niemand schien zu bemerken, dass er Victoria so lange anschaute, bis sie zu ihm aufblickte.

Sie räusperte sich leicht, als bemühte sie sich, unbeeindruckt zu wirken. »Es steht noch nicht fest, wer in der Kanzlei diesen Fall leiten wird, aber ich bin den letzten Revisionsbericht durchgegangen und habe eine gute Vorstellung davon, wie die Analyse aussehen soll.«

Sie lächelte flüchtig. Was für ein Lächeln. Sexy Lachgrübchen, die er noch gar nicht bemerkt hatte. Vermutlich weil er sie noch kein einziges Mal hatte lächeln sehen. Nicht dass er selbst viel gelächelt hätte. Er war eher mürrisch gewesen, als er sie trainiert hatte, und zwar wegen der Vorurteile, die er ihr gegenüber gehabt hatte.

Sie brauchten noch eine halbe Stunde, bis sie fertig waren. Als sie den Raum verließ, blickte sie sich kurz um und sah ihm direkt in die Augen. Ihr dunkelbrauner, glitzernder Blick hielt ihn fest, bis sie sich schließlich abwandte.

Plötzlich fühlte sich dieser Börsengang noch spannender an als ohnehin schon. Aber er konnte doch nichts mit jemandem anfangen, mit dem er eine Geschäftsbeziehung hatte. Oder etwa doch?

10

Carl-Adam blickte in die Speisekarte und lächelte Victoria kurz an, die vor ihm saß. Warum hatte er schon heute das Mittagessen vorgeschlagen? Aber im Büro war es ruhig, und Victoria hatte recht. Lieber die Zeit nutzen, bevor alles losging.

Der Kellner kam und nahm ihre Bestellung entgegen. Beide bestellten sich Beefsteak Tatar. Das Tatar von Hillenberg war in der Kanzlei sehr beliebt.

»Sonst erzähle ich als Mentor immer, wie es ist, in einer Anwaltskanzlei zu arbeiten. Aber du scheinst keine Lektion darin zu gebrauchen, wie man eine Nacht im Büro überlebt oder was man tut, wenn ein Teilhaber über fünfzig einen betatscht.« Er lachte.

»Nein, vermutlich nicht.« Sie verzog kurz den Mund.

Er unterdrückte einen Seufzer. Humorlos war gar kein Ausdruck. Dieses Mittagessen würde eine Qual werden.

Seine Freundin Charlotta sagte immer, dass Carl-Adam jeden dazu bringen konnte, sich zu öffnen – auf Hochzeiten wurde er immer neben introvertierte Typen gesetzt, weil er sie jedes Mal auf wundersame Weise zum Reden brachte. Auf der Hochzeit seines Cousins im Spätsommer hatte er die sonst eher hölzerne Tante der Braut dazu gebracht, noch vor dem Hauptgang auf dem Stuhl zu stehen und Trinklieder zu singen.

Doch diese Fähigkeit schien er jetzt verloren zu haben. Lag es an Victoria? Vielleicht, doch er war auch gerade nicht in Bestform, das wusste er.

Und das lag an Jack.

»Aber vielleicht ist es trotzdem ganz gut, jemanden zu haben, an den man sich wenden kann, wenn man irgendwelche Fragen hat.« Er versuchte, positiv zu klingen.

»Ja, absolut.«

Sie saßen eine Weile schweigend da. Victoria räusperte sich. »Wie lange bist du schon bei Svärdh & Partner?«

»Seit sieben Jahren.«

»War das dein erster Job nach der Uni, oder hast du vorher schon woanders gearbeitet?«

»Nein, mein erster Job.«

Victoria nickte. Ihr schienen keine weiteren Fragen einzufallen. Sie blickte auf die Tischplatte. »Es ist sehr schön hier«, sagte sie nach einer Weile.

Carl-Adam nickte. »Das Lokal betreibt doch der Starkoch Niklas Ekstedt, oder?«

»Glaube schon. Sehr hübsch eingerichtet.« Sie sah sich bewundernd um.

Carl-Adam folgte ihrem Blick über die abgerundeten Sofas mit Ledersitzfläche, die langen Holztische und die verchromte Bar mit Steinplatte, auf der blitzeblanke Weingläser standen. Die Wände zierten moderne Gemälde. Er nickte bestätigend. »Offenbar wurde alles extra für dieses Restaurant designt.«

»Wirklich? Interessant!«

Und dann war auch dieses Thema ausgereizt. Um sie herum klirrte Besteck gegen Teller, Gläser wurden auf die hölzerne Tischplatte gestellt, Lachen und Gespräche waren zu hören.

Der Kellner hatte sich so lautlos über den gesprenkelten

Teppich zu ihnen hinbewegt, dass sie ganz überrascht waren, als die Teller vor sie hingestellt wurden. Beide atmeten erleichtert auf, als sie etwas zu tun bekamen.

Carl-Adam verteilte das Eigelb über das Tatar und spießte ein paar Pommes frites auf seine Gabel. Ausgezeichnet. Ein großes Glas Pinot Noir würde jetzt gut passen. Ein großes Glas Pinot Noir hätte dieses Mittagessen erträglich gemacht. Er aß weiter. Sie lächelten sich höflich an, um sich gegenseitig die Qualität des Essens zu bestätigen, und setzten die Mahlzeit schweigend fort. Als sein Handy einen Signalton von sich gab, nahm er es erleichtert hervor. Eine willkommene Ablenkung. Die Nachricht kam von Jack.

Vielleicht nimmst du am Wochenende lieber Charlotta mit? Ich muss arbeiten. Es versetzte ihm einen Stich.

Carl-Adam seufzte laut und knallte sein Telefon auf den Tisch. Er hatte vorgeschlagen, übers Wochenende zum Landhaus seiner Familie zu fahren. Seine Eltern waren in der Stadt, und sein nichtsnutziger Bruder, der keine Party verpassen wollte, war sowieso nie dort. Es wäre also ein Wochenende zu zweit gewesen, nur Jack und er. Sie brauchten ein bisschen Quality Time zusammen. Vielleicht war es der letzte Abend im Jahr, an dem sie mit dem Boot hinausfahren konnten. Er hatte vorgeschlagen, dass Jack seinen Laptop zum Arbeiten mitnahm. Carl-Adam würde ihn bekochen und ein Kaminfeuer anzünden, wenn es kalt werden würde. Jack liebte es, zum Landhaus zu fahren, und er liebte den Frühherbst in den Schären. Um diese Jahreszeit war es dort so wehmütig-romantisch, pflegte er zu sagen, nicht so übertrieben farbig wie in Stockholm. In den Schären wurden die Farben durch die karge Landschaft und die grauen Felsen gedämpft.

Was war bloß los? Jack hatte einen solchen Vorschlag noch nie abgelehnt. Gerade wenn er viel zu tun hatte, fand er es schön, einmal rauszukommen und woanders zu arbeiten. Vor allem, wenn Carl-Adam ihn mit gutem Essen verwöhnte. Das war doch verdammt noch mal wie Vollpension. Nein, irgendetwas stimmte nicht. Etwas war ganz und gar nicht in Ordnung. Er aß weiter, aber die Gedanken kreisten in seinem Kopf. Victoria schien seine Abwesenheit nicht zu bemerken. Sie aß ruhig weiter.

Er versuchte, nicht an den vergangenen Abend zu denken, doch es gelang ihm nicht. Ausnahmsweise war Jack zu Hause gewesen. Irgendwann hatte sein Handy gesummt, Carl-Adam hatte einen Blick darauf geworfen, woraufhin Jack es blitzschnell vom Tisch gezogen und so getan hatte, als sei nichts. Doch Carl-Adam hatte die letzten Worte einer Nachricht von einer unbekannten Nummer gesehen: *denke an dich.*

Wenn er nur an die Nachricht dachte und daran, was sie bedeuten konnte, verkrampfte sich ihm der Magen. Er hätte weinen können. Er musste unbedingt herausfinden, was los war.

Carl-Adam betrachtete Victoria. Natürlich hatte auch er die Gerüchte über sie gehört: Sie hatte herausbekommen, dass Karl Helmersson sie betrogen hatte, und ihn dann verlassen.

»Wie hast du erfahren, dass dein Exmann untreu war?« Beinahe hätte er sich umgedreht, um zu sehen, wer diese unpassende Frage gestellt hatte. Aber es war ja er selbst gewesen.

Victoria zog schnell die Luft ein und stellte ihr Wasserglas ab. Ihre Augen weiteten sich. Oh nein. Bekam diese zugeknöpfte Frau jetzt womöglich einen Herzinfarkt durch seine direkte Frage?

»Oder … ich meine … du hast vielleicht gar nicht davon

erfahren, sondern …« Er suchte nach Worten, zerknüllte die Serviette in seiner Hand zu einem kleinen Ball. »Ich meine, ihr seid geschieden, und ich dachte, das wäre vielleicht der Grund dafür gewesen …« Herrgott, wie kam er bloß aus dieser Nummer wieder heraus?

Victoria hob die Hand, wie um ihn zum Schweigen zu bringen. Was ihr auch gelang.

»Ist schon in Ordnung.« Sie presste die Lippen zusammen. Schüttelte den Kopf und blickte ihn dann zu seiner Verwunderung freundlich an. »Es stimmt. Ich habe herausgefunden, dass mein Exmann mich betrogen hat, und deshalb haben wir uns scheiden lassen. Aber …« Sie verstummte. Schob ihren Teller zurecht. »Aber er hätte ohnehin nicht länger mit mir zusammen sein wollen. Er war wohl schon ziemlich durch mit mir.« Sie lächelte flüchtig.

Trotzdem ganz schön ehrlich von ihr. »Ich möchte mich für meine unhöfliche Frage entschuldigen. Das war keine Absicht, ich wollte nur …«

»Es ist okay. Eigentlich sogar ganz gut.« Sie lächelte wieder, aber ihr Blick war ernst.

»Ja?« Er beugte sich über den Tisch, um zu hören, was sie zu sagen hatte.

»Seit ich meinen Fuß das erste Mal in eure Kanzlei gesetzt habe, zerreißen sich die Leute das Maul über mich. Es tut gut, endlich mal zu hören, was sie offenbar beschäftigt. Alle wissen es ja.« Sie hob die Augenbrauen, um die Aussage zu unterstreichen. »Leider habe ich als Letzte davon erfahren, und es ist ziemlich nervig, noch immer höchstens die Hälfte von dem zu wissen, worüber alle reden. Ich schätze deine Offenheit.«

Carl-Adam wich ihrem Blick aus, denn er schämte sich. Er selbst war ja die größte Klatschbase von allen. Er liebte es, über die Beziehungen anderer Leute zu reden, über Affären und Intrigen. Allerdings war es weniger lustig, wenn es einen selbst betraf.

»Darf ich fragen, warum du das wissen möchtest? Aus reiner Neugier?« Sie blickte ihn forschend an.

Carl-Adam konnte jetzt nicht lügen. »Es ist gerade etwas schwierig zu Hause. Mein Mann arbeitet die ganze Zeit, ist immer weg, und wenn er zu Hause ist, wirkt er abwesend. Und …« Er schluckte, wollte die Worte eigentlich gar nicht aussprechen, nicht seine Unruhe beschreiben. »Und ich habe zufällig eine Nachricht auf seinem Handy gesehen, die mir verdächtig vorkam.«

Victoria nickte langsam. »Häufig stimmt das Bauchgefühl. Zumindest, wenn man bisher keinen Grund für irgendwelche Zweifel gehabt hat. Ich habe nichts geahnt, glaube aber auch, dass ich die Möglichkeit bis zum Schluss verdrängt habe, obwohl ich schon lange etwas hätte ahnen müssen.« Sie sah ihn direkt an. »Ich finde, du solltest ihn fragen. Nichts wird besser, wenn man nur darüber nachgrübelt.«

Carl-Adam nickte. Vielleicht hatte sie recht?

Nach dem Essen bezahlte Carl-Adam, und sie zogen sich ihre Jacken an.

»Ich muss weiter zu einem Termin mit der Bank«, sagte Victoria, als sie hinaustraten. Sie wandte sich ihm zu. »Danke für das nette Mittagessen. Ich freue mich, mit dir zusammenzuarbeiten.« Sie klang, als meine sie es auch so. Und er musste ihr zustimmen.

Auf dem Weg zurück zur Kanzlei fühlte sich Carl-Adam merkwürdigerweise erleichtert. Sein Verdacht war jetzt noch größer, aber es war gut gewesen, mit jemandem darüber zu sprechen. Nicht einmal mit Charlotta hatte er über das Thema gesprochen, weil er es nicht über sich gebracht hatte, seinen Verdacht zu formulieren. Er hatte die Worte nicht in den

Mund nehmen und sie erst recht nicht hören wollen. Dann hätte es sich zu real angefühlt.

Doch jetzt war es passiert. Und jetzt konnte er nicht weitermachen, ohne die Wahrheit zu erfahren.

11

»Vierzigtausend Kronen Betriebskosten im Jahr, sagen Sie?« Der Bankangestellte rollte mit den Augen und seufzte tief, während er auf seiner Tastatur herumtippte, ohne Victoria anzusehen.

»Genau.« Victoria saß gespannt auf dem harten Stuhl im winzigen Besprechungszimmer der Bank.

»Und keine Kinder?«

»Nein.« Es war das fünfte Mal während des Treffens, dass er sie das fragte.

»Mmm …« Er schrieb weiter, die Stirn in tiefen Falten. Unter den langen, dunklen Haarsträhnen an seinem Ringfinger war ein goldener Ring zu sehen.

Nach einer Weile des Schweigens sah er Victoria an. Sie schluckte.

»Nein, das wird nicht funktionieren. Die Kalkulation geht nicht auf. Außerdem haben Sie keine feste Stelle.«

Victoria atmete tief aus, sank auf dem Stuhl fast in sich zusammen. »Aber ich habe vorher schon jahrelang gearbeitet. Alles spricht dafür, dass ich eine Festanstellung bekomme. Können Sie das nicht berücksichtigen?«

»Leider nein. Es würde auch dann nicht reichen. Wenn Sie Ihren Exmann auszahlen, sind die monatlichen Kosten viel zu hoch, auch wenn Sie keine Kinder haben.«

»Ich verstehe.« Es gelang ihr nicht, die Enttäuschung zu verbergen.

Der Bankangestellte räusperte sich. »Haben Sie einen Elternteil, vielleicht Ihren Vater, der für Sie bürgen könnte? Oder könnte Ihr Mann mit für den Kredit haften?«

Victoria sah ihn beleidigt an. »Mein Vater? Fragen Sie das alle Ihre Bankkunden?«

»Ich dachte nur, dass …«

»Nein, mein Vater kann nicht für mich bürgen«, unterbrach sie ihn. »Und mein Exmann wird nicht für einen Kredit haften.« Beinahe hätte sie über seinen absurden Vorschlag gelacht, dass ausgerechnet diese beiden Nichtsnutze ihr helfen sollten.

Der Bankangestellte lächelte steif. »Ja, dann muss ich Sie bitten wiederzukommen, wenn sich Ihre Situation geändert hat.«

Sie zog ihren Mantel an, knotete den Gürtel in der Taille zusammen und schüttelte dem Bankangestellten die Hand. Dann verließ sie die Bank und verschwand auf der Straße Richtung Norrmalmstorg.

Vereinzelte kalte Tropfen fielen vom Himmel. Sie spannte den Regenschirm auf, den sie am Morgen in letzter Sekunde mitgenommen hatte, und ging eilig zurück zur Kanzlei. Sie hatte geahnt, dass sie keinen Kredit bekommen würde, aber dennoch gehofft. Etwas zu sehr, wie sie jetzt feststellte.

Dieses Testament. Obwohl sie nicht auf ihren Vater angewiesen sein wollte, so brauchte sie jetzt wirklich seine Hilfe. Und er hatte sich noch nicht gemeldet. Sie holte ihr Handy hervor und rief ihn an. Sofort sprang der Anrufbeantworter an. Sie beendete den Anruf und schickte ihm stattdessen eine Nachricht. Der Regen nahm zu, und auf dem letzten Stück zur Kanzlei beschleunigte sie ihre Schritte noch etwas mehr.

Den Rest des Nachmittags arbeiteten Azzie und sie am Bericht. Sie waren in der Nacht zuvor bis drei Uhr im Büro gewesen, doch Henrik hatte noch jede Menge Kommentare. Der Mandant brauchte den endgültigen Bericht bis spätestens sechs Uhr abends, um dem potenziellen Käufer einen guten Preisvorschlag zu machen. Sie hatten also wenig Zeit. Doch als sie Henriks Kommentare überflog, sah sie, dass es sich nur um Kleinigkeiten handelte. Er hatte Stellen markiert, wo er wollte, dass sie die Informationen noch einmal überprüften, und nachgefragt, ob sie sich ihrer Schlussfolgerungen wirklich sicher waren. Drei Stunden brauchten sie, um Henriks unnötige Kommentare zu beantworten, und noch eine weitere Stunde, um dem Bericht den letzten Feinschliff zu geben. Dann schickten sie ihn an Henrik, der ihnen fünf Minuten später ohne ein Dankeschön mitteilte, dass er ihn an den Mandanten weitergeleitet habe.

Am liebsten wollte Victoria nun nach Hause. Sie war völlig fertig nach der Nachtschicht, und das nervenaufreibende Treffen in der Bank hatte ihr die letzte Kraft geraubt. Doch Azzie überredete sie, in den Riddaren mitzukommen, das Stammlokal der Kanzlei, das sich im Keller des Gebäudes befand. Wer den Abend nicht mit Arbeit verbrachte, ging donnerstags gerne auf einen Drink oder zwei in die Bar. Oder auf fünf, wenn man Azzie glauben konnte. Einige nutzten offenbar die Gelegenheit, ordentlich Party zu machen.

Der Riddaren war voller Büroangestellter. Fast alle Barhocker waren besetzt. Kronleuchter hingen von der Decke und verbreiteten ein warmes Licht. Die Einrichtung war aus dunklem Holz, mit Bänken, die an der Wand befestigt und mit tannengrünem Leder bezogen waren.

Victoria kannte das Lokal schon und mochte es sehr. Sie ging sofort zur Bar und bestellte für sich und Azzie jeweils ein

Glas Rotwein. Dann ging sie zurück zum Tisch, wo ihre Kollegin zusammen mit den Trainees der Kanzlei und einigen angestellten Juristen saß. Victoria setzte sich dazu und versuchte, den Gesprächen zu folgen. Sie konnte zwar nicht viel zur Diskussion über die Jagd auf Mietverträge in der Innenstadt beitragen, war aber dankbar, dass sie dabei sein durfte. Die Senior Associates saßen an einem Tisch weiter weg. Henrik war mitten unter ihnen und würdigte sie keines Blickes, doch Carl-Adam sah zu ihr herüber und hob sein Glas in ihre Richtung, bevor er aufstand und zu ihr ging.

Er begrüßte die anderen und setzte sich dann neben sie. »Und was trinkst du?«

»Rotwein, aber ich könnte etwas Stärkeres gebrauchen.« Sie nahm einen großen Schluck.

»Ups, was ist passiert?« Carl-Adam sah sie besorgt an.

»Nur ein extrem anstrengender Tag.« Sie seufzte tief.

»Ist es Henriks Transaktion? Er hat manchmal etwas von einem Despoten. Hoffentlich nimmst du es nicht zu sehr zu Herzen.«

Sie schüttelte den Kopf. Sie waren schon sehr offen miteinander gewesen, doch sie wollte nicht gerne über ihre Probleme reden. Schon immer hatte sie gefunden, dass Menschen, die mit wildfremden Leuten über persönliche Dinge sprachen, nicht gerade vertrauenswürdig wirkten.

»Mit Henrik kann ich umgehen. Aber mein Banktermin ist nicht gut gelaufen«, sagte sie dann doch. »Ich möchte das Haus übernehmen, bekomme aber keinen Kredit.«

Carl-Adam zog eine Grimasse. »Mist.«

Sie nickte. »Karl und sein Anwalt haben mir Zeit bis Ende des Monats gegeben, um alles zu klären, ansonsten ist es seins.« Sie schüttelte den Kopf. »Der größte Teil des Hauses wurde mit Hilfe *meines* großelterlichen Erbes finanziert.«

»Und das ist dann kein persönliches Eigentum?«

»Doch, laut einem Testament, von dem niemand weiß, wo es ist.«

»Kein Ehevertrag?«

Wieder schüttelte sie heftig den Kopf.

Carl-Adam verzog mitleidsvoll den Mund.

»Du solltest …«

Demonstrativ hielt sie die Hand hoch. »Sag nichts, was ich nicht schon weiß.«

»Entschuldige.« Carl-Adam nickte bedauernd. »Das Schlimmste sind gute Ratschläge, die zu spät kommen.«

Sie lächelte schwach.

»Weißt du, was du jetzt brauchst?«, fragte er dann. »Einen Long Island Ice Tea.«

Bevor sie reagieren konnte, war er schon zur Bar gegangen. Bald war er zurück, in der Hand ein hohes Glas gefüllt mit einem teefarbenen Getränk, klirrenden Eiswürfeln und Zitronenscheiben.

»Ist das so ein Hexengebräu?« Victoria rümpfte die Nase. Sie verband Long Island Ice Tea mit einer Mischung aus mindestens zehn Alkoholsorten und grässlichem Geschmack.

»Glaub mir, du brauchst es. Und du solltest an deiner Trinkfestigkeit arbeiten, denn in zwei Wochen ist die Konferenz mit dem Herbstfest. Diese Partys sind meistens feuchtfröhlich.«

Sie nahm einen Schluck, dann noch einen. Es schmeckte nach Alkohol, bitter und säuerlich, und war genau das Richtige. Ihr wurde ganz warm, als wickele sie sich in eine flauschige Decke.

»Wie findest du übrigens Daniel Häger?«, fragte Carl-Adam neugierig.

»Er macht einen sympathischen Eindruck.« Warum fragte er sie das? Hatte er mitbekommen, wie sie ihn im Besprechungsraum angesehen hatte? Oder wie Daniel sie angesehen hatte? Daniel hatte sie doch abgecheckt, oder nicht?

Oder Carl-Adam fragte sie, weil er ihr Mandant war. Die plausibelste Erklärung.

Es war so unerwartet gewesen, ihn dort im Besprechungszimmer zu treffen. Diesen Sadisten. In Chinos und gebügeltem Hemd. Wo sie ihn bisher nur in Sportkleidung gesehen hatte. Und nackt. Sehr viel Zeit hatte sie damit verbracht, sich ihn nackt vorzustellen. Sie hatte sich beherrschen müssen, trotz seiner Anwesenheit im Raum und seiner Blicke unbeteiligt zu wirken.

»Du hast also mit ihm trainiert?«, wollte Carl-Adam wissen.

»Genau. Meine Personal Trainerin hatte sich verletzt, also ist er eingesprungen.«

»Und wie war er?« Carl-Adam sah sie interessiert an. »Hart?«

»Hart?« Röte schoss ihr ins Gesicht.

»Ja, also, ich meine, hat er viel verlangt? Hat er dich hart rangenommen?« Carl-Adam grinste. Natürlich hatte er bemerkt, wie sie Daniel angesehen hatte. »Was hast du denn gemeint?« Er lachte auf.

»Ja, doch … er war ziemlich hart.« Victoria antwortete nicht auf die Frage, was sie gemeint habe. Sie hatte ihn sich ja genauso vorgestellt … hart.

Etwas schade war es, dass er Geschäftsführer des Unternehmens war. Als sich das beim Termin in der Kanzlei herausgestellt hatte, war sie überrascht und enttäuscht zugleich gewesen und im nächsten Moment erleichtert, dass sie noch keine neue Trainingszeit ausgemacht hatte. Sie hätte zwar gerne noch einmal mit ihm trainiert, aber das ging nun nicht mehr, wo er doch Geschäftsführer des Unternehmens war. Unter diesen Umständen würde es seltsam aussehen, wenn sie versuchte, eine weitere Trainingseinheit mit ihm zu buchen.

Ach, im Grunde war es einfach nur deprimierend, dass sie nun nicht mit ihm ins Bett gehen konnte, weil er Mandant der Kanzlei war.

»Ich würde niemals mit ihm trainieren wollen, er würde mich völlig fertigmachen.« Carl-Adam schüttelte heftig den Kopf. »Mein Mann Jack und ich sind furchtbar untrainiert und schwach, was Daniel uns immer wieder unter die Nase reibt. Er würde uns gerne so richtig zum Schwitzen bringen. Ich glaube, im tiefsten Inneren sind alle Personal Trainer Sadisten.« Carl-Adam nahm einen Schluck von seinem Bier und nickte, um seinen Worten noch mehr Gewicht zu verleihen.

Victoria lachte. »Da bin ich mir sicher.« Dann sah sie Carl-Adam neugierig an. »Daniel ist der Cousin deines Mannes, oder?«

Carl-Adam nickte. »Ja, das stimmt. Jack und ich sind hoffnungslose Kandidaten, wenn es um Sport geht.« Er rollte mit den Augen. »Anlässlich unserer Hochzeit im Frühling haben wir uns etwas angestrengt, aber nach der Hochzeitsreise ging es nur noch bergab.« Er machte eine Pause und blickte dann Victoria an. »Daniel hat übrigens explizit nach dir gefragt. Er möchte, dass du das Projekt von Seiten der Kanzlei leitest. Ihm gefällt deine Entschlossenheit, sagte er.« Carl-Adam hob die Augenbrauen, als spiele er auf etwas anderes an. Wieder spürte sie, dass sie errötete, wahrscheinlich vom Alkohol. Aber es schmeichelte ihr, dass Daniel so über sie gesprochen hatte. Sie war bei dem Treffen entschlossen gewesen. Ihr Wille und Antrieb, sich an Karl zu rächen, war nicht zu verbergen.

»Måns und ich haben uns heute Nachmittag unterhalten. Wir glauben, dass du im Fall Kraft richtig gute Arbeit leisten kannst. Statt nur den DD-Bericht zu erstellen, könntest du die Projektleitung übernehmen.«

Sie strahlte über das ganze Gesicht und war sprachlos angesichts der Aufgabe, die ihr anvertraut worden war. »Danke! Das freut mich total!« Sie beugte sich zu ihm hin. »Ich werde euch nicht enttäuschen.«

»Schön, dass ich dich zum Lächeln gebracht habe. Oder liegt es am Drink?« Carl-Adam zwinkerte ihr zu.

»Eine herrliche Kombination aus beidem.« Sie sah ihn lächelnd an, dankbar darüber, nun einen weiteren Freund in der Kanzlei zu haben.

12

Daniel grüßte fröhlich die Rezeptionistin, als er das Bürogebäude betrat. Gerade war er mit Antonia von einem Treffen mit Linda Törnqvist von Lerberg Investments zurückgekommen, das alle Erwartungen übertroffen hatte.

»Ich bin sicher, dass wir noch heute eine Mail von Linda erhalten werden«, sagte Antonia, bevor sie in ihr Büro verschwand. Daniel atmete tief ein. Gerne hätte er Erleichterung verspürt, wagte es aber noch nicht ganz. Linda Törnqvist hatte einige Fragen zu Kraft gehabt. Als er von seinen geplanten Entwöhnungseinrichtungen für Jugendliche mit dem Fokus auf erstklassiger Betreuung erzählte, hatte sie sehr interessiert zugehört und gesagt, dass sie für ihr Portfolio tatsächlich noch ein Pflegeunternehmen suchten und dass sie die Kombination von Pflege und Fitness gelungen fand. Die Zahlen beeindruckten sie, und alle ihre Fragen hatten sie gut beantworten können.

Daniel lenkte seine Schritte in Richtung seines Büros, hielt jedoch inne, als ihm einfiel, dass Victoria heute hier war. Es war der erste Tag, an dem die Juristen die Dokumente durchgehen wollten. Offenbar würden zwei jüngere Juristen den Hauptteil der DD verantworten, während Victoria das Projekt leitete. Er ging den Flur entlang zum Konferenzzimmer. Jetzt, wo sie kurz davor waren, einen Ankerinvestor zu gewinnen, musste er dafür sorgen, dass alles lief wie geplant. Und … er wollte sie gerne sehen.

Beim Blick durch die Glaswand stellte er fest, dass sie allein war. Er blieb noch eine Weile stehen, ehe er eintrat, betrachtete ihren geraden Rücken, als sie dastand und in einem Ordner blätterte. Sie trug einen enganliegenden dunkelgrauen Rock, der es ihm unmöglich machte, nicht ihren Hintern anzustarren. Schon beim Training hatte er ihn in Augenschein genommen. Heimlich, natürlich.

Am Samstag hatte er mit Carl-Adam, Jack und seiner Tante Anita, die gerade in der Stadt war, zu Abend gegessen und bei dieser Gelegenheit Fragen zu Victoria gestellt, denn er war neugierig. Carl-Adam kannte sie zwar noch nicht sonderlich gut, wusste aber, dass sie frisch geschieden war.

Victoria legte den Ordner ab und schrieb etwas in ihren Laptop, bevor sie mit dem nächsten weitermachte. Als er die Tür öffnete, drehte sie sich um. Er holte tief Luft. Ihre Lippen waren leuchtend rot, das glänzende Haar zu einem tiefen Pferdeschwanz zusammengebunden. Die obersten Knöpfe ihrer dünnen Bluse waren aufgeknöpft, und sein Blick fiel auf die zarte Haut direkt oberhalb ihrer Brüste. Alles war sehr schlicht, aber dennoch effektvoll. Sie war der Inbegriff dezenter Schönheit.

Er räusperte sich und versuchte, an etwas anderes zu denken als an ihre aufgeknöpfte Bluse. »Alles so weit in Ordnung?«

»Ja, ich schaue mir an, welches Material vorhanden ist.« Sie sah mit gerunzelter Stirn auf den Bildschirm. »Ich habe es bisher zwar nur oberflächlich geprüft, aber einige Dokumente scheinen zu fehlen.«

»Aha.« Er trat in den Raum und ging ihr entgegen. Ließ seinen Blick über ihre Formen gleiten. Verweilte an ihren Hüften. Wie es sich wohl anfühlte, sie zu streicheln? Dann wanderte sein Blick wieder höher. Er musste sich zwingen, nicht länger auf die Rundung ihrer Brüste zu schauen, die unter dem dünnen Stoff zu erahnen waren. Sie sah zu ihm auf, und ihm wurde bewusst, dass sie gerade etwas gesagt hatte. Was war es nur gewesen? Richtig, es fehlten irgendwelche Dokumente, was ihm merkwürdig vorkam. Er räusperte sich. »Wir sind eure Liste durchgegangen und haben die gewünschten Dokumente zusammengestellt.«

»Unter anderem vermisse ich Informationen über Rekrea, das Pflegeunternehmen, das ihr kürzlich gekauft habt.« Sie sah ihn kühl an, aber wirkte es nicht etwas angestrengt? Als müsse sie sich sehr beherrschen?

»Wir brauchen alles von den früheren Transaktionen«, fuhr sie fort. »DD-Berichte, Verträge.« Sie holte die Dokumentenliste hervor.

»Alle Dokumente zu Rekrea und der Transaktion müssten aber dabei sein.« Er trat an den Tisch, wo die Ordner aufgestellt waren und wo auch Victoria stand. Als er sich streckte, um nach einem der Ordner zu greifen, berührte er beinahe ihre Hüfte. Er stellte sich vor, wie seine Hand brennen würde, wenn er sie streichelte. Sie räusperte sich, und er konnte sehen, wie sich ihre Brust hob und senkte, als sei sie außer Atem.

Ihre ruhige Art bewirkte bei ihm, dass er noch mehr Reaktionen bei ihr hervorrufen wollte. Denn er spürte die Spannung zwischen ihnen. Die Luft schien sich fast zu entzünden. Schon im Fitnessstudio hatte er es gespürt, und noch mehr, als sie sich bei Svärdh & Partner wiedergesehen hatten.

»Sie sind also nicht da?« Fragend hielt er den Ordner hoch.

Sie schüttelte den Kopf, atmete tief ein und trat einen kleinen Schritt zurück. »Nichts.«

»Merkwürdig.« Unauffällig kam er ihr wieder näher. Er wollte herausfinden, wie sie auf ihn reagierte. Er blickte über den Tisch. »Wir haben die Dokumente einer Transaktion immer an einem einzigen Ort aufbewahrt.«

Sie nickte langsam. Er stand so nahe bei ihr, dass er den dünnen Stoff ihrer Bluse mit der Hand hätte berühren können.

Sie blickte ihn eine Weile nachdenklich an. »Erinnerst du dich an etwas Außergewöhnliches im Zusammenhang mit der Transaktion? Gab es irgendwelche Probleme? War mit der Zulassung alles in Ordnung?«

»Nein, es gab keine Probleme. Alle Zulassungen lagen vor.« Ihre Nähe machte ihn fast schwindelig. Er musste tief einatmen, um klar denken zu können. »Wir hatten eine Anwaltskanzlei beauftragt, das Material durchzugehen, also die Sachen, die jetzt anscheinend fehlen. Es war eine seriöse Kanzlei. Sie hat nichts gefunden.«

»Und Rekrea selbst hat auch nichts gesagt? Dass irgendetwas nicht stimmte und noch behoben werden müsste?«

Er runzelte die Stirn. Worauf wollte sie hinaus? »Nein. Denkst du an etwas Bestimmtes?«

Sie schüttelte den Kopf. »Nein, ich wollte bloß nachfragen, falls ich auf irgendwas besonders achten sollte. Aber jetzt weiß ich Bescheid.« Sie lächelte unverbindlich. Doch dann wurde ihr Blick intensiv.

»Darf ich etwas fragen?«

»Klar.«

»Warum ausgerechnet Behandlungsheime für drogenabhängige Jugendliche? Du hast eine fantastisch laufende Fitnesskette. Warum hast du Rekrea gekauft?«

Er schwieg eine Weile, trat ans Fenster und blickte hinaus über die Stadt. Schon oft war ihm diese Frage gestellt worden, doch jedes Mal fiel es ihm schwer zu antworten, ohne allzu persönlich zu werden. Gleichzeitig wollte er, dass die Leute verstanden, was das Ganze ihm bedeutete. Er wollte, dass alle, die für Kraft und Rekrea arbeiteten, wussten, wie wichtig ihre Arbeit war.

»Erst kürzlich habe ich von einem jungen Mädchen gelesen, das in einem Heim bei Östersund an einer Überdosis gestorben ist. Ein Behandlungsheim, wo sie wegen ihrer Sucht untergebracht war. Wie kommt man überhaupt an Drogen in einer Einrichtung, in der man eigentlich von ihnen loskommen soll?« Er seufzte tief. Lehnte sich gegen die Fensterbank. Der Nachmittagshimmel war klar und dunkelblau. Die Sonne stand tief und ließ die riesige Kuppel der Hedvig-Eleonora-Kirche in goldenem Licht erscheinen. Ein leichter Wind wehte das Laub von den hohen Bäumen, das langsam über dem Friedhof hinabsank. Er wandte sich wieder zu Victoria. »Und so etwas passiert ständig.« Zum Beispiel mit dem Menschen, den er am meisten geliebt hatte. Aber das war unsicheres Terrain. Er sprach mit niemandem über Adrian. Am allerwenigsten mit der Frau, mit der er gerne flirten wollte. »Ständig«, wiederholte er. »Bald wirst du mehr darüber erfahren, aber ich möchte Rekrea zu etwas wirklich Gutem machen. Schon jetzt ist das Unternehmen gut, aber ich werde es noch verbessern.«

Er räusperte sich. War völlig vom Thema abgekommen. Allein der Gedanke an seinen Bruder brachte ihn aus dem Gleichgewicht. Mit ansehen zu müssen, wie ein naher Angehöriger sich selbst so zugrunde richtete, wie Adrian es getan hatte, machte etwas mit einem.

Er ergriff die Gelegenheit, das Thema zu wechseln. »Hast du in der letzten Zeit trainiert?«

Sie lächelte. »Schon. Aber seit ich bei Svärdh & Partner angefangen habe, geht das fast nur noch morgens.«

Vielleicht sollte er auch einmal morgens trainieren, dann würde er sie womöglich treffen. Ob er sie fragen konnte, ob sie Lust auf eine weitere Trainingseinheit mit ihm hatte?

Nein. Auch für ihn gab es gewisse Grenzen.

»Vielleicht sehen wir uns ja mal im Studio.«

»Ja, bestimmt!«

Er ging zur Tür, und der Abstand zu ihr bewirkte, dass er klarer über die Dokumente nachdenken konnte. Er hatte eine schwache Erinnerung daran, dass Gabriella Bodin, ehemalige Inhaberin und jetzt Vorstandsmitglied und Chefin von Rekrea, ihn einmal um die Dokumente gebeten hatte. Er drehte sich um. »Es könnte sein, dass Gabriella Bodin, die Chefin von Rekrea, die Dokumente wieder an sich genommen hat.«

Sie nickte. »Das erklärt die Sache.«

»Wie meinst du das?«

Sie schüttelte den Kopf. »Nichts«, sagte sie schnell. »Ich meine nur, das klingt ja logisch, dass das Unternehmen selbst die Unterlagen hat.« Trotzdem hatte er das Gefühl, dass sie eigentlich etwas ganz anderes meinte. »Ich melde mich bei ihr«, fuhr sie fort. »Wenn ich ihre Kontaktdaten bekomme.«

»Natürlich.« Er nickte langsam. »Sag Bescheid, wenn du noch mehr brauchst.«

Er ging zur Tür und spürte, wie sie ihn betrachtete. Als er sich umdrehte, ruhte ihr Blick auf seinem Hintern, und er freute sich ungeheuer darüber, dass sie ihn tatsächlich gemustert hatte. Also war sie nicht so teilnahmslos, wie sie erscheinen wollte. Oder aber er hatte ganz einfach einen unwiderstehlichen Hintern.

Jack ging mit schweren Schritten die Treppe hoch. Wieder ein langer Abend im Büro. Er war todmüde. Leise steckte er den Schlüssel ins Schloss und öffnete die Tür, blieb im Flur stehen und lauschte. Als Stille ihn umfing, atmete er auf. Carl-Adam schlief. Er ertrug seine fragenden Blicke nicht. Als Carl-Adam gefragt hatte, wie es wirklich um sie stand, hatte er sich geschämt. Und gelogen. Seitdem war Carl-Adam wachsamer geworden, hatte ihm misstrauische Blicke zugeworfen, wenn er auf sein Handy sah, und unschuldige, aber hartnäckige Fragen zu seiner Arbeit gestellt. Mit wem er essen ging und welche von seinen Kollegen auch so lange abends arbeiteten. Jack fühlte sich schon jetzt wie das größte Schwein auf Erden.

Er ging in Richtung Bad und zuckte zusammen, als er aus den Augenwinkeln Carl-Adam sah, der am Küchentisch saß. Er beugte sich über die zerfurchte Tischplatte und hatte die Hände ineinander verschränkt. Neben ihm standen eine fast leergetrunkene Flasche Wein und ein halbvolles Glas.

»Wo warst du?« Die Stimme klang kalt.

»Im Büro.«

Carl-Adam sah ihn misstrauisch an. Seine Augen waren rot, er verschränkte die Arme vor der Brust. »Aha.«

»Doch.« Es war die Wahrheit. »Wenn du mir nicht glaubst, kannst du Anna anrufen, sie war auch noch da. Sie arbeitet am selben Projekt.«

»Und gestern? Hast du da auch lange gearbeitet?« Carl-Adam stand mit dem Weinglas in der Hand auf, schob das Kinn vor und ging auf ihn zu.

»Ja, das habe ich.« Jack wurde lauter. Er hatte tatsächlich gearbeitet. Zurzeit gab es auf der Arbeit wahnsinnig viel zu tun, doch Carl-Adam misstraute ihm. Das Schamgefühl wich einer zunehmenden Irritation.

»Und wo warst du Montag?«

»Mein Gott, willst du jetzt die ganze Woche durchgehen? Kannst du mich nicht einfach nach Hause kommen lassen?« Jack nahm die Weinflasche, holte ein Glas aus dem Küchenschrank und schenkte sich den Rest ein.

»Ja, ich will die ganze Woche durchgehen, bis du zugibst, was eigentlich los ist.« Carl-Adam ging hinter ihm her.

»Du hast heute Abend zu viel Wein getrunken.«

Carl-Adams Blick verhärtete sich. »Jetzt schieb es nicht auf mich. Ich weiß, dass etwas nicht stimmt. Und ich habe am Sonntag dein Handy gesehen.«

Jack blieb stehen. Eiseskälte breitete sich auf seinem Rücken aus, und er hatte Mühe zu atmen. Hatte Carl-Adam in sein Handy geschaut? Er ging weiter durch die Küche, damit Carl-Adam nicht misstrauisch wurde, und sagte mit ruhiger Stimme: »Und?«

»Ja, und ich habe eine Nachricht gesehen, die mich ins Grübeln gebracht hat.«

Plötzlich spürte er, dass er nicht länger lügen konnte. Er holte tief Luft. Er musste endlich diese erbärmlichen Lügen beenden, die ihn seit einem Monat von innen auffraßen. In jener Nacht hatte er an niemanden außer sich selbst gedacht und war zu jemandem geworden, den er selbst nicht wiedererkannte. Und er bereute es zutiefst.

Jack setzte sich an den Tisch und kippte den Wein hinunter. Er schmeckte herb und war nicht dafür geeignet, hinuntergekippt zu werden, und schon gar nicht, wenn man nichts dazu aß. Es war, als kippe er den Inhalt eines Staubsaugerbeutels in sich hinein.

Er sah zu Carl-Adam hoch. »Ich habe mit jemand anderem geschlafen.«

Und im Blick seines Ehemannes, dem Menschen, den er anbetete und liebte wie niemanden sonst, brach die Welt zusammen. Vorher war dort noch Hoffnung gewesen, doch diese war nun ausradiert. Und Jack verstand plötzlich das Ausmaß seines Handelns – dass er alles zerstört hatte. Er hatte mit seinem und Carl-Adams Leben gespielt. Statt darüber zu reden, was falsch lief, hatte er sich in sein Schneckenhaus zurückgezogen und alles den Bach runtergehen lassen.

Carl-Adam schmiss das Weinglas auf die Arbeitsplatte. Rotwein spritzte über die eierschalenfarbenen Kacheln an der Wand und auf die Küchenfronten. Er drehte sich um und ging aus der Küche.

»Carl-Adam, bitte verzeih mir. Warte. Es bedeutet mir nichts.« Er lief hinter ihm her.

»Es bedeutet dir nichts?« Carl-Adam drehte sich heftig um, die Augen voller Tränen. »Soll mich das etwa trösten? Dass du unsere Ehe aufs Spiel setzt für etwas, das dir nichts bedeutet?«

Jack schwieg. Sah nur zu Boden und dann wieder auf. »Es bedeutet mir nichts.« Warum hatte er es getan? Warum war er so dumm gewesen? Und warum hatte er so lange damit gewartet, es Carl-Adam zu erzählen? Ein One-Night-Stand war es nicht wert, davon zu erzählen, hatte er immer gedacht. Es würde mehr Schaden anrichten als Nutzen bringen. Das sagten alle: Es wäre egoistisch, davon zu erzählen.

Carl-Adam atmete langsam aus und blickte zu Boden. Dann sah er ihn kalt an. »Mein Gott, Jack. Du bist nach Hause gekommen, hast mit mir in einem Bett geschlafen, mit mir zu Abend gegessen und mich die ganze Zeit angelogen.« Er drehte sich ohne ein Wort um, ging durch den Flur zur Wohnungstür. Dann nahm er seinen Mantel so heftig vom Kleiderbügel, dass alle anderen Bügel und Jacken herunterfielen.

Jack hielt ihn am Arm fest, um ihn zum Bleiben zu bewegen, damit sie reden und sich versöhnen konnten. Er liebte ihn doch. Und er bereute doch alles. Diese Reue zerrte an ihm. »Bitte, Carl-Adam! Bitte, bleib! Können wir nicht darüber reden?«

Carl-Adam riss sich los. »Ich gehe jetzt und komme heute Nacht nicht mehr wieder. Und wenn ich morgen nach Hause komme, wirst du nicht hier sein.« Carl-Adam hatte noch immer Tränen in den Augen, aber sein Blick war kalt. Er öffnete die Tür und ging hinaus. Jack lief hinterher. Die Treppen hinunter und hinaus auf die Straße, wo ein starker Wind wehte. Die Äste raschelten, Laub fiel hinab und taumelte im Luftzug. »Bitte, bleib stehen! Bitte, bitte bleib! Bitte!« Er rief hinter ihm her, bat und bettelte. Wenn er nur stehen blieb, ihm zuhörte, wie sehr er ihn liebte und alles bereute. Voller Verzweiflung spürte er, dass alles vorbei sein würde, dass sich nichts mehr reparieren ließe, wenn Carl-Adam jetzt ginge.

Doch Carl-Adam verschwand die Straße hinunter, ohne sich noch einmal umzusehen.

13

Die drei Busse fuhren unterhalb des Herrenhauses vor, das anlässlich der Herbstkonferenz der Kanzlei angemietet worden war. Knapp zwei Stunden hatte die Fahrt vom Büro zum Hof Schenström bei Västerås gedauert. Sie stiegen aus und gingen zu dem prächtigen, gelb verputzten Gebäude mit weißen Ecken. Der Himmel war grau, und es fühlte sich an, als sei es bereits Abend und nicht mitten am Tag.

Victoria verschaffte sich einen Überblick über das ehemalige Fabrikgelände. Ein Fluss schlängelte sich um das Herrenhaus, und unten am Ufer befanden sich zwei Badetonnen, die äußerst verlockend aussahen. Eine Holzbrücke führte über das Wasser zu einem weiteren großen, ebenfalls gelb verputzten Gebäude. Weiter hinten waren Reste der alten Schmiede und überwucherte Eisenbahnschienen zu erkennen.

Sie betraten das Herrenhaus und wurden von der Wärme und dem Duft eines offenen Kaminfeuers empfangen. Nachdem Victoria und Azzie ihre Zimmerschlüssel erhalten hatten, nahmen sie ihre Koffer und gingen hinaus zum linken Flügel des Herrenhauses, wo sie sich ein Zimmer teilen würden.

Azzie schloss auf, warf einen Blick hinein und sah dann Victoria triumphierend an. »Wir haben eine Suite!« Sie erblickten ein großes Doppelbett mit schneeweißer Bettwäsche. Die Wände des Zimmers waren grau getüncht. Der Fußboden war aus hellem Holz, in der Ecke befand sich ein offener Kamin. Das Bad hatte sogar einen Whirlpool, und Victoria beschloss, sich dort noch vor dem Abendessen mit einem Glas Sekt eine kleine Auszeit zu nehmen. Am Fenster standen ein kleiner weißer Schreibtisch und ein weißer Holzstuhl mit Sitzpolster.

Sie stellten die Koffer ab und hängten ihre Kleider für den Abend auf Bügel, damit sie nicht noch mehr zerknitterten. Dann eilten sie zurück zum Herrenhaus, wo es Lunch gab und wo auch anschließend die Seminare stattfinden würden.

Das Mittagessen wurde im Speisesaal des Herrenhauses mit Aussicht über den Fluss serviert, und als sie fertig waren, wechselten sie in die obere Etage in einen großen, hellen Konferenzraum. Kaffee und Kanelbullar waren auf einem Nebentisch angerichtet, die Stühle waren in langen Reihen aufgestellt. Die gesamte Belegschaft der Kanzlei war zur Konferenz gekommen. Thema war Gesundheit und Work-Life-Balance. Ein wenig sarkastisch, da gerade die Anwaltsbranche berüchtigt dafür war, keine gute Work-Life-Balance zu bieten. Gerade deshalb war die Initiative der Kanzleipartner beinahe rührend. Victoria verfolgte ganz klar die Absicht, ihren Bürojob mit dem Leben als alleinerziehende Mutter zu kombinieren, was Voraussetzung dafür war, überhaupt übernommen zu werden. Manchmal erschien es ihr wie eine unlösbare Gleichung, aber sie hoffte inständig, dass ihr Plan aufging.

Ebba stellte sich ganz nach vorne in den Saal. »Erst einmal möchte ich euch alle herzlich willkommen heißen. Bevor unser erster Referent übernimmt, muss ich euch über eine kleine Programmänderung informieren. Leider ist unser geplanter Nachmittagsreferent verhindert. Aber wir hatten das Glück, einen mindestens ebenso kompetenten Referenten zu gewinnen, nämlich Daniel Häger, Geschäftsführer von Kraft.« Allein der Name brachte Victorias Blut zum Kochen. »Er kommt her, um darüber zu sprechen, wie es ist, ein Unternehmen aufzubauen, dessen Kerngeschäft die Gesundheit ist«, fuhr Ebba fort.

Seit Daniel letzte Woche im Konferenzraum vorbeigeschaut hatte, war er hereingekommen und hatte mit ihr geplaudert, wenn sie da war. Sie sprachen meist über das Projekt, doch in den letzten Tagen hatten sie auch andere Themen angeschnitten. Daniel hatte unter anderem von seinem Operninteresse erzählt (höchst unerwartet), und sie erzählte von ihrem Haus, woraufhin sie über das Thema Wohnen in der Stadt versus Wohnen im Vorort gesprochen hatten. Es zeigte sich, dass Daniel sich nach einem eigenen Haus mit Garten sehnte. Offenbar bekam er immer kiloweise Äpfel aus dem Garten seiner Eltern, und sie erzählte ihm vom Café ihres Bruders und seinen Plänen, den Cafébetrieb um eine Mosterei zu erweitern.

Ihre Gespräche waren die besten Momente des ganzen Tages. Man konnte gut mit ihm plaudern, und jeden Tag musste sie sich selbst daran erinnern, dass er nur ein Mandant war.

Und jedes Mal, wenn sie ihn traf, musste sie sich anstrengen, nicht mehr als nötig hinzuschauen. Er war leger, aber perfekt gekleidet. Oft trug er Hemd und Chinos, manchmal ein leicht anliegendes, dünnes Polohemd, das seinen muskulösen Körper angenehm betonte. Sollte sie etwa heute Nachmittag eine ganze Stunde lang so viel und so intensiv gucken dürfen, wie sie wollte? Als er bei ihrem ersten Aufenthalt im Büro so nah bei ihr gestanden hatte, war ihr das Atmen schwergefallen. Sie konnte sich nichts Herrlicheres vorstellen, als ihn eine Stunde lang hemmungslos anzustarren.

Der Nachmittag verstrich mit einem weiteren Seminar. Danach war Pause mit einem Drink, und dann war Zeit für Daniels Vortrag und das Abendessen. Sie bestellte sich ein Glas Sekt an der Bar und nahm es mit aufs Zimmer, während sich Azzie mit ein paar Kollegen zu den Badetonnen aufmachte.

Victoria freute sich auf etwas Zeit für sich allein und ließ sich ein Bad ein, legte eine Gesichtsmaske auf und sank ins warme Wasser. Das Sektglas hatte sie auf dem Rand der Wanne abgestellt.

Sie musste sich mental auf das Wiedersehen mit Daniel vorbereiten. Er hatte mit ihr während der Woche geflirtet, davon war sie überzeugt, aber sie verstand nicht, warum. Er war jung, begehrt und erfolgreich. Vielleicht fand er es einfach nur spannend und wollte sie testen.

Als sie fertig gebadet hatte, war Azzie wieder da und hatte eine halbe Flasche Sekt mitgebracht. Sie stellten Musik an und zogen sich um, schminkten sich, machten sich die Haare und tranken dabei ein Glas Sekt.

Dann gingen sie zusammen die wenigen Meter zum Herrenhaus. Schon als Victoria durch das große Eingangstor trat, sah sie ihn. Er stand an der Rezeption. In Mantel und schwarzen Herbststiefeln und mit einem grünen Schal. Er drehte sich um, als er ihre Schritte hörte, und strahlte, als er sie sah. »Hej, Victoria!«

»Hej!«

Die Bartstoppeln waren dunkel, seine Augen tiefblau. Das Haar war leicht zur Seite gekämmt, sah aber zerzaust aus, als sei er durch einen Herbststurm gegangen. Oder habe den ganzen Tag im Bett gelegen. Es fiel ihr nicht schwer, ihn sich im Bett vorzustellen.

Alle Empfindungen verstärkten sich durch seine Gegenwart – die Kälte, die durch die geöffnete Tür hereindrang, die Wärme des offenen Kamins und der Duft ihres eigenen Parfüms, mit dem sie sich eingesprüht hatte, bevor sie ihr Zimmer verlassen hatte.

Warum war der schönste Mann, den sie jemals gesehen hatte, ihr Mandant?

Lautes Räuspern war zu hören. »Victoria, willst du uns nicht einander vorstellen?« Azzies Stimme riss sie aus ihren Gedanken.

»Ja, natürlich. Das ist Daniel Häger, Geschäftsführer von Kraft. Und das ist Azra, meine Bürokollegin.«

»Ach, du wirst also den Vortrag halten?« Azzie sah ihn neugierig an.

»Genau. Ich bringe nur noch meinen Koffer aufs Zimmer, dann bin ich so weit.«

Herrgott, er würde über Nacht bleiben. Aber das hatte nichts weiter zu bedeuten. Hier würde er wohl nicht mit ihr flirten, vor allen anderen.

Victoria schluckte. »Wir sehen uns!«

Sie ging mit Azzie zum Speisesaal, wo der Vortrag stattfinden sollte. Azzie beugte sich näher zu ihr. »Entschuldige, dass ich euer Gestarre unterbrochen habe, aber es war mir schon etwas unangenehm.«

»Was meinst du mit Gestarre?«

»Ich meine, dass ihr euch mit Blicken *aufgegessen* habt.«

»Nein, das stimmt nicht.« Sie hatte nur ein wenig geschaut, das war alles. So lange hatte es nicht gedauert.

»Glaube mir, das habt ihr.« Sie waren im Speisesaal angelangt. Viele Kollegen waren bereits da, standen in kleinen Gruppen zusammen und tranken Wein.

Victoria legte ihren Finger an die Lippen. »Jetzt reden wir nicht weiter darüber.« Sie nahm ein Glas Rotwein vom Bartresen nebenan.

»Richtig, ihr arbeitet ja zusammen.« Azzie sah sie mitfühlend an. »Ich leide mit dir.«

Sie schlossen sich einer weiteren Gruppe angestellter Juristen an, doch Victoria konnte es nicht lassen, ständig zur Tür zu sehen.

Bald schon trat er ein. Viele Köpfe wandten sich in seine Richtung, und leicht entmutigt musste Victoria feststellen, dass jede junge Frau im Raum ihn anstarrte. Einige Männer auch.

Sein Blick fand ihren, und er lächelte breit. Sie lächelte kurz zurück und hob ihr Weinglas zu einem höflichen Gruß. Dann wandte sie den Blick ab.

Um genau achtzehn Uhr begab sich Daniel in die Mitte des Raumes. Er sah entspannt aus, schien kein Problem damit zu haben, vor einer Menge Leute zu sprechen.

Nachdem er sich vorgestellt hatte, begann er mit seiner Geschichte. »Als ich mein erstes Fitnessstudio eröffnete, hatte ich nur einen Traum: ein Studio zu eröffnen. Ich habe immer schon wahnsinnig gern trainiert, nicht um gut auszusehen, sondern um mich gut zu fühlen. Und wie bei jedem gab es auch in meinem Leben Phasen, in denen meine ganze Energie in andere Dinge ging, in destruktive Dinge. In dieser Zeit war das Training meine Rettung, meine Art zu überleben.«

Alle hörten interessiert zu.

»Genau deshalb ist Gesundheit ein so wichtiger Teil meines Unternehmens. Viele fragen sich natürlich, warum ich nun eine neue Richtung einschlagen und Behandlungsheime für drogenabhängige Jugendliche eröffnen möchte«, fuhr Daniel fort. »Der Fitnessbetrieb ist eine Sache, die ich wirklich kann, und er war mein Sprungbrett, um etwas Neues, Größeres aufzubauen. Training war schon immer mein Interesse, aber ich sehe es als meine Lebensaufgabe, Behandlungsheime für Drogenabhängige zu eröffnen und zu betreiben. Wusstet ihr, dass von den Männern, die ins Fitnessstudio gehen, doppelt so viele Drogen nehmen wie in der Vergleichsgruppe, also den Männern, die nicht trainieren?« Er blickte auf die Gruppe und erhielt Kopfschütteln und murmelnde Verneinungen als Antwort.

Ganz vorne sah sie, wie die Blondine, die am ersten Tag mit Mikaela geflüstert hatte – eine angestellte Juristin in der Abteilung für Immaterialgüterrecht, wie Victoria inzwischen wusste –, Daniel hingerissen anblinzelte. Als er dann weitersprach und einen Witz machte, lachte sie lauthals und beugte sich so nach vorne, dass ihre Brüste beinahe aus ihrem Ausschnitt herauspurzelten. Victoria hatte nicht übel Lust, sie umzuschubsen. Sie fand, dass sie das Alleinrecht besaß, Daniel so anzustarren. Doch ihr wurde schmerzlich bewusst, dass dies nicht der Fall war.

Dass Prosecco mit schwarzem Johannisbeerlikör so lecker sein konnte … Carl-Adam nahm sich noch ein Glas vom Bartresen. Der Stall des Herrenhauses war mit Kürbissen in Holzkisten dekoriert, auf den langen Tischen lagen Vogelbeerzweige, und von der Decke hingen Lichterketten und Laubgirlanden. Erntefest lautete das Thema der Party. In den Ecken standen riesige Ahornbäume mit rostroten, orangen und buttergelben Blättern. Sie sahen absolut echt aus, das Festkomitee hatte sich große Mühe gegeben. Überall wurden hohe Gläser mit Kir Royal serviert – das perfekte Herbstgetränk.

Eigentlich war er strikt dagegen, Alkohol zu trinken, wenn er down war, denn Alkohol sollte getrunken werden, wenn man fröhlich war. Nach einem harten Tag im Büro trank er allerhöchstens ein Glas Wein.

Seitdem er von Jacks Seitensprung erfahren hatte, hatten sie nicht mehr miteinander geredet. Innerhalb einer Sekunde hatte sich sein Leben auf den Kopf gestellt, und es gab Momente, in denen er sich wünschte, er hätte Jack nicht zur Rede gestellt. Aber er wusste auch, dass es unvermeidlich gewesen war. Seit diesem Abend hatte er keinen Tropfen Alkohol angerührt. Aber heute hatte er vor, sich zu besaufen. Der Alkohol sollte seinen Schmerz betäuben und die Leere in ihm füllen. Er wollte einfach nur Spaß haben.

Carl-Adam sah sich um und entdeckte Victoria am Ende eines rustikalen Tischs. Er nahm neben ihr Platz, und im selben Moment kamen die Kellner mit dem Hauptgericht herein – Eintopf mit Rindfleisch und Wurzelgemüse aus dem Garten des Herrenhauses und Kartoffeln. Er griff sich eine der Rotweinflaschen, die auf dem Tisch standen, und goss sich ein Glas ein. Dann kippte er den Rest des Drinks.

Victoria sah ihn beunruhigt an. »Wie geht es dir?«

Carl-Adam zuckte die Schultern. »Ganz okay.« Jetzt, wo er etwas Alkohol im Blut hatte, war es beinahe okay.

»Das sieht aber nicht so aus.« Sie rückte näher zu ihm und sah ihn mitfühlend an..

Er seufzte. Es war furchtbar, dass man so viele Gefühle haben musste, dass es so schrecklich weh tun konnte. Er nahm ein Stück vom Fleisch, tauchte es in die Soße und gab ein kleines Stück Möhre hinzu. Seit jenem Abend vor bald einer Woche hatte er kaum etwas gegessen. Jack hatte mehrere Male bei ihm angerufen. Er hatte sich auch bei Carl-Adams bester Freundin Charlotta und ihrem Freund Ignacio gemeldet, mit dem Jack sehr eng befreundet war. Schließlich hatte Jack seine Versuche aufgegeben. Carl-Adam brachte es zurzeit nicht fertig, mit ihm zu reden, aber trotzdem wollte er nicht, dass er ihn in Ruhe ließ. Er wollte ja, dass Jack um ihn kämpfte. Doch nun schwieg sein Handy schon seit einigen Tagen.

»Ich habe mit Jack gesprochen. Er ist ausgezogen. Zumindest für eine Weile.« Er trank einen großen Schluck Wein. »Oder für immer.«

»War dein Verdacht richtig?«, fragte Victoria.

Ohne zu antworten, sah er sie an. Sein Schweigen war Antwort genug, und sie strich ihm über die Schulter. »Was für ein

Mist. Ich hatte wirklich gehofft, dass dein Bauchgefühl nicht stimmte.«

»Das hatte ich auch gehofft.« Und wie er gehofft hatte. Jetzt schien alles vorbei zu sein. Wie sollte er Jack jemals verzeihen können? »Hättest du eine Möglichkeit gesehen, Karl seine Affäre zu verzeihen?« Er sah Victoria an.

Sie schüttelte den Kopf. »Er war schon so lange und so systematisch fremdgegangen. Es war keine Liebe mehr übrig.« Sie sprach die Worte vorsichtig aus, um ihn nicht traurig zu machen.

Er bekam einen Kloß im Hals. Er wollte doch mit Jack zusammen sein. Aber konnte er mit dem leben, was Jack getan hatte? Würde er darüber hinwegkommen? Noch nie hatte er so viele widersprüchliche Gefühle in sich gespürt.

»Aber hast du Karl danach noch geliebt?«

»Ich habe ihn nicht geliebt. Aber das war wohl schon lange so.«

Carl-Adam nickte nachdenklich. Dann aß er langsam weiter. Eigentlich wusste er, dass dieses Essen gut schmeckte. Das Fleisch war perfekt gekocht und so mürbe, dass es einem auf der Zunge zerfiel. Das Gemüse war bissfest, wie es sein sollte, doch er schmeckte nichts.

In dem Moment kam ein Mann mit Schürze aus der Küche. Er sprach kurz mit einer der Kellnerinnen.

Er war es. Der Sternekoch. Fabian Eklund. Herr im Himmel. Das Sahneschnittchen. Der Gott. Er war mit einem der Partner verwandt und hatte schon mehrfach auf Veranstaltungen der Kanzlei gekocht. Jedes Mal hatte Carl-Adam ihn aus der Ferne angeschmachtet.

Das war seine Chance. Seine Chance, es Jack heimzuzahlen. Oder seine Chance, über ihn hinwegzukommen.

Nach dem Dessert – ein Johannisbeer-Pie mit Salzkaramell,

der ebenfalls nach gar nichts schmeckte – kippte er seinen sicher fünften Kir Royal in sich hinein. Jack sollte ihm einfach nur egal sein. Er wollte ihn vergessen und feiern.

Als alle mit dem Essen fertig waren, wurden die Lichter gedämpft, und ein DJ richtete sich in einem Winkel am anderen Ende des Stalls ein. Die Leute standen oder saßen, unterhielten sich und tranken, einige tanzten schon.

Fabian Eklund stand an der Bar, inzwischen in Jeans und kariertem Hemd. Er sah unglaublich männlich aus und hob sich wohltuend von den ganzen Anzugträgern ab. Mit verschränkten Armen stand er da, selbstbewusst und nach hinten gelehnt.

Carl-Adam nippte an seinem Drink. Nahm noch einen Schluck und schielte in Fabians Richtung. Würde er ihn überhaupt bemerken? Er hätte jeden haben können.

Dasselbe Gefühl hatte Carl-Adam mit Jack gehabt: dass Jack eigentlich zu gutaussehend für ihn war. Als er ihn das erste Mal gesehen hatte, hatte es ihn umgehauen. Jack hatte Ähnlichkeiten mit einem afroamerikanischen Supermodel, für das Carl-Adam schon lange schwärmte, dem schönsten Mann, den er je gesehen hatte. Doch Jack war noch schöner. Als sie sich auf einer Party von gemeinsamen Freunden kennengelernt hatten, studierten sie beide noch. Carl-Adam hatte Jack sofort am anderen Ende des Raumes entdeckt, an jenem Frühlingsabend, als alles anfing. Jack zog alle Blicke auf sich. Groß, breitschultrig, mit hohen Wangenknochen, wunderbar fülligen Lippen und fantastischen dunklen Augen. Dennoch hatte er Carl-Adam ausgewählt. Vielleicht tat es deshalb so höllisch weh? Es war, als verdeutliche Jacks Seitensprung Carl-Adam, dass er unzulänglich war, nicht hübsch genug für Jack, und dass dieser mehr brauchte.

Plötzlich blickte Fabian in seine Richtung, und Carl-Adam

erwiderte den Blick. Etwas zu lange. Das konnte er. Jetzt fühlte er sich schon besser.

Es lag an Jack. Carl-Adam war ein guter Fang. Zum Glück hatte er sich für den Abend umgezogen. Er mochte zwar seine Anzüge, aber ein hellblaues Oxford-Hemd mit etwas gröberen Anzughosen passte besser zu diesem Anlass. Er wusste, dass sein Hemd perfekt geschnitten war, und er fühlte sich gut. Fabian Eklund starrte *ihn* an.

Carl-Adam ging zu Charlotta, die mit ein paar Langweilern aus der IT-Rechtsabteilung zusammenstand. Vermutlich machten sie gerade Witze über die DSGVO.

Charlotta streckte die Arme aus und zog ihn zu sich. Sie sah ihn besorgt an. »Wie geht es dir?«

Warum machten sich alle solche Sorgen? Er war doch hier, um Spaß zu haben. Jemanden aufzureißen. »Gut«, antwortete er kurz. »Sogar sehr gut. Ich sehe es so: Mein Leben hat gerade erst begonnen. Ich bin zu jung, um mich betrügen zu lassen. Jack soll zur Hölle fahren.« Er sprach mit lauter Stimme.

»Wie viel hast du getrunken?«

»Hey, wir sind hier auf einer Party. Ich habe bloß ein paar Kir Royal getrunken.« Er beugte sich zu Charlotta. »Weißt du, was Shirin aus der Abteilung für Immaterialgüterrecht gesagt hat? Kir Royal bedeutet auf Persisch großer Schwanz.«

»Das wusste ich nicht.« Charlotta verzog den Mund.

Er kippte den letzten Rest des Drinks hinunter. Großer Schwanz. Wie passend, dachte er, als er Fabian erneut in die Augen sah.

Charlotta sah ihn skeptisch an.

»Was ist? Darf man etwa nichts trinken?« Carl-Adam holte sich noch einen Drink. Seine Umgebung glitt an ihm vorbei. Es drehte sich nicht, sondern war ein ständiges Gleiten. Dann ging er weiter zur Tanzfläche und begann zu tanzen.

Mitten im Gewühl begegnete er Fabians Blick.

Der Bass dröhnte, die Lichter blinkten, und er bewegte sich im Takt der Musik. Es war herrlich, einfach nur zu tanzen.

Plötzlich war Fabian direkt vor ihm.

»Ich heiße Fabian.«

»Ich weiß.« Carl-Adam lächelte.

Fabian lachte und begann, dicht neben ihm zu tanzen. »Und wie heißt du?«

»Carl-Adam.«

Die Musik wurde etwas lauter, und er näherte sich Fabian noch weiter. »Ich liebe dein Essen. Es war ganz fantastisch«, sagte Carl-Adam laut. Fabian beugte sich zu ihm und schüttelte den Kopf, um zu demonstrieren, dass er nichts verstanden hatte. Carl-Adam versuchte es erneut, doch Fabian ergriff seine Hand und zog ihn mit sich fort zur Bar.

»Ich sagte, dass ich dein Essen liebe.« Carl-Adam lächelte und orderte ein weiteres Glas Kir Royal. »Wendest du beim Flambieren des Fleischs die Julia-Child-Methode an?«

Fabian zog einen Mundwinkel hoch, als fände er die Frage amüsant, und antwortete nach einer Weile: »Nein, ich brate es nur scharf an und lasse es anschließend lange schmoren.«

Carl-Adam nickte. Fabian war großartig. Er verstand ihn und dachte wie er, das fühlte Carl-Adam einfach. Und sie verband die Freude am Kochen. Sie passten zusammen. Besser als er und Jack.

Fabian war jetzt ganz dicht bei ihm. Er nahm wieder Carl-Adams Hand und drückte seine Hüfte gegen ihn. Carl-Adam legte die Hand auf Fabians Arm. Er war ganz hart, wahrscheinlich vom vielen Kneten und Quirlen.

Kochen war sexy. Jack hatte kein bisschen Interesse am Kochen. Er stand eher auf Sport im Freien.

Jack guckte gerne Fußball.

Jack arbeitete gerne viel.

Jack mochte andere Männer.

Der Kloß im Hals war wieder da, doch Carl-Adam sah Fabian an. Echt heiß.

Fuck you, Jack! Am liebsten hätte er es laut herausgeschrien.

Das Blut in seinen Adern kochte beim bloßen Gedanken an das, was er gerade tat. Was Jack konnte, konnte er auch. Fabian war jetzt ganz nah und überragte ihn um einen halben Kopf. Carl-Adam hob sein Gesicht zu ihm hin. Nur Zentimeter trennten ihre Lippen davon, sich zu berühren. Er spürte seine Nähe, seine Wärme, seinen Duft. Fabians warmen Atem an seinen Lippen und den Druck seiner Brust, als er sich an ihn presste.

Aber es fühlte sich verkehrt an. Vollkommen falsch.

So ... fremd. Und verkehrt.

Er war so an Jacks Körper gewöhnt. An seinen Duft, seine Stimme und Atemzüge. Die Bartstoppeln, die ihn morgens am Kinn kitzelten, wenn sie eng umschlungen dalagen. Das widerspenstige Haar und die weiche Haut. Jacks Haut war so unglaublich weich. Er wollte niemand anderen haben. Warum dachte er das jetzt?

Carl-Adam riss sich schnell von Fabian los, drehte sich um und eilte an seinen betrunkenen Kollegen vorbei, ohne sich umzudrehen.

Er verließ die Scheune und lief in die dunkle Herbstnacht hinaus. Durch das schwache Sternenlicht begann er allmählich die Umrisse seiner Umgebung zu erahnen. Er ging über die Brücke. Der Fluss war ganz schwarz. Dann weiter zu dem Hauptgebäude und dem Flügel, wo sein Zimmer war.

Warum konnte er es nicht tun? Jack hatte es doch auch getan. Es war für ihn ganz leicht gewesen.

Aber Carl-Adam brachte es nicht fertig. Er liebte Jack doch.

Victoria nahm ein Sektglas in Empfang. Azzie prostete ihr zu. Zusammen mit ihr und ein paar anderen Juristen hatte sie eine der holzbeheizten Badetonnen okkupiert. Daniel war auch dabei. Er saß ihr gegenüber, und sie musste sich permanent bemühen, nicht seinen nackten Oberkörper anzustarren.

Die Tonne stand auf einem quadratischen Floß, das ins dunkle Wasser ragte. Hinter der Tonne, an Land, gab es ein kleines gelbes Holzhaus mit Sauna, Umkleiden und einem Kühlschrank voller Bier, Prosecco und Cidre. Das Licht vom Gebäude reichte kaum bis zu den Tonnen, aber eine Lichterkette über ihren Köpfen warf einen schwachen Schein zu ihnen herab. Der Nachthimmel war mit Sternen übersät.

Die Luft war kalt, doch in der Tonne war es warm. Ihr Kopf war kühl und sektduselig. Sie hatte den Abend über kaum mit Daniel gesprochen. Nur ein paar höfliche Floskeln ausgetauscht darüber, wie schön das Herrenhaus war, als sie mit ein paar anderen während der Party zusammengestanden hatten. Danach war er von Kanzleipartnern und Singlefrauen in Beschlag genommen worden.

Victoria hatte einen schönen Abend gehabt – sie hatte mit Azzie getanzt, eine Weile mit Ebba geplaudert und die ganze Zeit ihr Bestes gegeben, nicht darauf zu achten, wo im Raum er sich gerade befand, mit wem er sich unterhielt. Aber das war unmöglich gewesen. Ständig wurde ihr Blick in seine Richtung gesogen. Und er schien es zu merken. Jedes Mal, wenn sie ihn ansah, wandte er ihr den Kopf zu, und etwas Selbstgefälliges huschte über sein Gesicht.

Neben ihm in der Badetonne saß Petra, diese blonde Juristin für Immaterialgüterrecht. Gerade lachte sie laut über etwas, das Daniel gesagt hatte, und warf den Kopf zurück, während sie gleichzeitig noch näher an ihn heranrückte, so nah, wie es möglich war, ohne sich ihm auf den Schoß zu setzen.

Victoria trank vom Sekt und tauchte unter ins warme Wasser. Als sie wieder hochkam, drehte sich alles. Es war spät, sie hatte zu viel getrunken, und sie sollte nun schlafen gehen. Aber sie wollte noch bleiben. Sie wollte … nichts verpassen.

Genau genommen wollte sie sichergehen, dass Daniel nicht mit dieser Blondine aufs Zimmer ging. Eigentlich hätte es ihr nichts ausmachen sollen. Es musste am Alkohol liegen. Sie trank den letzten Rest Sekt, und in dem Moment hielt Azzie demonstrativ ihre leere Flasche in die Höhe. »Victoria, könntest du mir einen Cidre holen? Diesmal bist du dran.«

»Klar.« Sie stieg aus der Tonne. Daniel ließ seinen Blick über ihren Körper wandern und lächelte. Sie trug einen schwarzen Badeanzug, der sie durchaus bedeckte, doch durch seinen Blick fühlte sie sich nackt. Ausgeliefert. Schnell nahm sie ihren Bademantel, der über dem Holzgeländer hing. Knotete ihn zu.

»Möchte noch jemand etwas?« Röte schoss ihr ins Gesicht. Vom Alkohol, der Wärme des Wassers, aber auch von Daniels Blicken.

»Also, ich gehe jetzt ins Bett«, sagte Johannes, der Neue aus der Zivilrechtsabteilung, der früher Strafverteidiger gewesen war.

»Ich auch«, sagte Theresa, eine jüngere Juristin aus der Transaktionsabteilung, die Johannes schon die ganze Zeit lüsterne Blicke zugeworfen hatte.

»Ich werde mich wohl auch hinlegen«, sagte Petra gedehnt. Sie lächelte, machte einen Schmollmund und sah Daniel durch ihre halb geöffneten Augen an.

Er blickte nicht zu ihr, sondern zu Victoria. »Ich könnte noch ein Bier gebrauchen.«

Petras Schmollmund wich einem eher verdutzten Gesichtsausdruck, und Victoria musste in sich hineingrinsen, als sie über die kalten Holzbohlen an Land ging. Der Weg zum beleuchteten Hauptgebäude, das weiter hinten zu erkennen war, wurde gesäumt von flackernden Feuerkörben.

Sie ging in das kleine Holzhaus, vorbei an der Sauna zum Kühlschrank, nahm einen Cidre für Azzie heraus und für sich und Daniel jeweils ein Bier. Plötzlich wurde die Tür aufgestoßen. Kichern war zu hören, und dann das schmatzende Geräusch von sich treffenden Zungen und Lippen, die aufeinandergedrückt wurden – abstoßend für einen Außenstehenden. Instinktiv zog sie sich zurück. Eine Wand befand sich zwischen dem Raum mit dem Kühlschrank und der Sauna, und sie verzog sich dahinter.

Wer war das? Doch wohl nicht Daniel und Petra? Quälende Angst überkam sie, und sie sah sich gezwungen, vorsichtig nachzusehen. Es waren Mikaela und Henrik. Mikaela stand an die geöffnete Tür gedrückt, und Henrik hatte seine Hände unter ihrem Bademantel. Herr im Himmel, war Henrik nicht gerade zum dritten Mal Vater geworden? Es war widerlich. Wie konnten sie es wagen? Wenn sich jemand unten in der Badetonne in diesem Moment umdrehte, konnte er die beiden sehen. Aber sie hatten Victoria nicht bemerkt. Dann schlichen sie in die Sauna und schlossen die Tür hinter sich.

Sie war fassungslos. Warum tat Henrik seiner Frau so etwas an? Warum entschied man sich, den Menschen zu hintergehen, mit dem man zusammenlebte? Warum hinterging man seine Familie?

Sie ging wieder hinaus ins Dunkel. Die Kälte der Nacht schien beißender als vorhin, und sie eilte zurück zur Tonne, zog den Bademantel aus und glitt hinein ins herrlich warme Wasser. Die anderen waren gegangen, nur noch Azzie und Daniel waren da.

Azzie nahm ihren Cidre entgegen und ließ ihren Blick zwischen Daniel und Victoria hin und her wandern. »Ich gehe auch ins Bett.«

»Nein, bleib doch noch.« Victoria wollte nicht mit Daniel allein in der Badetonne sitzen. Aber sie konnte auch nicht einfach gehen, dann wäre es offensichtlich gewesen, dass sie nicht mit ihm allein sein wollte.

»Ihr kommt sicher ohne mich klar.« Azzie lächelte schelmisch. »Hast du deinen Schlüssel?«

Victoria nickte. »In der Bademanteltasche.«

Azzie stieg aus der Tonne und murmelte leise, als sie über die Kante trat: »Wenn du ihn überhaupt brauchst …«

Victoria bekam Lust, ihr einen Klaps aufs Bein zu geben, doch sie ließ es bleiben. Stattdessen blickte sie mit einem hoch gezogenen Mundwinkel zu Daniel. Azzie verschwand in Richtung Herrenhaus, und sie schwiegen. Tranken Bier und sahen auf das dunkle Wasser hinaus.

Daniel unterbrach das Schweigen. »Es ist wirklich toll hier. Das Herrenhaus erinnert mich an das Schloss, auf dem Carl-Adam und Jack im Sommer geheiratet haben.«

»Wo haben sie denn geheiratet?«

»In Södermanland.«

Sie nickte gedankenverloren.

Sorgenfalten zeigten sich auf Daniels Stirn. »Weißt du eigentlich, wie es Carl-Adam geht? Oder … Ich weiß ja nicht, wie viel ihr zusammenarbeitet, vielleicht weiß du von nichts, aber …« Er unterbrach sich, als sei ihm plötzlich klargeworden, dass er besser nicht davon sprach. »Jack hat nämlich in den letzten Tagen bei mir gewohnt«, schloss er die Sache ab.

»Ich habe davon gehört. Carl-Adam hat heute erzählt, dass Jack ausgezogen ist.«

»Weißt du, was passiert ist?«

Sie schüttelte den Kopf, denn sie wusste nicht, ob Carl-Adam damit einverstanden war, wenn sie etwas sagte, also war es besser, sie schwieg.

»Das ist so verrückt«, sagte Daniel dann. »Die beiden sind einfach wie füreinander gemacht. Sie waren immer so verliebt. Wenn nicht einmal sie es schaffen, eine funktionierende Ehe zu führen, dann frage ich mich, wie wir anderen es schaffen sollen.« Er breitete die Arme aus, lehnte den Kopf in den Nacken und sah in den Himmel.

»Inwiefern sind sie wie füreinander gemacht?« Sie war neugierig auf die beiden. Bisher hatte sie nur von der Seitensprunggeschichte gehört, Jack noch nie getroffen und kannte auch Carl-Adam nicht sonderlich gut.

Daniel blickte wieder nach vorne. »Da ist einfach etwas ganz Besonderes zwischen ihnen, die Art und Weise, wie sie sich anschauen, wie gut man sich fühlt, wenn man mit ihnen zusammen ist, weil sie selbst so gut miteinander auskommen.« Er betrachtete sie. »Hast …« Er unterbrach sich. »Habe ich es richtig verstanden, dass du in einer längeren Beziehung warst?« Er holte Luft. »Carl-Adam sagte, du seist frisch geschieden?«

Sie nickte zögernd. »Ja, das stimmt.« Am liebsten hätte sie nicht darüber geredet. »Aber wir haben keine Kinder, also war die Scheidung nicht ganz so nervenaufreibend wie für viele andere.«

»Carl-Adam und Jack haben auch keine Kinder, aber ich sehe an Jack, dass die Krise ihn zugrunde richtet.«

Während sie sich unterhielten, waren sie unmerklich näher zueinander gerückt. Jetzt saßen sie nur noch einen halben Meter entfernt. Sie betrachtete seine nackten Schultern, die genauso breit und muskulös aussahen, wie sie unter seinen Hemden gewirkt hatten.

»Es ist so offensichtlich, dass es ihm furchtbar geht«, fuhr

Daniel fort. »Unter anderem will er plötzlich mit mir trainieren, nur um nicht allein sein zu müssen, nehme ich an. Außerdem will er in die Oper. Mir kommt es so vor, als bräuchte er das Leiden in den Opernaufführungen. Normalerweise beschränkt sich Jacks kulturelles Interesse auf die HBO-Serie mit dem größten Hype und vielleicht den ein oder anderen Krimi im Sommer.«

»Oh mein Gott, jetzt fühle ich mich aber unkultiviert.« Sie grinste. »Ich konsumiere im Großen und Ganzen nur Mafiakultur. Serien und Filme. Viele auf HBO.«

»Ist das wahr? Das hätte ich nicht gedacht!« Er sah sie verwundert an. »Was ist so faszinierend an der Mafia?«

»Ich weiß nicht, aber …« Sie dachte nach. »Vielleicht ist es so banal, dass ich die starken Vaterfiguren mag. Sie faszinieren mich wohl, weil mir das in meiner Kindheit gefehlt hat.«

Er sah sie fragend an. »War dein Vater abwesend?«

Sie nickte. »Das kann man so sagen.« Sie räusperte sich, wollte nicht weiter über persönliche Dinge sprechen. »Außerdem beneide ich alle Mafiabosse, Männer mit zu großem Ego, die andere manipulieren. Und wie sie sich Leute vom Hals schaffen, auf die sie wütend sind.«

Er sah sie mit großen Augen an. »Dann möchte ich lieber nicht dein Feind sein.«

»Also, ich träume nicht davon, jemanden umzubringen«, erklärte sie lachend. »Aber manchmal kann es ganz nützlich sein, sich von Mafiabossen inspirieren zu lassen. Sie lassen niemanden ungeschoren davonkommen. Es macht einen härter im Nehmen.«

»Apropos egozentrische Männer … Ich habe deinen Exmann tatsächlich ein paar Mal getroffen. Er hat Rekrea vertreten, als wir die Firma gekauft haben.« Daniel nahm einen Schluck Bier.

»Richtig. Ich erinnere mich, dass er für Rekrea gearbeitet hat. Damals waren wir noch verheiratet«, sagte sie und versuchte, dabei eher beiläufig zu klingen.

»Er wirkt etwas …« Er verstummte und blickte hinauf in den sternklaren Himmel, als könne er die Worte, nach denen er suchte, dort oben finden. »Er ist vielleicht nicht der sympathischste Mann, den ich je getroffen habe.« Dann sah er sie direkt an, forschend. »Habt ihr noch Kontakt?«

Sie schüttelte den Kopf. »Nur wegen der leidigen Vermögensaufteilung.«

»Und …« Er sah aus, als wäge er ab, wie er es sagen sollte. »Und, bist du über ihn hinweg?« Seine Stimme war leise.

»Ja, das bin ich.« Das war die Wahrheit, obwohl sie viel Zeit damit verbrachte, etwas zu finden, was ihm schaden konnte. Eigentlich wusste sie nicht, warum ihr das so wichtig war. Wahrscheinlich war das der Mafiaboss in ihr – keiner kam ungeschoren davon.

»Und du?« Sie sah ihn an. »Warst du kürzlich in einer längeren Beziehung?« Sie stellte die Frage, um den Fokus von sich selbst auf ihn zu verlagern, aber auch, weil sie neugierig war.

Er schüttelte den Kopf. »Ich hatte noch nie eine längere Beziehung.«

Das überraschte sie nicht, seine offene Art und sein ständiges Geflirte deuteten darauf hin. »Und woran liegt das?«

Er zuckte die Schultern. »Ich weiß es nicht.« Er sah auf den dunklen Fluss, schien zu überlegen. »Ich glaube, mir fällt es schwer, eine engere Beziehung zu jemandem einzugehen. Man gibt einen ziemlich großen Teil von sich selbst auf.« Er nickte nachdenklich. »Den man vielleicht niemals zurückbekommt.«

Das klang sehr überzeugt. Was war passiert, dass er so dachte? Sie betrachtete ihn im schwachen Schein der Lampen. »Es hört sich so an, als hättest du etwas erlebt, was dich zu dieser Überzeugung gebracht hat.«

Er seufzte tief. Ein Hauch von Verletzlichkeit war in seinem Gesicht zu erkennen. »Mein Bruder Adrian war viele Jahre lang drogenabhängig.« Er sprach langsam, als schmerze ihn jedes Wort. »Als Angehöriger eines Suchtkranken kommst du zu der Erkenntnis, dass Liebe, also jemanden wirklich zu lieben, vernichtend sein kann. Und ich bin wohl nicht bereit, so viel aufzugeben.« Während er sprach, verdunkelte sich sein Blick immer mehr. Er sah sie schnell an. Instinktiv streckte sie ihre Hand aus, legte sie auf seinen Arm und ließ sie dort liegen.

Sie wollte mehr darüber wissen. Wie es seinem Bruder heute ging, ob er gesund war. Doch Daniel kniff die Lippen zusammen und blickte auf den Grund der Badetonne.

»Ich verstehe, warum Rekrea so wichtig ist für dich«, sagte sie stattdessen. Wieder dachte sie an ihre Recherche. Wenn Karl und Gabriella Daniel wirklich etwas vorenthalten hatten, musste sie es herausfinden und ihm mitteilen. Bislang hatte sie nichts vorliegen außer den Stichpunkten, die sie sich vorher schon notiert hatte: mögliche Unstimmigkeiten mit einer Angestellten und eine gefährdete Zulassung. Sonst hatte sie keine weiteren Details gefunden.

Sie schwiegen eine Weile. Daniel schien sich in seinen Gedanken verloren zu haben.

»Vielleicht gehen wir jetzt auch?«, schlug Victoria schließlich vor.

Er nickte, und sie stiegen aus der Tonne. Das Wasser auf ihren Körpern dampfte in der kalten Luft. Einen Augenblick lang standen sie still da und sahen einander an. Sie wagte kaum zu atmen. Er war ihr so nahe, und im Dunkeln erahnte sie seinen nassen, nackten Oberkörper. Die Muskeln, die an den richtigen Stellen hervortraten, und die Haut, die warm und weich sein würde, wenn sie über seine Schultern strich. Schnell holte sie Luft, schüttelte den Kopf und schlüpfte in ihren Bademantel. »Gehen wir hoch?«

Daniel nickte und schnappte sich ebenfalls seinen Bademantel. Sie gingen den gepflasterten Weg zum Herrenhaus hinauf. Als sie ihren Gebäudeflügel erreichten, blieb sie stehen und sah zu ihm auf. »Danke für die Badestunde.« Er stand ganz nah bei ihr.

»Danke gleichfalls. Und … gute Nacht.« Seine Stimme klang heiser, und etwas blitzte auf in seinem Blick. Begehren? Verlangen? Es wurde ihr klar, dass er dasselbe fühlte wie sie – er wollte nicht, dass der Abend jetzt zu Ende ging.

Ein gefährlicher Gedanke schoss ihr durch den Kopf. Seine lockere Einstellung, was Beziehungen anging, machte ihn vielleicht zum richtigen Kandidaten, um einfach etwas Spaß zu haben? Da machte sich gerade der Sekt bemerkbar, davon war sie überzeugt. Sonst hätte sie nicht gemacht, was sie nun als Nächstes tat: sich ihm entgegenzustrecken.

Ein leichtes Lächeln huschte über sein Gesicht, als ihm klar wurde, was nun passieren würde, und er kam ihrer Bewegung entgegen, legte die Hand an ihre Wange.

Sie wusste, dass es nicht richtig war. Aber alle anderen schienen ständig Entscheidungen zu treffen, die alles andere als richtig waren. Und sie konnte nicht umhin, sich seinem Mund zu nähern. Er legte seine Hand auf ihren Rücken und drückte sie an sich. Ihre Lippen vibrierten vor Lust, ihn zu küssen.

Laute Stimmen hinter ihnen unterbrachen den Zauber.

»Feuer!«, schrie jemand vom Wasser her. »Es brennt!« Beide drehten ihre Köpfe in Richtung der Schreie. In den Gebäuden wurde das Licht angeschaltet.

Daniel reagierte zuerst und lief hinunter zum Wasser, Victoria folgte ihm. Auf dem Weg trafen sie Mikaela, die ihnen entgegenstürmte. »Ruft die Feuerwehr! Die Sauna brennt!«

»Ist jemand drin?«, rief Daniel.

Mikaela schüttelte den Kopf.

Sie liefen weiter zum Holzhaus. Einige Meter daneben stand Henrik und sah sie mit großen Augen an. Die Flammen loderten bereits aus den Fenstern.

Von allen Seiten kamen Leute herbei, und bald stand das ganze Gebäude in Flammen.

Wenige Minuten später war die Feuerwehr da, doch das Gebäude war nicht mehr zu retten. Die Feuerwehrleute löschten den Brand und ermahnten alle, sich doch schlafen zu legen.

Victoria blickte Daniel an, während sie wieder zum Haupthaus gingen. Ihr Haar roch nach Feuer. Sie war jetzt hellwach. Der Alkohol und alle gefährlichen Gedanken schienen wie weggeblasen und vom Feuer verschluckt. Was hatte sie beinahe getan?

Sie konnte ihren Mandanten nicht küssen. Das tat man einfach nicht, aber sie war ganz kurz davor gewesen.

14

Gabriellas Lebenslauf war länger als der Beipackzettel eines Antibiotikums. Sie hatte etliche Pflegedienste gegründet und war im Vorstand mehrerer Unternehmen.

Victoria hatte im Büro von Kraft ein Treffen mit ihr ausgemacht, um die Fragen für die Due-Diligence-Prüfung zu besprechen, die die Vorstandsmitglieder vor dem Börsengang beantworten mussten. Jetzt war es zehn Minuten nach zwei. Gabriella war zehn Minuten zu spät.

Victoria sah durch die Glasscheibe auf den Flur. Sie hatte Daniel noch nicht gesehen. Herrgott, sie konnte einfach nicht aufhören, an ihren Beinahekuss in der letzten Woche zu denken. Sie hatten sich am folgenden Tag nur kurz beim Frühstück gesehen, dann war Wochenende gewesen. In dieser Woche hatte sie kaum im Büro von Kraft zu tun gehabt. Worauf es jetzt ankam, waren die noch immer fehlenden Dokumente von Rekrea. Wenn sie nur an Daniel dachte, brannte ihre Haut, da wo sie ihn berührt hatte, und sie spürte noch den Hauch seines warmen Atems an ihren Lippen, die von der Herbstluft ganz kalt gewesen waren. Sie hatte ihn nicht geküsst, aber eine Ahnung davon bekommen, wie es sich anfühlen würde – himmlisch.

Was war eigentlich mit diesem Daniel Häger?

Es konnte nicht nur daran liegen, dass er unverschämt gut

aussah, so einfach war sie nicht gestrickt. War es sein Charisma? Sein Selbstbewusstsein? Oder weil er lustig war und interessant und ihr Fragen stellte? Offenbar konnte sie auf Anhieb bis zu zehn Dinge aufzählen, die sie an Daniel Häger mochte, und er war ganz klar ein Kandidat für einen One-Night-Stand. Denn das brauchte sie. Sie brauchte Sex. Wenn da nicht dieses kleine Detail gewesen wäre, dass sie zusammenarbeiteten.

Sie seufzte, verdrängte die Gedanken an Daniel und öffnete auf ihrem Laptop Gabriellas LinkedIn-Profil.

Dort war zu lesen, dass Gabriella fünfmal von ihrer ehemaligen Universität eingeladen worden war, vor den Studenten zu sprechen. Sie war von diversen Magazinen und Zeitungen ausgezeichnet worden – Unternehmerin des Jahres, Initiatorin des Jahres.

Victoria wusste, dass Gabriella in einem Vorort von Västerås aufgewachsen war. Wie ihre eigenen Eltern waren auch die von Gabriella keine Akademiker gewesen. In dieser Hinsicht hatten Victoria und Gabriella bei ihrem Jurastudium ähnliche Voraussetzungen gehabt, und beide hatten sie den Plan, aus ihrem sozialen Umfeld auszubrechen. Vielleicht waren sie deswegen morgens immer die Ersten in der Bibliothek gewesen und abends die Letzten, weil sie gespürt hatten, dass sie viel mehr kämpfen mussten als alle anderen. Sie verfügten nicht über Kontakte, die ihnen nach dem Studium einen Job verschaffen konnten, sondern mussten mit harter Arbeit und guten Noten zum Ziel gelangen. Nach dem Studium hatte auch Gabriella in einer Anwaltskanzlei angefangen, dann aber schnell als Unternehmensjuristin in ein Großunternehmen gewechselt. Danach hatte sie eine Reihe von Firmen gegründet und Vorstandsposten bekommen. Mittlerweile war sie nach dem Verkauf von Rekrea steinreich und außerdem Vorstandsmitglied bei Kraft.

Victoria zuckte zusammen, als sich die Tür öffnete. Schnell klickte sie Gabriellas Profil weg und stand auf.

»Fangen wir an, gleich ist Vorstandssitzung, ich habe nicht den ganzen Tag Zeit.« Gabriella fegte in schwarzen Lackstiefeletten herein, ohne Victoria anzusehen, und ignorierte ihre ausgestreckte Hand. Eine Handtasche mit golden glänzendem Verschluss baumelte über ihrem Arm, und sie trug einen dünnen Pelzmantel, obwohl es erst Anfang Oktober war. Sie nahm gegenüber von Victoria Platz.

Im Studium waren sie die besten ihres Jahrgangs gewesen und konkurrierten ständig miteinander, auch wenn sie es nicht zugaben. Victoria wusste, dass Gabriella unglücklich in Karl verliebt gewesen war. Inzwischen wünschte sie sich, alles wäre umgekehrt gewesen: dass Gabriella den Mistkerl Karl geheiratet hätte, betrogen worden wäre, alles verloren hätte und sie selbst diejenige wäre, die in Designerstiefeln hier saß, mit einer teuren Handtasche und einem Zuhause, das ihr niemand wegnahm – auch wenn Victoria Gabriellas protzigen Stil nie gemocht hatte. Karl hatte Gabriellas Kleidung einmal als neureich bezeichnet, als gehöre er selbst cincr alten Adelsfamilie an, was nicht der Fall war.

»Natürlich. Fangen wir an.« Victoria bemühte sich nicht, freundlich zu klingen. Gabriella hatte den Ton für ihr Treffen vorgegeben. Offensichtlich ging es nicht um Smalltalk. Sie öffnete die Mail mit den Fragen an Gabriella. Im Gegensatz zu den anderen Vorstandsmitgliedern hatte Gabriella bis jetzt nicht darauf geantwortet. Sie war wohl zu wichtig für so etwas.

»Vielleicht hast du meine Mail mit den Fragen gesehen?«

»Ja, und ich habe schon viele solche Prüfungen durchgeführt, da ich viele Vorstandsposten innehabe. Ich verstehe nicht ganz, was du besprechen möchtest.«

Gabriella verschränkte die Arme und warf den Kopf zurück, sodass ihre kastanienbraunen, perfekt geföhnten Locken tanzten. Sie sah Victoria direkt in die Augen.

»Dann erwarte ich deine Antworten. Per Mail.« Victoria ignorierte die Frage. Sie wusste, dass sie die Oberhand hatte, denn es lag im Interesse aller, dass der Vorstand die Fragen korrekt beantwortete. Gabriella versuchte nur, ihre Macht zu demonstrieren.

Sie holte tief Luft. »Außerdem wollte ich dich direkt zu potenziellen Unstimmigkeiten mit einer Angestellten befragen, die es einmal bei Rekrea gegeben hat und die wir näher beleuchten müssen. Ist dir so etwas bekannt?« Sie erwartete keine Antwort, wollte aber Gabriellas Reaktion sehen.

»Wo hast du denn davon gehört?« Die Frage kam schnell, und ihr Blick war wachsam.

»Ich habe einen Blick auf einen alten DD-Bericht geworfen, aus dem dieser Punkt hervorging. Doch dann ist er nicht wieder aufgetaucht. Wir brauchen Klarheit darüber, falls während des Prozesses Fragen aufkommen sollten. Aber vielleicht ergeben sich mehr Informationen aus euren Ordnern? Sind sie unterwegs?«

Gabriella legte den Kopf schief und sah sie überlegen an. »Um dir Zeit zu ersparen, kann ich dir sagen, dass es in unseren Unterlagen keine Angaben über irgendwelche Unstimmigkeiten gibt.« Ihr Blick flackerte etwas. »Und ich verstehe wirklich nicht, warum diese Frage relevant ist. Rekrea wurde schon vor dem Verkauf von Karl analysiert, und ein anderer Topanwalt hat eine DD auf Kosten von Kraft erstellt. Also, welche Informationen meinst *du* noch entdecken zu können?«

Ohne ihrem Blick auszuweichen, entgegnete Victoria ruhig: »Ich führe jetzt die rechtliche Analyse durch, stelle die Fragen, die meiner Ansicht nach relevant sind, und hole die Informationen ein, die ich brauche. Aber wenn du nach der Motivation für meine Fragen suchst: Ich möchte eine komplette und solide Grundlage haben, falls die Börse oder ein Investor nachfragt. Wir wollen doch niemanden täuschen.« Langsam fuhr sie fort: »Was für dich als Vorstandsmitglied ungeheuer wichtig sein sollte, da du auch eine strafrechtliche Verantwortung hast.«

Gabriella schluckte und schwieg einen Moment. »Ich erinnere mich jedenfalls an keine Unstimmigkeiten. Es war wohl ein Schreibfehler. Karl muss es mit etwas anderem durcheinandergebracht haben.«

Victoria beobachtete Gabriellas Hände. Genau wie die Verräter in Mafiafilmen, die sich in Lügen verstrickt hatten und nun versuchten, ihr Leben zu retten, während sie vom Mafiaboss ins Kreuzverhör genommen wurden, rieb Gabriella nervös die Hände aneinander. Diese Spur musste sie auf jeden Fall weiterverfolgen.

»Ich habe keine Zeit für so etwas. Gibt es noch etwas?«, fragte Gabriella scharf.

Victoria schüttelte sanft den Kopf.

»Ach, richtig«, sagte Gabriella dann. »Ich soll dich von Karl grüßen. Wir haben uns letzte Woche auf einer Konferenz gesehen und uns blendend verstanden.« Gabriellas Stimme klang hoch und schrill, und sie blickte Victoria schadenfroh an.

»Er hat erzählt, dass dir die Trennung schwer zu schaffen macht.« Gabriella verzog den Mund zu einer Grimasse, die wohl ein mitleidiges Lächeln darstellen sollte, ihr aber eher das Aussehen von Cruella de Vil verlieh. »Verlassen zu werden, wenn man für den anderen alles aufgegeben hat, und dann wie ein billiger Fußabtreter behandelt zu werden – also in dieser Situation würde ich niemals sein wollen. Niemals.« Gabriella schüttelte langsam den Kopf, um ihren Worten Nachdruck zu verleihen.

Victoria erhob sich. »Schick mir bitte so bald wie möglich die Dokumente, damit ich meine Arbeit tun kann.« Dann verließ sie den Raum und knallte die Tür hinter sich zu.

Dieses Miststück. Wenn sie bloß etwas gegen sie in der Hand hätte.

15

Das Roggenbrötchen mit Käse schmeckte himmlisch zum schwarzen Kaffee. Victoria und Jens machten Pause im Außenbereich des Cafés, der aus einer rechteckigen Terrasse mit weißen Steinfliesen bestand und sich bis zum Gehweg erstreckte. Sie hatten von den insgesamt sechs Tischen den letzten freien erwischt. Die Birnchen der Lichterkette, die in den japanischen Kirschbäumen auf der Terrasse hing, waren schon eingeschaltet. Victoria sog die frische Luft ein. Ihr Strickpullover, den sie sich schnell übergezogen hatte, als sie hinausgingen, wärmte sie angenehm.

Der süß-säuerliche Duft frisch entsafteter Äpfel drang aus dem Café nach draußen. Die Sonne stand tief und schien durch das tiefrote Laub der Bäume.

Seit sechs Uhr morgens hatten sie Äpfel entsaftet, und Victoria war vollkommen erledigt. Es war bereits das zweite Wochenende, an dem sie entsafteten, denn die diesjährige Apfelernte war so reich, dass die Leute aus Bromma und dem übrigen Stockholm ihnen seit zwei Wochen förmlich die Türen einrannten. Schließlich hatten Victoria und Åsa Jens davon überzeugen können, dass sie in dieser Woche nicht noch mehr Äpfel annehmen konnten.

»Ich muss wenigstens nachts schlafen«, hatte Åsa gesagt.

»Und ich habe noch einen anderen Job«, erklärte Victoria.

Sie wussten beide, wie manisch Jens wurde, wenn er an etwas interessiert war. Er hätte gut und gerne rund um die Uhr Saft hergestellt, wenn er nur genug Äpfel gehabt hätte. Jetzt waren nicht mehr viele übrig, weshalb sie Jens erlaubt hatten, auf das Schild vor dem Café zu schreiben, dass sie wieder Äpfel in Empfang nahmen.

»Wie lange dauert das Adoptionsverfahren eigentlich noch?«, fragte Jens mit vollem Mund.

Victoria lächelte ihn an. »Hoffentlich nicht mehr lange. Ich bin fast fertig mit der Anfrage, und die Sachbearbeiterin glaubt, dass es klappen wird. Aber ich brauche eine feste Stelle. Ich dachte, ich warte noch ein paar Wochen, arbeite richtig hart und rede dann mit meinem Chef.« Sie seufzte. »Und dann brauche ich ein Zuhause.« Ganz klar ein Muss, wenn man ein Kind großziehen wollte. »Aber eine feste Stelle ist die Grundvoraussetzung, um überhaupt in eine Vorauswahl zu kommen. Eine Gehaltserhöhung ist ein Bonus, dann könnte ich das Haus behalten. Am allerbesten wäre es, wenn ich dieses Testament vorliegen hätte.«

»Hast du schon etwas von Papa gehört?«, fragte Jens.

»Nein. Ich habe angerufen und Nachrichten geschrieben, aber er hat sich natürlich nicht gemeldet.« Resigniert nahm sie einen Schluck Kaffee. Eigentlich hätte sie das alles vergessen sollen, doch sie wollte die Hoffnung nicht aufgeben, dass ihr Vater ein für ihn unwichtiges Blatt Papier aufgehoben hatte.

»Und was ist der nächste Schritt? Wenn du die Genehmigung hast?«

»Dann kontaktiere ich wieder die Adoptionsvermittlung und hoffe, dass sich bald etwas ergibt. Noch was, bevor ich es vergesse.« Sie grinste ihren Bruder an. »Wahrscheinlich meldet sich das Jugendamt bei dir wegen eines Gesprächs.« Zum Prozess gehörten Gespräche mit allen Familienmitgliedern, und sie hatte erfahren, dass sie schon bald damit beginnen wollten.

Er lächelte. »Sehr schön. Ich freue mich schon darauf, erzählen zu können, was für eine tolle Schwester ich habe und was für eine großartige Mama sie sein wird.« Victoria sah ihren Bruder dankbar an und drückte seine Hand. »Und was für ein toller Onkel ich sein werde«, fuhr er fort. »Ich werde diesem Kind alles durchgehen lassen.« Jens grinste.

Victoria verzog das Gesicht. »Sag das lieber nicht dem Jugendamt!«

»Kann man hier seine Äpfel entsaften lassen?« Neben ihnen war eine Stimme zu hören.

»Ja, das stimmt!« Jens erhob sich schnell.

Wegen des Gegenlichts konnte sie nur den Umriss sehen, aber sie erkannte sofort die warme Stimme mit dem unbekümmerten Unterton.

Daniel Häger. Sie stand mit klopfendem Herzen auf.

»Hej!«

Jetzt konnte sie ihn richtig erkennen. Mit seiner Jeans, dem Karohemd und der roten Daunenweste sah er aus, als hätte er gerade ein paar Apfelbäume gefällt. Das Einzige, was fehlte, war die Axt in seiner Hand. Und dieser sexy Dreitagebart … Oh, wie sie diesen Holzfällerlook liebte. Ein bärtiger Holzfäller. Unter dem Arm hielt er eine Holzkiste randvoll mit Äpfeln.

Und er war hergekommen … weil er wusste, dass sie hier war? Sie hatte ihm das Café ja empfohlen und erwähnt, dass sie an den Wochenenden dort arbeitete.

»Hej!« Als er sie strahlend anlächelte, wusste sie, dass er genau aus diesem Grund gekommen war.

»Hej, Victoria!« Antonia tauchte hinter Daniel auf. »Wie schön, dass du auch hier bist. Daniel sagte, dass wir dich vielleicht treffen würden.« Sie lächelte und stellte die Holzkiste auf den Boden. »Ich helfe Fred noch mit den letzten Kisten.«

Daniel nickte. »Mach das!«

»Kennt ihr euch?« Jens sah sie neugierig an.

»Wir haben beruflich miteinander zu tun«, sagte Victoria. Das Erste, was man in einer Anwaltskanzlei lernte, war, dass man aufgrund der anwaltlichen Schweigepflicht nichts über seine Mandanten erzählen durfte.

Jens nahm die Apfelkiste und trug sie hinein.

»Antonia und du trefft euch also auch privat?«, fragte Victoria neugierig.

»Antonias Mann ist ein alter Freund von mir. Sie hatten den ganzen Garten voll mit Äpfeln, und dann habe ich noch welche von meiner Mutter bekommen.«

»Du hast also hergefunden?«

Er sah sie eine Weile an, bevor er antwortete. So lange, bis ihr vom Knistern zwischen ihnen ganz schwindlig im Kopf wurde. »Natürlich habe ich hergefunden!«

Sie sah ihn lange an und erlaubte es sich, in den tiefblauen Augen mit dem leicht spöttischen Blitzen zu versinken, aber dort gab es auch etwas anderes. Er sah sie genauso an, wie er sie am Herrenhaus angesehen hatte.

Nach einer Weile räusperte sie sich. »Soll ich dir tragen helfen?« Sie griff nach der Kiste, doch er hielt sie fest.

»Ich trage sie.« Er betrat das Café.

»Dieses Jahr ist ein sehr gutes Apfeljahr«, sagte sie und ging hinter ihm her.

Er nickte. »Ein fantastisches Apfeljahr.«

»Du kannst die Kiste auf den Verkaufstresen stellen.« Sie zeigte auf die Platte aus Walnussholz.

Daniel sah sich um. »Toller Laden. Seit wann haben sie ihn?«

»Seit fast drei Jahren.«

Sie liebte das Café. Die Wände waren vanillegelb gestrichen, und eine der Längsseiten war verklinkert. Kleine quadratische Tische verteilten sich im Lokal, umgeben von Stühlen mit Schaffellen. Tiefhängende Kugellampen verbreiteten ein warmes Licht. Es war ein Ort zum Verweilen. In einer Ecke stand ein durchgesessenes taubenblaues Samtsofa, das von einer Gruppe Zwanzigjähriger okkupiert wurde. Vier von ihnen saßen dort mit einem Kaffee und einem Kreuzworträtsel.

»So …«, sagte er dann und schob die Hände in die Taschen seiner Jeans. »Das war ein denkwürdiges Ende der Konferenz neulich.«

»Ja, das stimmt.« Sie verzog den Mund. »Die Kanzlei wird wohl eine saftige Rechnung bekommen.«

Ebba war außer sich gewesen nach der Konferenz. Niemand wusste, was den Brand verursacht hatte. Vielleicht hatten Henrik und Mikaela es sich mit Kerzen im Ruhebereich gemütlich gemacht?

Antonia und Fred trugen noch mehr Kisten herein, und Jens half ihnen, die Äpfel hinter dem Tresen zu verstauen.

Victoria und Fred begrüßten einander, und sie stellte den anderen ihren Bruder vor.

Jens lächelte breit. »Schön, Menschen zu treffen, mit denen du arbeitest.« Er beugte sich zu ihnen, legte eine Hand an den Mund und sagte leise: »Wenn sie am Montag verkatert ist, dann ist das meine Schuld.«

Daniel sah ihn neugierig an. »Aha, und warum?«

»Was habt ihr vor?«, fragte Antonia lächelnd.

»Meine Frau und ich haben Hochzeitstag. Victoria hat uns einen gemeinsamen Abend geschenkt: italienisches Abendessen, Open-Air-Kino im Rålambshovspark, da läuft nämlich *Scarface*, dazu gibt es massenhaft Rotwein. Und danach Aperol im Nachtclub.« Jens grinste.

»Das mit dem Aperol im Nachtclub war nicht Teil des Geschenks«, erklärte Victoria. »Meine ursprüngliche Idee war ja, dass du und Åsa einen schönen Abend miteinander verbringt. Fünf-Gänge-Menü bei Mancini und Open-Air-Kino, und ich hätte mir als Babysitterin zum achtundvierzigsten Mal *Ice Age* anschauen und kurz nach den Kindern zu Bett gehen können, während ihr einen Abend zu zweit genießt.« Sie hatte sich zwar auf den gemütlichen Abend mit den Zwillingen gefreut, aber das ließ sie vermutlich langweilig wirken. Oder älter. Sollte sie noch von Blutverdünnungsmitteln und Stützstrümpfen vor dem Schlafengehen berichten? Eventuell über ihre schlimme Hüfte klagen?

»Vicky, hör auf. Du stehst doch auf billigen Rotwein, Grissini und lange Nächte. Auch wenn dein Geschmack etwas anspruchsvoller geworden ist seit unserer Reise nach Sizilien 2002.« Jens grinste. »Ich habe wirklich noch nie jemanden gesehen, der so viel billigen Tafelwein in sich hineinkippen kann.«

Victoria zog eine Grimasse. Konnte er bitte damit aufhören? Seit ihrer Kindheit war Jens Weltmeister darin, sie aufzuziehen. Erstaunlich, dass es ihm noch immer gelang.

Er lachte laut, und Victoria versuchte ihm durch einen Blick klarzumachen, dass es Zeit war, den Mund zu halten. Doch Jens sah verträumt vor sich hin und verlor sich in Erinnerungen.

»Ich würde gerne noch mehr von Sizilien hören, Vicky.« Daniel lächelte sie amüsiert an, und dieser Blick ließ ihr Herz schneller schlagen. Dann legte er spielerisch den Arm um sie, doch ihr nach Nähe dürstender Körper nahm die Berührung ernst. Sein Arm blieb noch etwas liegen, dann ließ er sie wieder los, und sein Arm glitt langsam ihren Rücken hinab. Sie erschauerte vor Wohlbehagen.

»Wir waren einen Sommer auf Interrail-Tour in Italien«, fuhr Jens fort. »Das eigentliche Ziel der Reise war Sizilien, um alle Schauplätze aus dem *Paten* zu besuchen. Du weißt vielleicht, dass sie ein großer Mafiafan ist?«

Daniel nickte. »Das hat sie erwähnt, ja.«

»Wir haben von der billigsten Pizza gelebt, die wir finden konnten, von Grissinistangen und natürlich Tafelwein.«

»Wir waren arme Studenten«, erklärte Victoria.

Jens lachte auf, sein Blick war wieder träumerisch. »Meine Güte, ich kann kaum glauben, dass das mehr als fünfzehn Jahre her ist.« Jetzt klang es so, als wäre sie uralt. Wie alt mochte Daniel 2002 gewesen sein? Elf? »Sizilien war ein Traum«, sagte Jens. »Wir haben das Haus von Don Corleone gefunden, gegrillten Fisch auf dem Markt gegessen, und Vicky hatte irgendwo einen billigen Wein ergattert, nachdem sie mit einem armen, jungen Italiener in einem Supermercato geflirtet hatte. Sie kam mit einer ganzen Palette zurück.«

»Der Junge kann einem ja leidtun, dass er so ausgenutzt wurde«, sagte Daniel mit einem Blick, bei dem sie ihren peinlichen Bruder vergaß.

Jens sah nostalgisch in die Ferne. »Wir hatten vier Jahre für diese Reise gespart und von Sizilien geträumt, nachdem wir so viel Mafiakultur konsumiert hatten. Wenn Vicky einen Wunsch frei gehabt hätte, wäre sie als Don Corleone wiedergeboren worden.«

Antonia und Fred lachten höflich. Victoria tat es leid, dass sie mitten in Jens Nostalgietrip gelandet waren.

»Eher als Michael Corleone, weil der, ohne zu zögern, seinem Bruder eine verpasst, wenn der ihn nervt«, sagte Victoria spitz.

Jens lachte. »Der war gut, Schwesterherz.«

»Ich glaube, sie haben jetzt genug von unseren Reisen gehört. Wollen wir mit dem Entsaften anfangen, damit sie nicht länger warten müssen?«

Victoria ging in die Bäckerei, ohne eine Antwort abzuwarten. Jens summte die Filmmelodie des *Paten* und schlenderte hinterher.

Das Entsaften der Äpfel dauerte nicht länger als eine Viertelstunde, und als sie fertig waren, stellten sie die Flaschen in die Holzkisten von Fred und Antonia und gingen hinaus auf die Terrasse, wo die anderen mit einer Tasse Kaffee warteten.

»Danke. Das schmeckt sicher lecker«, sagte Antonia, nahm eine Kiste entgegen und lächelte begeistert. »Wir sehen uns nächste Woche!« Sie verschwand mit Fred in Richtung Auto, doch Daniel blieb noch.

Er sah aus, als überlege er, und wippte ein paar Mal auf den Füßen hin und her. »Wenn ich heute beim Open-Air-Kino auftauchen würde«, sagte er dann mit leiser Stimme. »Mit einer Flasche Rotwein und einer Decke, fändest du mich dann charmant anhänglich oder unangenehm aufdringlich?«

Eins wusste sie mit Sicherheit – unangenehm war der Gedanke, dass Daniel im Park auftauchen würde, nicht. Bei der Vorstellung, ihm im Dunkeln unter einer Decke ganz nah zu sein, im Schein der riesigen Leinwand, mit Popcorngeruch in der kühlen Herbstluft, kribbelte es sogar im ganzen Körper.

Der Duft vom Apfelauflauf, den Jens gerade in den Ofen gestellt hatte, drang nach draußen. Zimt und Äpfel … Die Sonne, die nur noch als roter Streifen zu sehen war, warf ein goldenes Licht auf sie. Herbstmagie. Und diese Magie erfüllte sie vollkommen.

Sie lächelte und schüttelte den Kopf. Lachte. Sie liebte es einfach, wie er hier mit ihr flirtete und ihr das Gefühl gab, begehrt zu werden. Es war schon so lange her, dass jemand ihr dieses Gefühl gegeben hatte. Sie legte die Hand auf seinen Unterarm. »Es wäre charmant anhänglich.«

Als sie zu Hause war, ließ sie sich ein Bad mit Lavendelöl ein und legte eine Flasche Limoncello und eine Flasche Prosecco für den Aperitif in den Kühlschrank. Jens und Åsa würden in ein paar Stunden kommen. Sie goss sich ein Glas Wein vom Vorabend ein – einen großartigen Nebbiolo – und ließ sich dann in die Wanne gleiten. Ihr Körper schmerzte nach der langen Arbeit im Café.

Ihre Gedanken wanderten zu Daniel. Sie merkte, dass er gerne flirtete, aber genau das fand sie attraktiv an ihm. Dieses leicht Unvernünftige und Spontane, und dass er sie ansah, als sei sie die einzige Frau auf der Welt. Während sie versucht hatte, schwanger zu werden, hatte sie sich beinahe asexuell gefühlt, als wäre sie nur noch zur Fortpflanzung da. Als sich herausstellte, dass es nicht funktionierte, fühlte sie sich unweiblicher als je zuvor, und es wurde auch nicht besser dadurch, dass Karl sie kaum noch anrührte.

Es war lange her, dass sie sich wahrgenommen gefühlt hatte. Wertgeschätzt. Daniel aß sie mit seinen Blicken nahezu auf, und das gefiel ihr.

Natürlich wusste sie, dass sie nicht weiter gehen konnte. Wie sehr sie sich auch danach sehnte, so durfte sie nichts mit ihrem Mandanten anfangen. Das wäre sehr unprofessionell. Aber irgendwie wäre es auch toll, einfach darauf zu pfeifen, was professionell war und was nicht. Es war ja nicht illegal. Sie war keine Strafverteidigerin und Daniel nicht abhängig von ihr. Aber wegen Karls Rolle in dem Ganzen und ihrer Entschlossenheit, etwas gegen ihn zu finden, sollte sie die Sache nicht noch komplizierter machen.

Warum war alles so ungerecht? Dass sie, nachdem sie betrogen und gedemütigt worden war, nun Avancen von einem jungen, unverschämt gutaussehenden Mann erhielt, aber nichts tun konnte. Nur gucken, nicht anfassen.

Vielleicht war es auch besser so? War es nicht ein wenig unpassend, dass sie sich so nach einem Mann verzehrte, der zehn Jahre jünger war als sie? Nein, sogar elf Jahre. Herrgott, als sie in die Siebte gekommen war, hatte er gerade begonnen zu sprechen. In den Achtzigern war er nicht mal auf der Welt gewesen.

Sie seufzte und sank tiefer in die Badewanne. Flirten war das eine, aber so gerne sie ihn heute Abend auch berührt hätte, sie würde ihn nur anschauen.

Wenn er überhaupt kam. Vielleicht hatte er die Frage ja gar nicht ernst gemeint.

Aber sie hoffte es. Wie sie es auch drehte und wendete, sie wollte, dass er heute Abend kam. Auch, wenn sie nicht wusste, wie genau sie damit umgehen sollte.

Als sie sich nach dem Bad schminkte, legte sie eine extra Schicht Wimperntusche auf und wählte einen dunkelroten, fast violetten Lippenstift. Sie drehte ihr Haar in große Locken, was leger, aber dennoch elegant aussah. Ihre Kleidung wählte sie besonders sorgfältig aus: dunkelblaue Jeans, die ihren Hintern betonten, und einen olivgrünen Kaschmirpullover. Obwohl sie kaum zu hoffen wagte, dass er auftauchte.

Der erste Drink mit Jens und Åsa stieg ihr direkt zu Kopf, zusammen mit der Nervosität und diesem Prickeln, das einfach nicht nachlassen wollte, obwohl sie alles dafür tat, an etwas anderes zu denken als an Daniel Häger.

Daniel ließ seinen Blick über alle Decken, Klappstühle und Strickpullover schweifen, konnte Victoria jedoch nirgendwo entdecken.

»Hast du ihre Telefonnummer?« Assar ging langsam hinter ihm her, während er auf sein Handy blickte. Er tauschte Nachrichten mit seiner Freundin aus, seit sie sich früher am Abend zum Essen gesehen hatten. Sie waren jetzt mitten im Rålambshovspark, und obwohl es Herbst geworden war, wimmelte es von Leuten. Der Popcornduft lag wie eine Wolke in der klaren, kalten Luft.

»Ja, aber sie ist hier bestimmt irgendwo.« Victorias Telefonnummer stand in ihrer Mail-Signatur, und er hätte sie jederzeit anrufen können, aber es fühlte sich seltsam an. Wenn er sie anrief, riskierte er, statt charmant unbehaglich zu wirken.

Er war heute im Café ihres Bruders aufgetaucht, um herauszufinden, was er in dieser Nacht im Herrenhaus empfunden und was er schon seit ihrem ersten Treffen im Fitnessstudio gespürt hatte.

In dem Moment, als er sie auf der Caféterrasse gesehen hatte, wusste er, dass die Anziehungskraft, die von ihr ausging, etwas Besonderes war. Es war die Art und Weise, wie sein Körper reagierte, noch bevor er überhaupt etwas gedacht hatte. Bevor sein Kopf überhaupt ihre Anwesenheit registriert hatte. Sein Herz raste, der Puls stieg.

Sie suchten weiter. In fünf Minuten würde der Film beginnen. Sollte er aufgeben? Aber jetzt hatte er sich dazu entschlossen, hatte Assar mitgeschleppt und musste sie finden. Er wollte einen Abend mit ihr verbringen. Eine Nacht.

Dann sah er sie. Ihr dunkles Haar fiel ihr über die Schultern, ihre Lippen waren dunkelrot geschminkt, und sie lachte über etwas, das die Frau neben ihr gesagt hatte. Sie war so schön. Und etwas an ihr imponierte ihm. Seit er sie zum ersten Mal gesehen hatte, imponierte sie ihm. Und ihre Ausstrahlung war so intensiv, beinahe mit Händen zu greifen.

Er ging zu ihnen hin. »Da seid ihr ja!«

Sie drehte den Kopf zu ihm. Lächelte und sah ihn kurz an, bevor sie sich erhob und auf ihn zuging. »Du bist ja hergekommen.«

Er legte die Hand an ihre Wange. »Natürlich bin ich gekommen.« Dann fischte er eine Flasche Rotwein aus der Tüte, die er dabeihatte. »Ich habe Wein mitgebracht und einen Freund.« Er trat auf sie zu und sagte leise, damit nur sie es hören konnte: »Ich fand es etwas weniger aufdringlich, mit einem Freund herzukommen.«

Sie lachte auf.

Dann wandte er sich an Assar. »Das ist Assar, mein Kindheitsfreund und Arbeitskollege.« Assar war einer der fähigsten App-Entwickler, die Daniel kannte, und hatte die Trainings-App von Kraft entwickelt.

Victoria lächelte und reichte ihm die Hand. »Schön, dich kennenzulernen.« Sie stellte ihnen ihre Schwägerin Åsa vor, eine hübsche Frau mit rotblondem Haar, die Daniel neugierig musterte. Er schüttelte ihr die Hand und hatte das Gefühl, begutachtet zu werden.

»Hej!« Jens stand auf und streckte die Hand aus. »Schön, dich wiederzusehen, Daniel.«

Assars Handy klingelte. Umständlich fischte er es aus der Tasche seiner Jeans, die eng saß wie eine Wurstpelle (Assar hatte schon immer eine Tendenz dazu gehabt, sich in zu enge Kleidung zu quetschen), und antwortete: »Hallo, Schatz. Ja, wir sind ganz nah am Wasser, in der Mitte. Ich winke.« Er wedelte mit den Händen über dem Kopf. »Siehst du mich, Schatz?«

Daniel musste sich ein Lachen verkneifen. Es war so ungewohnt, dass sein Freund, der ewige Single, eine Frau als Schatz bezeichnete. Es war schwer gewesen, ihn zum Mitkommen zu motivieren. Am liebsten hätte Assar zu Hause einen Film mit seiner Freundin gesehen, an deren Namen Daniel sich nicht mehr erinnerte. Cordelia? Clarissa? Ein Name, der wie eine Figur aus einer amerikanischen Highschool-Serie klang. Er hatte keinen Grund dafür gesehen, sich den Namen zu merken, denn Assar pflegte die Freundinnen zu wechseln, bevor er überhaupt deren Namen mitgeteilt hatte.

Daniel hielt die Weinflasche hoch. »Wollt ihr was?«

Victoria, Åsa und Jens saßen schon mit halb ausgetrunkenen Weingläsern da.

»Danke, gerne!« Jens trank den letzten Rest aus und streckte ihm sein leeres Glas entgegen.

»Hej!«, hörten sie eine fröhliche Stimme hinter sich.

Und dann Assars aufgekratzte Antwort: »Hej, Schatz. Das hier ist Daniel, von dem ich schon erzählt habe. Und seine Freunde.« Daniel wandte sich um und begrüßte die Frau, von der Assar so begeistert war. Eine kurvige Brünette mit strahlendem Lächeln.

»Cleo«, stellte sie sich vor.

Die anderen standen auf und begrüßten sie.

»Hier, setz dich.« Assar zeigte auf seine Decke.

Cleo ließ sich auf der Decke nieder und blickte Assar verliebt an. Assar strahlte. Nie hätte Daniel gedacht, dass er seinen Freund so sehen würde, aber er strahlte tatsächlich.

Alle setzten sich mit ihren Weingläsern hin. Victoria öffnete zu Jens' größtem Vergnügen eine Tüte Grissini. Assar legte den Arm um Cleo, und sie lehnte den Kopf an seine Schulter.

Plötzlich fühlte Daniel sich unbeholfen mit seinen Flirtversuchen. Seit sie sich kannten, waren Assar und er ständig auf der Jagd nach einer neuen Braut gewesen. Und jetzt hatte Assar sich verliebt, während Daniel sein Bestes gab, um eine Frau zu verführen, obwohl er wusste, dass er nie echte Gefühle zulassen würde, denn so funktionierte er nun mal. Er fühlte sich von Victoria angezogen, gar keine Frage, aber er würde niemals so weit gehen, dass er etwas fühlte. Das tat er grundsätzlich nicht.

Das Gemurmel um sie herum verstummte, und es wurde dunkler. Er betrachtete Victoria, die ihren Blick nach vorn richtete. In ihren Augen spiegelte sich die Leinwand.

Waren seine Gedanken übertrieben? Er konnte sich doch nicht grundlegend ändern, nur weil Assar plötzlich an einem neuen Punkt im Leben stand. Er rückte auf der Decke näher an Victoria heran, sodass sich ihre Schultern berührten. Die Wärme von der Berührung breitete sich in ihm aus. Bei ihr reagierte sein Körper ganz anders als sonst, viel stärker. Außerdem liebte er es, mit ihr zusammen zu sein. Ihr Gespräch in der Badetonne hätte ewig so weitergehen können, hätte er nicht angefangen, von Adrian zu reden. Trotzdem war alles mit ihr so einfach, während er sich gleichzeitig jedes Mal aufs Äußerste bemühte, ihr zu imponieren, damit sie ihn … mochte. Sie wandte sich ihm zu, als spüre sie seinen Blick. Und sie sagte nichts, sah ihn nur an. Der Vorspann begann, und in ihren Augen glitzerte das Licht der Außenbeleuchtung. Schließlich sah sie zur Seite, doch ein Lächeln lag auf ihren Lippen. Er streckte den Arm aus und legte ihn ihr um die Schultern, nur ganz sanft, damit die Geste nicht zu aufdringlich wirkte. Den Rest des Films saßen sie dicht beieinander, tranken Rotwein und verfolgten schweigend den Film.

Als er zu Ende war, verschwanden Assar und Cleo innerhalb einer halben Minute. Während des Films hatten sie die meiste Zeit miteinander geschmust und hatten es wohl eilig, nach Hause zu kommen.

Während sie die Decken, Gläser und leeren Weinflaschen zusammenräumten, blickte Jens sie fröhlich an. »Und wohin gehen wir jetzt?«

Åsa lachte auf. »Ich denke, nach Hause!«

»Du bist doch jünger als wir, Daniel. Wohin kann man noch gehen?« Jens ignorierte seine Frau und sah Daniel an.

»Das hängt davon ab, worauf ihr Lust habt.« Er lächelte Victoria an, die plötzlich reservierter blickte.

»Es wäre schon schön, noch etwas zu unternehmen, aber ich sollte auch nach Hause gehen«, sagte sie.

»Was seid ihr langweilig. Es sollte doch ein ganzer Abend werden. Die Jungs sind bei ihrer Oma, also können wir morgen ausschlafen. Ich bin so angenehm beschwipst vom Rotwein. Und ich habe Lust auf Aperol.«

»Ich bin so angenehm müde vom Rotwein«, sagte Åsa. »Und das mit dem ganzen Abend war wohl eher deine Idee. Du weißt schon, dass wir morgen im Café arbeiten müssen? Und zwar frühmorgens? Weil du wolltest, dass wir sonntags geöffnet haben?« Åsa sah ihren Mann müde an.

»Aber ich habe das meiste schon vorgebacken«, insistierte Jens.

Daniel sah Victoria an. Sie wirkte verschlossen.

»Es war wirklich schön, dich kennenzulernen, Daniel.« Åsa umarmte ihn und sah dann Victoria an. »Kommst du mit uns oder bleibst du noch?«

»Ich komme mit euch«, antwortete Victoria schnell. Okay. Das war deutlich.

»Klar.« Åsa wirkte auch etwa verwundert über Victorias entschlossenen Tonfall. Also fand nicht nur Daniel, dass sie gerade eine Kehrtwende machte.

»Aber geht ruhig schon einmal vor und ruft ein Taxi«, sagte Victoria. »Ich komme gleich nach.«

Åsa nickte und ging in Richtung Straße. Jens umarmte Daniel kurz und trottete missmutig hinter seiner Frau her.

»Was war das denn?« Daniel sah Victoria direkt an. »Ich dachte, dass du … Ich dachte, du wolltest den Abend noch fortsetzen.«

Sie blickte zu Boden und sah ihn dann an. »Eigentlich will ich das auch.«

»Aber?«

»Aber …« Sie holte tief Luft. »Das, was Jens sagte …«

Verwirrt schüttelte er den Kopf. »Was denn?«

»Dass du jünger bist und dich mit Nachtclubs auskennst.«

Er runzelte die Stirn. »Keine Sorge, ich kenne mich nicht sonderlich gut mit Nachtclubs aus.«

Sie lächelte.

»Macht der Altersunterschied dir Sorgen?«, fragte er.

Sie seufzte und schüttelte den Kopf, sodass die Locken um ihre Schultern tanzten. »Ich weiß es nicht.«

»Für mich ist das Alter egal. Ich bin heute wegen dir hergekommen. Weil ich Zeit mit dir verbringen wollte, und ich möchte nicht, dass der Abend schon zu Ende ist.«

Etwas in ihren Augen leuchtete auf.

Sie sahen einander an. In ihrem Blick lag Begehren, und sie machte einen Schritt auf ihn zu, näherte sich seinem Gesicht, hielt dann aber inne. Auf einmal reckte sie sich zu ihm hoch, und er spürte ihren lieblichen Duft. Nach Veilchen und irgendwelchen Kräutern, die ihn an das kleine Gewächshaus auf seiner Terrasse erinnerten: Salbei, Rosmarin, Thymian und Zitronenmelisse. Dann küsste sie ihn plötzlich, drückte sich an ihn. Er zog sie zu sich heran. Sie schmeckte fantastisch, himmlisch. Süß und lieblich. Das Gefühl ihrer warmen Lippen und wunderbar prickelnden Zunge schickte eine brennende Woge durch seinen ganzen Körper. Sie drückte sich nicht länger an ihn, sondern es kam ihm so vor, als falle sie ihm willenlos entgegen. Ihre Wangen waren kalt, ebenso ihr Haar, als er mit der Hand ihren Kopf umfasste, um sie noch näher zu sich heranzuziehen. Aber die Lippen waren warm …

Nach einer Weile ließ sie von ihm ab und blickte ihn durch halb geöffnete Augenlider an. Dann lehnte sie sich erneut an ihn, und er machte sich schon bereit für einen weiteren, himmelstürmenden Kuss, doch sie näherte sich seinem Ohr. »Danke für den schönen Abend!« Dann drehte sie sich um und ging rasch davon.

Und er stand alleine im Rålambshovspark. Das Verlangen pulsierte im Körper, in jeder einzelnen Zelle. Sein Körper begriff nicht, dass sie auf und davon war.

Nach einer Weile setzte er sich in Bewegung. Er spazierte durch die Stadt nach Hause. Eine Stunde brauchte er, doch das brennende Verlangen nach ihr ließ nicht nach. Und er ahnte, dass er diese lähmenden Gefühle für sie wohl niemals loswerden würde.

16

Daniel gab den Code für das hohe Eisengitter ein. Es öffnete sich mit dem wohlbekannten Quietschen, und er fuhr auf den gepflasterten runden Hof vor der weiß verputzten, zweigeschossigen Villa seiner Eltern. Parkte seinen Tesla genau vor der Steinstatue, die in der Mitte des Rondells prangte. Er wollte, dass sein Vater den Wagen sah, als Beweis dafür, was er ganz alleine erreicht hatte. Daniel hatte ihn kürzlich erst gekauft. Für seinen Vater war ein teures, exklusives Auto ein Zeichen für Erfolg. Er hatte alles alleine aufgebaut, ohne dass ihm sein Vater auch nur den kleinen Finger gereicht hatte. Tief im Innern wusste er, dass es erbärmlich war, um die Gunst seines Vaters zu buhlen und ihm imponieren zu wollen, vor allem, weil er ihn so verachtete.

Er stellte den Motor aus, und der Justin-Bieber-Song, den er die letzten drei Tage ununterbrochen gehört hatte, verstummte. Assar hatte Daniel den Link zum Song in einer Nachricht geschickt und gefragt: *Ist es das, was du für sie empfindest?*

Daniel hatte erst den Kopf geschüttelt und es ein bisschen albern gefunden, sich den Song dann aber angehört. Anschließend hatte er Assar geantwortet, dass der Song ihm unerwartet gut gefallen habe. Ohne seine Empfindungen für Victoria weiter zu kommentieren.

Assars Antwort kam postwendend: *Geh auf Spotify. Bitte sehr, hundert Mal Justin Bieber. Schönen Tag noch.*

Daniel verstand erst, was er meinte, als er die App geöffnet hatte und den Song von Justin Bieber wieder und wieder abgespielt hatte. Sosehr er auch versuchte, den Song zu wechseln, es ging nicht. Aber er passte in der Tat gut zu seinen derzeitigen Gedanken, und jetzt konnte er nicht anders, als ihn sich immer wieder anzuhören.

Er betrat das Haus und ging durch die große Eingangshalle. Wie immer, wenn er zu Hause bei seinen Eltern war – normalerweise einmal in der Woche –, sah er Adrian überall. Als sie noch ganz klein gewesen waren, war die Eingangshalle ihr liebster Spielplatz gewesen. Sie war geräumig und ging über in den Salon – der perfekte Platz zum Fangenspielen, denn man konnte durch den Salon weiter in die Küche und wieder zurück in die Halle laufen. Immer im Kreis.

Daniel ging weiter in den Salon, wo Adrian und er viele Abendessen mit Geschäftspartnern des Vaters hatten über sich ergehen lassen müssen. An ein Essen erinnerte er sich ganz besonders. Er war in der neunten Klasse gewesen. Sein Vater hatte eine Familie eingeladen, die auch in Djursholm wohnte. Die Mutter war eine potenzielle Partnerin in einem Investitionsprojekt gewesen. Der älteste Sohn der Familie war ein Schulkamerad von Daniel. Er war begabt und würde es weit bringen – ganz klar ein zukünftiger Schüler des renommierten Viktor-Rydberg-Gymnasiums. Daniel hingegen hatte vor, sich am Sportgymnasium in Täby zu bewerben. Er hatte sich die Schule schon angesehen und war begeistert, doch sein Vater war dagegen gewesen.

Als Daniels Pläne zur Sprache kamen, hatte sein Vater sich geräuspert und angefangen, von etwas anderem zu reden. Nach einigen Gläsern Wein hatte er gemurmelt, dass Daniels Noten und Zukunftsaussichten kein gutes Gesprächsthema beim Essen seien, da sie einem den Appetit verderben würden. Dann hatte er gelacht. Die Mutter hatte nicht mit am Tisch gesessen, sondern war in der Küche mit irgendwelchen Vorbereitungen beschäftigt gewesen, also hatte sie diese Bemerkung nicht gehört.

Kaum waren die Gäste gegangen, hatte sich Daniel auf sein Zimmer zurückgezogen, Kopfhörer aufgesetzt und laute Musik gehört. Adrian war ihm gefolgt, und obwohl Daniel sich weigerte, mit ihm zu reden, blieb sein Bruder bei ihm sitzen. Schließlich gelang es ihm, ein Gespräch mit Daniel zu beginnen. Am Ende hatte er ihn überredet, dem Vater mit Adrians Hilfe klarzumachen, wie falsch er lag.

Er war zwei Jahre jünger als Daniel, aber deutlich cleverer. Den Rest des Schuljahres saß er jeden Abend mit seinem großen Bruder am ovalen Esstisch im Salon und half ihm bei den Hausaufgaben. Daniels Zeugnis wurde deutlich besser, als sein Vater es erwartet hatte, aber er ging trotzdem aufs Sportgymnasium, zum großen Ärger des Vaters.

Als Daniel den Salon durchquert hatte und zum Wintergarten gelangt war, fand er dort seine Mutter vor, die in ein Buch versunken war. Leise trat er näher und umarmte sie von hinten.

Sie zuckte zusammen. »Was hast du mich erschreckt!«, rief sie, legte das Buch zur Seite, stand strahlend auf und erwiderte seine Umarmung.

»Was liest du denn?«, erkundigte er sich mit einem Blick aufs Buch.

»Ein Roman von Murakami, *IQ84*, für den Buchclub.«

Die Mutter hatte aufgehört zu arbeiten, als es mit Adrian am schwierigsten gewesen war, um für ihn rund um die Uhr da zu sein. Danach hatte sie nie wieder angefangen. Aber sie hatte immer irgendein Projekt, sie las jede Menge Bücher, besuchte Töpfer- und Tortenbackkurse und kümmerte sich um den Garten. Von ihr hatte Daniel sein Interesse am Gärtnern. Seine schönsten Kindheitserinnerungen waren die Momente, in denen er mit seiner Mutter im Garten herumgewerkelt hatte. Sie hatten Blumen gesät, schwere Rosenbüsche abgestützt, im Herbst die Apfelbäume beschnitten und im Spätherbst das Laub zusammengekratzt.

»Setz dich, ich mache uns einen Tee«, sagte Daniel. Seine Mutter protestierte zwar, doch er ging durch den Salon in die Küche. Auf dem Weg staunte er wie immer über die grandiose Aussicht über die Bucht. In der Küche hatte sich seit fast zwanzig Jahren kaum etwas verändert. Seine Eltern machten sich nichts aus Renovierungsmaßnahmen, und die Küche sah mit ihren cremeweißen Fronten im Landhausstil und Arbeitsplatten aus Holz, die seine Mutter regelmäßig mit Öl behandelte, immer noch gut aus. Nur die Spüle und die Küchengeräte waren gegen moderne Edelstahlmodelle ausgetauscht worden.

Während sich das Wasser erhitzte, holte er das Teeservice aus dem Schrank. Eine weiße Kanne mit blauem Muster und passende Tassen aus dünnstem Porzellan. Im Schrank fand er auch die Teedose und Kekse. Shortbread, sein Lieblingsgebäck. Er gab mehrere Löffel vom herrlich duftenden Tee ins Sieb. Dann ging er mit dem Tablett nach drüben in den Wintergarten und setzte sich in den Sessel seines Vaters. Hier nahmen seine Eltern ihren Vormittagskaffee und einen Drink vor dem Abendessen ein. Man blickte in den Garten, und in der Ferne war die Samsöbucht zu sehen, in der sich der sturmgraue Himmel spiegelte.

»Das ist der Tee von Harrods, den du so magst. Papa hat ihn letzte Woche gekauft, als er in London war. Auch eine Dose für dich.« Die Mutter lächelte und drückte Daniels Hand.

»Oh, danke!« Daniel goss ihnen beiden ein und sog den Duft des dampfenden Getränks ein. Der beste Tee, den er kannte.

Seine Mutter rührte in ihrer Tasse und sah ihn an. »Wie läuft es mit dem Börsengang? Ich bin ganz gespannt.«

Daniel grinste. »Wir haben jetzt Lerberg Investments mit im Boot.«

Die Zusage hatte er tags zuvor erhalten. Er hatte es zwar erwartet, war aber dennoch überglücklich gewesen.

Seine Mutter schnappte nach Luft. »Das ist nicht wahr! Das ist ja traumhaft! Damit werdet ihr viele Aktionäre ködern können.«

Daniel nickte lächelnd.

»Erzähl, was haben sie gesagt?«

Daniel berichtete vom Gespräch mit Linda Törnqvist.

»Das bedeutet also, dass der Börsengang stattfinden wird?«, wollte die Mutter wissen.

»Genau.«

»Ja, weißt du, Daniel«, sagte seine Mutter nach einer Weile. »Ich würde mit dir gerne über den 17. November sprechen.« Daniel erstarrte, wie immer, wenn dieses Datum genannt wurde.

»Warte kurz …« Daniel hob einen Finger. »Ich habe etwas für dich. Das hatte ich ganz vergessen.«

»Ach«, sagte die Mutter und sah verwundert aus. »Aber können wir das nicht später machen? Ich würde gerne …«

»Nein, lieber jetzt, sonst vergesse ich es wieder.«

Dann verschwand er durch den Salon in die Eingangshalle. Er wollte nicht über den 17. November sprechen. Der Tag war bis jetzt so schön gewesen – im Prinzip die ganze Woche – mit der Zusage von Lerberg am Tag zuvor, den Gedanken an Victoria und dem Kuss. Als er diesen Justin-Bieber-Song in den letzten Tagen gehört hatte, war ihm alles so leicht vorgekommen. Er wollte in diesem Gefühl verweilen.

In der Halle öffnete er den Reißverschluss seiner Tasche und zog eine braune Papiertüte hervor. Er nahm sie mit zum Wintergarten und holte einen knollenartigen Gegenstand hervor, der wie eine Art Wurzelgemüse aussah, das gerade aus der Erde gezogen wurde. Erdig und mit kleinen Fäden an den Seiten. Er reichte ihn ihr. Sie blickte mit großen Augen darauf.

»Eine Tulpenzwiebel?«

Die Mutter blickte ihn fragend an.

»Orangefarbene große Tulpen.«

Die Mutter schlug die Hände zusammen. »Ist das etwa …?«

»Aus einem kleinen, bezaubernden Garten außerhalb von Amsterdam.«

Einer ihrer schönsten Familienurlaube war eine Fahrradtour in den Niederlanden gewesen. Sie hatten Gärten und Tulpenhöfe besucht und waren ganz viel Fahrrad gefahren. Daniel und seine Mutter hatten sich in eine bestimmte Tulpenart verliebt, die vor einem Haus wuchs, das sie gemietet hatten. Die Mutter hatte noch viele Jahre später von diesen Tulpen gesprochen.

»Ich habe die Besitzer des Hauses ausfindig machen können, und sie haben mir eine Zwiebel geschickt.«

Seine Mutter schlug freudig die Hände vor den Mund. »Wir müssen hinaus in den Garten und sie sofort einpflanzen!«

»Na klar!« Er musste über ihre Begeisterung lächeln.

Sie gingen zum Seitenausgang des Hauses, wo sie ihre Gartenkleidung aufbewahrten. Daniel zog sich Stiefel und eine große Henri-Lloyd-Jacke an, die sein Vater beim Segeln getragen hatte, als Daniel klein war – robust und perfekt für den Garten.

Dann drehten sie eine Runde durch den Garten und begannen an der Schmalseite des Hauses, wo sie eine kleine Wiese mit lauter schönen Blumen ausgesät hatten, die den ganzen Sommer über wild durcheinanderblühten. Sie kamen an der Hecke aus Parkrosen entlang, die im Sommer elegante, wohlduftende kirschrote Blüten trugen. Seine Mutter holte eine Schaufel, und sie wählten einen Platz aus, wo sie die Zwiebel eingruben.

Dann gingen sie weiter zu den Apfelbäumen. Weitere Äpfel waren gereift. Sie pflückten ein paar und lasen etwas Fallobst auf. Am Ende hatten sie so viele gute Äpfel zusammenbekommen, dass es für eine weitere Ladung Apfelsaft reichen musste. Er genoss die Gartenarbeit, denn dabei verflüchtigte sich jeglicher Stress. Jetzt im Herbst war es herrlich, sich warm anzuziehen, sich draußen an der frischen Luft aufzuhalten und dann drinnen mit einem warmen Getränk zu entspannen.

Die Mutter legte einige Äpfel für einen Apfelauflauf beiseite, und Daniel versprach, zum Abendessen zu bleiben.

»Wir haben schon alle Flaschen Apfelsaft leergetrunken, die du uns am Montag gebracht hast. Ich habe ihn den Mädels angeboten, als sie Mittwoch hier waren. So lecker!«

Der Apfelsaft erinnerte ihn an Victoria. Alles erinnerte ihn an sie. Er begann, Laub zusammenzurechen. Es war so ungewohnt für ihn, immer an jemanden denken zu müssen. Durch das Auf und Ab mit Adrian war er gefühlsmäßig völlig ausgelaugt gewesen. Die starke Anziehung, die er bei Victoria empfand, erschreckte ihn. Es war mehr als bloß äußere Anziehungskraft. Er *fühlte* es. Es stellte seine Welt auf den Kopf. Aber an dieser Frau war ja auch alles außergewöhnlich. Nach dem Open-Air-Kino hatte sie den Abend nicht fortsetzen wollen, aber sie hatte ihn geküsst. Sie hatte die Initiative ergriffen.

Seine Mutter riss ihn aus seinen Gedanken. »Wir müssen die Apfelbäume bald beschneiden«, sagte sie.

Er betrachtete die etwa zehn Apfelbäume, die in einer Ecke des Gartens standen, nickte nachdenklich und begutachtete die Äste, die in alle Richtungen wuchsen. »Ich mache das jetzt gleich.«

»Das habe ich nicht gemeint. Das würde ja den ganzen Tag dauern.«

»Ach, ich habe sowieso keine Termine.«

»Du solltest dir einen eigenen Garten zulegen.«

Er lächelte. »Ich komme gerne her und kümmere mich, das passt mir gut. Ich habe ja meine Terrasse.« Dort zog er Blumen und einige Gemüsesorten. Das war zwar nicht das Gleiche wie ein eigener Garten, aber im Moment reichte es ihm völlig. Er würde sich nur einsam fühlen in einem eigenen Haus.

Plötzlich war der Porsche seines Vaters in der Einfahrt zu hören. Die Autotür wurde aufgestoßen und wieder zugeworfen. Daniel hatte es peinlich gefunden, dass sich sein Vater den Wagen zu seinem sechzigsten Geburtstag gekauft hatte. Das typische Auto, das sich Männer kurz vor der Rente zulegten, um sich jung zu fühlen. Aber sein Vater würde wohl niemals in Rente gehen. Die Arbeit bedeutete ihm zu viel, und er war zu ruhelos.

Der Vater entdeckte sie und nickte ihnen zu. Mit der Golftasche über der Schulter kam er in den Garten und gab seiner Frau zur Begrüßung einen Kuss. Daniel klopfte er auf die Schulter.

»Hej, Liebling«, sagte die Mutter. »Daniel und ich wollten uns gerade darüber unterhalten, wie wir den fünften Jahrestag gestalten wollen.«

Fünfter Jahrestag. Es war fünf Jahre her, dass Adrian gestorben war. Jedes Mal, wenn Daniel daran dachte, war es ihm unbegreiflich.

Der Vater seufzte tief. »Ich weiß nicht, Liebling. Ich finde, es fühlt sich merkwürdig an, sich am fünften Jahrestag zu sehen. Irgendwie makaber.«

Daniel nickte zustimmend.

»Das hat Daniel auch gesagt.« Sie sah ihn an und dann ihren Mann. »Aber ich möchte, dass wir uns sehen und uns an ihn erinnern, ihm den Tag widmen. Sonst sitze ich hier nur alleine herum, während ihr auf der Arbeit seid!«

Erst jetzt bemerkte Daniel die Verzweiflung in ihrer Stimme. Und die Trauer. Er hatte vorher nicht daran gedacht, dass seine Mutter ganz anders war als er. Sich in Arbeit zu vergraben war für sie kein Trost, sondern die Nähe und Unterstützung ihrer Angehörigen hielt sie aufrecht. Sein Vater schien dasselbe zu spüren und streichelte ihre Schulter.

»Natürlich, Liebling, wenn du das willst«, sagte sein Vater liebevoll.

Mama hatte ja recht. Daniel würde sich auch nur quälen, während er sich in Arbeit vergrub.

»Ich finde, wir sollten etwas tun, was Adrian gerne gemacht hat«, sagte die Mutter.

»Vielleicht machen wir einen Spaziergang hier in der Umgebung. Adrian hat sich gern draußen in der Natur bewegt«, sagte Daniel und dachte an die vielen Male zurück, als sie als Kinder im Wald gespielt und später dann Lauftouren und Spaziergänge unternommen hatten.

»Und dann gehen wir in den Friedwald. Ich habe ein paar Blumen, die ich dort pflanzen möchte«, warf die Mutter ein.

Der Vater nickte zustimmend. »Vielleicht essen wir im Golfclub zu Mittag? Adrian war doch ständig dort.«

Daniel erstarrte. Er wusste, dass er am besten den Mund gehalten hätte. Sein Vater hatte schließlich nichts gegen Daniels Vorschlag einzuwenden gehabt. Doch er konnte sich nicht zurückhalten. »Adrian hat diesen Club gehasst.« Er sagte es ruhig, aber mit scharfem Unterton.

»Das ist nicht wahr«, entgegnete sein Vater und kniff die Augen zusammen. »Wir haben viel Zeit miteinander auf dem Golfplatz verbracht.«

Wenn sein Vater ausnahmsweise mal zu Hause gewesen war, ja. Und frühmorgens, wenn er seinen Sohn dorthin fuhr, damit er seine Schläge perfektionierte. Zu dieser Zeit hatte der Vater noch gehofft, dass Adrian Golfprofi werden würde. Daniel atmete tief ein, um sich zu beruhigen.

»Ich finde, es gibt Dinge, die Adrian lieber gemacht hat. Draußen in der Natur sein und wandern zum Beispiel.«

»Ja, aber du warst ja in seinen letzten Monaten nicht hier. Vielleicht hat er seine Interessen geändert.«

Wie bitte? Im letzten halben Jahr seines Lebens? Daniel schnaubte.

Aber sein Vater hatte den allerwundesten Punkt erwischt. Das machte Daniel nämlich am meisten zu schaffen – dass er nicht da gewesen war, als Adrian starb.

»Klar, dann bestimme du.« Daniel ging in Richtung des Gewächshauses.

»Aber wir sollten uns doch einig sein darüber, was wir machen, oder etwa nicht?«, fragte die Mutter.

Daniel antwortete nicht, sondern betrat das Treibhaus, um sich die überwinternden Dahlien anzusehen. So war es immer mit seinem Vater. Nur seine Vorstellungen zählten. Er hatte sein festes Bild von Adrian, und auch wenn er während Daniels und Adrians Kindheit nur gearbeitet hatte, war er der Ansicht, dass er Adrian am besten kannte. Adrian hatte dafür kämpfen müssen, in die Vorstellung zu passen, die sein Vater von ihm hatte. Und es war der Druck gewesen, den er zum Schluss nicht mehr ausgehalten hatte.

Die beiden Brüder hatten sich am nächsten gestanden. Als Kinder hatten sie einander vor den Eltern in Schutz genommen. Adrian hatte Daniel vergöttert, obwohl er immer der Beste gewesen war. Daniel war überzeugt davon, dass aus seinem Bruder etwas Großes geworden wäre. Er war clever, freundlich, offen und umsichtig gewesen. Hatte die besten Voraussetzungen gehabt. Vielleicht war gerade das der Grund dafür gewesen, dass er den Drogen zum Opfer gefallen war? Erwartungen konnten vernichtend sein.

Daniel blieb zum Abendessen. Sie aßen unter Schweigen, und er lobte nur das Essen seiner Mutter und tauschte sich mit ihr darüber aus, was vor dem Frühling im Garten noch zu tun war.

Als es Zeit für den Aufbruch war, begleitete ihn seine Mutter noch hinaus zum Wagen. Sie drückte seine Schultern. »Ich hoffe, Papa und du könnt euch über den Jahrestag einigen.«

»Immer muss er meinen Vorschlägen widersprechen.«

»Es ist so, weil ihr euch so ähnlich seid.«

»Ich bin nicht wie Papa.« Daniel runzelte die Stirn.

»Doch, das bist du. Ihr seid beide Sturköpfe. Ganz anders als Adrian und ich.« Sie seufzte. »Jetzt sind nur noch ich und zwei sture Männer mit viel zu großen Egos übrig.«

Daniel betrachtete seine Mutter, die plötzlich alt aussah. Er hatte noch nie darüber nachgedacht, wie sie gealtert war. Trauer hinterließ vermutlich die stärksten Spuren. Eine Welle von Zärtlichkeit überfiel ihn. »Der Jahrestag wird gut werden, Mama. Versprochen.«

Sie sah ihn lächelnd an. »Danke, das hoffe ich.« Doch sie sah nicht so aus, als glaube sie ihm.

Als Daniel sich ins Auto gesetzt hatte, umklammerte er das Lenkrad, während er seine Mutter zum Haus gehen sah. Er musste dafür sorgen, dass der Jahrestag gut wurde.

17

Schon die Kreditzusage erhalten?

Karls Nachricht weckte Victoria am Montagmorgen.

Während der vergangenen Woche hatte sie weder an das Haus noch an die Kreditzusage gedacht. Am allerwenigsten an Karl. Andere Gedanken waren in ihrem Kopf gewesen. Vor allem hatte sie an Daniel gedacht. Als sie so nahe bei ihm gestanden hatte, war ihr klar gewesen, dass nichts passieren durfte, doch ihr Körper hatte das Kommando übernommen. Sie hatte ihn schon so lange küssen wollen, dass sie nicht mehr dagegen hatte angehen können.

Wenn jemand in der Kanzlei davon gewusst hätte, dass sie einen Mandanten geküsst hatte, wäre die Aussicht auf eine feste Stelle wohl erledigt gewesen. Der Entschluss, ihn zu küssen, war ziemlich idiotisch gewesen. Das ganze Geflirte war idiotisch gewesen. Sie musste sich ab jetzt von ihm fernhalten. Sonst tat ihr unvernünftiger Körper vielleicht noch mehr mit ihm, obwohl der Verstand etwas anderes sagte. In der Woche nach dem Kuss hatte sie sich von Kraft ferngehalten. Das war ihr am sichersten vorgekommen.

Kreditzusage, erinnerte sie sich, legte das Handy seufzend auf den Nachttisch und bohrte ihr Gesicht ins Kopfkissen. Sie musste mit Måns sprechen. Heute.

Warum konnte Karl ihr nicht etwas mehr Zeit geben?

Manchmal fragte sie sich, ob er in einer Parallelwelt lebte, in der Victoria die Böse war und *ihn* verletzt hatte. Aber sie war Karl eine Antwort wegen der Kreditzusage schuldig, sie hätte es ihm schon vor zwei Wochen mitteilen sollen. Aber auf geheimnisvolle Weise war es ihrer Anwältin gelungen, die Frist zu verlängern.

Sie schickte der Anwältin eine Mail, in der sie von Karls ständigen Erinnerungen berichtete, und ging dann duschen. Das heiße Wasser strömte herab und weckte sie allmählich. Sie zog sich eine schwarze, weite Hose und eine schwarze Wickelbluse an. Das dunkelblaue Kostüm vom ersten Tag hatte sie einem Second-Hand-Laden geschenkt. Stattdessen hatte sie sich schicke Hosen, hübsche Röcke, Seidenblusen und gut geschnittene Blazer angeschafft. Sie kochte extra starken Kaffee und goss ihn in einen Thermobecher. So gelang es ihr, während der U-Bahn-Fahrt zum Büro einigermaßen wach zu werden.

Die Kanzlei war noch dunkel und leer, als sie ankam, es war erst halb acht. Sie schaltete das Licht an, nahm sich noch einen Kaffee und setzte sich dann an ihren Schreibtisch. Es war kalt. Sie wickelte sich den Kaschmirschal, den sie im Büroschrank deponiert hatte, um die Schultern und schaltete den Computer ein. Ihre Anwältin hatte schon geantwortet. *Ich habe der Gegenseite mitgeteilt, dass wir noch zwei Wochen brauchen. Währenddessen ordne ich eine neue Bewertung des Hauses an. Seit der letzten Immobilienbewertung im Frühling ist einiges auf dem Markt passiert. Vielleicht können wir den Wert so drücken, dass du das Haus übernehmen kannst.*

Sie wollte nicht gleich darauf antworten. Stattdessen öffnete sie den Text über Rekrea, den sie begonnen hatte zu schreiben. Sie hatte plötzlich Lust, nebenbei etwas zu hören, öffnete Spotify und suchte nach Opern. Bei der riesigen Auswahl wusste sie gar nicht, wo sie anfangen sollte, entschied sich dann aber für die Arie, die offenbar am populärsten war. Sie setzte sie Kopfhörer auf und begann ihren Arbeitstag.

Azzie erschien gegen neun mit einer raschelnden Frühstückstüte von McDonalds. Während Azzie von den Partys des Wochenendes berichtete, gingen sie zusammen zum Kaffeeautomaten, weil Azzie »einen ganzen Bottich Kaffee« brauchte, um arbeiten zu können.

»Du solltest einmal mitkommen.« Azzie sah sie fröhlich an und goss Kaffee in ein großes Glas. Victoria lächelte etwas verkrampft. Schon seit vielen Jahren hatte sie nicht an zwei aufeinanderfolgenden Tagen Party gemacht, sie war dafür zu alt. Ob Daniel so etwas wohl tat?

Als sie ihren Kaffee geholt hatten, ging Victoria mit klopfendem Herzen zu Måns Fritzsons Büro. Unterwegs begegnete sie Mikaela, die gerade erst gekommen war. Große Markenbrille auf der Nase, hochhackige Stiefeletten und über der Lederjacke eine dünne Pelzweste, die warm und exklusiv aussah. Hatte ein Kaninchen dafür sein Leben lassen müssen? Vielleicht ein Geschenk von Henrik? Mikaela zog sie fester um sich und nickte Victoria kurz zu.

Warum fühlten sich gewisse Frauen zu Männern hingezogen, die liiert waren?, fragte sich Victoria. Das waren doch alles Lügner – oder zumindest diejenigen, die eine Affäre eingingen. Manipulative Lügner, die Frauen und Familien betrogen und am meisten sich selbst liebten. Victoria konnte sich nichts vorstellen, was weniger sexy war. Lag es daran, dass die Frauen das Gefühl bekamen, etwas Besonderes zu sein, weil ein Mann seine Ehe und seine Familie für sie aufs Spiel setzte? Hatten sie ein so starkes Bedürfnis nach Bestätigung? Vielleicht waren diese Frauen zu bedauern.

Als sie Måns' Büro erreicht hatte, blieb sie erst einmal stehen. Dann atmete sie tief ein, fasste sich ein Herz und klopfte entschlossen an die Tür.

»Herein«, war von drinnen zu vernehmen.

Sie öffnete. Måns saß hinter seinem großen Schreibtisch am Fenster. Das Büro war pedantisch aufgeräumt. Nicht ein loses Blatt Papier. Ein paar Stifte befanden sich in einem Messingbehälter auf dem Schreibtisch, und in den Regalen standen fein säuberliche Reihen von Ordnern.

»Hast du einen Moment?«, fragte sie.

Måns blickte von seinem Bildschirm auf und sah sie freundlich an. »Ja, natürlich!«

Victoria nickte, schloss die Tür hinter sich und setzte sich auf den Stuhl gegenüber von seinem Schreibtisch. Nervös rieb sie ihre Hände aneinander. Sie hasste es, auf dieses Treffen angewiesen zu sein, redete sich aber ein, dass sie sowohl eine feste Stelle als auch eine Gehaltserhöhung verdient hatte. Während der Wochen im Büro hatte sie einen Job abgeliefert, der einer Juristin würdig war, die sechs Jahre Berufserfahrung besaß, war aber vergütet worden, als habe sie nur drei. Eine feste Stelle, hatte die Sachbearbeiterin des Jugendamts neulich am Telefon betont, dann würden sie ihren Antrag, ein Kind zu adoptieren, genehmigen. Und was das Haus betraf, würde eine geringe Gehaltserhöhung reichen, um es zu übernehmen. Das alles wollte sie Måns erzählen. Auch wenn sie ihn noch nicht allzu gut kannte, wusste sie, dass er es verstehen würde. Wirklich persönlich konnte und wollte sie jedoch nicht werden.

»Ich habe hier jetzt ein paar Monate gearbeitet.« Sie sprach mit fester Stimme.

»Stimmt.« Måns nickte, blickte sie aber fragend an.

Sie sprach weiter, wollte es hinter sich bringen. »Und ich bin der Meinung, dass ich meine Sache gut gemacht habe. Ich habe das Börsengang-Projekt von Kraft alleine geleitet und nebenbei noch einige kleinere Transaktionen durchgeführt.«

Måns nickte zustimmend und lächelte.

Jetzt kam es darauf an. Sie sah dieses Kind vor sich. Es war eine Art Kombination aus den vielen Kindergesichtern, die sie auf Fotos im Adoptionszentrum gesehen hatte. Das Kind, von dem sie schon so lange träumte, das ihre Familie sein würde. Irgendwo gab es ein Kind, das sie brauchte. Und sie und dieses Kind brauchten ein Zuhause. Sie tat das hier für ihr zukünftiges Kind.

Victoria holte tief Luft und blickte Måns fest in die Augen. »Also wollte ich nachfragen, ob ihr mir eine feste Stelle geben könnt.«

»Okay?«, sagte Måns abwartend. Dann kratzte er sich am Kopf.

»Und fünftausend Kronen mehr Gehalt im Monat.« Sie hielt den Atem an.

»Hm«, antwortete Måns zögernd. Dann schwieg er, rollte mit dem Schreibtischstuhl zurück und räusperte sich leise. Zögerte einen Moment. »Ich finde auch, dass du einen guten Job gemacht hast. Du hast das Projekt von Kraft super geleitet und nebenbei noch weitere Projekte betreut. Ich weiß auch, dass Azzie deine Unterstützung sehr zu schätzen weiß …« Er verstummte, schien nachzudenken und fuhr mit Daumen und Zeigefinger übers Kinn. »Eine feste Stelle können wir sicher einrichten.«

Sie atmete auf.

»Das ist auch gut für uns, wir möchten dich gern behalten.«

Sie lächelte. »Danke.«

»Was die Gehaltserhöhung betrifft … wir hatten gerade unsere Gehaltsrunde und …« Er seufzte. »Ich glaube, das wird schwierig. Da müssen wir noch abwarten.«

Sie nickte. »Ich verstehe. Aber danke für die Auskunft zur festen Stelle. Das bedeutet mir viel.« Sie lächelte und stand auf. Typisch. Eine Kreditzusage würde sie nicht bekommen, sondern *musste* ihren Vater wegen des Testaments erreichen.

»Victoria, warte, wenn du schon einmal hier bist …«

Sie setzte sich wieder und sah ihn aufmerksam an.

»Ich wollte mit dir über deine Arbeit mit Kraft reden. Ich finde, du solltest das Ruder ganz übernehmen. Parallel zur Erstellung des DD-Berichts soll die Arbeit am Wertpapierprospekt anfangen. Kraft hat eine Reise nach Åre vorgeschlagen, als Kick-off-Veranstaltung. Eigentlich sollte ich dabei sein, aber ich finde, du hast es dir verdient mitzukommen.«

Sie sah ihn sprachlos an, schüttelte den Kopf und strahlte dann. »Danke, das ist schön zu hören.« Dann dachte sie an Daniel. Würde er auch mitfahren? War es dann überhaupt ratsam, mitzukommen? Der Kuss beschäftigte sie Tag und Nacht. Er begleitete sie, wenn sie sich abends hinlegte, und in ihren nächtlichen Fantasien führte er zu immer mehr. Aber vielleicht fuhr Daniel auch gar nicht mit nach Åre? Er war ja ein vielbeschäftigter Mann.

»Ich weiß, es ist ziemlich kurzfristig, aber offenbar möchte der Geschäftsführer beim Kick-off dem gesamten Team, das am Börsengang beteiligt ist, die neue Vision des Kraft-Konzerns vorstellen. Deswegen wäre es gut, wenn du dabei wärst.«

Daniel würde also da sein. Sofort stellte sie ihn sich in Holzfällerhemd und Jeans im herbstlichen Åre vor. Nichts war schöner als die Vorstellung, mit Daniel Häger ins Gebirge zu fahren. Und genau deshalb sollte sie es nicht tun. Sie hatte große Angst, dass etwas passieren würde. Doch sie konnte nicht ablehnen.

»Es ist schon am Mittwoch. Klappt das?«

Sie überlegte ein paar Sekunden. »Selbstverständlich«, sagte sie dann.

Davor musste sie eine Art Strategie entwickeln. Eine Strategie, wie sie sich von Daniel Häger fernhalten konnte.

18

Noch zwei Minuten, bis der Zug abfuhr. Daniel blickte die Waggons entlang, doch Victoria war nicht zu sehen. Vor ein paar Tagen hatte ihm Måns Fritzson mitgeteilt, dass sie an seiner Stelle zum Kick-off kommen würde. Zwei Tage mit Victoria in Åre. Sie war nicht bei den anderen aus dem Projektteam auf dem Bahnsteig gewesen, und von der Organisatorin hatte er erfahren, dass Victoria ihr eine Nachricht geschickt hatte, sie sei spät dran. Was, wenn sie den Zug verpasste?

Ein jüngerer Jurist war in der letzten Woche in seinem Büro gewesen, um die letzten Dokumente durchzugehen. Victoria war nicht gekommen. Er verstand, dass sie sich zurückzog. Der Kuss war eine Affekthandlung und das Ganze eine dumme Idee gewesen, das hatte sie ihm ganz klar zu verstehen gegeben. Wahrscheinlich bereute sie ihren Kuss.

Er bereute ihn nicht.

Daniel lehnte sich in seinem Sitz zurück. Er musste sich auf die kommenden Tage vorbereiten. Der Plan war, allen, die mit dem Börsengang zu tun hatten, ihr größtes und wichtigstes Projekt zu zeigen. Sie würden auch mit der Arbeit am Wertpapierprospekt beginnen, das Informationen über das Unternehmen enthielt und in einem Monat auf den Markt und an die Investoren gehen würde. Er freute sich darauf, von seinem Projekt zu erzählen, aber auch auf die nächste Phase des Börsenganges.

Ganz vorne im Waggon war plötzlich Victorias weiche, leicht heisere Stimme zu hören. Diese Stimme, die ihn an sanften, aber starken Whisky denken ließ. Er sah auf, sie musste ja in den Wagen gerannt sein. Sie stand da und sprach mit Antonia. Und er war nicht vorbereitet. Ihr Anblick traf ihn wie ein Schlag. Das glänzende Haar war zerzaust vom Wind, die Wangen rosig. Ihre Brust hob und senkte sich schnell, wie an seinem Brustkorb, als sie im Park ganz eng zusammengestanden hatten.

Sie lächelte kurz, bevor sie weiter durch den Wagen zu ihrem Platz ging. Als sie an ihm vorbeikam, roch er den Duft ihres Parfums. Er drehte sich um und sah, wie sie ihre Jacke auszog, sie auf die Ablage legte und sich dann neben einen der Finanzberater setzte. Das Projektteam, das zum Kick-off reiste, bestand abgesehen von Daniel und Victoria aus den sechs Mitgliedern der Unternehmensleitung, zwei Leuten aus dem Beratungsunternehmen, das sie in Sachen Finanzen beriet, und drei Vertretern der Investmentbank.

Schon bald kam er zum Glück auf andere Gedanken, als ihm nämlich der ambitionierte Arash von der Investmentbank das Programm für die nächsten Tage zusteckte. Offenbar hatte er noch einige Diskussionspunkte zur Gestaltung des Prospekts hinzugefügt und wollte, dass Daniel sie freigab. Der las sich die neuen Punkte genau durch, konnte sich jedoch nicht konzentrieren. Er spürte Victorias Anwesenheit auf der anderen Seite des Wagens – wie war das überhaupt möglich, die Anwesenheit eines anderen Menschen zu spüren? Er musste jeden Muskel anstrengen, um sich nicht umzudrehen und sie anzusehen. Wieder steckte er seine Nase in die Papiere, und Arash gab ihm weitere fünf DIN-A4-Seiten mit Ideen und Diskussionspunkten. »Reiß dich zusammen, Daniel«, murmelte er leise zu sich selbst.

Er las konzentriert und begriff allmählich die Informationen, doch nach nur fünfundvierzig Minuten knurrte sein Magen, und Arashs Text verschwamm vor seinen Augen. Er brauchte etwas zu essen und stand auf. Victoria saß vor dem Bildschirm und tippte schnell auf der Tastatur herum. Sie strich sich das Haar zurück, sodass ihr schmaler Hals sichtbar wurde. Sein ganzer Körper reagierte darauf, nicht nur physisch, sondern da war noch etwas anderes – ein warmes Gefühl, das ihm völlig fremd war. Das lag bestimmt nur daran, dass er sie nicht kriegen konnte.

Er wand sich aus dem Sitz und ging den Gang entlang, als er Arash rufen hörte. »Gehst du ins Bistro?«

»Ja, wieso?« Daniel blieb genau an Victorias Platz stehen. Der Zug ruckelte, und Daniel stieß versehentlich mit dem Oberschenkel an ihre Schulter. Die Berührung brannte. Sie blickte zu ihm auf.

»Entschuldige«, sagte er schnell.

Sie lächelte verhalten, als wäre er jemand Wildfremdes, und blickte dann wieder auf ihren Bildschirm.

Ließen er und seine Nähe sie wirklich so kalt? Und warum konnte er selbst an nichts anderes denken als an jede Bewegung, die sie ausführte?

»Ich dachte, wir kaufen Mittagessen für alle«, fuhr Arash fort und stand ebenfalls auf. Er blickte zu den anderen im Wagen. »Und Wein und Bier«, sagte er etwas lauter, was Jubel auslöste.

Daniel lächelte. Wenn der ambitionierte Arash die Zügel etwas lockerte, war ihm das nur recht. »Klasse, das machen wir.«

Wenig später kamen sie mit Salaten, Sandwiches und Wraps zurück. Dazu hatten sie Bier und Halbliterflaschen Wein mitgebracht. Sie verteilten das Essen und die Getränke an alle, gossen den Wein in Plastikbecher und öffneten die Bierflaschen. Bisher war der Geräuschpegel niedrig gewesen, doch waren Gelächter und Gespräche zu hören, als wären sie eine Gruppe von Freunden, die verreisten.

»Daniel, komm her und setz dich.« Arash winkte ihm zu, und Daniel erhob sich, um neben ihm Platz zu nehmen. Victoria saß nur ein paar Plätze weiter. Sie hatte ihm das Gesicht zugewandt, hielt einen Becher Wein in der Hand und sprach gerade mit einem jungen Berater von der Investmentbank. Sofort hatte er ein Bild von ihr im Kopf, wie sie zu Hause auf dem Sofa vor einer ihrer Mafiaserien saß, in Unterwäsche, mit einem Glas Rotwein in der Hand. Er wusste zwar, dass Seriengucken in sexy Unterwäsche eher ein Produkt männlicher Fantasien war, doch was immer sie auch zu Hause dabei anhatte, so bekam er das Bild nicht mehr aus dem Kopf.

Arash reichte ihm ein geöffnetes Bier.

Daniel suchte Victorias Blick. Sie lachte über einen Witz des jungen Beraters, ihre Augen glitzerten, und er hielt ihren Blick fest, bis ein leichtes Erdbeben durch seinen Körper fuhr. Dann sah sie weg.

Kaum hatte Victoria Daniel im Zug entdeckt, war ihr der Kuss wieder ganz präsent und ebenso alle Fantasien, die sie seitdem über ihn gehabt hatte. Und das waren viele.

Als sie in Åre ankamen, gelang es ihr, einen Platz in einem anderen Taxi als er zu ergattern. Die gesamte Gruppe fuhr direkt zum Hotel Copperhill Mountain Lodge, einem architektonischen Kleinod in Form eines hohen Gebäudes fast ganz aus Holz, das sich perfekt in die Gebirgsnatur einfügte. Die Lobby hatte eine enorme Deckenhöhe, und innen erinnerte das Hotel an eine riesige Gebirgshütte. Die Besprechungen und Seminare würden erst am nächsten Tag beginnen, und einige von ihnen beschlossen, gleich die Sauna und den Außenpool mit Blick auf den Åreskutan auszuprobieren.

Victoria verschwand auf ihr Zimmer und arbeitete eine Weile, bevor sie auspackte. Mit einem Glas Rotwein aus der Minibar machte sie sich dann für das Abendessen fertig. Sie wählte ein schwarzes, enganliegendes Kleid, das unmittelbar über den Knien endete, genau richtig für ein Geschäftsessen. Ihr Haar ließ sie offen über die Schultern fallen, und sie schminkte sich dezent, aber mit einem besonders intensiven Lippenstift.

Absichtlich ging sie erst spät hinunter, um unauffällig dazustoßen zu können und nicht in ein Gespräch mit Daniel zu geraten.

Als sie zu ihrem Tisch kam, hatten die meisten bereits Platz genommen, auch Daniel. Er sah zu ihr auf, und sie musste sich beherrschen, um ihn nicht ungehemmt anzustarren: Er trug schwarze Chinos und ein hellgraues Hemd mit schwarzem Jackett darüber, das an den richtigen Stellen eng anlag. Er sah unglaublich gut und gleichzeitig entspannt aus. Sie setzte sich neben Antonia am anderen Ende des Tischs. Und während des Abendessens konnte sie ihn von ihrem Platz aus kaum sehen.

Nach dem Essen verschwand sie auf ihr Zimmer und schlief ein, völlig erschöpft von der Anspannung, Daniel einerseits so nahe zu sein und sich andererseits nichts anmerken zu lassen.

Früh am nächsten Morgen traf sich das gesamte Projektteam vor der Hotelrezeption. Auf der Packliste hatten Outdoorkleidung und robuste Wanderschuhe gestanden, und am Abend zuvor hatten sie erfahren, dass sie sich für eine morgendliche Wanderung anziehen sollten.

Eine Mitarbeiterin des Hotels fungierte als Bergführerin. Sie trug die funktionellste Kleidung, die Victoria jemals gesehen hatte – Cargohose, Wanderstiefel und eine Jacke aus irgendeinem tollen Funktionsmaterial, das vermutlich Regen, Hagel, Schnee und Orkan trotzte. Es hätte sie nicht gewundert, wenn die Frau einen ausklappbaren Spirituskocher in einer ihrer vielen Jackentaschen gehabt hätte. Sie sah frisch und gesund aus, mit roten Wangen und glänzendem Haar, das sie zu einem hohen Pferdeschwanz gebunden hatte.

»Während unserer Wanderung werdet ihr euch einen Vortrag anhören«, erklärte die Wanderführerin. Sie zog eine kleine Papiertüte hervor und gab jedem daraus ein Paar Kopfhörer.

Victoria blickte sich um, doch Daniel war nirgends zu sehen. Wie lange würde sie sich ihm noch entziehen können? Sie wusste, dass es auf Dauer nicht ging, sie arbeiteten ja zusammen.

Die Frau forderte sie auf, sich die Hotel-App herunterzuladen und dort nach einer Audiodatei namens Berghütte zu suchen. Alle setzten die Kopfhörer auf und drückten auf Play. Victoria zuckte zusammen, als sie plötzlich Daniels Stimme im Ohr hatte.

Sie folgten der Führerin auf dem Wanderweg, während Daniel von der Suchtbehandlung in Schweden erzählte.

Jeder hatte einen Thermobecher mit Kaffee dabei. Der erste des Tages und wahrscheinlich der leckerste, den sie je getrunken hatte. Zumindest unter den Top drei. Der zweitbeste Kaffee, den sie getrunken hatte, war direkt nach ihrem Einzug ins Haus gewesen. Sie hatte ihren ersten Kaffee auf der Küchentreppe in der Morgensonne genossen. Der allerbeste Kaffee war der in der Hollywoodschaukel bei Jens und Åsa gewesen, zwei Monate nach ihrer Trennung von Karl. Sie hatte nach einem langen Abendessen bei ihnen übernachtet und seit Monaten zum ersten Mal wieder Spaß gehabt, und zwar zum ersten Mal seit Jahren. Als sie dort in der Schaukel saß und an ihrem Kaffee nippte, war ihr klar geworden, dass sie nicht Karl hinterhertrauerte, sondern dem Leben, wie es hätte sein können. Diese Einsicht war ungeheuer befreiend gewesen.

Doch sie stellte diese Reihenfolge noch einmal in Frage, als sie immer höher in die Berge stiegen und die herrlich frische Luft einatmeten, während sie das heiße Getränk trank und die Aussicht über das Åretal genoss. Der See lag spiegelglatt und schimmernd da wie ein Auge, das in den Himmel schaute, umgeben von Bäumen in spätherbstlichen Farben. Der Anblick erinnerte an ein Aquarell, dessen Farben verblichen waren. Am Horizont war eine dichte graue Wolkenbank zu sehen, die sich im blauen See spiegelte.

Währenddessen lauschten sie Daniels Ausführungen.

»Junge Menschen ohne Hoffnung und ohne Zukunftsaussichten, mit Drogenproblemen und psychischen Erkrankungen werden gemeinsam in Einrichtungen untergebracht, wo es nicht ausreichend Personal gibt. Gewalt, Abhängigkeit und Drogen gehören zum Alltag der jugendlichen Bewohner in schwedischen Behandlungsheimen für Suchtkranke. Und jetzt stellt euch stattdessen eine erholsame Umgebung vor, ausreichend Mitarbeiter, sichere Kontaktpersonen und eine engmaschige Betreuung. Drogenmissbrauch ist eine ernstzunehmende Krankheit, die eine qualitativ hochwertige und humane Pflege braucht. Und zwar eine drogenfreie Pflege.«

Nach einer halben Stunde wurde der Waldweg vor ihnen steiler, und als sie das Ende erreicht hatten, gelangten sie an ein großes, holzverkleidetes Haus mit zwei Stockwerken, das von einem Garten umgeben war. Vor dem Eingang stand Daniel und begrüßte sie mit stolzem Lächeln. »Willkommen in der Berghütte.«

Er führte sie ins Gebäude, während er davon erzählte, dass diese Berghütte das neue Behandlungsheim des Kraft-Konzerns werden sollte. Sie hängten ihre Jacken im Eingangsbereich auf und gingen weiter zur Rezeption. Der Empfangstresen bestand aus Kalkstein, daneben standen Korbsessel, und vor den Fenstern hingen weiche Leinenstoffe. Ein großer, flauschiger Teppich lag vor dem Tresen, und man kam sich eher vor wie in einem Spa als in einem Behandlungsheim für Suchtkranke. Victoria sah sich bewundernd um.

Am Empfangstresen stand eine hochgewachsene Dame mit ergrautem Haar, das sie in einem ordentlichen Knoten im Nacken trug. Daniel umarmte sie und wandte sich dann an die anderen, den Arm noch immer vertraulich über ihre Schulter gelegt. »Das ist Anita, meine Tante. Sie ist die Leiterin der Einrichtung.«

Anita begrüßte sie freundlich.

»Könntest du uns bitte etwas über die Anlage erzählen?«, fragte Daniel.

»Gerne!« Anita verschränkte die Hände, während sie sprach. Die anderen standen in einem Halbkreis um sie herum und hörten aufmerksam zu. Arash hatte sich mit seinem Laptop, den er im Rucksack mitgenommen hatte, in einem der Korbsessel niedergelassen und machte sich Notizen.

»Im letzten Jahr wurde die Einrichtung eröffnet. Zurzeit können wir fünfundzwanzig Patienten unterbringen, bald werden wir weitere Plätze haben. Außerdem gibt es hier Ärzte, Psychologen und Krankenpfleger, die alle auf Suchtbehandlung spezialisiert sind.«

Daniel nickte, während sie sprach, und ergänzte: »Der Plan ist, dass die Berghütte die beste Suchtbehandlung in Schweden, ja, vielleicht sogar in ganz Europa anbieten kann.« Er sah sich stolz um. »Wer will, hat die Möglichkeit, an die frische Luft zu gehen, zu trainieren und sich zu bewegen. Das Behandlungsheim soll offen sein für alle, die Hilfe brauchen, unabhängig vom Einkommen. Wir werden die Zulassung nutzen, die wir durch Rekrea erhalten haben, und etwas mehr Geld in die Hand nehmen, als es andere Betreiber von solchen Heimen tun. Aber wir werden auch die besten Resultate haben. Natürlich werden wir die bisherigen Behandlungsheime weiterbetreiben, aber durchgehend hohe Qualität ist der Leitbegriff unserer Tätigkeit.« Daniel lächelte. »Durch den Erwerb von Rekrea verfügen wir nicht nur über die nötigen Zulassungen, sondern auch über die große Kompetenz des Unternehmens und unseres Vorstandsmitglieds Gabriella Bodin.« Victoria schauderte beim bloßen Hören des Namens.

»Ich glaube auch, dass wir als eine der führenden Fitnessketten Schwedens viel über Jugendliche und Drogenmissbrauch wissen, was uns natürlich zugutekommt«, fuhr Daniel fort. »Der Börsengang würde bedeuten, dass wir die Pflege noch transparenter machen, aber auch, dass wir mehr Mittel zur Verfügung haben, was wiederum dazu führt, dass wir auf Expansion setzen können. Und auf Nachhaltigkeit. Wir wollen auf klientenzentrierte Pflege setzen. Ich möchte, dass das Bild vom Drogenabhängigen entkriminalisiert wird. Stattdessen wollen wir die Tatsache in den Mittelpunkt stellen, dass diese Menschen unter ihrer Drogenabhängigkeit leiden. Und wir wollen alles dafür tun, dass alle wieder gesund werden.« Daniel betonte jedes Wort, und alle hörten gespannt zu. Victoria hoffte, dass er Investoren für diese Einrichtung gewinnen konnte. Niemand würde zögern, Geld in diese Einrichtung zu stecken, wenn Daniel so engagiert davon erzählte.

»Mein Plan ist, all das auf unserer großen Wohltätigkeitsgala im Dezember öffentlich zu machen – die Einladung ist heute rausgegangen. Und ich hoffe, dass so viele wie möglich diesen Jugendlichen helfen wollen. Ihnen eine Chance auf eine Zukunft geben. Ein drogenfreies Leben. Überhaupt ein Leben.« Ein leichtes Zittern war in seiner Stimme zu vernehmen, und Anita streckte kaum merklich ihre Hand aus und drückte die ihres Neffen. Er sah seine Tante mit feuchten Augen an, fasste sich aber gleich wieder. Hätte Victoria ihre Augen von ihm abwenden können, hätte sie es wahrscheinlich gar nicht bemerkt.

Nach einer Führung durch die Berghütte stellte man ihnen einen Spaziergang oder eine Taxifahrt zurück zum Hotel in Aussicht, wo sie an einem Textvorschlag über die Einrichtung arbeiten sollten. Die Berghütte sollte nämlich im Wertpapierprospekt präsentiert werden, genau wie die anderen Behandlungsheime, die von Rekrea betrieben wurden. Alle entschieden sich für den Spaziergang. Die Bergluft hatte ihnen gutgetan, und Daniel begleitete sie.

Victoria ging hinter ihm und betrachtete sein breites Kreuz. Das, was sie in seinem Gesicht gesehen hatte, ließ sie nicht los. Diese Verletzlichkeit. Vielleicht war sie immer da, und Victoria hatte sich nur von seinem witzigen und flirtenden Verhalten ablenken lassen.

Nach einer Weile blieb er stehen und wartete auf sie. Also hatte sie keine andere Wahl, als mit ihm zu reden, sie konnte ja schlecht in die andere Richtung laufen.

»Wie fandest du es?« Er lächelte sie vorsichtig an, und seine Nervosität brachte ihr Herz zum Schmelzen. Sein Haar war zerzaust und die Jacke aufgeknöpft, unter der sein Schlüsselbein zu erahnen war. Sie hatte ihn dort berührt, genau unter dem Schlüsselbein, wo die Brustmuskulatur begann, an jenem Tag, als sie ihn geküsst hatte.

Großer Gott. Als sie ihn geküsst hatte. Es war bemerkenswert, dass sie noch immer spürte, wie sich seine Lippen auf den ihren angefühlt hatten, wie damals, als sie sich an der Auflaufform mit dem italienischen Hähnchengratin verbrannt und die

Brandverletzung noch Wochen später gespürt hatte. Es juckte geradezu auf ihren Lippen, als müsse sie ihn wieder küssen, um den Juckreiz loszuwerden.

Doch sie konnte nicht. Sosehr er auch mit ihr flirtete und sie sich von ihm begehrt fühlte, konnte sie ihren Mandanten nicht küssen. Sie durfte sich ihre Chancen nicht verderben. Dann erinnerte sie sich daran, dass er sie nach ihrer Meinung gefragt hatte.

»Der Vortrag war toll. Eine großartige Idee. Das Konzept passt wirklich perfekt zu diesem Haus.« Sie nickte fasziniert, um ihre Worte zu unterstreichen.

»Offensichtlich nimmt man mehr Informationen auf, wenn man dabei wandert.«

»Das wusste ich gar nicht. Also können wir uns das, worüber wir gerade reden, besser merken?«

»Exakt.« Er sah sie lächelnd an. Sie gingen eine Weile, ohne etwas zu sagen.

»Warum bist du mir aus dem Weg gegangen?«, fragte er plötzlich.

»Was meinst du?« Doch sie wusste genau, was er meinte. Natürlich war ihm ihr Verhalten aufgefallen. Sie hatte ihn ja kaum gegrüßt.

»Ich habe dich in den letzten Tagen gar nicht gesehen, in der ganzen Woche nicht.«

»Ich weiß nicht, ich …«

»Ich dachte, wir hatten am letzten Samstag einen schönen Abend zusammen«, unterbrach er sie.

»Ja, das hatten wir«, stimmte sie ihm zu. »Es war total schön, aber …« Sie dachte nach. »Es war ein Fehler.«

»Weil wir zusammenarbeiten?« Er blieb stehen.

»Es gibt tausend Gründe, aber das ist vielleicht der wichtigste, ja.«

Er sah sie schweigend an.

»Du möchtest Spaß haben, und das respektiere ich«, fuhr sie fort. »Seit ich dich geküsst habe, kann ich an nichts anderes mehr denken, als mit dir Spaß zu haben. Aber … wir arbeiten zusammen, und außerdem …« Sie unterbrach sich und rollte die Augen.

»Außerdem?«

»Außerdem bist du noch so jung.«

Er lachte auf. »Ach, das schon wieder. So jung bin ich auch wieder nicht.« Dann beugte er sich zu ihr. »Und wenn es um dich geht, spielt das Alter wirklich keine Rolle. Ich bin an dir interessiert, nicht an deinem Alter.«

»Abgesehen davon habe ich diesen Job gerade erst bekommen. Ich brauche ihn wirklich, und ich mache ihn gerne. Ich kann ihn nicht aufs Spiel setzen.«

»Und was könnte ein Kuss daran zerstören?«

»Das ist unprofessionell. Man macht nicht mit seinem Mandanten herum.«

»Aber man darf sich küssen, oder?« Seine Augen glitzerten, und ein angenehmer Schauer durchfuhr sie von oben bis unten.

Sie lächelte, schüttelte den Kopf und wandte den Blick ab. Erst jetzt fiel ihr auf, dass sie hinter der Gruppe zurückgeblieben waren. Die anderen waren nicht mehr zu sehen.

Sie sah ihn unruhig an. »Kennst du den Rückweg?«

Er nickte. »Keine Sorge.«

Dann merkte sie, dass der Wind aufgefrischt hatte und die Bäume um sie herum immer stärker schwankten.

Vom Wanderweg aus, wo sie standen, konnte man auf der linken Seite über das Tal schauen. Der See lag eingehüllt in eine dicke Nebeldecke. Es sah aus, als seien die Wolken auf die Erde hinabgefallen.

»Es schneit.« Victoria blickte verwundert auf die Schneeflocken, die auf ihre Jacke und auf Daniels Mütze rieselten.

»Hier oben kann es schon früh im Jahr schneien.« Er sah sich um. »Am besten, wir beeilen uns, falls es noch mehr schneit.«

Sie beschleunigten ihre Schritte. Der Wind nahm zu, und schon nach wenigen Minuten schneite es so heftig, dass alles um sie herum weiß war.

Daniel nahm ihre Hand und ging vor ihr her auf dem Wanderweg. Bald schneite es noch stärker. Sie hielt sich dicht hinter ihm, während er langsam voranging.

Er blieb stehen und holte sein Handy hervor. »Wir können nicht weitergehen. Es sieht nach einem richtigen Schneesturm aus, ich muss Hilfe holen.« Er sah auf sein Handy. »Mist! Kein Netz.« Er musste schreien, damit sie ihn durch den Sturm überhaupt hören konnte. Sie nahm ihr Handy, musste es wenige Zentimeter vor die Augen halten, um durch den dichten Schneefall irgendwas erkennen zu können. Kein Netz. Sie steckte ihr Handy wieder ein und schüttelte resigniert den Kopf. Was sollten sie tun? Saßen sie jetzt hier fest? Die Kälte war schon unter die Kleidung gekrochen. Einen Schneesturm würden sie hier draußen nicht aushalten.

Er zog sie an sich. »Wir schaffen es nicht bis hinunter ins Hotel. Wir müssen einen Unterschlupf finden. Irgendwo da vorne müssten Ferienhäuser sein.« Sie gingen weiter den Weg entlang, und nach einer Weile blieb Daniel wieder stehen. »Da!« Er zeigte auf die andere Seite des Weges, wo es steil hinunterging. Dort unten standen ein paar Hütten.

Großer Gott, das war ja fast ein Abgrund. Panik stieg in ihr auf.

Daniel sah sie beunruhigt an, als spüre er ihre Angst. »Meinst du, du schaffst es? Wir sind auch ganz vorsichtig.« Er drückte ihre Hand.

»Es wird schon gehen«, versuchte sie sich selbst zu überzeugen.

Er fasste sie fest bei der Hand und ging vor ihr nach unten. Sie folgte dicht hinter ihm. Der Schnee stürzte nur so vom Himmel, sodass sie fast nichts mehr sehen konnten. Langsam arbeiteten sie sich nach unten vor.

Bald waren verschwommene Umrisse vor ihnen zu erkennen. Victoria atmete auf, sie waren fast da. Schnee war unter ihre Kleidung gelangt, und sie fror noch schlimmer als zuvor.

Als sie unten bei den Holzhäuschen angekommen waren, stellten sie fest, dass kein Auto davor parkte. Es gab nur die vier einsamen Häuschen.

»Niemand scheint hier zu sein«, rief Daniel ihr zu, als sie sich weiter durch den Schneesturm vorankämpften.

Sie gingen zur ersten Hütte und klopften an, doch niemand öffnete. Er sah sie an. »Warte, ich sehe bei den anderen nach.« Während er zu den anderen Häusern ging, beugte Victoria sich vor, schob etwas Schnee mit dem Schuh beiseite und suchte unter der Fußmatte nach einem Schlüssel, doch ohne Erfolg. Dann hob sie einen zugeschneiten Blumenkübel an und entdeckte einen einzelnen Schlüssel, den sie mit steif gefrorenen Fingern aufhob.

Sie konnte Daniel durch das Schneegestöber nicht mehr sehen, doch nach kurzer Zeit tauchte er vor ihr auf.

Er schüttelte den Kopf. »Die Häuser sind alle leer, wir müssen versuchen hineinzugelangen.«

Sie zeigte ihm den Schlüssel, und er lächelte erleichtert. Sie schloss auf, und sie traten ein. Es war herrlich, Schutz zu finden vor Sturm und Schnee. Der kleine Flur hatte einen Fußboden aus massiver Eiche, die Wände waren mit Kiefernpaneelen verkleidet, überall war Holz. Sie zogen ihre Wanderschuhe aus und hängten ihre Jacken an Garderobenhaken.

Der Fußboden war kalt, und die Kälte saß in den Wänden, denn die Heizung war aus. Während sie weiter hineingingen, fühlte Victoria sich wie ein Dieb, der in einem fremden Haus umherschlich. Sie gelangten in ein kleines, dunkel eingerichtetes Wohnzimmer mit braunem Cordsofa und einem niedrigen Couchtisch. In einer Ecke gab es einen offenen Kamin. Daniel ging hin und sah sich um. Er entdeckte Zeitungspapier und Holzscheite, und mithilfe des Feuerzeuges, das auf dem Kaminsims gelegen hatte, machte er Feuer.

Die knisternde Wärme war herrlich. Victoria hielt ihre steifgefrorenen Hände vor das Feuer. Dann sah sie sich im Raum um. In einer dunklen Ecke auf einem Beistelltisch neben dem Sofa erkannte sie ein Telefon. »Schau mal, es gibt ein Telefon. Wir sollten im Hotel anrufen und sagen, dass wir hier gelandet sind.«

Er nickte. »Ich kümmere mich darum.«

Ihre Hose war kalt und nass, sie fröstelte.

»Nimm doch eine heiße Dusche, während ich telefoniere.«

Sie zögerte. »Es fühlt sich seltsam an, in einem fremden Haus zu duschen, in dem man gar nicht sein sollte.«

Daniel verzog den Mund. »Sehr juristisch korrekt gedacht. Aber wir müssen uns aufwärmen und kommen erst mal nicht hier weg. Sie werden in diesem Wetter niemanden schicken können, um uns zu holen.«

»Wir kommen hier nicht weg«, wiederholte sie für sich selbst.

Sie betrachtete ihn, als er zum Telefon ging. Wie hatte sie sich angestrengt, ihm aus dem Weg zu gehen. Und jetzt war sie mit ihm in einer Hütte eingeschneit.

19

Die Eiseskälte des Schneesturms hatte seinen ganzen Körper ergriffen, doch nun tauten die heißen Wasserstrahlen der Dusche ihn langsam auf. Er hatte Victoria überredet, die Sauna anzustellen. Den Eigentümern des Häuschens würden sie damit keinen Schaden zufügen, und sie hingen jetzt hier fest und hatten ohnehin nichts anderes zu tun. Oder doch, es gab einige Dinge, mit denen sie sich die Zeit hätten vertreiben können, aber die konnte er ihr nicht vorschlagen.

Als er daran dachte, dass Victoria rechts neben der Dusche in der Sauna saß, nur ein paar Meter von ihm entfernt – warm, feucht und nackt –, stieg seine Körpertemperatur weiter. Zu hoch. Herrgott, er konnte doch nicht so in die Sauna gehen. Das kleine Handtuch, das er im Schlafzimmer der Hütte gefunden hatte, würde es nicht verbergen können. Also drehte er kaltes Wasser auf.

Nach einer Weile stellte er die Dusche aus und wickelte das Handtuch um sich. Die Glastür der Sauna war beschlagen, doch er konnte sehen, dass sie auf der mittleren Bank saß, die Beine übereinandergeschlagen und ein Handtuch um den Körper.

Er öffnete die Tür. Keuchte auf wegen der heißen Luft, die ihm entgegenschlug. »Hilfe!« Auspustend ließ er sich neben ihr nieder.

»Ist es dir zu heiß?« Ihre warmen braunen Augen glitzerten spöttisch.

»Etwas«, gab er zu.

»Das ist Gewohnheitssache. Ich gehe mindestens einmal die Woche in die Sauna.«

Sie lehnte ihren Kopf zurück, und sein Blick folgte den Schweißtropfen, die langsam ihren Hals und Nacken herabliefen.

Sie sah auf. »Was haben sie im Hotel gesagt?«

»Dass sie versuchen zu kommen, um uns zu holen, sobald das Wetter sich beruhigt hat. Aber wir sind ja in Sicherheit, also habe ich ihnen gesagt, dass sie ruhig abwarten können.« Hatte das Schicksal den Schneesturm geschickt? Es schien beinahe so. Er fühlte sich von ihr angezogen, und sie von ihm. Eingeschneit und die ganze Nacht nur sie beide – natürlich wollte er diese Chance nutzen.

»Wir sind also die ganze Nacht hier?« Sie warf ihm einen zweifelnden Blick zu.

»Ja.« Lange sah er sie an und erwartete, dass sie wegschauen würde, doch sie hielt seinem Blick stand. Dann lachte sie auf und schüttelte den Kopf.

»Was ist?« Er lächelte.

»Das hier.« Sie blickte ihn an. »Das hier ist nicht gut.«

»Was meinst du?« Er konnte sich nämlich nichts Besseres vorstellen.

»Ich habe versucht, dir aus dem Weg zu gehen, und jetzt sind wir hier.«

»Darf ich dich etwas fragen: Ist wirklich der Job das Problem, oder geht es darum, dass du dich so kurz nach der Trennung auf nichts Neues einlassen möchtest? Das ist kein Problem für mich. Auch wenn wir … heute Nacht etwas tun, muss das nichts Ernstes werden.« Er hatte lange überlegt, was er sagen sollte, doch als er die Worte jetzt aussprach, hörten sie sich falsch an. Dabei stimmte es ja, er wollte keine feste Beziehung.

»Das ist nicht das Problem, glaub mir. Wenn ich etwas brauche, dann etwas Unverbindliches, was Spaß macht.«

»Okay.« Gegen seinen Willen spürte er Enttäuschung, obwohl er hätte erleichtert sein müssen. Eine Frau, die keine ernste Beziehung wollte, war doch die Erfüllung der kühnsten Träume eines Mannes in seiner Situation? Er wollte sich doch nicht binden, denn er war nicht geschaffen für eine Beziehung.

Sie stand auf. »Ich gehe kalt duschen. Nicht gucken.« Sie ging hinaus und ließ ihn allein in der Hitze. Er hörte, wie die Dusche anging. Er verstand sie ja. Trotzdem hatte er auf etwas anderes gehofft. Als er hörte, dass sie das Badezimmer verließ, ging er aus der Sauna und duschte kalt. Lange.

Er trocknete sich ab und zog einen der Bademäntel über, den er im Schlafzimmer gefunden hatte. Der Frotteestoff war rau, als sei der Mantel nach der letzten Wäsche an der Luft getrocknet.

Das Kaminfeuer brannte heftig, und das Brennholz, das Victoria gerade nachgelegt haben musste, knackte und knisterte. Sie hatte sich in einem der Sessel vor dem Kamin niedergelassen, den Bademantel fest in der Taille verknotet und in der Hand ein großes Glas Wasser. Als er sich in den Sessel neben ihr setzte, blickte sie auf. Ihre Augen waren groß und dunkel, das Gesicht gerötet nach der Kälte und dem wärmenden Saunagang. Und vielleicht auch von seinen Worten in der Sauna. War er zu forsch gewesen mit seiner Frage? Er wollte nicht, dass sie sich unbehaglich fühlte. Sein ganzes Leben lang waren genau diese Dinge – flüchtige Beziehungen – so einfach für ihn gewesen. Wenn er eine Frau traf, an der er interessiert war, endete es häufig mit Sex, aber bevor jemand von ihnen Gefühle entwickeln konnte, beendete er es. Denn er wollte sich nicht auf das Intime und Selbstaufopfernde einlassen, das die Liebe mit sich brachte.

Dass es mit Victoria anders zu sein schien, verblüffte ihn.

Schweigend betrachteten sie das Feuer und lauschten dem Knistern und Knacken. Draußen vor den Fenstern erahnte man den wirbelnden Schnee.

Plötzlich spürte er, wie hungrig er war. »Wollen wir schauen, ob es hier etwas zu essen gibt?«

»Gerade wollte ich dasselbe vorschlagen. Ich habe einen Mordshunger.« Victoria hielt sich den Bauch.

Sie standen beide auf und gingen durch den Flur in die Küche. Sie war in modernem Landhausstil eingerichtet, mit weißen Fronten und Geräten aus Edelstahl. Sie öffneten den Kühlschrank, doch der Inhalt war eine Enttäuschung: eine halbvolle Flasche Fruchtsirup, Brühwürfel und ein altes Paket Butter. Sie suchten weiter im Gefrierfach, und er blickte sie triumphierend an, als er eine große Tiefkühlpizza mit Tomaten, Pesto und Mozzarella und eine Packung Bauernfrühstück hervorzog.

»Was meinst du? Italienisch oder Hausmannskost?« Daniel hielt die Pizza in der einen Hand, den Beutel mit Bauernfrühstück in der anderen.

Victoria zeigte lächelnd auf die Pizza. »Italienisch, bitte. Jeden Tag in der Woche.«

»Jeden Tag in der Woche«, wiederholte er. Er öffnete den Karton, während sie den Ofen einschaltete. In der Schublade darunter entdeckte er eine ungeöffnete Rolle Backpapier. Er breitete ein Stück auf einem Backblech aus, legte die Pizza darauf und schob sie in den Ofen.

Seine Gedanken von eben fielen ihm wieder ein. Er merkte, dass er sich für seinen Überredungsversuch schämte. »Du«, sagte er leise, und sie sah ihn fragend an. »Ich hoffe, du weißt, dass ich respektiere, was du eben in der Sauna gesagt hast. Ich möchte dich wirklich nicht in eine unschöne Situation bringen, was deinen Job betrifft.«

Sie lächelte und nickte langsam. »Danke, und ich weiß, dass du das respektierst. Ich hätte nichts anderes von dir erwartet.« Auf einmal bekam ihr Blick etwas Listiges. Ihr schien etwas eingefallen zu sein. »Meinst du, hier gibt es Wein? Und wenn ja, wäre es okay, sich etwas zu leihen?«

»In dem Fall würden wir ihnen morgen sofort neuen Wein kaufen.«

Sie öffnete prüfend einen der Küchenoberschränke und suchte zwischen Geschirr und Messbechern. In der einen Ecke der Küche gab es eine Tür, die in eine Vorratskammer führte. Auf den Regalbrettern stapelten sich Trockenwaren, Gewürzdosen und Konserven. Auf dem Boden standen zwei Kästen Limonade und … Daniel lachte auf, drehte sich um und winkte Victoria zu sich.

»Sieh dir das mal an!« Sie tauchte hinter ihm auf und blickte neugierig über seine Schulter. Auf dem Boden standen mehrere durchsichtige Kanister mit schwarzen Schraubverschlüssen, und in der Mitte befand sich ein großer Metallkessel mit Schläuchen, die nach oben führten.

»Ist das …« Sie schlug die Hände vor den Mund.

»Ein Schwarzbrenner, ja«, beendete Daniel ihren Satz.

Victoria kicherte. »Oh mein Gott!« Sie sah auf die durchsichtigen Kanister. »Die haben ja Alkohol für die nächsten fünf Jahre!«

Er zog eine Augenbraue hoch. »Das kann man wohl sagen.«

»Hast du Lust darauf?«, fragte sie und prustete los.

»Lust auf Sehstörungen und Atemnot in einer Hütte im Schneesturm?« Er schnaubte leise. »Aber sieh mal hier.« Er zeigte auf das unterste Regalbrett, bückte sich und griff nach zwei Rotweinflaschen, die er Victoria hinhielt.

»Voilà.«

»Ich mag die Familie, die hier wohnt.« Ihre Augen glitzerten.

»Ich auch.« Er sah auf das Flaschenetikett. »Völlig akzeptabel. Ripasso.«

»Hätte ja auch billiger Tafelwein sein können, wie in Sizilien … Der hier wird himmlisch schmecken.«

Er lachte und holte zwei Weingläser aus einem Küchenschrank.

Als die Pizza fertig war, nahmen sie die Schaffelle von den Küchenstühlen mit, legten sie auf den Fußboden vor dem Kamin und ließen sich dort nieder. Sie teilten die dampfende Pizza in Stücke, aßen mit den Händen und tranken Rotwein dazu, schweigend, als hätten sie seit Tagen nichts mehr gegessen.

Währenddessen saßen die anderen im Hotel und aßen Reibekuchen mit Weißfischrogen, Elchsteak mit Pfifferlingen und Rotweinsoße und Schokoladencreme mit Moltebeeren zum Dessert. Daniel hatte das Menü selbst ausgesucht und eine exquisite Weinauswahl zusammengestellt. Aber das hier – Tiefkühlpizza mit Mozzarella, Tomatensoße und Pesto, und ein Hundertkronenwein – schlug das Drei-Gänge-Menü und die Jahrgangsweine um Längen.

Daniel betrachtete Victoria. Er freute sich, noch viele Stunden mit ihr zusammen zu sein, ob mit oder ohne Sex. Inzwischen stand fest, dass es eine Nacht ohne Sex werden würde, und er freute sich, einfach nur mit ihr zu reden. Mehr über sie zu erfahren, über Fernsehserien zu diskutieren, über Musik, Arbeit und alles andere. Sie war auf eine ganz andere Art interessant als die anderen Frauen, die er bisher kennengelernt hatte. Und heute Nacht würde er ihre volle Aufmerksamkeit haben, ohne dass sie etwas anderes störte.

»Natürlich ersetzen wir ihnen schon morgen die Pizza und den Wein.« Victoria biss herzhaft in ihr drittes Pizzastück. »Und wir schenken ihnen eine Saisonkarte für den Lift. Ohne ihr einfallsloses Schlüsselversteck wären wir ganz schön übel dran gewesen.«

»Ich kümmere mich sofort darum, wenn wir zurück im Hotel sind«, versicherte Daniel.

Nach einer Weile blickte sie ihn ernst an. »Darf ich dich etwas fragen?«

Er nickte.

»Wie geht es Adrian? Ist er inzwischen gesund?« Die letzte Frage stellte sie hoffnungsvoll.

Er zögerte kurz. Jedes Mal, wenn er von Adrian sprach, fühlte es sich an, als rissen alle Wunden wieder auf. Ständig hieß es, dass es gut sei, über schwere Dinge zu sprechen, doch Daniel fühlte nur dunklen, höllischen Schmerz. »Er ist vor fünf Jahren an einer Überdosis gestorben.« Wie ein Messerstich mitten ins Herz.

Kaum merklich holte Victoria Luft, ihr Blick war voller Trauer. »Wie alt war er?«

»Zweiundzwanzig.«

Sie atmete tief ein. »Wie furchtbar.« Sie schluckte, ihre Augen wurden feucht. »Es tut mir unendlich leid.«

Er nickte, nahm sich ein Pizzastück und kaute langsam. Sah durchs Fenster hinaus in die kompakte Dunkelheit. Das Feuer prasselte im Kamin, und der Duft des brennenden Holzes stach in der Nase.

»Wie kam es dazu, dass er Drogen nahm?« Sie klang abwartend.

Daniel zögerte wieder. Von Adrian zu erzählen war das Intimste und Persönlichste, was er tun konnte. Er hatte es noch nie einer Frau erzählt, mit der er sich getroffen hatte. Doch etwas in ihm wollte, dass sie ihn verstand. Er wollte es mit ihr teilen, obwohl er wusste, dass man nicht so persönlich wurde mit jemandem, den man eigentlich nur ins Bett kriegen wollte. Aber das wollte er ja gar nicht mehr.

Herrgott, die ganze Situation war so verwirrend.

Er lehnte seinen Rücken ans Sofa hinter ihnen. Sie folgte seinem Beispiel, und sie saßen nebeneinander, Schulter an Schulter.

»Adrian ist zum ersten Mal in einer Fünfzig-Millionen-Kronen-Villa mit Drogen in Kontakt gekommen, das war auf einer Party von jemandem aus seinem Freundeskreis.« Dieser verdammte Otto hatte Adrian dorthin mitgenommen. »Das war irgendwie hip in seiner Clique. Alle haben Drogen genommen. Partydrogen. Kokain und Ecstasy. Jede Menge wohlstandsverwahrloste Kids mit abwesenden Eltern und viel zu viel Kohle. Ich bin auch auf solchen Partys gewesen. Die Eltern machen Wochenendtrips nach Paris und London oder Fernreisen nach Asien. Währenddessen werden die Kinder in riesigen, leeren Häusern zurückgelassen.«

Er wusste, dass viele aus demselben Grund Drogen nahmen wie Adrian damals – wegen des Drucks. »Die meisten in Adrians Freundeskreis haben sich nur auf Partys zugedröhnt, aber Adrian fing an, auch unter der Woche Drogen zu nehmen. Zum Beispiel, wenn er Prüfungen oder Tennismatches hatte. Er war auf einem Tennisgymnasium, wo ein enormer Druck herrschte. Also nahm er Drogen, um leistungsfähig zu sein, aber auch, um sich zu entspannen. Die Schule unternahm nichts, obwohl dort gedealt wurde. Etliche Schüler waren daran beteiligt, doch die Schule hatte viel zu große Angst um ihren Ruf und überließ alles den Eltern.«

Früher hatte er immer das Thema wechseln wollen, wenn die Rede auf Adrian gekommen war, doch jetzt schienen alle Dämme gebrochen zu sein – sein Redestrom schien gar nicht enden zu wollen.

Victoria griff nach seiner Hand, und er redete weiter. »Das erste Mal, als wir mitbekamen, dass er Drogen nahm, war an einem Wochenende, nachdem unsere Eltern in Kopenhagen gewesen waren. Zu der Zeit habe ich studiert und in Gävle gewohnt. Mama und Papa kamen sonntags zurück, und ich wollte am Montag eine Immobilie in Sundbyberg besichtigen. Schon damals plante ich, mein erstes Fitnessstudio zu eröffnen, und nutzt deshalb die Gelegenheit, am Sonntagabend nach Hause zu fahren. Adrian hatte eine Party gefeiert. Möbel waren umgestoßen, überall lagen Scherben von Bierflaschen, schmutzige Gläser standen herum, und wir fanden Kokainreste im Wohnzimmer. Adrian lag völlig weggetreten auf dem Sofa. Als wir ihn wachgerüttelt hatten, war er kaum ansprechbar. Er faselte nur unzusammenhängendes Zeug. Uns war sofort klar, dass er Drogen genommen hatte. Mama war erschüttert und weinte nur, Papa wurde wütend, weinte schließlich aber auch. Und ich … Ich war fassungslos. Ich begriff nicht, dass das Adrian war. Mein kleiner Bruder.«

Er atmete tief durch.

»Er kam sofort in ein Behandlungsheim für drogenabhängige Jugendliche. Wir hatten nur Gutes davon gehört. Dort wohnte er ein halbes Jahr und machte von dort aus auch sein Abi. Die Mitarbeiter der Einrichtung waren der Ansicht, dass er Fortschritte mache, was Adrian bestätigte. Doch er war nicht clean. Das verdammte Zeug gab es dort nämlich auch. Durch andere Jugendliche in dem Heim gelangte er an Drogen und gab dafür alles Geld aus, was er von zu Hause erhielt. Als er entlassen wurde, ging alles ganz schnell. Adrian, der immer zielbewusst und ehrgeizig gewesen war, hatte plötzlich überhaupt keine Ziele mehr, außer Partys zu feiern. Er war wie ausgewechselt. Nichts von dem, was uns vorher verbunden hatte, war mehr übriggeblieben – Laufen, Wandern, Opernbesuche.«

Er schüttelte den Kopf.

»Aber er hatte gute Schulnoten und wurde tatsächlich an der renommierten Handelshögskolan angenommen. Die hatte er sich ausgesucht, weil auch unser Vater dort studiert hatte. Unsere Eltern kauften ihm eine Wohnung in der Nähe der Uni, und das erste Semester brachte er einigermaßen über die Runden. Er strengte sich an, aber ohne wirklichen Ehrgeiz. Er besuchte die Vorlesungen und reduzierte seinen Drogenkonsum auf die Partys am Wochenende. Dann ging es bergab. Er tauchte nicht mehr in seinen Seminaren auf, und wir konnten ihn immer schwerer erreichen.«

Gerade als sie geglaubt hatten, es würde besser laufen, war das Gegenteil eingetreten. Seinem ärgsten Feind hätte er diese Erfahrung nicht gewünscht – mitansehen zu müssen, wie der Mensch, den man am meisten liebte, sich immer weiter von einem entfernte. »Das ist das Schlimmste von allem. Ich habe immer versucht, ihn zu schützen. Vor dem Druck, den Erwartungen, aber gegen die Drogen hatte ich keine Chance. Ich habe die Kontrolle verloren. Ich habe es nicht geschafft, ihn zu retten. Ich habe versagt. Ich habe als großer Bruder versagt.«

Victoria drückte seine Hand und sah ihn fragend an.

»Was meinst du damit, dass du versagt hast?«

Daniel schluckte. Ihr zu erzählen, dass sein Bruder drogenabhängig gewesen und gestorben war, war das eine. Doch die ganze Geschichte von seinem Tod preiszugeben, war das nicht viel zu persönlich? Trotzdem wollte er es. Er wollte erzählen, was er bisher mit niemandem geteilt hatte.

»Dass er diese Überdosis genommen hat, war meine Schuld.« So. Jetzt hatte er es gesagt. Es war endlich heraus und nicht mehr zurückzunehmen. Es hing in der Luft zwischen ihnen, außer Reichweite.

Sie schüttelte verwirrt den Kopf. »Wie meinst du das?«

»Zu Beginn meines Studiums war ich vollkommen mit mir selbst beschäftigt. Ich hatte meine Berufung gefunden. In der Schule war ich nie wirklich gut gewesen, hatte nie tolle Noten und kein besonderes Interesse an theoretischen Themen. Doch im Studium begann ich, mich mit Ernährungslehre und Gesundheit zu beschäftigen, und das begeisterte mich. Als es Adrian so schlecht ging, studierte ich zwar weiter, kündigte aber meine Wohnung, wohnte stattdessen bei Adrian und pendelte nach Gävle. Plötzlich schien er sich zusammenzureißen. Er wurde wieder er selbst und hielt sich, soweit wir wussten, von Drogen fern. Wir beiden verbrachten wieder mehr Zeit miteinander, trainierten zusammen und wanderten am Wochenende. Wir gingen sogar in die Oper, und alles schien wieder normal zu werden. Ich hatte mich für einen Aufbaustudiengang in Los Angeles beworben, im Fach Gesundheitsmanagement, und wurde angenommen. Kurz vor meiner Abreise bekam er einen Rückfall.«

Daniel war übers Wochenende weg gewesen, und schon als er am Montag in Adrians Wohnung trat, merkte er, dass etwas nicht stimmte. In der Tür kam ihm Otto entgegen, Adrians langjähriger Freund, der ihn damals überhaupt mit Drogen in Kontakt gebracht hatte. Wie den anderen von Adrians Freunden war es auch ihm gelungen, Drogen nur auf Partys zu konsumieren. Auch er studierte an der Handelshögskolan, kam allerdings gut zurecht. Als Adrian Probleme bekam, wandten sich seine Freunde von ihm ab und meldeten sich nur noch, wenn sie Drogen brauchten oder feiern wollten, denn Adrian war inzwischen derjenige mit den besten Kontakten. Aber keiner von ihnen wollte mit einem Junkie befreundet sein.

In der Wohnung schlug Daniel der Geruch nach verschwitzten, ungewaschenen Menschen entgegen. Auf dem Sofa schlief eine ihm unbekannte Person ihren Rausch aus, eine andere lag auf dem Teppich. Überall befanden sich Reste von Rauschmitteln – wie in einer richtigen Drogenhöhle, nur in einer schicken Wohnung mit Stuck an den Wänden.

»Ich fand Adrian auf dem Bett. Erst dachte ich, er sei tot. Ich geriet in Panik, rüttelte ihn, schlug ihm ins Gesicht. Ich machte Mund-zu-Mund-Beatmung, Herz-Lungen-Massage, rief den Krankenwagen. Schließlich kam er zu sich. Als er sah, wie entsetzt ich war und dann vor Erleichterung weinte, schien er den Ernst der Lage zu verstehen. Er versprach mir hoch und heilig, sich zu bemühen. Ich beschloss, in Schweden zu bleiben, denn ich musste ja dafür sorgen, dass Adrian am Leben blieb. Doch meine Mutter überzeugte mich, nach LA zu gehen. Ich dachte ja auch, es wäre nur für ein Jahr.«

»Natürlich wolltest du nach LA«, sagte Victoria. »Du warst doch jung, das ganze Leben lag vor dir, du hattest die Chance, dir deinen Traum zu erfüllen.«

Er nickte. »Auf Kosten von Adrian. Ich war sein großer Bruder und hätte mein Leben für ihn gegeben. Das habe ich immer gesagt und gedacht, doch als es darauf angekommen wäre, hat mir das Studium in LA mehr bedeutet als mein kleiner Bruder.«

Sie schüttelte den Kopf. »Das stimmt nicht. Du hattest für ihn doch schon so viel getan, du hättest ihn nicht retten können.«

Er sah sie hilflos an. Sie kannte ja nicht die Wahrheit. Sie wusste nicht, was er getan hatte. Sollte er es erzählen? Was würde sie dann von ihm denken?

»Es war meine Schuld, dass er eine Überdosis genommen hat«, sagte er schließlich und spürte, wie die Tränen hinter seinen Augenlidern brannten. Nur bei Adrian reagierte er so. Aufgewühlt. Verletzlich. »Er hat mich eines Morgens angerufen, als ich ein paar Monate in LA gewesen war.«

Daniel hatte gerade eine Trainingseinheit beendet. Es war ein wunderschöner Tag gewesen, windstill und mit strahlender Sonne. Er war auf dem Weg zur Hochschule und wollte abends zu einem Grillfest am Strand, zusammen mit ein paar Kommilitonen. Jeden Tag rief er zu Hause an, und laut seiner Mutter ging es Adrian besser. An jenem Morgen hatte Daniel zum ersten Mal seit Langem eine Leichtigkeit verspürt. Es tat ihm gut, mehrere tausend Kilometer Abstand zu Adrian zu haben, in einer Stadt auf einem anderen Kontinent zu sein, von wo aus er nicht mal eben nach Hause fahren konnte, um nachzusehen, ob sein Bruder lebte oder ohnmächtig dalag. Und zum ersten Mal seit drei Jahren genoss er das Leben und seine Jugend, ohne deswegen ein schlechtes Gewissen zu haben. Adrian ging es ja gut.

Doch dann war dieser Anruf von Adrian gekommen.

»Etwas in mir zerbrach, als er anrief. Er bat mich um Geld für die Miete. Dabei hatte ich schon hunderte solcher Anrufe bekommen. Ich wusste genau, worum es ging. An jenem Tag spürte ich einfach nur Wut. Ein völlig neues Gefühl. Ich war böse auf ihn, wütend, dass er seine Gefühle nicht in den Griff bekam, obwohl ich ja wusste, dass es so nicht funktioniert. Aber ich hatte so gehofft und war nun enttäuscht und verärgert. Gleichzeitig bekam ich ein schlechtes Gewissen, dass ich nicht bei ihm war. So viele verschiedene Gefühle, die ich nicht beherrschen konnte.« Er schüttelte den Kopf. »Ich war ja sein großer Bruder, der ihm helfen sollte. Doch in jenem Moment wünschte ich ihm den Tod. Ich sagte ihm genau das, was ich fühlte: dass ich ihn hasste.« Hassen. Ein so starkes Wort. Daniel hatte noch nie zu jemandem gesagt, dass er ihn hasste, weder davor noch danach, nur zu seinem kleinen Bruder, dem Menschen, den er am meisten liebte.

Er holte tief Luft. »Meine Eltern und ich hatten die Vereinbarung, dass wir Adrian niemals Geld geben wollten. Sie zahlten seine Miete und sorgten dafür, dass er Essen im Kühlschrank hatte. Doch niemand gab ihm Geld. Aber ich …« Langsam atmete er ein und aus. Wie oft hatte er sich gefragt, ob es anders ausgegangen wäre, wenn er sich anders verhalten hätte. »Ich habe ihm an dem Tag zehntausend Kronen überwiesen. Ich konnte sein Betteln nicht mehr ertragen, sondern wollte mich um meine eigenen Sachen kümmern.« Er verstummte.

Victoria rückte näher zu ihm, schob ihre zweite Hand unter seine und hielt sie jetzt mit ihren beiden Händen fest. Das gab ihm Kraft, die Geschichte zu beenden. »Adrian ist auf direktem Weg zu seinem Dealer gegangen, hat sich eine ordentliche Portion Stoff gekauft und ist an einer Überdosis gestorben.« Er kniff die Augen zusammen, konnte sie nicht dabei ansehen.

Daniel hatte nie seinen Eltern davon erzählt. Wüssten sie, was Daniel zu Adrian gesagt hatte, dem Lieblingssohn seines Vaters, bevor er eine Überdosis nahm, und dass Daniel ihm diese Überdosis obendrein finanziert hatte, dann würde sein Vater ihn für immer hassen. Seine Mutter hätte es vielleicht verstanden oder ihm zumindest verziehen. Aber nicht sein Vater. Und Daniel konnte sich selbst auch niemals verzeihen.

Noch immer konnte er Victoria nicht ansehen. Bestimmt fand sie ihn schlimm, und das war er ja auch. Er verdiente sie nicht, ebenso wenig den Erfolg, den er hatte. Das Leben, das er führen durfte, während Adrian in einer Ecke seiner Wohnung tot aufgefunden worden war.

Warum durfte Daniel leben, wenn Adrian doch tot war?

Aber Victoria sah ihn nur mit ihren großen, dunklen Augen an, die im Schein des Feuers feucht glänzten. Sie beugte sich zu ihm und zog ihn an sich, um ihn festzuhalten. Erst war er so verblüfft, dass er die Umarmung nicht erwiderte. Dann entspannte er sich durch ihre Nähe und legte den Kopf an ihre Schulter, ließ es zu, dass sie ihn in den Arm nahm. Sollte das heißen, dass sie ihn nicht hasste?

Sie sah ihn an. »Liebe und Hass liegen unglaublich nahe beieinander«, sagte sie langsam. »Niemanden hasst man mehr als denjenigen, den man liebt.«

»Denkst du an Karl?« Er verabscheute die Unsicherheit in seiner Stimme.

Sie schüttelte den Kopf. »Ich denke an meinen Vater. Man liebt seine Eltern, so wie du deinen Bruder geliebt hast. Der Hass wird umso größer, je mehr man verletzt wurde.« Sie beugte sich vor, sodass ihr noch feuchtes Haar über die Schultern fiel. »Du warst nicht für das Wohlergehen deines Bruders verantwortlich. Du darfst dir nicht dafür die Schuld geben.«

Er wusste, dass das nicht stimmte. Er hatte doch seinen Anteil an dem, was Adrian widerfahren war, also schüttelte er den Kopf. »Ich weiß, das sagen alle, und bis zu einem gewissen Grad kann ich das auch akzeptieren. Es ist nicht meine Schuld, dass Adrian angefangen hat, Drogen zu nehmen. Aber ich hätte zu hundert Prozent für ihn da sein können, Tag und Nacht, und ich hätte nicht in eine Stadt ziehen müssen, die tausende von Kilometern weit weg liegt.«

»Aber all das hattest du doch schon für ihn getan! Du warst zu hundertfünfzig Prozent für ihn da. Und es gibt doch wohl eine Grenze für das, was man leisten kann?«

Er schwieg. Ihre Worte linderten den Schmerz so schön.

»Aber wenn ich ihm nicht gesagt hätte, dass ich …«

»Das hätte auch nichts geändert.«

»Aber das Geld …«

»Wäre er nicht trotzdem an Drogen gelangt?«

»Vielleicht.«

»Du konntest es nicht verhindern. Du hast getan, was in deiner Macht stand. Ich bin überzeugt davon, dass Adrian wusste, dass du ihn liebst. Ich bin keine Expertin, was Suchtprobleme angeht, aber ich vermute, dass es keine Rolle spielt, wie sehr man geliebt wird. Wenn man süchtig ist, dann ist das so. Du hättest ihn nicht retten können. Es war nicht deine Schuld.« Sie beugte sich wieder vor und streichelte ihm über die Schulter.

Niemand in seiner Familie wusste von seinem letzten Telefonat mit Adrian, und er war sich immer wie der größte Lügner vorgekommen. Ein Betrüger. Er hatte so große Angst gehabt, dass sie ihn dafür hassen würden.

Doch Victoria wusste nun, was er gesagt hatte. Sie kannte sein Geheimnis und fand ihn nicht verabscheuenswert. Jetzt, da er sich ihr geöffnet, sie in die dunkelsten Ecken seiner Seele gelassen und sein Geheimnis mit ihr geteilt hatte, fühlte er sich so erleichtert wie nie zuvor.

Victoria zog Daniel an sich. Er lehnte den Kopf an ihre Schulter, und sie spürte seine warmen Tränen an ihrem Hals. Schon früher an diesem Tag hatte sie das Gefühl gehabt, einen Splitter von seinem wahren Ich gesehen zu haben, von seiner Verletzlichkeit, doch jetzt kam es ihr so vor, als breche sein Panzer vollends auseinander. Das Selbstsichere und Spielerische war wie weggeblasen. Übriggeblieben war ein Mann, der viel zu viel Verantwortung gehabt und eine schwere Last zu lange getragen hatte. Allein.

Als er zu ihr aufsah, glänzten die sonst immer strahlenden Augen von Tränen, und sie legte die Hand auf seinen Arm, um ihn zu trösten. Doch sie wusste, dass sie ihm den Schmerz nicht würde nehmen können. Er saß zu tief.

Sie konnte sich nicht im Entferntesten vorstellen, wie es gewesen wäre, wenn Jens so etwas passiert wäre. Die Machtlosigkeit und den Schmerz konnte sie sich nicht ausmalen. Und es tat ihr weh, dass Daniel sich selbst die Schuld für alles gab.

»Ich habe es noch nie jemandem erzählt.« Sein unsicheres Lächeln ließ ihre Brust aus Zärtlichkeit erbeben. Sie legte die Hand an seine Wange und streichelte sie langsam. Dann strich sie über seinen Nacken, zog seinen Kopf zu sich heran, und zum zweiten Mal innerhalb von zwei Wochen küsste sie Daniel Häger.

Aber diesmal langsam und vorsichtig statt hungrig und intensiv. Er schmeckte salzig von den Tränen und nach diesem Honigzarten, das sie auch beim letzten Mal gespürt hatte, außerdem nach Pesto von der Pizza und nach Ripasso.

Er erwiderte den Kuss, erst zögernd, dann immer überzeugter.

Langsam fuhr er mit der Hand durch ihr Haar, während sein Kuss fordernder wurde.

Endlich. Sie hatte sich so danach gesehnt. Er drückte sie an sich, sein Körper war hart und warm. Er küsste sie noch intensiver und schob seine Hand unter ihren Bademantel, strich ihr über den Rücken. Es prickelte auf der Haut, und ihr ganzer Körper erschauerte. Seine Hand wanderte hinab über ihr Steißbein und ihren Hintern.

Vor lauter Verlangen hatte sie ein ziehendes Gefühl im Bauch. Was sie hier taten, war dumm. Eine furchtbar schlechte Idee. Doch als er sie am Hals küsste, prickelte es in ihrem ganzen Körper, und auf einmal war es ihr egal, ob es eine dumme Idee war. Sie öffnete den Gürtel seines Bademantels, und als sie ihn sah, stellte sie fest, dass er schon ganz hart war.

Sie schnappte nach Luft, und ihr Begehren loderte in Wellen durch ihren ganzen Körper. Sie wollte diesen wunderbaren hellrosa Schwanz berühren, spüren, wie warm und hart er war, aber entschied, es sich noch etwas aufzusparen. Also streichelte sie über seine breite Brust hinunter bis zum Bauch. Zeichnete die Bauchmuskeln mit dem Finger nach. Sie liebte seinen sehnigen, aber muskulösen Körper, es war der wunderbarste Körper, den sie je berührt hatte. Hart, aber gleichzeitig zart und warm. Er war dazu übergegangen, ihre Brüste zu streicheln, als erforsche er sie. Doch sie konnte sich nicht länger beherrschen, sondern umfasste seinen Schwanz, bewegte die Hand langsam auf und ab. Er stöhnte laut, hielt in seiner Bewegung inne und zog ihr dann schnell den Bademantel auseinander. Liebkoste ihre Schultern und ihren Rücken. Hungrig blickte er sie an. Und sie genoss es, sich so begehrt zu fühlen.

Für einen Moment vergaß sie, dass sie zu zweit in einer Hütte waren und keine Möglichkeit hatten, von hier wegzukommen. Stattdessen kam es ihr so vor, als dürfe sie keine Zeit verlieren. Sie stieß ihn heftig zurück auf das Schaffell, doch noch bevor sie reagieren konnte, schlug er sich den Kopf am Tischbein an.

Erschrocken sah er sie an, dann lächelte er breit. Sie lachte auf, während er sie über sich zog. Und sie küsste ihn sanft, war etwas aus dem Konzept gekommen wegen des kleinen Vorfalls. Doch kaum spürte sie seinen nackten Körper an ihrem und seine Zunge, die in ihrem Mund spielte, wusste sie wieder genau, was sie wollte. Sie setzte sich rittlings auf ihn, während er weiter ihre Schultern und Brüste streichelte. Seine Hände waren so groß, so hart und beinahe grob, ganz und gar nicht so zart wie der Rest seines Körpers. Das Gefühl der rauen Fingerspitzen an ihren empfindlichen Brustwarzen war absolut himmlisch. Sie presste sich fester an ihn, küsste seinen schweißnassen

Hals, roch seinen Duft – eine Mischung aus Salz und Holzfeuer und etwas anderem, das einfach nur er war. Er schloss die Hand um eine ihrer Brüste und nahm die Brustwarze in den Mund. Dann saugte er erst vorsichtig, dann fester, und sie wimmerte, als der leichte Schmerz ein sanftes Prickeln in ihr hervorrief. Die Berührung seiner Zunge setzte sich pulsierend durch ihren ganzen Körper fort. Als sie seinen Schwanz an den Innenseiten ihrer Schenkel spürte, konnte sie kaum noch warten. Sie zog sein Gesicht zu sich, küsste ihn hungrig und ließ ihre Lippen dann über seinen Hals und seine Brust wandern, während sie langsam seinen Schwanz liebkoste. Er legte seine Hand zwischen ihre Beine und streichelte sie, und sie stöhnte, als seine Finger ihre feuchte empfindsame Haut berührten. Er führte zwei Finger in sie ein, und das Gefühl, ihn in sich zu haben, ließ sie laut aufschreien. Langsam liebkoste er ihre Klitoris. Mehrere Minuten lang küssten und streichelten sie sich.

Als er einen weiteren Finger in sie einführte, hielt sie es nicht länger aus. Sie wollte mehr.

Sie sah ihn an. »Hast du was dabei?«

Durch halbgeöffnete Augenlider blickte er sie an und atmete tief ein. »Wir müssen schauen, ob unsere Gastgeber was dahaben.« Er stand auf, gab ihr einen langen Kuss, bevor er ins Badezimmer verschwand. Bald kam er zurück und hatte eine Schachtel Kondome dabei.

Er grinste sie an. »Heißt das, ich muss denen auch die Kondome ersetzen?«

Lachend riss sie die Schachtel an sich, öffnete sie und nahm eine Kondomverpackung heraus. »Dann würden wir ja verraten, was wir hier getan haben. Fühlt sich ein bisschen komisch an.«

Sie riss die Verpackung auf und zog das Kondom heraus. »Sie müssen es uns ganz einfach spendieren.« Langsam zog sie ihm das Kondom über den Schwanz, der noch immer steif war. Küsste ihn weiter, während sie ihn in sich einführte. Langsam. Das Gefühl, ihn in sich zu haben, war himmlisch. Sie bewegte sich schneller, beide keuchten. Sie ergriff seine beiden Hände, führte sie über seinen Kopf, legte sie auf den Boden und hielt sie fest, während sie sich über ihm bewegte. Sie liebte es, wie gefügig er war. Er gehorchte ihr und ließ zu, dass sie das Tempo vorgab und tat, was sie wollte.

Währenddessen streichelte sie sich selbst und bewegte sich immer intensiver auf ihm. Er befreite sich aus ihrem Griff und streichelte sie mit festem Druck. Sie wollte nicht, dass es aufhörte, während sie gleichzeitig nichts lieber wollte, als zu kommen. So wie immer bei Daniel – gemischte Gefühle mit dem ständigen Wunsch nach mehr. Von ihm. Sie presste seine Hand an ihre Klitoris und zischte: »Schneller!«

Mit der anderen Hand umfasste er ihren Po und unterstützte ihre Bewegungen, bis sie beide kamen. Ihr Körper bebte vor Lust, und sie ließ sich auf ihn fallen, während sie tief Luft holte und die letzten Ausläufer des Höhepunkts genoss.

20

Ein paar Minuten lagen sie da, verschwitzt und außer Atem. Noch immer lag sie mit dem Kopf auf seiner Brust, seine Hände ruhten noch auf ihrem Po. Dann rutschte sie von ihm herunter und auf das Schaffell neben ihm.

Nach einer Weile sah sie ihn an. »Ich brauche Wasser. Die Sauna … und das hier.« Sie lächelte, und er grinste glücklich zurück. Sie hatten tatsächlich Sex gehabt. Und sie bereute nichts.

Einmal war keinmal.

Sie machte Anstalten, sich zu erheben, doch er zog sie zu sich. Sie landete auf ihm, und er küsste sie langsam, sah ihr dann in die Augen mit diesem Blick und diesem Lächeln, das tausend Wunderkerzen in ihrer Brust entzündete.

Lächelnd befreite sie sich aus seiner Umarmung, schnappte sich eine karierte Decke vom Sofa, die sie um sich wickelte, und ging ins Badezimmer. Der Boden war kalt unter ihren Füßen, und es zog um die Beine. Merkwürdig, die Heizkörper hatten doch schon begonnen, sich zu erwärmen. Beim Sex hatte sie ziemlich geschwitzt, die Hütte war warm gewesen. Sie öffnete die Badezimmertür und drückte auf den Lichtschalter, doch nichts passierte.

»Daniel?« Sie ging hinaus in den Flur.

»Ja?«

»Wir haben wohl einen Stromausfall.«

Das Kaminfeuer war in sich zusammengefallen und erleuchtete den Raum nur noch schwach. Sie sah nichts, doch das Eichenparkett knarrte, als er sich bewegte.

»Dann müssen wir eben noch mehr Feuer machen«, sagte er sachlich. Sie hörte das Geräusch von Holzscheiten, die im Kamin aufgeschichtet wurden. Dann war der Schein einer Streichholzflamme zu sehen, gefolgt vom Duft brennender Birkenrinde.

Als sie im Bad fertig war, ging sie zurück ins Wohnzimmer. Im Schein des Feuers holten sie aus dem angrenzenden Schlafzimmer eine Daunendecke und einen grünen Bettbezug mit großen orangenen Blumen. Sie kauerten sich vor den Kamin, und sie fröstelte, als Daniel die kalte Decke über sie breitete. Doch er legte seinen Arm um sie und zog sie an seinen warmen Körper. Er goss den restlichen Wein in ihr Glas, und sie tranken abwechselnd davon.

Der Sturm hatte nachgelassen. Der Mondschein wurde vom Neuschnee reflektiert und erleuchtete die Welt vor den Fenstern. Durch die hohen Fenster sahen sie hinab ins Tal, wo die Bäume alle schneebedeckt waren.

»Unglaublich, dass innerhalb weniger Stunden Winter geworden ist.« Sie schüttelte den Kopf.

Er lachte. »So sind die Schneestürme im Gebirge.«

Sie legte den Kopf an seine Brust, die sich langsam hob und senkte, und spürte seinen Herzschlag.

»Eine Sache würde mich interessieren …« Daniel brach das Schweigen. »Was ist der Streitpunkt zwischen dir und Karl? Als wir in der Badetonne saßen, hast du gesagt, dass ihr euch noch um die Vermögensaufteilung streitet.«

»Es geht vor allem um das Haus«, sagte sie. »Ich kämpfe seit der Trennung um das Haus, und er weigert sich, es mir zu überlassen. Meine Großeltern haben mir Geld vererbt, das ich komplett ins Haus gesteckt habe, aber es gibt kein Testament, mit dem man das beweisen könnte, und Karl weigert sich, mir diesen Anteil zu geben.« Sie seufzte. »Ich will einfach nur, dass es vorbei ist und dass er aus meinem Leben verschwindet, damit ich ein neues Leben ohne ihn beginnen kann.«

»Vielleicht will Karl dich auf diese Weise festhalten«, sagte er vorsichtig. Ein Hauch von Eifersucht schwang in seinem Tonfall mit, und sie blickte ihn skeptisch an. Da irrte er sich völlig.

»Das glaube ich nicht. Ich habe noch keine Kreditzusage, um ihn auszuzahlen, deshalb nervt er herum.«

»Die wenigen Male, die ich ihn getroffen habe, wirkte er jedenfalls nicht sehr sympathisch«, sagte Daniel dann. »Gabriella hatte übrigens Karls Kanzlei vorgeschlagen und Karl selbst als Berater für den Börsengang.« Er lachte auf.

»Ist das wahr?« Victoria runzelte die Stirn. Das war merkwürdig. Karls Kanzlei hatte keinerlei Erfahrung mit Börsengängen. Es war schon seltsam genug gewesen, dass Karl sich mit dem Verkauf von Rekrea an Kraft befasst hatte, denn er war kein Transaktionsjurist.

»Ich kann jedenfalls nachvollziehen, dass es schwierig ist, mit ihm klarzukommen. Darf ich fragen, warum du dich entschieden hattest, zu Hause zu bleiben, als ihr verheiratet wart? Du sagtest doch, ihr hättet keine Kinder?« Seine Frage war vorsichtig gestellt, als wolle er keinen wunden Punkt treffen. Aber sie hatte so oft Fragen über Kinder gestellt bekommen, dass es längst keinen wunden Punkt mehr gab.

»Nein, wir haben keine Kinder.« Sie hatte diese Frage hunderte Male beantwortet, aber ihr gefiel die Richtung nicht, die das Gespräch gerade nahm. Sie war neugierig auf ihn gewesen, und von seinem Bruder zu hören hatte eine andere Seite von ihm gezeigt, doch sie wollte nicht mehr von sich erzählen als nötig. Diese Nacht war ja nur ein One-Night-Stand gewesen. Gleichzeitig merkte sie, dass sie sich verteidigen wollte. Sie selbst mochte die Situation nicht, in die sie mit Karl geraten war, doch es hatte Gründe dafür gegeben. »Wir haben versucht, ein Kind zu bekommen. Das Leben war stressig, mein Job war stressig. Es hat nicht geklappt, und da hat Karl vorgeschlagen, dass ich mir eine Auszeit zu Hause nehme.« Sie machte eine Pause. »Ich habe mir ein Jahr Zeit gegeben, doch es ist trotzdem nichts passiert.« Sie blickte über das Tal. Die frische Schneedecke warf ein violettes Licht an den nachtschwarzen Himmel. »Ein Jahr verging, zwei Jahre, dann versuchten wir es mit IVF …« Ihr fiel ein, dass er noch so jung war. Vielleicht wusste er gar nicht, was das war? »Also künstliche Befruchtung«, erklärte sie.

»Ich weiß, was IVF ist.« Er sah sie beleidigt an, grinste dann aber.

»Ja, natürlich. Die IVF hat auch nicht funktioniert, aber ich hatte beruflich den Anschluss verloren. Ich bin so enttäuscht von mir selbst. Ich hatte mir geschworen, niemals von einem Mann abhängig zu sein. Aber dann ist es trotzdem passiert.«

»Warum war dir das so wichtig?«

Seine blauen Augen blickten ernst, aber auch neugierig.

Sie zögerte. »Wahrscheinlich hat es viel mit meinem Vater zu tun. Er und meine Mutter haben sich mehrmals getrennt, und jedes Mal stand meine Mutter total hilflos da. Sie hatte ihre Karriere für ihn geopfert, damit er sich ganz auf sein Unternehmen konzentrieren konnte. Und als er sie schließlich für immer verlassen hatte, musste sie ihr Leben von Grund auf neu organisieren. Also hätte ich von ihr lernen müssen. Trotzdem habe ich denselben Fehler gemacht.«

Er sah sie eine Weile schweigend an. »Manchmal kommt

man vielleicht an einen Punkt im Leben, wo man das eine aufgeben muss, um etwas anderes zu bekommen, in deinem Fall Kinder. Und das muss kein Fehler sein.«

Von seinem Verständnis wurde ihr ganz warm ums Herz.

»Ist es dir unangenehm, darüber zu sprechen?« Er schien ihren Widerwillen zu spüren.

»Ein bisschen«, gab sie zu. »Aber ich habe dich ja auch nach deinem Bruder gefragt, also muss ich mich wohl in gewisser Weise revanchieren!«

Er lächelte und zog sie näher zu sich heran. Sie tranken den letzten Rest vom Wein, während sie schweigend das Feuer betrachteten. Dann küsste er sie. Bewegte seine Hände über ihren Körper, sodass sie ganz weich und gefügig in seinen Armen wurde und sich an ihn drückte.

Einmal ist keinmal, dachte sie. Jetzt war es schon das zweite Mal. Aber das machte vielleicht gar nichts?

Sie erwachten, als es hell wurde. Die Sonne war hinter dem Horizont noch nicht zu sehen, tauchte jedoch den schneebedeckten Wald in rosa Licht.

In der Küche fanden sie Toastbrot, das im ausgeschalteten Tiefkühlschrank fast aufgetaut war. Sie verdünnten den Fruchtsirup mit Wasser und nahmen Brot und Getränk mit ins Wohnzimmer zu den Schaffellen. Nach dieser Nacht war Victoria ganz ausgehungert. Nachdem sie sich zum zweiten Mal geliebt hatten, hatten sie sich noch unterhalten, bis sie schließlich eingeschlafen waren.

»Jetzt wäre ein Tee nicht schlecht.« Daniel biss herzhaft in seine zweite Scheibe Toast. Sein Haar war ziemlich zerzaust. Wegen ihr. Die Bartstoppeln waren dunkel und seine Augen beinahe unwirklich blau im Licht der weißen Welt, die sich vor den Fenstern ausbreitete.

»Oder Kaffee.«

»Ich ziehe Tee vor. Aber ich kann nachsehen, ob ich Instantkaffee finde.«

»Dann nehme ich lieber Tee. Instantkaffee ist der reinste Hohn verglichen mit richtigem Kaffee.«

Daniel lächelte, verschwand in die Küche und kam bald mit einem Kochtopf, ein paar Teebeuteln und zwei weißen Tassen mit Blumenmuster zurück. Er hielt den Topf über das Feuer, bis das Wasser kochte. Wie er so dastand, nur in Boxershorts und mit dem Topf über dem Feuer, hielt sie ihn für den *sexiest man alive*. Vielleicht war es die Steinzeitfrau in ihr, die darauf ansprang, dass ein Mann über dem offenen Feuer Nahrung zubereitete. Auch wenn die Nahrung in diesem Fall ein Getränk aus einem Teebeutel war.

Oder vielleicht war es einfach die Tatsache, dass Daniel tatsächlich der heißeste Mann war, den sie je gesehen hatte …

Sie tranken den starken schwarzen Tee aus den Tassen und aßen noch mehr Toastbrot. Vor den Fenstern war nichts als Schnee, hohe Kiefern und der Schein der aufgehenden Sonne, der den Schnee zum Funkeln brachte.

»Das hier ist vielleicht der beste Tee, den ich je getrunken habe«, sagte er, als er sich selbst eine dritte Tasse einschenkte.

Sie musste lachen. »Tee ist lecker, aber es geht doch nichts über einen guten Macchiato.«

»Man könnte meinen, du wärst in deinem früheren Leben Mafiaboss in Chicago gewesen, hättest in irgendeinem Diner gesessen und italienischen Kaffee geschlürft, während du deine Geschäfte geplant hast.«

»Vielleicht.« Sie nickte lächelnd und stellte sich die Szenerie vor. Ziemlich angenehm. »Und was warst du in deinem früheren Leben?«

»Eine englische Lady mit einem riesigen Garten.«

Sie verschluckte sich fast am Tee vor Lachen. »Das kann ich mir vorstellen.«

Er nickte lachend. »Adrian hat immer gesagt, ich sei eine englische Lady im Körper eines schwedischen Jungen. Wenn man den ganzen Tag damit verbracht hat, Rosenbüsche mit der Heckenschere zu traktieren, ist es das Schönste, abends Tee zu trinken und dazu Kekse zu essen.«

Victoria verzog den Mund, seufzte dann aber. »Ich versuche, den Garten zu Hause einigermaßen in Schuss zu halten, aber er ist trotzdem ganz verwildert. Meine Tellerhortensie zum Beispiel ist unmöglich. Sie gedeiht einfach nicht. Es blühen immer nur einzelne Zweige.«

Sie war wirklich frustriert, dass es nicht funktionierte. Die Hortensie hatte im Vorgarten ihres elterlichen Reihenhauses gestanden. Als sie gerade mit Karl ins gemeinsame Haus gezogen war, hatte sie die neuen Besitzer ihres ehemaligen Elternhauses um einen Hortensientrieb gebeten, damit sie ihn in ihrem Garten einpflanzen konnte. Sie hatte den Busch gepflegt. Gegossen. Aber er war nie wirklich gediehen.

»Vielleicht kann ich dir ja damit helfen?« Daniel sah sie fröhlich an.

»Ja, gerne …« Sie sah ihn prüfend an. Anscheinend wollte er sie wiedersehen.

»Mir macht so was einfach Spaß«, erklärte er.

Spaß. Natürlich. Das hier war auch nur Spaß. Nichts Ernstes. Was machte es schon, wenn sie sich noch einmal trafen? Deswegen würde er noch nicht der Vater ihres Kindes werden.

Plötzlich war ein lautes Klicken zu hören. Dann ein Summen von elektronischen Geräten, die ansprangen. Die Lampe im Fenster ging an, und die Digitaluhr auf der kleinen Stereoanlage in der Ecke begann zu blinken.

»Der Strom geht wieder«, sagte Daniel zögernd.

»Aha.« Sie hörte die Enttäuschung in ihrer eigenen Stimme.

Er nickte langsam.

Zurück in der Realität. Die Stunden, in denen sie abgeschirmt gewesen waren von ihrer Umwelt, waren nun aus und vorbei.

»Vielleicht sollten wir anrufen, um zu erfahren, wann die Hilfe kommt«, sagte sie, obwohl es das Letzte war, was sie wollte. Am liebsten wäre sie für immer mit ihm in ihrer kleinen eingeschneiten Blase geblieben.

»Oder wir gehen noch einmal in die Sauna.« Er hob eine Augenbraue, und es kribbelte in ihrem Bauch. »Jetzt, wo der Strom wieder geht.«

Das taten sie und blieben sitzen, bis die Hitze unerträglich wurde. Dann öffneten sie die Haustür, warfen sich in den Schnee und kühlten ihre Körper ab. Danach gingen sie wieder in die Sauna und anschließend zusammen in die Dusche. Unter dem warmen Wasser küssten sie sich wieder. Langsam, als sei es das letzte Mal. Vielleicht war es das ja auch?

Die Küsse wurden immer fordernder. Victoria schlang die Arme um seinen Hals und drückte sich an ihn. Am liebsten hätte sie hier und jetzt die Zeit angehalten. Beim Sex ließen sie sich diesmal ganz viel Zeit.

Als sie aus der Dusche traten, klingelte das Telefon.

»Das sind bestimmt die anderen.« Daniel wickelte sich das Handtuch um die Hüften und ging ins Wohnzimmer.

Victoria folgte ihm. Daniel nahm ab. »Hallo? Ach, Antonia, gut, dass du anrufst. Seit eben haben wir wieder Strom.« Er verstummte, als Antonia etwas sagte. »Ach, du bist schon unterwegs? Schön, dann bis gleich!« Er legte auf.

Victoria bückte sich, sammelte die Reste des Frühstücks vom Boden auf und ging in die Küche. Sie spülte die Tassen ab, während Daniel das Wohnzimmer aufräumte. Er kam in die

Küche, die leere Weinflasche und die Schaffelle unterm Arm. Die Flasche stellte er auf die Arbeitsplatte und hielt die Felle hoch.

»Vielleicht sollten wir die mitnehmen?«

Sie lachte auf. »Wir müssen in jedem Fall neue kaufen.« Sie nahm das Küchenhandtuch vom Haken, um die Tassen abzutrocknen, und fühlte seine Arme um ihre Taille. Er küsste sie auf die Wange und den Hals.

Erst erstarrte sie, doch dann entspannte sie sich und lehnte ihren Kopf an seine Schulter.

»Es war eine fantastische Nacht«, murmelte er in ihr Haar. Sein warmer Atem an ihrer Kopfhaut ließ sie erschauern.

Sie drehte sich um. »Das fand ich auch.«

Dass er nicht der Beziehungstyp war, hatte sie ja schon gemerkt, aber vielleicht war sie es selbst auch nicht mehr. Diese Nacht war magisch gewesen. Aber sie hatte eine lange Ehe hinter sich, und es gab massenweise Männer. Sollte sie wirklich etwas mit dem Erstbesten anfangen?

Irgendetwas sagte ihr jedoch, dass es mit einem anderen nicht dasselbe sein würde.

21

Victoria zuckte zusammen, als ein Stapel Aktenordner auf ihren Schreibtisch geknallt wurde. Auf dem Bildschirm vor ihr war die aktuelle Bewertung des Hauses zu sehen. Sie war vielversprechend. Der vorige Makler hatte den Wert eindeutig zu hoch angesetzt. Die neue Bewertung passte nämlich zu ihren eigenen Kalkulationen.

»Die Ordner. Sie liegen schon seit einer Stunde in meinem Büro.« Mikaelas scharfe Worte mündeten in einen Seufzer. Victoria blickte auf und wurde geblendet von einem riesigen rotgoldenen Ring an Mikaelas rechtem Ringfinger. Er war wie ein Knoten geformt und mit kleinen Diamanten besetzt, die mit Mikaelas spitzen, frisch lackierten Nägeln um die Wette strahlten. Alle jungen Frauen in der Kanzlei hatten inzwischen diese spitzen, perfekt gefeilten Nägel. Der Trend war vollkommen an Victoria vorbeigegangen. Nicht an ihr vorbeigegangen hingegen war die Tatsache, dass dieser Ring vom angesagtesten Juwelier der Stadt stammte. Das Prachtexemplar an Mikaelas Finger kostete etwa zehntausend Kronen. So einen Ring schenkte ein Mann seiner Geliebten anstelle eines Eherings.

»Danke, ich wollte sie gerade holen.« Victoria zwang sich zu einem höflichen Lächeln. Es waren die Rekrea-Dokumente. Mikaela hatte ihr eben erst eine Mail geschickt und sie aufgefordert, die Ordner umgehend abzuholen.

Ohne zu antworten, verschwand Mikaela wieder. Victoria stand auf und ging zum Kaffeeautomaten. Unmengen von Koffein waren nötig, wenn sie sich mit den neuen Unterlagen befassen wollte. Auf dem Weg kam sie an den Postfächern vorbei. In ihrem Fach entdeckte sie einen einsamen cremeweißen Briefumschlag. Sie nahm ihn heraus. Auf der Vorderseite des Kuverts standen in geprägten Buchstaben ihr Name und der der Kanzlei. Neugierig riss sie den Umschlag auf. Was mochte das sein? Es war schon so hübsch gestaltet.

Gala
Kraft lädt zu einer Wohltätigkeitsgala im Nationalmuseum am 21. November um 19 Uhr.
Kleidung: Smoking
Diese Einladung ist persönlich.
Mit freundlichen Grüßen
Daniel Häger

Seit der Nacht in Åre letzte Woche war Daniel keine Sekunde aus ihren Gedanken verschwunden gewesen. Jedes Mal, wenn sie an ihre gemeinsame Nacht dachte, schien sich ein Feuer in ihr zu entzünden, eine starke Flamme, die in ihrer Brust tanzte und sie von innen erwärmte.

Jetzt flackerte die Flamme auf und erhitzte ihre Haut – eine Gala mit Daniel. Daniel im Smoking.

Sie musste aufhören, an ihn zu denken. Die gemeinsame Nacht war einfach eine nette Sache gewesen. Er hatte es bestimmt reizvoll gefunden, eine ältere Frau zu verführen. Genauso wie es für sie schmeichelhaft gewesen war, etwas mit einem jüngeren Mann gehabt zu haben. Sie hatten sich miteinander vergnügt. Warum hielten ihre Gedanken nur so an ihm fest, als wäre ihre Beziehung etwas Ernstes?

Sie holte sich eine Tasse Kaffee am Automaten und kehrte dann an ihren Schreibtisch zurück. Dort genoss sie das heiße Getränk, als könne das Koffein ihn aus ihren Gedanken vertreiben.

Sie blickte auf ihr Handy. Sollte sie ihm schreiben?

Danke für die Einladung zur Gala. Ihre Finger bewegten sich wie von selbst. Es war nur ein höfliches Danke, es hatte nichts mit ihrer gemeinsamen Nacht zu tun.

Konnte sie es so schreiben? Nein.

Oder?

Bevor sie noch länger darüber nachdachte, hatte sie schon auf »Senden« gedrückt.

Was tat sie hier gerade?

Wie gesagt, nur eine höfliche Nachricht. Aber sie lud auch ein zu weiterer Konversation. Sie biss sich auf die Lippe. Was wollte sie eigentlich?

Sie wandte sich wieder ihrem Schreibtisch und der Arbeit zu, um sich von den Gedanken an Daniel abzulenken. Sie blätterte sich durch die Akten, hauptsächlich, um sich eine Vorstellung vom Umfang zu machen und die Arbeit dann strukturieren zu können.

Zuerst versuchte sie sich darauf zu konzentrieren, was sie eigentlich über Rekrea wusste und zu finden hoffte. Sie blätterte in ihrem Notizbuch. Gabriella war bei ihrem Termin sichtlich nervös gewesen, als Victoria die eventuellen Unstimmigkeiten angesprochen hatte. Sie wusste auch, dass Karl gehetzt gewirkt hatte und offenbar etwas verbergen wollte. Außerdem gab es die durchgestrichene Textpassage im alten DD-Bericht, den sie zu Hause gefunden hatte. Darin war es um Unstimmigkeiten mit einer Mitarbeiterin gegangen und um Vorbehalte, was die Zulassung betraf. Aber das war alles sehr dürftig, und langsam wurde die Zeit knapp.

Ein erster Entwurf ihrer Analyse sollte in knapp zwei Wochen an den Börsenprüfer gehen, damit dieser seine Kommentare abgeben konnte. Anschließend würde Victoria den Bericht überarbeiten, bevor der Prüfer rechtzeitig vor der Notierung eine Empfehlung an den Börsenvorstand abgab.

Daniel hatte am letzten Konferenztag in Åre erklärt, dass es außerordentlich wichtig sei, die Börsennotierung im Dezember stattfinden zu lassen. Im Frühling könne es schon zu spät sein, jetzt sei der richtige Zeitpunkt. Wenn man den Prognosen Glauben schenkte, konnte eine spätere Notierung große Verluste bedeuten.

Ihr Handy vibrierte. War es Daniel? Schnell sah sie aufs Display. Aber es war nur ein Link mit der Wegbeschreibung zum Sommerhaus von Måns Fritzson. Enttäuscht öffnete sie ihn. Die gesamte Abteilung würde am nächsten Freitag zu seinem Sommerhaus fahren und bis Samstag dortbleiben. Sie würden gemeinsam kochen und eine gute Zeit zusammen verbringen. Außer ihr würden Mikaela, Azzie, Henrik, Carl-Adam und Måns da sein. Überwiegend nette Leute, es konnten also angenehme Tage werden.

Sie beugte sich wieder über die Ordner, blätterte, überflog den Text, und auf den ersten Blick bestätigte sich ihre Vermutung – nichts deutete auf das hin, was sie zu Hause in den Unterlagen gefunden hatte.

Dann vibrierte ihr Handy erneut.

Eine Nachricht von ihm!

Es kribbelte im Bauch.

Ich hoffe, du kommst. Schau mal, was ich heute gekauft habe.

Er hatte ein Foto angehängt. Zwei Holzkisten mit Wein, sechs Flaschen in jeder, und zwei Bademäntel.

Und noch ein Bild. Zwei zusammengerollte Schaffelle. Ein verlegenes Lächeln breitete sich auf ihrem Gesicht aus.

Schön! Was schulde ich dir?

Drei Punkte tauchten auf dem Bildschirm auf, verschwanden wieder. Dann waren sie wieder zu sehen. Was schrieb er? Sie hoffte, dass er mit ihr flirtete.

Nichts.

Die drei Punkte tauchten wieder auf, und dann:

Darüber reden wir, wenn wir uns wiedersehen.

Es zog im Bauch. Wiedersehen.

Was meinte er damit? Dass sie sich wiedersehen würden, zu zweit?

Ihr Herz klopfte schnell, und sie bemerkte, dass sie strahlte. Warum reagierte sie so heftig?

Sie legte ihr Handy zur Seite und schlug den Ordner wieder auf, konnte sich jedoch nicht auf die Unterlagen konzentrieren, sondern dachte nur an das, was Daniel geschrieben hatte. Nach einer Weile begann sie im Internet nach Rekrea zu recherchieren. Sie öffnete die Homepage des Unternehmens und informierte sich über die verschiedenen Tätigkeitsfelder. Dann klickte sie sich weiter zum Archiv, wo ein herbstliches Bild ihre Aufmerksamkeit erregte. Eine Gruppe von Pflegerinnen und Pflegern stand vor einem großen Holzgebäude. *Lövviken – im November ziehen wir hier ein.* Das war im letzten Jahr gewesen, kurz bevor Kraft das Unternehmen aufgekauft hatte. Eine Frau namens Maryam berichtete von Rekreas Plänen, individuell angepasst mit Jugendlichen zu arbeiten, sodass jeder Klient speziell auf ihn zugeschnittene Hilfe und Unterstützung erhielt. Das klang ja vielversprechend.

Ein Mann namens Pedro erzählte von seinen Visionen und Hoffnungen auf eine gute Zusammenarbeit mit den Psychologen und Therapeuten. Die Mitarbeiter wirkten ausgesprochen engagiert. Auf gut Glück googelte sie die Namen der Angestellten. Maryam tauchte häufig auf. Sie hatte schon in verschiedenen Kliniken und Heimen gearbeitet, war ohne Vater und mit einer drogenabhängigen Mutter aufgewachsen. Ihren Beruf als Pflegerin in Behandlungsheimen für suchtkranke Jugendliche bezeichnete sie in einem Interview mit einer Branchenzeitschrift als das Zweitwichtigste im Leben nach ihren eigenen Kindern.

Victoria nutzte die Gelegenheit, um eine Mail an die Personalabteilung von Kraft zu schicken und um eine Liste der Angestellten zu bitten, die derzeit in den Behandlungsheimen arbeiteten. Vielleicht würde sie beim Abgleich der Mitarbeiter von Lövviken auf jemanden stoßen, der inzwischen gekündigt hatte?

Es war Mittagszeit, und Victoria hatte vor, eine Trainingseinheit einzuschieben. Sie nahm ihre große Sporttasche und trat hinaus in den grauen, aber milden Herbsttag. Ein bisschen peinlich war es ihr schon, ins Fitnessstudio zu gehen, nur um eventuell Daniel zu treffen. Sie konnte es nicht lassen, nach ihm Ausschau zu halten, als sie die Umkleide verlassen hatte und das Laufband ansteuerte. Doch er war nicht zu sehen. War vielleicht besser so, auch wenn sie enttäuscht war.

Anschließend kaufte sie sich bei Vapiano in der Sturegatan einen Caesar Salad, schaute rasch im Büro von Måns vorbei, um sich mit ihm über das Kraft-Projekt abzustimmen, und aß dann den Salat vor ihrem Computer.

Sie hatte bereits eine Antwort aus der Personalabteilung von Rekrea erhalten, öffnete die aktuelle Mitarbeiterliste und verschluckte sich beinahe am Hähnchen.

Nur zwei der Namen, die unter dem Foto vom Heim in Lövviken gestanden hatten, fand sie auf der Liste wieder. Innerhalb eines Jahres hatten offenbar alle anderen Mitarbeiter gekündigt. Das war eine ungewöhnlich hohe Fluktuationsrate.

Wusste Daniel überhaupt davon, dass so viele aufgehört hatten? Sie machte sich eine Notiz in ihrem Entwurf des DD-Berichts.

Wenn sie es in ihrem Gespräch mit Daniel und Antonia richtig verstanden hatte, operierte Rekrea unabhängig von Kraft. Die Führung von Rekrea, mit Gabriella Bodin an der Spitze, genoss das Vertrauen des Kraft-Konzerns, vermutlich etwas zu viel Vertrauen.

Sie ging erneut die Namensliste durch. Auch Maryam war nicht mehr dabei, dabei hatte sie so engagiert gewirkt und für ihren Beruf gebrannt. Ihr Nachname klang syrisch und schien nicht sehr geläufig zu sein. Man würde sie sicher im Telefonbuch im Internet finden. Victoria gab ihren Namen ein und erhielt vier Treffer. Eine Person wohnte in Haninge, die drei anderen an unterschiedlichen Orten in Schweden. Haninge lag nur eine Viertelstunde von Lövviken entfernt, das musste sie sein.

Bevor sie es sich noch anders überlegte, gab Victoria die Telefonnummer in ihr Handy ein. Ihr Herz klopfte.

Eine ruhige Stimme meldete sich. »Maryam hier.«

»Hallo, hier spricht Victoria Leander. Ich arbeite in einer Anwaltskanzlei in Stockholm, die Svärdh & Partner heißt, und …« Sie beschloss, gleich zur Sache zu kommen. »Sie haben in Lövviken gearbeitet, oder?«

Kurzes Schweigen. »Ja.«

»Wir führen gerade eine Prüfung des Unternehmens Rekrea durch, und ich würde gerne etwas mehr über den Grund erfahren, warum Sie nicht mehr bei Rekrea arbeiten.«

»Darüber kann ich nicht sprechen«, sagte Maryam schnell.

Victoria befand sich eindeutig auf dem richtigen Weg.

»Warum nicht?«

»Bitte rufen Sie nicht noch einmal bei mir an.« Und schon hatte Maryam aufgelegt.

Alles hatte mit einem Flirt begonnen. Einem unschuldigen Flirt.

Jack und Carl-Adam hatten sogar darüber gesprochen – dass ein Flirt, von dem der andere nichts erfahren musste, sogar nützlich war. Wertschätzung von einem anderen Mann zu erfahren, jedoch nichts Verbotenes zu tun, weil man sicher wusste, dass man den Besten aller Männer zu Hause hatte, konnte sogar gut für die Beziehung sein. Man bekam Bestätigung, und außerdem war es eine Art Beweis dafür, dass man seinen Partner so sehr liebte, dass man niemals schwach werden würde. Das Problem war nur, dass Jack schwach geworden war.

Ein merkwürdiges Gefühl beschlich ihn, als er die schwere Eingangstür zu ihrem Wohnhaus öffnete. Als trete er ein in sein früheres Leben. Die Treppen zu ihrer Wohnung waren ihm so vertraut, er kannte jeden Abdruck auf den steinernen Stufen.

Sein bester Freund Ignacio war ein paar Mal hier gewesen und hatte Sachen für ihn abgeholt. Doch nun musste Jack seine Winterstiefel und die warme Jacke heraussuchen, dafür konnte er Ignacio nicht mehr herschicken. Er hatte Carl-Adam eine Nachricht geschrieben, dass er selbst vorbeikommen wollte.

Eigentlich wäre er lieber unangekündigt vorbeigekommen, doch das wäre ihm respektlos erschienen. Die Wohnung war nun Carl-Adams Revier, während er selbst im Exil lebte und hier nichts mehr zu suchen hatte.

Jack hatte nie vorgehabt, etwas mit diesem Mann anzufangen. Carl-Adam und er waren doch frisch verheiratet. Aber eigentlich hatten sie schon vor der Hochzeit Beziehungsprobleme gehabt. Jack arbeitete viel, und Carl-Adam war immer unzufrieden. Dabei arbeitete er doch für ihn so viel. Er hatte immer das Gefühl gehabt, sich seiner würdig erweisen zu müssen.

Jack war der Junge aus dem Vorort, dessen Vater wieder nach Nigeria gegangen war, als Jack erst zwei Jahre alt gewesen war. Der Vorortsjunge, der einen Jungen aus der Innenstadt getroffen hatte, mit Luxuswohnung, Ferienhaus in den Bergen und einem gigantischen Sommerhaus draußen auf Vaxholm. Es war beängstigend und faszinierend zugleich gewesen. Sie waren so verschieden, hatten aber auch etliche Gemeinsamkeiten, und als Jack Carl-Adam kennenlernte, hatte sich so vieles in ihm zum Guten gewendet. Er war zur Hälfte mit dem Studium fertig gewesen, und als er nach seinem Abschluss einen richtig guten Job ergattert hatte, glichen sich die Unterschiede zwischen ihnen aus, aber sie waren noch da. Nicht dass Carl-Adam jemals etwas erwähnt hätte, aber sie waren unausgesprochen immer da gewesen. Dinge, die sie trennten.

Ob Jacks abwesender Vater die Ursache für sein Gefühl der Unzulänglichkeit und dem daraus resultierenden idiotischen Fehltritt gewesen war? Das war eine zu simple Entschuldigung. Aber Jack begriff nicht, warum er es getan hatte, und bereute bitter, dass er Carl-Adam – dem Menschen, den er über alles liebte – so furchtbar weh getan hatte.

Er hatte Leo auf einer After-Work-Party getroffen. Er war der Bruder von Jacks Kollegin Nina. Leo war witzig und sympathisch. Vor allem war er nicht sauer auf Jack, wie es Carl-Adam immer zu sein schien. Und mit Leo fühlte Jack sich auch nicht unzulänglich.

Alles hatte mit einem harmlosen Flirt begonnen und mit einer völlig unnötigen Nacht zu Hause bei Leo geendet. Schon auf dem Heimweg hatte er Ekel, Scham und Reue empfunden. Und er hatte Angst davor gehabt, sein Leben für immer zerstört zu haben. Die Zeit danach war grauenvoll gewesen. Er hatte weder essen noch schlafen können. Das Einzige, was ihn ablenkte, war die Arbeit. Leo meldete sich weiterhin bei ihm, doch er hatte nicht reagiert.

Inzwischen war er auf ihrer Etage angekommen, steckte den Schlüssel ins Schloss, aber es war bereits aufgeschlossen. Die Tür gab das wohlbekannte Quietschen von sich, als er sie öffnete und eintrat.

Weiter hinten knarrte das Parkett. Der Fußboden in ihrer Wohnung aus der Jahrhundertwende machte immer viele Geräusche. Carl-Adam kam ihm mit düsterem Gesichtsausdruck entgegen, noch immer in Hemd und Anzughose und mit gelockerter Krawatte. Er blieb mit verschränkten Armen stehen. Jack hatte ihn anderthalb Monate nicht mehr gesehen, und seine Brust schmerzte vor Sehnsucht. Carl-Adam hatte sich verändert. Die Wohlfühlkilos, die er sich während ihrer Flitterwochen zugelegt hatte, waren verschwunden, und dazu noch einige mehr. Er sah nicht nur nahezu ausgemergelt aus, auch sein sonst so fröhlicher Blick war aus seinem Gesicht gewichen. Er sah älter aus, die Wangen waren eingesunken und die Augen traurig. War Jack daran schuld?

»Ich hätte nicht gedacht, dass ich dich hier antreffe.« Jacks Stimme konnte die Freude nicht verbergen.

»Eigentlich weiß ich gar nicht, warum ich hier bin. Wahrscheinlich ist nur eine Art destruktives Verhalten.« Carl-Adam schluckte. »Denn es tut verdammt weh, dich zu sehen.« Seine Stimme klang belegt.

Jack sah seine Chance. Jetzt konnte er mit ihm reden, jetzt würde Carl-Adam ihm vielleicht zuhören. Er ging auf ihn zu. Nahm seine Hände. »Bitte, hör mir zu. Ich möchte dir sagen, wie sehr ich dich liebe und wie sehr ich alles bereue. Verdammt, ich bereue es so unglaublich …« Tränen schossen Jack in die Augen. Ohne Carl-Adam war er doch nur ein halber Mensch, wie hatte er es derart vermasseln können?

Carl-Adam schüttelte den Kopf. »Das passt nicht zusammen. Du kannst mich nicht lieben, nicht wenn du mit jemand anderem im Bett warst. Wie soll ich dir glauben?« Er sah Jack noch immer wütend an, doch seine Augen waren feucht.

Jack zog ihn an sich. Als er seinen Duft wahrnahm – nach dem Parfüm, das sie gemeinsam an einem langen Samstagvormittag in der Parfümerieabteilung von NK ausgesucht hatten, und seinem ganz spezifischen Geruch, süß und frisch –, löste sich der Klumpen in seiner Brust, und er fühlte sich wieder vollständig, allein durch Carl-Adams Nähe.

Ihre Gesichter waren einander ganz nah. Jack suchte Carl-Adams Mund und spürte dabei die Tränen auf seinen Wangen. Auch er selbst konnte sie nicht mehr zurückhalten. Endlich fand er Carl-Adams Lippen, küsste sie, und ihre Tränen vermischten sich. Er wollte alles Böse wegküssen, all das Schlimme, was er Carl-Adam angetan hatte. Zögernd erwiderte Carl-Adam seinen Kuss. Jack umfasste seinen Hals und zog ihn näher zu sich. Schob seine Hände unter Carl-Adams Hemd, strich über seinen Körper, den er so gut kannte und der ihm gleichzeitig fremd war. Er hatte sich verändert, war knochiger und fühlte sich nicht an wie Carl-Adam, dabei war es dieselbe Haut und die dieselbe behaarte Brust. Aus irgendeinem Grund besaß er selbst keinerlei Behaarung auf Brust und Bauch, und er hatte die behaarte Brust seines Mannes immer schon geliebt. Die dunklen Haarbüschel empfand er als ungeheuer männlich und erregend.

Carl-Adam tastete zögernd unter Jacks T-Shirt und wirkte noch unschlüssig. Jack zog ihm die Krawatte aus und knöpfte ihm das Hemd auf. Sich selbst zog er das T-Shirt aus. Sie gingen durch den Flur ins Schlafzimmer und fielen zusammen aufs Bett, wo sie sich schon unzählige Male geliebt hatten. Im Bett war Carl-Adams Duft noch mehr zu spüren, was Jack so sehr erregte, dass er meinte, zerspringen zu müssen. Er zog Carl-Adam die Hose aus, Carl-Adam knöpfte Jacks Jeans auf, zog sie herunter, und Jack streifte sie ab.

Er fuhr mit seinen Lippen über Carl-Adams Körper, wollte ihn trösten und erregen. Er wollte ihm alles geben. Alles, was die Wunde heilen konnte, die er ihm zugefügt hatte. Er wollte alles wiedergutmachen. Den Menschen zurückhaben, den er liebte.

Er zog ihm die Boxershorts aus, warf sie auf den Boden. Dann streichelte er Carl-Adams Gesicht – oh, wie er ihn vermisst hatte. Er küsste Carl-Adams Brust, wanderte mit den Lippen weiter nach unten, schloss seinen Mund um Carl-Adams Schwanz und wimmerte, als er den wunderbaren Geschmack auf seiner Zunge schmeckte. Erst saugte er langsam, dann immer schneller. Carl-Adam hielt Jacks Kopf fest, steuerte seine Bewegungen. Jack saugte, schnell und energisch, bis Carl-Adam gewaltig und mit lautem Stöhnen kam. Er legte sich neben ihn, während sich Carl-Adams Atem langsam beruhigte.

Dann zog Carl-Adam Jack über sich und küsste ihn voller Begehren. In seinem Blick lag Genuss, aber auch Schmerz. Dann erhob sich Carl-Adam und sah sich unsicher um. »Brauchen wir … ein Gummi?«

Die Zerbrechlichkeit in Carl-Adams Blick brach Jack das Herz. Dass sein Ehemann ihn so etwas fragen musste.

Er zog Carl-Adams Kopf zu sich hin, küsste ihn zärtlich und überzeugend. »Nein, das ist nicht nötig.« Er hatte sich beim Sex mit dem anderen Mann geschützt.

Carl-Adam nickte. Mit entschlossenen Händen führte er Jack in sich ein, der schon nach wenigen harten Stößen kam.

Hinterher legten sie sich nebeneinander aufs Bett.

Carl-Adam wandte sich ihm zu. Für einen kurzen Moment sah er ihn freundlich an. Hatten die Küsse geholfen? Vielleicht hatten die Zärtlichkeiten tatsächlich die Wunde versorgt, die er aufgerissen hatte?

»Du kannst nicht bleiben. Ich möchte, dass du zusammensuchst, was du brauchst, und dann gehst.« Carl-Adams Blick war wieder hart geworden.

Jacks Hoffnung schwand. Und er fühlte sich wie ein Idiot. Schließlich wusste er, was er getan hatte. Ein bisschen Sex machte die ungeheure Verletzung nicht ungeschehen. Carl-Adam drehte sich um und blieb mit dem Rücken zu ihm liegen.

Jack wollte bleiben. Er wollte, dass sie zusammen kochten, Jazz hörten, Wein tranken und vor einem Film einschliefen. Verschlafen mitten in der Nacht ins Bett tappten und am nächsten Morgen lange ausschliefen. Doch nichts von alledem war Carl-Adam bereit, ihm zu geben.

Er stand auf und zog sich mit gesenktem Kopf wieder die Kleider an, in denen er gekommen war. Dann suchte er seine Winterjacke heraus, die noch in der Plastikverpackung der Reinigung im Kleiderschrank hing, und nahm den Karton mit den Winterstiefeln vom Regal. Verlust und Schmerz hatten sich wieder wie ein großes Loch in seine Brust gegraben. Bevor er das Haus verließ, zog er die warme Jacke über und wechselte die Schuhe.

Ein kalter Wind schlug ihm vom Riddarfjärden entgegen, Regen peitschte ihn von der Seite an. Während er über den menschenleeren Kungsholmstorg ging, roch er noch immer nach Carl-Adam.

22

Der Nachmittag war still und klar. Die Baumkronen ragten wie Feuerflammen in den wolkenlosen tiefblauen Herbsthimmel. Die Nadelwälder rauschten an den Autoscheiben vorbei – unverändert dunkelgrün. Fichten und Kiefern waren so faszinierend, dachte Victoria. Unabhängig von der Jahreszeit waren sie immer gleich grün, frisch und lebendig. Wenn alles andere die Farbe wechselte und verwelkte, blieben sie gleich.

Gerade hatten sie die südlichen Vororte hinter sich gelassen und wollten mit der Autofähre zur Insel übersetzen, auf der Måns' Sommerhaus lag. Mikaela fuhr in ihrem Auto mit. Eigentlich hätten auch Carl-Adam und Azzie mitfahren sollen, doch deren Mandantentermin zog sich, weshalb sie nachkommen würden.

Während Victoria fuhr, hielt sie nach dem Hinweisschild zur kleinen Ortschaft Lövviken Ausschau. Nach vielem Hin und Her hatte Mikaela einem Abstecher zugestimmt, da Victoria versichert hatte, wie wichtig es für den Börsengang von Kraft sei. Das Behandlungsheim lag auf dem Weg, und das Ganze würde nur ein paar Minuten dauern.

Im Grunde wusste Victoria nicht, was sie sich ansehen sollte oder was sie sich davon erwartete. Rekrea hatte hohe Ambitionen gehabt, was Lövviken betraf, doch fast die ganze Belegschaft hatte gekündigt. Irgendetwas stimmte hier nicht, und sie wollte wissen, wie es dort aussah. Vielleicht war das Heim inzwischen geschlossen worden? Was Rekrea dann allerdings vor Kraft geheim gehalten haben musste.

Bis jetzt hatten sie die Autofahrt schweigend verbracht. Im Auto roch es nach Mikaelas schwerem, süßem Parfüm und nach Kaffee aus ihren Pappbechern. Es hätte nett sein können, wäre sie mit jemand anderem gefahren. Sie konnte nicht anders, als sich eine Autofahrt mit Daniel vorzustellen. Ein ganzes Wochenende mit ihm. Sie sah ihn vor sich, leger gekleidet in Jeans und T-Shirt, vielleicht mit einem groben Strickpullover darüber, wenn er hinausging, um Holz für das Kaminfeuer zu hacken, vor dem sie sich später lieben würden, so wie in Åre …

Sie wurde aus ihren Fantasien gerissen, als sie das Schild entdeckte, das den Weg nach Lövviken zeigte. Sie blinkte, fuhr langsamer und bog dann ab. »Hier ist es.«

Mikaela seufzte tief, blickte jedoch nicht von ihrem Handy auf. Das hatte sie die ganze Fahrt über noch nicht getan. Victoria war in einen Schotterweg eingebogen, mit dichtem Wald auf beiden Seiten, und fuhr eine Minute, zwei Minuten. Schließlich sah Mikaela von ihrem Handy auf, warf Victoria einen bitterbösen Blick zu und seufzte wieder.

»Wir sind bald da«, versicherte Victoria.

Mikaela antwortete nicht.

Nach drei Minuten sah Mikaela wieder von ihrem Handy auf. »Wir dürfen die Fähre nicht verpassen. Die nächste kommt erst eine Stunde später.«

»Ich beeile mich, versprochen.«

Bald sah sie einen Wegweiser aus Blech, der am Rand von Rost zerfressen war – Lövviken. Hinter der nächsten Kurve war ein großes Holzgebäude zu sehen. Sie fuhr rechts ran und hielt. Von hier konnte sie genug sehen. Von der Fassade blätterte die Farbe ab, und im Erdgeschoss war eine Fensterscheibe zerbrochen. Der Ort sah verlassen aus, doch eine Handvoll Autos parkte an der Auffahrt, und ein paar Jugendliche gingen über den Hof zu einer niedrigen Baracke, die ebenso baufällig wirkte wie das Hauptgebäude. Victoria wendete auf einem halb zugewachsenen Weg und fuhr zurück zur Landstraße.

Sie war schockiert. Betrieb Rekrea in dieser Bruchbude etwa ein Behandlungsheim für drogenabhängige Jugendliche? Wusste Daniel, wie es hier aussah? Im Interview mit Maryam hatten die Journalisten das Gebäude als sanierungsbedürftig beschrieben, und Maryam hatte geantwortet, dass Rekrea es sanieren wolle, bevor die Jugendlichen einzogen. *Wir haben die Pläne gesehen, es wird ganz toll nach dem Umbau. Die Jugendlichen werden es wunderschön hier haben.*

Eine Sanierung also. Was war denn überhaupt saniert worden? Moment … Tags zuvor war sie den Jahresbericht von Rekrea durchgegangen und hatte eine lange Liste von Reparaturarbeiten gesehen, die im letzten Jahr in den Einrichtungen durchgeführt worden waren, insbesondere im Zusammenhang mit dem Verkauf des Unternehmens an Kraft. Sie hatte ihren Laptop dabei. Jetzt wollte sie nur noch ankommen, um sich die Informationen erneut anzusehen.

Und sie musste mit Maryam sprechen.

Mikaela seufzte laut. »Kann dieses Auto nicht etwas schneller fahren? Wir dürfen die Fähre nicht verpassen. Henrik ist schon da.«

Victoria hatte sich kürzlich einen kleinen Plug-in-Hybrid von Volvo gekauft. Vielleicht war es nicht das schnellste Auto Stockholms, aber sie war damit sehr zufrieden. Sie tankte fast nie, sondern fuhr fast ausschließlich mit der Hybridbatterie.

Sie kamen rechtzeitig an der Fähre an. Kaum waren sie aufgefahren, stieg Mikaela aus dem Auto, lief hinüber zu einem anderen Wagen, winkte heftig und hüpfte hinein. Das musste

Henrik sein. Er war direkt von zu Hause gekommen und gar nicht im Büro gewesen.

Victoria blieb im Auto sitzen und dachte über Rekrea nach. Was sollte sie mit den Informationen anfangen, wenn sie etwas herausfand? Sie musste es Daniel erzählen, das war das einzig Richtige. Aber das würde auch bedeuten, dass sie die Informationen nicht auf die Weise gegen Karl verwenden konnte, wie sie es gerne getan hätte. Aber noch wusste sie nichts, hatte nur einen Verdacht. Wenn sie mehr wusste, konnte sie immer noch darüber nachdenken, was sie tun sollte.

Sie löste den Sicherheitsgurt, trat hinaus aufs Deck und zog den Mantel enger um sich. Mikaela und Henrik blieben im Auto.

Der Meereswind war stark und kalt. Sie liebte das Meer. Immer hatte sie von einem Haus in den Schären geträumt, nicht weit entfernt von der Stadt, sodass man an einem Freitagabend im Herbst nach der Arbeit dorthin fahren und ein Abendbrot mit Wein vor dem Kaminfeuer genießen konnte, während die Herbststürme über das kalte graue Wasser zogen. Man konnte schon eine Woche vor dem Urlaub seine Arbeitsunterlagen mit hinaus in die Schären nehmen und dann den halben Sommer dortbleiben. In Holzschuhen zum Briefkasten radeln, um die Post zu holen, vielleicht hin und wieder mit gepacktem Picknickkorb eine Bootstour in einem alten Motorboot unternehmen und auf einem einsamen Felsen zu Mittag essen. Als sie noch klein war, bevor ihr Vater sie das erste Mal verließ, hatten sie einen Sommer lang ein Haus auf Rådmansö gemietet. Diese Wochen waren die schönsten, die Victoria je erlebt hatte. Es hatte nie geregnet, ihr Bruder und sie waren mit dem Vater Angeln gegangen, sie hatten jeden Morgen im Garten gefrühstückt, sich eine Hütte im Wald gebaut und waren jeden Abend lange aufgeblieben.

Schon bald legte die Fähre am Kai an. Sie stieg wieder ins Auto, fuhr die Rampe hinunter und weiter auf einer asphaltierten Straße, bis ihr Navi sie in einen kleinen Waldweg dirigierte, dem sie bis zu einem Hügel folgte, auf dem sich ein taubengraues zweigeschossiges Wohnhaus erhob. Das Haus sah noch ganz neu aus. Es hatte weiße Ecken, ein schwarzes Dach und bodentiefe Fenster. Wunderschön. Sie parkte neben zwei weiteren Autos, die an der Auffahrt standen. Dann stieg sie aus und ging hinter Mikaela und Henrik her zu Måns, der schon an der Tür stand und wartete. Der Kanzleipartner war leger gekleidet in Jeans und dunkelblauem Strickpullover mit V-Ausschnitt. Er sah entspannt aus und hatte einen friedlichen Gesichtsausdruck. Victoria hatte ihn bislang nur im Anzug erlebt.

Von hier konnte sie die Umgebung besser sehen. Eine leicht abfallende Rasenfläche führte zu einem Steg, der ins Wasser hinausragte. Direkt am Ufer stand ein rundes Gebäude, in dem sich vermutlich eine Sauna befand. Von dort aus blickte man auf das klarblaue Wasser und die glatten Felseninseln weiter draußen. Dahinter war nur noch das Meer zu sehen.

Måns begrüßte alle herzlich, erklärte, dass sie sich gleich alle zu einem Aperitif treffen würden, sie sich aber erst mit ihrem Gepäck in ihren Zimmern einrichten sollten. Victoria bekam ein Zimmer im Obergeschoss zugeteilt. Sie trug ihre Tasche hinauf und tauschte die Bluse, die sie ihm Büro getragen hatte, gegen einen dünnen Kaschmirpullover aus. Dann konnte sie sich nicht länger beherrschen. Sie startete ihren Computer und öffnete den Geschäftsbericht des vergangenen Jahres. Dort stand schwarz auf weiß, dass Lövviken für 9,5 Millionen Kronen saniert worden sei, und zwar direkt vor dem Verkauf von Rekrea. Neuneinhalb Millionen. Das war eine irrwitzige Summe. Und völlig irreal. Das Haus war eine Bruchbude.

Hatte sich die Unternehmensleitung von Kraft nicht vor

Ort umgeschaut? Soweit sie wusste, war das üblich, wenn ein Pflegeunternehmen verkauft wurde. Eigentlich müsste sie sich dazu bei Daniel erkundigen, doch sie wollte nicht den Anschein erwecken, als suche sie direkt vor dem Wochenende den Kontakt zu ihm, indem sie ihm jobbezogene Fragen stellte. Sie hatten seit ihrer Handykorrespondenz vor über einer Woche nichts mehr voneinander gehört, und sie wollte sich nicht anmerken lassen, wie sehr sie an ihn dachte. Also schrieb sie stattdessen eine Mail an Antonia. Dabei versuchte sie, so neutral wie möglich zu klingen, um sie nicht zu beunruhigen.

Hallo, weißt du zufällig, welche Ortstermine es vor der Übernahme von Rekrea gegeben hat? Ich wollte ein paar Zeilen darüber schreiben.

Dann ging sie hinunter ins Erdgeschoss. Ein Aperitif wäre jetzt genau das Richtige. Als sie unten ankam, waren Carl-Adam und Azzie gerade eingetroffen. Nach einer Weile kam auch Henrik herunter, wenig später Mikaela.

»Ich habe gerade die Sauna unten am Wasser angestellt.« Måns öffnete zur großen Freude aller Anwesenden eine Flasche Prosecco und goss ihnen ein. »Wollt ihr drei anfangen?« Er sah Victoria, Azzie und Mikaela an.

»Wir können doch alle zusammen in die Sauna, oder nicht?«, meinte Mikaela, hob die Augenbrauen und lächelte geheimnisvoll, woraufhin Måns etwas gequält schaute.

»Wir können gern mit einer Mädelsrunde starten«, sagte Azzie und rettete somit die Situation.

»Das klingt gut«, stimmte Victoria zu, und Måns sah erleichtert aus, während Mikaela weiter rätselhaft lächelte und Henrik verstohlene Blicke zuwarf.

»Handtücher gibt es unten.« Måns steckte Victoria eine

weitere Proseccoflasche zu, bevor sie durch die Flügeltüren nach draußen und in Richtung Sauna ging.

Unterwegs genoss sie die frische Luft und die Aussicht auf den Wald mit seinen intensiven herbstlichen Farben und das Meer, das im rosa Schein der untergehenden Sonne schimmerte. Sie betrat das Saunahaus. Quadratische Fenster verliefen entlang der Wände, und an der Seite zum Meer hin lag die eigentliche Sauna. Im Vorraum standen zwei Korbsessel und ein kleiner Tisch. Sie öffnete die Proseccoflasche und füllte ihr Glas auf. Dann nahm sie sich eines der dicken grauen Frotteehandtücher vom Regal, zog sich aus und wickelte sich das Handtuch um den Körper. Gerade wollte sie in die Sauna gehen, als ihr Handy ein Signal von sich gab. Eine Nachricht von Karl. Im selben Moment kamen Azzie und Mikaela herein. Mikaela erzählte gerade von irgendeinem Dekogegenstand, den sie sich für ihre Wohnung gekauft hatte. Sie füllten ihre Gläser mit Prosecco und verschwanden in der Sauna.

Victoria las die Nachricht. *Ich habe mir die Hausbewertung angesehen, die ihr eingeholt habt. Wäre schön, dich zu treffen. Scheint, als müssten wir reden.*

Wäre schön, dich zu treffen? Was zum Teufel meinte er?

Victoria gedachte nicht, darauf zu antworten. Es war Karls Sache, die Vorschläge ihrer Anwältin zu kommentieren. Sie ignorierte die Nachricht und ging in die Sauna, wo das Geplauder in vollem Gang war. Mikaela saß mit ausgestreckten Beinen auf der oberen Bank, nackt bis auf ihren auffälligen Diamantring. Victoria runzelte die Stirn. Klar, sie waren unter sich, aber war das nicht doch etwas zu exhibitionistisch?

Mikaela nahm einen großen Schluck und seufzte genießerisch. »Wie herrlich. Sauna und Prosecco. Obwohl ich mich ja von Saunen fernhalten sollte.« Sie lächelte geheimnisvoll. Victoria unterdrückte ein lautes Seufzen und wechselte einen vielsagenden Blick mit Azzie.

Die lächelte Mikaela unschuldig an. »Warum? Was meinst du?«

Mikaela trank noch mehr Prosecco. »Ich darf nichts erzählen. Das habe ich versprochen.« Sie trank weiter. »Es ist nur so, dass ich kürzlich mit einem Mann in der Sauna war und ... Die Sache ist nicht gut ausgegangen«, fuhr sie fort, bevor sie überhaupt nachfragen konnten. Henrik hatte die ganze Schuld auf sich genommen und Mikaela gar nicht erwähnt. Aber offenbar wollte sie darüber reden. War sie etwa stolz? Oder nur überzeugt davon, dass die anderen ihr Privatleben spannend fanden?

»Der Mann ist nämlich verheiratet.« Mikaela sah Victoria bedauernd an.

Victoria schüttelte den Kopf. »Du brauchst keine Rücksicht auf mich zu nehmen. Ich leide nicht darunter, wenn du eine Affäre mit einem Mistkerl hast, der seine Frau betrügt.«

Azzie verschluckte sich am Prosecco und hustete.

Mikaela sah pikiert aus und runzelte die Stirn.

»Und wer ist dieser Mann?«, fragte Azzie.

»Ich darf nicht darüber reden. Das habe ich ihm wie gesagt versprochen. Es ist eine Sache zwischen uns beiden, und ich muss auch an seine Frau denken. Sie wäre am Boden zerstört, wenn sie etwas davon erführe.«

»Ach, du denkst an seine Frau?«, fragte Victoria.

»Ja.«

»Wie nett von dir, eure Affäre aus Rücksicht auf seine Frau geheim zu halten.« Victoria lächelte.

Mikaela schien den Sarkasmus nicht bemerkt zu haben. »Na ja, sie kann einem doch leidtun.«

Victoria musste sich einen weiteren bösen Kommentar verkneifen, denn das Wochenende hatte gerade erst begonnen. Sie würden den Abend, die Nacht und den morgigen Tag miteinander verbringen. Also würde sie es mit Mikaela und Henrik aushalten müssen.

Unter den wachsamen Augen und mit genauesten Instruktionen von Carl-Adam bereiteten sie das Abendessen zu: eine cremige Artischockensuppe, Rinderfilet aus dem Ofen mit hausgemachter Sauce béarnaise und gebackenem Wurzelgemüse. Dazu gab es einen milden, aber dabei ausdrucksstarken Châteauneuf-du-Pape. Alle halfen mit, und sogar Henriks Gegenwart war einigermaßen erträglich.

Sie aßen am großen Tisch neben den Fenstern. Das kräftige Essen und der milde Wein machten sich gut zum ungemütlichen Herbstwetter.

Carl-Adam und Victoria räumten gemeinsam den Tisch ab, während die anderen Käse und Pralinen hervorholten, die sie in der Östermalmshalle gekauft hatten.

»Irgendetwas ist anders als sonst.« Carl-Adam klang misstrauisch und betrachtete sie eingehend, während sie die großen Teller in die Spülmaschine räumte. »Du glühst irgendwie von innen. Hattest du Sex?«

Ihr fiel beinahe der Teller aus der Hand. »Was?« Sie blickte zu ihm auf und schüttelte den Kopf. »Nein, schon eine Weile nicht mehr. Nein.« Sie hörte, wie wenig überzeugend sie klang.

»Du kannst mir nichts vormachen. Ich sehe es dir doch an. Mit wem hattest du Sex?« Seine Stimme klang neckend.

Sie hielt den Zeigefinger an die Lippen und sah Carl-Adam fest in die Augen. In diesem Moment kam Henrik in die Küche, das Handy am Ohr. »Liebling, ich versteh dich ja, aber ich kann jetzt wirklich nicht hier weg. Wir kommen erst am Sonntag wieder zurück.«

Sonntag? Sie wollten doch schon morgen wieder nach Hause. Log er wirklich seine Frau in Anwesenheit seiner Kollegen an?

»Ich konnte doch nicht wissen, dass die Kinder ausgerechnet heute Abend ein Schreikonzert veranstalten.« Henrik klang müde. »Kannst du nicht deine Mutter anrufen? Vielleicht kann sie ja morgen kommen, damit du etwas schlafen kannst? Du musst wirklich schlafen.« Er lächelte die anderen entschuldigend an. »Mmm … ja … ruf sie an. Ansonsten bringe ich mich natürlich ein und fahre morgen nach Hause.«

Sich einbringen? Victoria schnaubte laut und schüttelte den Kopf. Er *brachte sich also ein*, wenn er sich um seine eigenen Kinder kümmerte.

Henrik legte auf, und Victoria räusperte sich. »Sonntag? Ich dachte, wir fahren schon morgen nach Hause.«

»Wie bitte?« Henrik sah sie verständnislos an.

»Na ja, du hast zu deiner Frau gesagt, dass du am Sonntag nach Hause kommst, aber wir fahren doch schon am Samstag, also morgen?« Sie blickte ihn herausfordernd an. Wie redete er sich wohl heraus?

»Ach so. Ich meinte morgen, das weiß sie auch.« Er klang unbeeindruckt, sah aber etwas nervös aus. Es musste anstrengend sein, wenn man bei seinen Lügen den Überblick verlor. Er nahm sich ein Bier aus dem Kühlschrank und ging wieder zu den anderen.

Carl-Adam schüttelte den Kopf. »Was für ein Arschloch.« Er schäumte vor Wut. »Seine Frau sitzt mit einem Neugeborenen und zwei weiteren Kindern zu Hause, und er verbringt zwei Nächte mit seiner Assistentin. Das ist ja widerlich.« Carl-Adam ballte die Fäuste.

»Und das ist noch nett gesagt«, stimmte Victoria ihm zu. »Wie geht es dir eigentlich? Hast du mit Jack gesprochen?«

Carl-Adam schüttelte den Kopf. »Nein, aber wir … hatten letzte Woche Sex. Jack war kurz zu Hause, um Sachen abzuholen, und dann ist es einfach passiert.« Er sah traurig aus dem Fenster.

»Wie fühlst du dich?«

Er seufzte tief. »Furchtbar.« Dann sah er sie an. »Aber wir sind vom Thema abgekommen. Wir sprachen gerade darüber, mit wem du Sex hattest.«

»Ich kann nicht darüber reden.«

Carl-Adam sah plötzlich gequält aus. »Doch nicht etwa ein verheirateter Mann?«

»Nein, natürlich nicht. Nie im Leben. Aber es ist trotzdem verboten. Irgendwie.«

»Aber wer ist es denn?« Carl-Adam sah sie neugierig an.

Sie kniff die Lippen zusammen. Räumte weiter die Teller in die Geschirrspülmaschine. Dann blickte sie zu ihm auf. »Es ist ein Mandant.«

Carl-Adam verschluckte sich, hustete und spuckte das Bier in die Spüle. Er sah sie mit großen Augen an. »Ist es Daniel? Es ist Daniel, oder? Ihr wart zusammen in Åre, und ich habe genau gesehen, wie er dich das eine Mal im Konferenzraum angesehen hat.« Jetzt lachte er und war ganz aufgekratzt, während sie ruhig blieb, was Carl-Adam nur noch aufgeregter machte. »Ich hatte also recht. Erzähl mehr!«

Ja, ja, jetzt, wo er es herausgefunden hatte, konnte sie nicht länger mit der Geschichte hinter dem Berg halten.

Victoria erzählte von der Nacht in der Hütte, und Carl-Adam hörte mit großen Augen zu.

»Das ist das Romantischste, was ich je gehört habe«, sagte er, als sie fertig war. »Und jetzt? Wie geht es weiter?«

»Gar nicht. Es geht nicht weiter«, sagte sie sofort, denn sie hatte sich ja entschieden.

»Warum nicht?«

»Ich stecke mitten in der Scheidung, und er ist ungefähr zehn Jahre jünger als ich.«

»Und?«

»Und wir passen nicht zusammen.«

»Ach, das stimmt doch gar nicht. Aber ihr könnt doch trotzdem miteinander Spaß haben?«

»Wäre er nicht Mandant von Svärdh & Partner, würde ich es mir überlegen, mich noch mal mit ihm zu treffen. Um Spaß zu haben.« Sie würde sehr viel Spaß haben mit Daniel, das wusste sie.

Sie blieben lange auf und tranken Rotwein vor einem hypermodernen offenen Kamin, dessen Rauchkanal offengelegt war und bis zum offenen Dachstuhl verlief. Das flackernde Feuer ließ sie an Daniel denken, und sie fragte sich, ob es immer so sein würde. Dass die kleinsten Dinge sie an ihn erinnerten.

Mikaela wohnte in Traneberg, nicht weit weg von Victoria, also fuhren sie am nächsten Tag zusammen nach Hause. Victoria war davon ausgegangen, dass sie mit Henrik fahren würde, doch der hatte offenbar andere Pläne.

Wieder fuhren sie schweigend, während Mikaela auf ihr Handy starrte. Es summte ständig, und jedes Mal seufzte Mikaela ärgerlich.

»Warum interessierst du dich eigentlich für Henrik?«

»Wie bitte?« Mikaela blickte beleidigt von ihrem Handy auf.

»Komm schon, alle wissen, dass ihr eine Affäre habt. Aber er ist ein untreuer Mistkerl, der seine Frau anlügt, die obendrein Mutter seiner drei Kinder ist. Findest du das wirklich attraktiv?«

»Das geht dich überhaupt nichts an.« Mikaela starrte aus dem Fenster wie ein bockiges Kind.

»Ich frage es mich nur. Denn ich verstehe es einfach nicht.« Victoria klang ganz ruhig, obwohl sie aufgebracht war.

»Musst du so verbittert sein?« Mikaela nagelte sie mit ihrem Blick fest.

Victoria wandte sich ihr zu. »Was hast du gesagt?«

»Na ja, nur weil du unglücklich, betrogen und mit vierzig noch allein bist, muss das nicht bedeuten, dass wir anderen auch so leben möchten. Ich bin verliebt, Henrik ist verliebt, wir müssen nur noch den richtigen Zeitpunkt finden, um zusammenzuleben.«

Victoria schwieg einen Moment. So sahen die anderen sie also. Allein. Unglücklich. Betrogen. Bemitleidenswert. Aber sie konnte einen Mann haben. Mit dem sie Sex haben konnte, wenn sie wollte.

Sie ließ Mikaela an ihrer Wohnung heraus. Am liebsten hätte sie zu ihr gesagt, dass sie Sex mit Daniel Häger gehabt hatte. Komplett albern, aber sie wollte beweisen, dass sie ganz und gar nicht einsam war. Über Karl war sie hinweg. Jetzt wollte sie Spaß haben. Sie *hatte* Spaß.

Als sie das Auto vor ihrem Haus geparkt hatte, schrieb sie Daniel eine Nachricht.

Was hältst du von einer Trainingseinheit? Heute Abend?

Im selben Moment bereute sie die Nachricht. Es war Samstag, bestimmt hatte er andere Pläne. Das Studio war sicher geschlossen, es war schon Abend. War sie wirklich so verzweifelt?

Ihr Handy vibrierte in der Hand. Sie wagte kaum, einen Blick darauf zu werfen.

Als sie die Antwort las, machte ihr Herz einen Hüpfer.

23

Daniel ging eilig über den Östermalmstorg. Der Oktoberabend war stockdunkel, und es regnete von der Seite, doch überall waren fein angezogene Menschen unterwegs zu Restaurants und Partys, zusammengekauert unter riesigen Regenschirmen, während er in Sportklamotten über den Platz lief.

Sein Cousin Jack, der inzwischen bei ihm zur Untermiete wohnte und offenbar nicht vorhatte, wieder nach Hause zu ziehen, und dessen bester Freund Ignacio hatten ihn verwundert angesehen, als er während ihres gemeinsamen Abendessens plötzlich gesagt hatte, er müsse ganz schnell zu einem Blitzeinsatz ins Fitnessstudio.

»Du bist ja wirklich zuvorkommend zu deinen Kunden, dass du an einem Samstagabend einspringst«, sagte Ignacio und sah ihn nachdenklich an.

»Es ist eine spezielle Kundin, die gut bezahlt.«

»Das klang jetzt aber etwas beunruhigend.« Jack hob die Augenbrauen.

»Keine Sorge. Ich würde niemals Sex gegen Bezahlung haben. So etwas tue ich umsonst.« Dann war er davongeeilt.

Sie wartete schon am Eingang. Er erinnerte sich noch genau, wie sie ausgesehen hatte, als sie in Stockholm aus dem Zug gestiegen waren. An die dunkelgrüne Winterjacke. Das dunkle Haar, das so zerzaust gewesen war, als sie zusammen geschlafen hatten, war ordentlich gekämmt und glänzend gewesen, und sie hatte es offen getragen. Ihr Mund war röter gewesen als sonst, vermutlich, weil sie sich die ganze Nacht geküsst hatten.

Jetzt war sie ungeschminkt, und die braunen Augen wirkten dunkler und größer als sonst. Ihre Wangen waren vor Kälte gerötet, die Haare feucht, als sei sie lange durch den Oktoberregen gegangen. Sie war so unglaublich schön. Jedes Mal, wenn er sie sah, zuckte er innerlich zusammen. Und sein Herz raste, wenn sie lächelte. Und es pochte tief unten in der Magengegend, wenn er in ihrer Nähe war. Das war eine völlig neue Anziehungskraft, die er so noch nie erlebt hatte.

»Hej«, sagte er lächelnd und suchte in der Jacke nach dem Türchip. »Bereit für eine Trainingseinheit?«

»Hej. Und danke, dass ich so spät noch trainieren darf.« Als sie näher kam, sah er, dass ihre Augen glänzten, dabei wirkte sie irgendwie wild und aufgeregt.

Sie verstummten beide. Er wandte sich ans elektronische Türschloss, das im Dunkeln bläulich leuchtete, hielt den Chip dagegen, und seine Finger zitterten, als er den Code eingab und öffnete. Wortlos hielt er ihr die Tür auf. Was sollte er auch sagen? *Willkommen*? Peinlich.

Plötzlich empfand er ein starkes Selbstbewusstsein. Schweigend gingen sie am Empfang vorbei durch das leere, geschlossene Studio. So still waren sie noch nie gewesen. Wahrscheinlich, weil beide genau wussten, was gleich passieren würde. Es war glasklar.

Während Victoria in die Umkleide ging, schaltete er überall das Licht an. Er stellte sich an die Musikanlage hinter den Empfangstresen und startete eine Playlist. Die Musik übertönte die Stille.

Bald war sie wieder da. Ihre starken, wohlgeformten Beine steckten in dunkelvioletten Tights, dazu trug sie ein schwarzes Oberteil. Über die Schultern hatte sie eine graue Sportjacke aus Funktionsstoff gehängt.

»Perfekt, dann fangen wir mit Aufwärmen an.« Er klang aufgesetzt fröhlich und holte tief Luft. Dann gingen sie zu den Laufbändern. Sie stellte sich darauf und erhöhte erst mal die Steigung. Daniel stieg auf das danebenliegende Laufband und tat es ihr nach. Er musste sich bewegen, er konnte nicht nur still dastehen.

Sie zog ihre Jacke aus, warf ihm einen kurzen Blick zu und begann dann zu laufen. Er betrachtete ihre wohlproportionierten Schultern, Oberarme und Brüste. Dann konzentrierte er sich auf das Band, das unter ihm rollte. Nun galt es, die Füße unter Kontrolle zu halten, und das ging nicht, wenn er sie ansah.

Als sie fertig waren mit dem Laufen, gingen sie weiter zu den Geräten. In ihrem Ausschnitt und auf den Schultern glänzte schon der Schweiß. Zu gern hätte er seine Hand ausgestreckt und ihren nassen Körper gestreichelt. Er gab ihr einen Medizinball. »Dreimal zwölf.«

»Okay.« Mit einem Nicken griff sie nach dem Ball. Warf ihn fest auf den Boden. Und noch einmal ganz fest. So hatte er sie noch nicht beim Training erlebt. Irgendetwas war heute passiert. Ihre Schultern waren auf dem Laufband angespannt gewesen. Sie war steif von Kopf bis Fuß. Voller versteckter Energie, die hinauswollte. Woran lag das? Hatte sie vielleicht ihren Exmann getroffen?

An ihn wollte Daniel nicht denken. Noch weniger wollte er, dass sie an ihn dachte, auch wenn sie versichert hatte, dass sie über ihn hinweg war.

War ihr Ex der Grund für ihre Stimmungslage? Die Luft zwischen ihnen schien elektrisch geladen. Oder angespannt. Er wusste es nicht, wollte aber unbedingt wissen, ob das alles an diesem verdammten Karl lag.

»Ist heute etwas passiert?«, fragte er schließlich.

Nach ihren letzten Würfen ließ sie den Ball schwer auf den Boden plumpsen und schüttelte dann den Kopf. »Ich hatte Ärger mit einer Kollegin und musste erst mal den Kopf freikriegen.«

Er nickte. Zum Glück hatte es nichts mit Karl zu tun.

»Verstehe. Und inwiefern hattest du Ärger mit ihr?«

»Unachtsamkeit und schlechtes Urteilsvermögen.«

»Ja?« Verlangen stieg in ihm auf, und er trat einen Schritt auf sie zu. »Aber manchmal können Unachtsamkeit und schlechtes Urteilsvermögen doch auch etwas Gutes haben?«

Sie nickte langsam. »Manchmal.«

»Ich denke, wir machen ein paar Klimmzüge«, sagte er leise.

Sie nickte. »Klar.«

Sie gingen weiter zur Reckstange. Victoria sprang geschmeidig mit beiden Füßen nach oben, packte die Stange und zog sich hoch.

»Dreimal zwanzig.«

Sie schnaufte. Das waren viele Klimmzüge, sehr viele.

Als sie die ersten zwanzig hinter sich hatte, ließ sie die Stange los und landete prustend auf der Matte. Sie nahm einen Schluck Wasser, schüttelte die Arme aus und hüpfte wieder hoch. Sie imponierte ihm nach wie vor. Stark, geschmeidig. Einfach fantastisch.

Den zweiten Durchgang schaffte sie problemlos, und nach einer kurzen Pause machte sie sich an den dritten und letzten. Nach fünf Klimmzügen begannen die Arme zu zittern, und sie zog sich langsam hoch. Sie schaffte noch zwei weitere. Instinktiv umfasste er ihre Beine, um sie zu stützen. Sein Kopf befand sich in Höhe ihrer Hüften, und ihr Körper fühlte sich ganz warm unter seinen Händen an. Mit einem tiefen Atemzug half er ihr bei den letzten Übungen, und sie stöhnte, während sie sich nach oben zog.

Als nur noch drei ausstanden, zitterte ihr ganzer Oberkörper. Dann setzte sie zu einem neuen an, schaffte es jedoch nicht ganz und ließ die Stange los. Er hielt sie fest und ließ sie langsam hinabgleiten in seine Arme, bis sich ihr Gesicht ganz dicht vor seinem befand. Noch immer hielt er sie fest, und ihre Arme lagen auf seinen Schultern. Er beugte sich vor und küsste sie, zuerst ganz sanft. Und als er ihre weichen Lippen fühlte, den süßen und zugleich salzigen Geschmack, der ihn an kandierte Salznüsse denken ließ, nur tausend Mal lieblicher, begriff er, wie sehr er sich nach ihr gesehnt hatte. Er küsste sie fordernder. Sie antwortete, indem sie ihre Arme um seinen Hals schlang, sich an ihn drückte und seinen Kuss voller Verlangen erwiderte. Sie hielt ihre Beine fest um seine Taille, er trug sie und sie küssten sich noch immer.

Dass Küssen so wunderbar sein konnte! Das hier, dachte er, machte das Leben lebenswert. Victoria zu küssen, mit ihr Sex zu haben. Er wollte morgens neben ihr aufwachen. Er wollte immer mit ihr zusammen sein.

Die Einsicht haute ihn beinahe um. Er hielt inne und sah sie an. Wo kamen diese Gedanken nur her?

Ihr Blick war ganz vernebelt. Doch dann sah sie nachdenklich aus. »Was ist los?«

»Ich weiß nicht, ich …«

»Was?« Sie löste ihre Beine von ihm und glitt hinunter auf den Boden. Blieb stehen, nahm die Arme von seinem Hals und betrachtete ihn. »Stimmt irgendetwas nicht?«

»Es ist nur … das hier zwischen uns, wir …« Er schüttelte den Kopf.

»Hast du Angst, dass ich mich in dich verliebe? Du warst nicht so der Beziehungstyp, richtig?« Sie sah ihn an, und ihr Blick war ein klein wenig arrogant.

»Nein, das ist es nicht ...«

»Ich werde mich nicht in dich verlieben, keine Sorge.« Sie lächelte. »Ich bin frisch geschieden und erst einmal fertig mit Männern.« Sie lehnte sich an ihn und flüsterte in sein Ohr: »Ich möchte nur ein bisschen Spaß haben.«

Ich werde mich nicht in dich verlieben. Jedes Wort hatte sie mit voller Überzeugung ausgesprochen. Er war ja Meister darin, keine Gefühle zuzulassen. Warum also taten ihre Worte so ungeheuer weh?

Doch er zog sie an sich.

Keine Gefühle. Sie hatte keine Gefühle für ihn. Und er brauchte auch keine zu haben, er unterdrückte sie ja schon seit Jahren. Es ging also nur um Spaß. Er küsste sie wieder fordernd. Drückte sie gegen die Spiegelwand, zog ihr das Oberteil aus, dann die Tights und ihr Höschen, während sie ihm T-Shirt und Hose herunterriss.

Er küsste ihren feuchten Hals. Konzentrierte sich nur auf ihren Körper, sah ihr nicht in die Augen. Hier ging es nur um Sex. Er hatte Kondome in seiner Sporttasche, die neben ihnen auf dem Boden stand. Schnell zog er sich eins über, drang in sie ein. Fest. Und sie stöhnte laut. Sie kamen beide schnell.

Völlig außer Atem glitt sie hinab auf die Matte, noch immer mit dem Rücken zum Spiegel, und er setzte sich neben sie.

Sie drehte sich zu ihm um, lächelte erschöpft und sagte mit einem Augenzwinkern: »Und? Wie wäre es mit einer Tiefkühlpizza?«

Es ging ihr nur darum, ein bisschen Spaß zu haben, das hatte sie gesagt. Und er war ja derselben Meinung. Man ging nicht mit jemandem essen, mit dem man einfach nur Sex hatte. Er sah sie an. »Leider habe ich schon andere Pläne.« Dann stand er auf, zog sich schnell T-Shirt und Unterhose an, danach die Trainingshose.

Falls sie enttäuscht war, ließ sie es sich nicht anmerken, sondern nickte nur. »Okay.« Sie stand auf und nahm ihre Sportkleidung mit in die Umkleide. Nach wenigen Minuten war sie zurück. Frisch geduscht, umgezogen.

Sie verließen das Gebäude schweigend.

»Danke für die Trainingseinheit«, sagte sie steif, als er die Tür abschloss. Sie sah ihn prüfend an.

Ohne ihrem Blick zu begegnen, aktivierte er die Alarmanlage. »Noch einen schönen Abend.« Er ging, ohne sich noch einmal umzusehen.

Victoria lief so schnell sie konnte, ohne auszurutschen, über den regennassen Asphalt. Sie wollte so schnell wie möglich zu ihrem Auto. In der aufgekratzten Samstagabendstimmung, die auf den Straßen herrschte, fühlte sie sich fehl am Platz. Grüppchen von schick gekleideten Menschen waren auf dem Weg in Restaurants und Bars.

Sie beschleunigte ihre Schritte. Die Zurückweisung saß wie ein Stachel in ihrer Brust. Sie lief die Humlegårdsgatan entlang und bog dann in die kleine Querstraße ein, wo sie geparkt hatte. Ihr Handy vibrierte. Sie hielt den Atem an. Vielleicht war es Daniel, der es sich anders überlegt hatte? Schnell nahm sie ihr Telefon aus der Tasche.

Aber es war Karl.

Hast du meine Nachricht erhalten? Würde mich gern mit dir treffen …

Sie steckte das Handy wieder ein, ging weiter zum Auto, stieg ein, schloss die Tür und kniff die Augen zu. Sie spürte, wie Tränen der Demütigung in ihr aufstiegen, doch mit einem tiefen Atemzug hielt sie sie zurück. Eilig verließ sie die Stadt, um Abstand zwischen sich und Daniel zu bringen. Als könnte das bei verletzten Gefühlen helfen.

Als sie schon fast zu Hause war, hielt sie an einer Pizzeria und kaufte sich eine Capricciosa mit extra Tomatensauce und eine große Coca-Cola. Das trank sie nur zusammen mit Pizza und konnte nicht verstehen, wie andere Leute bei jeder Gelegenheit Cola tranken. Aber zu Pizza schmeckte sie großartig, fast besser als Wein.

Keine Tiefkühlpizza mit Daniel, stattdessen also Steinofenpizza und *Die Sopranos* als Trost. Sie war eine einsame Vierzigjährige, die wenigstens Sex gehabt hatte, dachte sie. Man lernte viel über sich selbst aus Beziehungen zu anderen. Noch vor einem halben Jahr hätte sie nicht im Traum daran gedacht, wegen eines Mannes traurig zu sein, der noch keine dreißig war.

Was hätte er denn sagen sollen? Was wollte sie von ihm? Mehr als nur Spaß? Sie wusste es nicht. Oder doch, sie wusste es. Sie machte sich etwas vor. Sie hatte sich gewünscht, dass sie Zeit miteinander verbrachten, Erfahrungen teilten und sich besser kennenlernten. Doch das hatte er nicht gewollt, und ja, auch sie hatte gesagt, dass sie nichts Ernstes wollte. Doch sie hatte es nur gesagt, weil sie glaubte, er wolle genau das hören. Denn er war ja kein Beziehungstyp …

Sie aß ihre Capricciosa, verlor sich in der Serie und lenkte sich von ihren eigenen Problemen ab, indem sie sich in die Probleme anderer vertiefte.

Trotzdem konnte sie es nicht lassen, alle zehn Minuten auf ihr Handy zu schielen, obwohl sie wusste, dass Daniel sich nicht melden würde. Sie hatte eine neue E-Mail bekommen und öffnete ihr Postfach in Erwartung irgendeines langweiligen Newsletters oder einer Werbeanzeige – Dinge, die sie am Wochenende erhielt, wenn Henrik nicht gerade am Schreibtisch saß. Aber er war hoffentlich damit beschäftigt, seine Frau zu entlasten.

Die Mail stammte von Antonia, eine Antwort auf Victorias Anfrage vom Abend zuvor. Sie schrieb, dass Lövviken unmittelbar vor der Übernahme durch Kraft inspiziert worden sei und dass die Sanierung danach stattgefunden habe. Während der Inspektion hätten sie die Mitarbeiter vor Ort befragt und sich die Grundrisse angesehen.

Offenbar hatte Gabriella den Kraft-Konzern in dem Glauben gelassen, dass die Sanierungsarbeiten ausgeführt worden seien. Wohin war das Geld geflossen? Ging es hier um gefälschte Rechnungen? Es roch ganz klar nach Betrug. Steuergelder und das Kapital von Kraft waren von Rekrea direkt in der Tasche von Gabriellas Nerzmantel verschwunden. Es gab keine andere logische Schlussfolgerung. Hatte Karl davon gewusst?

Maryam hatte noch nicht geantwortet und würde es vermutlich auch nicht tun.

Victoria seufzte und erhob sich vom Sofa. Sie nahm den leeren Teller und das Glas mit in die Küche und ging dann ins Arbeitszimmer. Erneut nahm sie die Ordner aus dem Regal und blätterte alles durch, doch sie fand nichts. Nichts.

Sie ließ sich auf dem Fußboden nieder und lehnte sich mit dem Rücken an den Schreibtisch. Dass Karl von den Unregelmäßigkeiten bei Rekrea wusste, davon war sie überzeugt. Sie musste nur noch Beweise dafür finden.

Wenn ihr das nur gelänge …

Richtig … Karl wollte sich mit ihr treffen. Vielleicht war der Weg zur Wahrheit in Reichweite. Sie hatte keine Ahnung, was er von ihr wollte. Wahrscheinlich wollte er sie von seiner Bewertung des Hauses überzeugen. Was wäre, wenn sie sich darauf einließe, ihn zu treffen, und zu ihm nach Hause führe?

Sie nahm ihr Handy und antwortete ihm:

Klar, wie wäre es morgen Nachmittag?

Am nächsten Tag fuhr sie in eines der großen Elektronikgeschäfte im Einkaufszentrum von Bromma und kaufte die dünnste und unauffälligste externe Festplatte, die sie finden konnte – eine silberne, rechteckige Platte, weniger als fünf Millimeter dick. Zu Hause nahm sie sie aus der Verpackung, testete sie an ihrem eigenen Computer. Alles schien zu funktionieren.

Sie zog sich Jeans und einen grauen Kaschmirpullover an. Casual, so wie Karl es mochte. Die Festplatte steckte sie in ihre Handtasche, dann packte sie ihren Laptop ein und fuhr mit der U-Bahn in die Stadt.

Karls Mietwohnung lag nur einen Steinwurf vom Strandvägen entfernt in einem ruhigen Viertel.

Er öffnete ihr in Jeans und Hemd. Sein Gesicht war leicht gerötet, als hätte er am Vorabend zu viel Wein getrunken. Er betrachtete sie anerkennend. »Komm nur herein.« Er nahm ihr die Jacke ab und hängte sie in die Garderobe. Dann umarmte er sie, worauf Victoria nicht vorbereitet gewesen war.

»Ich habe schon eine Weile versucht, dich zu erreichen. Wie gut, dass es jetzt geklappt hat.« Er lächelte sie gewinnend an, während er in seine Wohnung trat.

Sie suchte den Eingangsbereich ab. Die Wände waren in einem dunkelvioletten Ton gestrichen. Mitten im Raum stand ein großer, runder Holztisch mit einer Vase ohne Blumen. Victoria hielt nach seiner Aktentasche Ausschau, in der sich vermutlich sein Laptop befand. Dort speicherte er alle wichtigen Informationen lokal ab, bestimmt auch alle Informationen über Rekrea. Doch die Tasche war nirgends zu sehen.

Breit lächelnd nahm sie ihre Handtasche und hängte sie sich über die Schulter. »Wie wäre es mit einer Wohnungsbesichtigung?«

Sie gingen weiter ins Wohnzimmer. Die Wände waren grau gestrichen, passend zum hellgrauen Samtsofa und dem dicken, elfenbeinfarbenen Teppich. Neben dem Fenster stand ein Esstisch aus hellem Holz mit dazugehörigen Holzstühlen. Nirgendwo eine Tasche oder ein Laptop. Verdammt, er musste hier doch irgendwo sein!

Eine Flasche Wein, zwei Weingläser und eine hohe, brennende Kerze standen auf dem Couchtisch. Was war denn das? Ein romantischer Abend?

Karl lächelte sie an. »Ich hoffe, du möchtest ein Glas Wein? Oder willst du erst den Rest der Wohnung sehen?«

»Ja, gerne«, sagte sie, als sie weiter Richtung Schlafzimmer gingen. »Schöne Wohnung!«

»Ich fühle mich wohl, aber … mal sehen, wie lange ich noch hier wohnen kann. Es ist ja die Wohnung von Lars' Schwager, und der kommt bald zurück.«

Er sah sie mit Hundeblick an. »Und dann weiß ich nicht, wo ich wohnen soll. Kein Wunder, wenn man da ein wenig Heimweh bekommt.« Sie musste sich beherrschen, nicht mit den Augen zu rollen und etwas Sarkastisches zu sagen. Stattdessen musste sie sich mit ihm gut stellen.

Im Schlafzimmer hingen dicke Vorhänge vor dem Fenster. Mitten im Raum ein großes Doppelbett, perfekt gemacht.

»Das Schlafzimmer. Inzwischen ziemlich einsam.« Er sah sie lange an.

»Ach, hast du mit deiner Sekretärin Schluss gemacht?«

»Alles ist anders, wenn man nicht mehr verheiratet ist.«

Sie sah sich schnell im Zimmer um. Dort, am Fußende des Bettes, stand seine braune Ledertasche. Ihr Herz klopfte schneller.

Sie lächelte. »Ja, es ist anders, wenn man nicht mehr verheiratet ist.«

Sie gingen zurück ins Wohnzimmer, und sie nahm auf der Sofakante Platz. Karl goss ihr Wein ein. Sie trank einen Schluck, schmeckte jedoch nichts. So schnell wie möglich musste sie ins Schlafzimmer.

»Also, worüber wolltest du sprechen?«, fragte sie.

»Ich bin es leid, mit dir zu streiten.« Er klang flehend.

»Es ist nie schön, mit jemandem Streit zu haben.«

»Vor allem nicht mit jemandem, den man gemocht hat. Geliebt.«

Mit unterdrücktem Ekel begegnete sie seinem Blick. Zuckersüß schmeichelnd sah er sie an. War sie wirklich mit ihm verheiratet gewesen? Und war er damals schon so gewesen?

Sie konnte den Schauder nicht länger zurückhalten. Ein leichtes Zittern ging durch ihren Körper.

Karl schien es nicht zu bemerken, sondern er rückte näher zu ihr und legte den Arm um ihre Schulter. »Ich vermisse dich in meinem Leben.«

Sie wollte seinen Arm abschütteln. Für wie dumm hielt er sie eigentlich?

»Wir haben uns gerade scheiden lassen, Karl.« Sie sagte es mit einem Lächeln, musste aber einen Wutschrei unterdrücken. Er durfte nichts davon merken. Sie musste gefügig wirken, damit er ihr aus der Hand fraß.

»Ja. Natürlich. Aber … man weiß nie, wohin das hier vielleicht noch führt.« Er strich mit dem Finger an ihrer Schulter entlang. Sie dachte daran, wie Daniel sie berührt hatte. Bewusst, aber ganz natürlich, während das hier routiniert wirkte. War das sein einstudierter Verführungstrick?

Warum versuchte Karl, wieder Leben in die Sache zu bringen? Er wollte nicht, dass sie wieder ein Paar wurden, davon war sie überzeugt. Vielleicht spürte er, dass er ihre Aufmerksamkeit für immer verloren hatte, was sicher an seinem Ego kratzte.

Er streichelte ihren Arm, die Schulter und den Nacken, strich eine Haarsträhne hinter ihr Ohr und zog gleichzeitig ihr Gesicht zu sich hin. Sie sträubte sich nicht, wollte nicht widerspenstig wirken.

Bevor ihre Lippen seine berührten, hielt sie vorsichtig inne und flüsterte in sein Ohr: »Ich muss mal eben ins Bad.«

»Natürlich.« Er lächelte mit halb geschlossenen Augen.

Sie stand auf, und Karl lehnte sich zurück. Er drehte das Weinglas im Kreis, dass der Wein bis an den Rand schwappte. Sie nahm ihre Handtasche vom Boden und verschwand in Richtung Bad. Von hier war das Wohnzimmer nicht zu sehen. Sie öffnete und schloss laut und deutlich die Badzimmertür, blieb aber auf dem Flur stehen. Lauschte nach einer Reaktion aus dem Wohnzimmer, doch Karl schien nichts bemerkt zu haben. Dann schlich sie lautlos ins Schlafzimmer zur Ledertasche und zog den Laptop heraus, klappte ihn auf. Er war eingeschaltet, aber passwortgeschützt. Sie holte die Festplatte aus ihrer Tasche.

Über das Passwort hatte sie bereits nachgedacht. Sie hatte drei Chancen und begann mit seinem Heimatort (er war ungeheuer stolz darauf, auf Lidingö geboren und aufgewachsen zu sein): Lidingö1978.

Falsch.

Schnell gab sie die zweite Alternative ein: Aurelia2016.

Es funktionierte. So simpel. Sein Segelboot. Wäre sie nicht

so naiv gewesen, hätte sie Karls Untreue viel früher bemerken können.

Sie verband das Laptop mit der externen Festplatte und öffnete die Ordnerstruktur. Alles war ordentlich sortiert und lokal auf dem Computer abgespeichert, weil Karl Angst hatte, die Dateien könnten verschwinden, wenn sie auf irgendeinem Server lagen. Sie durchsuchte die Ordner. Da. *Rekrea.* Sie kopierte den Ordner auf ihre Festplatte. Hektisch sah sie sich um, doch da war nichts.

Mist. Es waren eine Menge Dateien. Drei lange Minuten würde es dauern. Schnell blickte sie wieder in den Flur, doch sie hörte und sah nichts. Starrte auf den Bildschirm und versuchte durch die Kraft ihrer Gedanken die Dateiübertragung zu beschleunigen.

»Alles in Ordnung?«, rief Karl im selben Moment. Sie konnte nicht zurückrufen, dann hätte man gehört, dass sie nicht im Bad war.

Komm schon … Noch eine Minute. Der Balken, der die ausstehende Zeit anzeigte, veränderte sich kaum. Er musste sich aufgehängt haben. Langsam atmete sie ein und aus. Panik stieg in ihr auf.

»Hallo?«, rief Karl.

Dann waren seine Schritte zu hören. Schnell zog sie das Kabel heraus, schloss das Fenster auf dem Bildschirm und hoffte, dass nicht zu sehen sein würde, dass der Rekrea-Ordner geöffnet war, wenn Karl seinen Computer wieder startete. Sie klappte den Computer zu und legte ihn in Karls Tasche. Dann warf sie sich aufs Bett und begab sich in eine halbliegende Stellung, als warte sie auf ihn. Verdammt, die Festplatte lag noch am Fußende des Bettes. Blitzschnell zog sie sie mit dem Fuß zu sich heran und legte sich darauf.

Er tauchte in der Türöffnung auf. Erst sah er sie nicht, sondern blickte auf die Badezimmertür nebenan, doch als er sie entdeckte, lächelte er breit und ging auf sie zu.

»Ach, hier steckst du also.«

Wie sollte sie aus dieser Nummer wieder herauskommen?

»Ich habe nur ein bisschen Probe gelegen.«

»Probe gelegen … Aha.« Karls Blick nahm einen leicht verschleierten Ausdruck an. Er blieb in der Türöffnung stehen und betrachtete sie. Dann schüttelte er den Kopf und lächelte. »Warum haben wir uns scheiden lassen?«

Victoria fielen sehr viele gute Antworten auf diese Frage ein, doch jetzt musste sie ihre Haut retten.

Sie rutschte zur Bettkante und achtete darauf, dass die Festplatte nicht zu sehen war. »Wollen wir den Wein noch austrinken?«

»Ich bleibe lieber hier.«

»Mmm … aber dieser Wein ist so lecker, das wäre doch schade.« Sie sah ihn bittend an.

»Ich kann den Wein ja herholen.«

Noch besser. Kaum hatte er den Raum verlassen, ließ sie die Festplatte schnell in ihrer Handtasche verschwinden und ging ihm nach. Im Flur blieb sie stehen und nahm ihr Handy hervor. Tat so, als blicke sie darauf.

»Oh nein.« Gespielt fassungslos sperrte sie die Augen auf.

Er drehte sich um und sah sie fragend an.

»Die Kanzlei. Wir haben Kommentare zu einem Vertrag erhalten und müssen sie sofort an den Mandanten weitergeben.« Sie ging zum Garderobenschrank, öffnete die Tür und nahm ihre Jacke heraus.

»Kann das nicht warten?«

»Leider nicht.« Sie zog die Jacke an, dann ihre Stiefeletten, hängte die Handtasche über ihre Schulter, nahm die Laptoptasche und öffnete die Tür. »Danke für den Wein!«

Karl sah ihr nach, vollkommen baff.

Sie lief die Treppen hinunter und hinaus auf die Straße. Draußen genoss sie die frische Luft und atmete tief durch. Sie ging weiter die Grevgatan entlang, konnte es kaum erwarten, zu Hause zu sein und zu sehen, welche Informationen sie inzwischen hatte.

Als sie das Hotel Diplomat am Strandvägen erreicht hatte, betrat sie das Restaurant und spazierte auf direktem Weg zur Bar mitten im Raum. Sie hatte Lust auf etwas Kräftiges und bestellte sich einen amerikanischen Cabernet Sauvignon. Dann ließ sie sich mit ihrem Glas auf einem grünen Plüschsofa ganz hinten in der Bar nieder. Nahm ihre Tasche und startete den Computer.

Während er hochfuhr, blickte sie durchs Fenster hinaus in die Dunkelheit und trank einen großen Schluck. Für einen Sonntagnachmittag herrschte ziemlich viel Verkehr. Die Lichter verschwammen zu leuchtenden Punkten im Regen, der inzwischen wieder fiel.

Sie schloss die externe Festplatte an. Ihr Herz klopfte, als sie den Ordner öffnete. Doch dort befanden sich nur ein paar merkwürdige Dateien. Korrupte Dateien. Nach einem weiteren Schluck Wein klickte sie die Dateien an, wieder und wieder. Sie ließen sich nicht öffnen.

Sie hatte das Kabel zu schnell herausgezogen. Der Kopiervorgang war missglückt.

Sie schlug die Hände vors Gesicht.

Mist.

24

An den Wänden der kleinen Buchhandlung standen dunkle Holzregale voller Bücher. Draußen regnete es in Strömen, auf den Straßen drängten sich die Regenschirme. Seit dem Tag, an dem Daniel und Victoria trainiert und Sex vor der Spiegelwand des Studios gehabt hatten, regnete es ununterbrochen.

Die Woche über hatte sich Daniel in Arbeit vergraben – Termine mit Investoren und Jahresabschlussberichte. Alles nur, um nicht an Victoria zu denken. Sie hatte ihm deutlich zu verstehen gegeben, dass es von ihrer Seite aus nichts Ernstes war. Trotzdem hatte ihr Abschied sich falsch angefühlt.

Daniel hatte es nicht übers Herz gebracht, seinen deprimierten Cousin an einem Samstag alleine in seiner Wohnung zu lassen, sonst hätte er auch heute gearbeitet. Also hatte er Jack mit in die Stadt genommen. Beiden würde es guttun, mal rauszukommen. Sie waren mit der U-Bahn nach Södermalm gefahren, um in die Buchhandlung zu gehen und in einem nahegelegenen Café zu frühstücken. Danach wollten sie zurück nach Östermalm, um im Prinsen zu Mittag zu essen. Mindestens einmal im Monat trafen sie sich dort: Jack, Carl-Adam und er. Diesmal waren sie nur zu zweit.

Jack stand an einem der Bücherregale mit einem Buch in der Hand, das er drehte und wendete. Zerstreut trank er Kaffee aus seinem Pappbecher.

»Meinst du, es ist gut?« Daniel wies auf das Buch.

»Glaube schon. Habe schon länger überlegt, es mir zu kaufen.« Jack stellte es zurück ins Regal. »Aber zurzeit finde ich keine Ruhe zum Lesen.« Langsam schüttelte Jack den Kopf. Daniel sah ihn besorgt an. »Ich möchte jetzt nicht darüber sprechen«, sagte Jack leise.

Daniel nickte. »Okay.«

Er kaufte sich zwei Gartenbücher, und Jack erstand den Ziegelstein, in den er hineingeschaut hatte und den er nie schaffen würde zu lesen. Anschließend gingen sie die Götgatan entlang, deren Kopfsteinpflaster vom Herbstregen glänzte. Es gelang ihnen, sich durch das Baustellenchaos bei Slussen vorzuarbeiten. Weiter ging es über Skeppsbron durch das stürmische graue Stockholm. Das letzte Stück nahmen sie ein Taxi. Auf der Brücke waren nur Autos und ein paar verlorene Touristen mit zerknitterten Stadtplänen zu sehen, die sich vermutlich fragten, warum sie sich für einen Wochenendtrip in eine solch nasskalte Stadt entschieden hatten.

Im Restaurant Prinsen war es angenehm warm. Sie setzten sich und bestellten. Als Jack seine Jacke auszog, fiel Daniel auf, dass sich unter der Haut seines Cousins die Schlüsselbeine abzeichneten. Jack hatte von Natur aus einen athletischen Körper. Er konnte essen, was er wollte, und war dennoch so muskulös, dass man denken konnte, er verbringe jeden Morgen im Fitnessstudio. Jetzt schienen die Muskeln verschwunden zu sein. Die Wangen waren eingefallen, und Jacks Tweedjackett saß so lose wie häufig bei älteren Herren, die jahraus und jahrein denselben Anzug trugen, auf Hochzeiten, Abiturfeiern, Taufen und Begräbnissen, und die sich keinen neuen leisten konnten oder zu sentimental waren, den alten auszuwechseln.

Der Kellner stellte einen Teller mit fünf verschiedenen Sorten eingelegten Hering und Kartoffeln vor Jack hin.

»Ach, sieht das lecker aus.« Jack legte die Serviette auf seinen Schoß und ergriff das Besteck.

Daniel blickte auf Jacks Teller. »Du bist ja komisch. Wer isst denn Hering im November?«

Jack schnitt sich ein Stück vom Matjeshering ab und spießte ihn zusammen mit einer Kartoffel auf seine Gabel. »Warum? Es ist doch bald Dezember, und an Weihnachten essen doch *alle* Hering. Was macht es für einen Unterschied, ob man Hering im November oder im Dezember isst?«

Daniel zuckte die Schultern. Jack hatte ja recht, und solange er überhaupt etwas aß, war Daniel zufrieden.

»Außerdem können nicht alle so fantasielos sein wie du«, fuhr Jack fort und deutete auf Daniels Kalbfleischfrikadelle.

»Ein richtig guter Wallenbergare ist immer noch das Beste, was es gibt«, entgegnete Daniel.

Hungrig machte Jack sich über seinen Hering her, doch nach nur wenigen Bissen hörte er auf und lehnte sich zurück. Normalerweise aß er alles bis auf den letzten Krümel auf.

Daniel betrachtete ihn und atmete tief ein, um Anlauf für ein ernstes Gespräch zu nehmen. »Sag mal, wie geht es dir eigentlich? Du musst darüber reden. Du wohnst jetzt seit fast zwei Monaten bei mir, aber hast noch immer nichts gesagt.«

Victoria und er waren während ihrer Nacht in Åre kurz auf Carl-Adam und Jack zu sprechen gekommen. Sie hatte ausweichend geantwortet, und er hatte seine Vermutungen, was passiert war. Doch bis jetzt hatte er sich aus Respekt vor Jack zurückgehalten.

Jack legte das Besteck ab und betrachtete die Passanten draußen auf der Mäster Samuelsgatan. »Ich habe es wohl vermasselt. Und einen idiotischen Fehler begangen.« Er verstummte abrupt, und seine Augen weiteten sich, als er auf etwas hinter Daniel starrte.

Daniel drehte sich um. Am Eingang stand Carl-Adam zusammen mit seiner Freundin Charlotta, die Daniel schon ein paar Mal getroffen hatte. Sie unterhielten sich mit dem Oberkellner, doch Carl-Adam schien aus dem Konzept zu geraten, als er Daniel und Jack entdeckte. Mit seinen eingefallenen Wangen und annähernd zehn Kilo weniger auf den Rippen sah Carl-Adam mindestens so elend aus wie sein Mann.

Carl-Adam schien sich wieder zu fangen. Er nickte Daniel kurz zu, drehte sich dann um und ging hinaus. Charlotta stand noch da und sah ihm verwirrt hinterher. Rief ihm etwas nach, doch dann fiel auch ihr Blick auf Jack. Nach einem kurzen Gruß eilte sie Carl-Adam hinterher.

Daniel wandte sich an Jack. »Was zum Teufel hast du getan?«

Jack kniff die Augen zusammen. Die Tränen liefen langsam seine Wangen hinunter. »Ich habe etwas Dummes getan, etwas total Idiotisches.«

Jack erzählte kurz, was passiert war, und Daniel sah ihn geschockt an. Auch wenn er es geahnt hatte, konnte er es nur schwer verstehen. Sein Cousin? Der so glücklich verheiratet war?

Sie saßen einige Minuten schweigend da. Jack schien der Ansicht zu sein, genug erzählt zu haben, und starrte ausdruckslos aus dem Fenster.

»Wie läuft es mit dem Börsengang?«, fragte er nach einer Weile, um das Thema zu wechseln.

»Es geht gut voran. Wir haben gerade mit der Arbeit am Prospekt begonnen.« Besser, sie redeten darüber, als die ganze Zeit zu schweigen.

»Wie funktioniert es mit Svärdh & Partner?«

»Carl-Adam hat das Projekt in der Kanzlei vorgestellt.«

Daniel hatte sich damals so für Jack gefreut, als er Carl-Adam kennengelernt hatte. Er hatte in seinen Augen sehen können, wie sehr er Jack liebte. Sie waren so voller Liebe und Wärme gewesen, und Daniel hatte gedacht, dass ihn wohl nie jemand so ansehen würde. Er war nicht der Typ Mann, den eine Frau über alles liebte. Er kam alleine klar.

Jack schlug die Augen nieder.

»Aber weil Carl-Adam und ich ja verschwägert sind«, fuhr Daniel fort, »haben wir entschieden, dass eine seiner Kolleginnen das Projekt übernimmt. Und es läuft bestens, ich bin zufrieden. Die Juristin, die das Projekt betreut, ist sehr genau und kompetent.« Er trank einen Schluck Wasser. »In jeder Hinsicht eine sehr gute Juristin, und sympathisch ist sie auch.«

Jack sah ihn fragend an. »Du scheinst sehr viel von dieser Juristin zu halten, oder?«

Er zuckte die Schultern. »Schon … sie ist …« Großartig, wollte er sagen. »… eine gute Juristin eben.«

Doch Jack ließ nicht locker, sondern sah ihn forschend an.

Manchmal war es nicht von Vorteil, sich mit Menschen zu treffen, die einen nur zu gut kannten.

»War sie es, mit der du letzten Samstag diesen spontanen Termin hattest?«

Daniel nickte seufzend.

Jack beugte sich näher zu ihm. »Was ist bei diesem Kick-off-Workshop eigentlich passiert?«

Er kniff die Augen zusammen und schüttelte den Kopf. »Diese Juristin und ich saßen im Schneesturm in einer Hütte fest und haben dort die Nacht miteinander verbracht.«

»Machst du Witze?« Jacks Kinnlade fiel hinunter. »Das klingt ja wie in einem Film. Wie heißt sie?«

»Victoria.«

Jack überlegte einen Moment. »Ich glaube nicht, dass ich sie kenne.«

»Nein, sie ist ziemlich neu in der Kanzlei. Und da C-A nicht mehr mit dir spricht, hast du wohl auch noch nichts von ihr gehört.«

»Aber ist das wirklich klug? Mit jemandem aus dem Projekt ins Bett zu gehen?«

»Es war ziemlich dumm, aber es spielt sowieso keine Rolle mehr. Es war ein One-Night-Stand.«

»Two-Nights-Stand«, berichtigte ihn Jack.

»Gibt es das Wort überhaupt?«

»Ja, wenn es etwas ernster ist, heißt es so.«

Daniel schüttelte den Kopf. »Es ist aber nichts Ernstes.«

»Wann hörst du endlich damit auf? Auch du musst dich irgendwann mal auf was Festes einlassen. Sogar Assar lebt jetzt in einer Beziehung.«

Er zuckte die Schultern. »Ich glaube, sie möchte gar nichts Ernstes.«

»Ach nein?«

»Nein.«

»Hast du ihr gesagt, was du für sie empfindest?«

Er schüttelte den Kopf. »Nein, denn ich weiß nicht, was ich empfinde.«

Jack nickte nachdenklich. »Wie fühlst du dich eigentlich wegen Dienstag?«

Am Dienstag war Adrians fünfter Todestag. Offenbar klapperte Jack gerade Daniels Liste mit unangenehmen Themen ab, während er selbst sich weigerte, über seine Probleme zu sprechen.

»Es ist okay, auch wenn mein Vater und ich noch nicht darüber gesprochen haben.«

»Nicht? Aber ihr werdet euch doch am Dienstag sehen.«

»Ich weiß, aber … als wir uns das letzte Mal gesehen haben, sind wir zu keinem Ergebnis gekommen. Er entscheidet sowieso immer alles und …«

»Habt ihr seitdem nicht mehr miteinander gesprochen? Hast du denn mit deiner Mutter geredet?«

»Mama möchte, dass wir uns auf etwas einigen, aber das haben wir bisher nicht.«

»Weißt du was, Daniel? Jetzt reißt du dich einmal zusammen, und zwar deiner Mutter zuliebe. Hör auf, dich wie ein verwöhntes Gör zu benehmen, das seinen Willen nicht bekommt. Sprich mit deinem Vater und sorge dafür, dass es ein guter Tag wird. Das Leben ist zu kurz, um sich mit seinem Vater zu streiten. Das solltest gerade du verstehen.« Jack sah ihn vorwurfsvoll an. Daniel wusste, dass er dankbar darüber sein sollte, überhaupt eine Beziehung zu seinem Vater zu haben, im Gegensatz zu Jack. »Und dann stellst du dich deinem Verliebtheitsgefühl, das du ganz offensichtlich hast.«

»Ich weiß nicht, ob ich es Verliebtheit nennen sollte.«

»Ach? Es ist nicht etwa so, dass du die ganze Zeit an sie denkst?«

Daniel lächelte kurz. Offensichtlich reichte das als Bestätigung, denn Jack grinste breit. »Und ich dachte, du seist unfähig, jemanden anderen als dich selbst zu lieben.«

»Äh …« Er suchte nach einer schlagfertigen Erwiderung, es fiel ihm aber keine ein.

»Ich hätte nie gedacht, dass du dich einmal auf diese Weise für jemanden interessieren würdest.« Jack lächelte in sich hinein und blickte aus dem Fenster. Der Regen hatte zugenommen und lief die Scheiben hinunter. »Es ist so wunderbar, verliebt zu sein und vor diesem Gefühl einfach zu kapitulieren.« Dann sah er Daniel an. »Wenn du bisher noch nie so für jemanden empfunden hast, dann versuch, dich diesem wunderbaren Gefühl hinzugeben. Und belass es nicht bei einer Nacht. Schau stattdessen, wohin es dich führt.«

Daniel dachte darüber nach. Er fühlte sich beinahe schwerelos beim Gedanken, Victoria tatsächlich wiederzusehen, mit ihr Zeit zu verbringen, eine Beziehung mit ihr zu haben. Sollte er mit ihr reden und beschreiben, was er empfand? Dass seine Gefühle echt waren? Aber hielt er es aus, sich auf die Liebe einzulassen? Was, wenn er sie enttäuschte? Oder sie ihn? Sie wollte doch offensichtlich gar keine Beziehung.

So viel konnte schiefgehen.

Er sah auf sein Handy. Vielleicht sollte er dem Gefühl eine Chance geben? Mit Adrian hatte er das Schlimmste durchgemacht, was er sich vorstellen konnte. Was sollte also noch kommen? Vor dem Gefühl zu kapitulieren, wie Jack es ausdrückte, schien ungeheuer verlockend.

25

Der Regen strömte die Glaswände hinab, die Umrisse der Außenwelt waren verschwommen. Victoria, die eine Pflanze nur ansehen musste, damit sie verwelkte, liebte ihr kleines Gewächshaus. Bei einer Tomatenpflanze hatte sie tatsächlich Glück gehabt, und sie hatte im Spätsommer Früchte getragen. Jetzt überwinterten im Gewächshaus ein paar Geranien, die immerhin noch nicht die Köpfe hängen ließen. Sie hatten nur ein paar gelbe Blätter. Das Beste an diesem Gewächshaus war, dass sie dort eine Tasse Kaffee trinken und sich vorstellen konnte, sie sei im Freien, obwohl es regnete.

Jens hatte Karl und ihr geholfen, eine elektrische Leitung ins neugebaute Gewächshaus zu legen, und sie hatte einen kleinen Heizkörper aufgestellt, den sie verwendete, wenn sie dort sitzen wollte. Doch heute brauchte sie zusätzlich einen Strickpullover und eine warme Decke über ihren Beinen. Der Espresso mit aufgeschäumter Milch wärmte sie von innen, und sie versuchte zu verstehen, was sie gerade las. Es war der letzte Teil der Neapolitanischen Saga von Elena Ferrante, und bisher hatte sie die Bücher geliebt, mit ihren Schilderungen des einfachen italienischen Lebens und der ständigen Bedrohung durch die Mafia. Der vierte war mindestens so spannend wie die vorherigen Bände, aber sie hatte keine Ruhe zum Lesen. Zu viele Gedanken wirbelten im Kopf umher.

Vergangene Woche hatte sie Jens die externe Festplatte gegeben. Er hatte bestätigt, dass die Dateien korrupt waren, aber er hatte gemeint, einige seien bestimmt wiederherzustellen. Die Frage war nur, wie viele. Würde sie etwas von den Geheimnissen erfahren, was Karl zu Fall bringen konnte? Und wie sollte sie die Information nutzen? Sie stellte sich vor, wie sie alles dem Anwaltsverein mitteilen würde. Das Haus würde sie in jedem Fall übernehmen können. Am liebsten so bald wie möglich, bevor Karl Wind davon bekam, dass sie ihn anzeigen wollte. Selbstverständlich würde sie die Informationen auch an Daniel und sein Unternehmen weitergeben. Er musste davon erfahren.

Anschließend würde sie alles hinter sich lassen. Die Sachbearbeiterin des Jugendamts hatte soeben ihren Adoptionsantrag fertiggestellt. Die feste Stelle war entscheidend gewesen, und die hatte sie jetzt. Sie sehnte sich so sehr danach, Mutter zu werden. Nach den Turbulenzen der letzten Zeit empfand sie beim Gedanken an ein Kind eine gewisse Ruhe. Auch wenn sie noch nicht Mutter war, fühlte sich die Adoption schon jetzt definitiv an.

Seit einigen Tagen hatte sie kaum noch an Daniel gedacht. Oder nein, das war eine Lüge. Sie hatte an ihn gedacht, konnte es nicht lassen, auch wenn er offensichtlich total desinteressiert war. Seine abweisende Antwort auf ihren Flirtversuch, als sie auf dem Boden des Studios gelegen und sie die Anspielung mit der Tiefkühlpizza gemacht hatte, war so eindeutig gewesen. Dabei wollte sie doch nur etwas Spaß haben, Pizza essen und vielleicht noch mehr Sex haben.

Tief innen wusste sie, dass das nicht stimmte. Ihre Gefühle waren mehr als nur der Wunsch nach »Spaß«, aber in Anbetracht ihrer Adoptionspläne war es im Grunde das Beste, dass Daniel sie nicht weiter treffen wollte.

Er wusste ja nicht einmal davon, sie hatte keine Gelegenheit gehabt, davon zu erzählen. Wahrscheinlich war es gut so.

In jedem Fall konnte sie in ihrem Leben keinen Mann wie ihn gebrauchen. Wenn sie ein Kind hatte, musste ihr Leben in geordneten Bahnen verlaufen. Sie konnte es sich nicht leisten, ihre Gefühle für eine solche Geschichte aufs Spiel zu setzen, sondern musste in Bestform sein, wenn sie Mutter wurde. Gerade jetzt fühlte sie sich alles andere als in Bestform.

Ihr Handy gab ein Signal von sich.

Hej, wie geht es dir? Was machst du heute Nachmittag? Ich dachte, ich könnte mir mal die Tellerhortensie ansehen und dich auf etwas Luxuriöseres als Tiefkühlpizza einladen.

Ihr Herz entflammte so heftig, dass ihr das Atmen schwerfiel. Warum reagierte sie so auf seine Nachricht? Alles, was sie gerade noch gedacht hatte, war wie weggeblasen. Ihr Herz und ihr Begehren verdrängten die Vernunft. Sie antwortete ihm sofort, dass er herzlich willkommen sei, und schickte ihm ihre Adresse. Dann sah sie an sich herunter. Sie konnte doch nicht wie eine alte Oma mit Heizkörper und einer Decke über den Beinen dasitzen. Schließlich war sie noch keine siebzig. Sie lief hinaus ins kalte Regenwetter und weiter ins Haus, räumte schnell ein paar Kleidungsstücke weg und duschte.

Als sie wieder hinaustrat, hatte sie zwei Nachrichten auf ihrem Handy. Eine von Daniel, der ihr schrieb, dass er unterwegs sei, und dann eine Nachricht von einer ihr unbekannten Nummer.

Und als sie die gelesen hatte, bereute sie, Daniel eingeladen zu haben.

Hallo, hier ist Ihre Sachbearbeiterin vom Jugendamt. Ich wollte Ihnen nur mitteilen, dass die zuständige Stelle gestern Abend

Ihrem Adoptionsantrag zugestimmt hat. Ich hatte nicht mehr geschafft, Ihnen zu schreiben, wollte Sie aber schon mal informieren. Der schriftliche Bescheid kommt am Montag.

Sie standen draußen im Regen in Victorias Garten, und Daniel hielt einen grauen Ast in der Hand. »Das Problem ist, dass die Pflanze noch nie beschnitten wurde. Eigentlich sollte man das jedes Jahr tun, also tote Triebe entfernen und solche, die keine Blüten aufweisen, oder schief gewachsene Äste.«

Er hielt einen krummen Ast in die Höhe, ließ ihn wieder los und sah Victoria an, die unter ihrer Regenkapuze hervorschaute. »Den hier müssen wir ordentlich herunterschneiden, aber erst im Frühling.«

Er meinte zu bemerken, wie sie zusammenzuckte. Lag es an dem Wörtchen *wir*? Er hatte nicht vorgehabt, es zu benutzen, es war ganz von allein gekommen, weil er sich selbst so gut in ihrem Garten vorstellen konnte – in Jeans, Holzschuhen und einem warmen Pullover, am Morgen nach der ersten frostfreien Nacht des Jahres, wie er umherging und die Sträucher beschnitt. Vielleicht, während sie mit einer Tasse Kaffee und der Zeitung auf der Terrasse saß. Am Nachmittag würde er weiterarbeiten. Laub und Zweige zusammenfegen. Dann würden sie sich mit Klappstühlen auf den Rasen begeben und die letzten Strahlen der Nachmittagssonne genießen, während er ihnen mit erdigen Fingern Tee aus der Thermoskanne eingießen würde. Er konnte vor sich sehen, wie sie beide ihre lehmverschmierten Stiefel nebeneinander vor die Tür stellten, bevor sie hineingingen und Essen zubereiteten, während die letzten Blätter im Abendwind zu Boden fielen.

Der Regen hatte zugenommen. Er tropfte von ihrer Kapuze, als sie dastand und die Pflanze betrachtete. »Es wäre toll, wenn man sie wieder aufpäppeln könnte. Ich habe sie noch nie blühen gesehen. Doch, einmal, im Garten meiner Kindheit, da hat sie lila geblüht. Der Strauch stammt aus einem Trieb dieser Pflanze.«

Daniel nickte. »Je nach pH-Wert des Bodens kann die Farbe unterschiedlich ausfallen. Hier könnte es auch ein Lilaton werden. Keine Sorge, wir kriegen das schon hin.« Das hoffte er zumindest. Er wollte, dass die Tellerhortensie so blühte wie früher. Es schien ihr etwas zu bedeuten.

Wieder zuckte sie zusammen. Das Wort *wir*. Dann nickte sie zerstreut und wirkte plötzlich abwesend.

Schon seit er angekommen war, schien sie von etwas abgelenkt zu sein, was nicht verwunderlich war beim Gedanken daran, wie er ihr letztes Treffen beendet hatte. Oder aber sie empfand nicht so wie er.

Vielleicht fragte sie sich, warum er überhaupt hier war.

»Willst du das Gewächshaus sehen?«, fragte sie plötzlich.

»Gerne. Geh schon einmal vor, ich komme gleich nach, muss nur noch etwas holen.«

Sie blickte ihn fragend an, nickte dann aber und lief zum Gewächshaus, um sich vor dem Regen zu schützen.

Er ging ins Haus, ging in die gemütliche Küche und suchte einen Kochtopf heraus. Dann goss er etwas von dem Apfelsaft hinein, den er mitgebracht hatte, und das Getränk auf dem Herd. In einem der Küchenschränke fand er zwei weiße Emaillebecher mit blauem Rand. Er füllte beide mit dem heißen Saft und eilte damit hinaus in den Regen.

Victoria saß in einem der Korbstühle. Es war unerwartet warm im Gewächshaus, ein kleiner tragbarer Heizkörper stand in einer Ecke.

Er reichte ihr den einen Becher. »Apfelsaft aus eurer Mosterei.« Dann ließ er sich im Korbsessel neben ihr nieder.

Sie nahm den Becher mit breitem Lächeln entgegen. »Danke.« Sie probierte und schloss die Augen. Dann sah sie zu ihm auf. »Köstlich. Etwas säuerlicher als der Saft aus meinen Äpfeln. Sehr feine Süße.«

Er atmete tief ein. Auf dem Weg hierher hatte er beschlossen, absolut ehrlich zu ihr zu sein. Entweder es klappte, oder es klappte nicht. Er wandte sich an sie. »Ich wollte dir nur sagen, es tut mir leid, dass es letztens so komisch geendet hat.«

Sie sah ihn ernst an und nickte nur als Antwort.

Er verstummte und nahm einen neuen Anlauf. Dabei konnte er ein nervöses Lächeln nicht zurückhalten. Er räusperte sich. »Ich möchte mich dafür entschuldigen, wie ich mich am Samstag benommen habe.« Er holte Luft, um Gedanken und Worte zu sammeln. »Eigentlich wollte ich nichts lieber, als mit dir zusammen zu sein. Am liebsten hätte ich die ganze Nacht mit dir verbracht, aber … ich bin so etwas nicht gewohnt, jemanden auf diese Weise zu treffen.« Er verlor den Faden. Was meinte er eigentlich? Aber er wusste es ja, brauchte es nur auszusprechen. »Ich merke nur, dass ich …« Er schwieg. Dann fuhr er sich mit der Hand durchs Haar und lächelte vorsichtig. »Ich …« Er unterbrach sich erneut. »Ich weiß nicht, was du fühlst, aber …«

Sie war so eindeutig gewesen wie irgend möglich, als sie gesagt hatte, dass sie nicht die geringste Absicht hegte, sich in ihn zu verlieben, aber was hatte Jack gesagt? Dass er sein Gefühl ernst nehmen, sich ihm hingeben solle. Das bedeutete, dass man sagte, was man empfand. Dass man aufs Ganze ging und auch etwas riskierte. Er atmete wieder tief ein, wandte sich ihr zu und begegnete ihrem Blick.

»Ich weiß, dass du frisch geschieden und überhaupt nicht bereit für eine neue Beziehung bist. Das bin ich bisher auch nicht gewesen. Mein ganzes Leben lang nicht. Doch manchmal weiß man, dass man dem richtigen Menschen begegnet ist, der es verdient hat, dass man seine eigenen seltsamen Ansichten infrage stellt.« Wieder holte er tief Luft. Er benötigte den Sauerstoff, um seine Gefühle in Worte zu fassen. »Aber mit dir ist alles so anders. Ich möchte dich immer um mich haben. Und wenn das bedeutet, etwas Ernsthaftes anzufangen, dann will ich das. Also, ich meine eine feste Beziehung.« So, nun war es raus.

Sie lächelte. Ihre Augen blickten glücklich, doch ihr Lächeln war verhalten.

Und sie schwieg. Verdammt, war er völlig auf dem Holzweg gewesen? Klar, sie war frisch geschieden, mit allem was dazugehörte, aber er dachte trotzdem, dass es zwischen ihnen etwas Besonderes gab. Hatte er die Situation vollkommen fehlinterpretiert? Und hatte Jack vorhin recht gehabt? War Daniel nur in sich selbst verliebt und hatte ein zu großes Ego?

»Ich finde es auch ganz wunderbar, mit dir zusammen zu sein«, sagte sie zögernd. »Aber …«

»Meinst du, die Arbeit ist ein Problem? Ich denke, der Börsengang ist bald über die Bühne. Bis dahin können wir es ruhig angehen lassen, aber danach …«

»Das ist es nicht«, unterbrach sie ihn. »Oder doch, ein kleines Problem ist es schon. Aber ich …« Nun holte sie tief Luft. »Weißt du, ich befinde mich mitten in einem Adoptionsverfahren.« Die Worte blieben in der Luft hängen. Nur der Regen war zu hören, der gegen das Glasdach und die Wände des Gewächshauses prasselte.

Damit hatte er wirklich nicht gerechnet.

»Und ich bin schon sehr weit. Eben habe ich erfahren, dass die zuständige Stelle meinen Adoptionsantrag bewilligt hat. Ich habe einen guten Platz in der Warteliste der Adoptionsvermittlung. Es dauert also nicht mehr lange.« Er konnte die gemischten Gefühle in ihrem Blick erkennen. Glück, freudige Erwartung, aber auch Sorge.

Er wusste nicht, was er sagen sollte.

»Ich weiß also nicht, ob jetzt der richtige Zeitpunkt ist, jemanden mehr oder weniger … ernsthaft kennenzulernen.«

Er nickte langsam. »Ich verstehe.« Obwohl … eigentlich verstand er es nicht. Er empfand etwas für sie, und eine Adoption war doch wohl kein Hindernis, oder? Klar war es eine große Sache, aber es veränderte nicht seine Gefühle für sie. Im Gegenteil. Er hatte begriffen, wie sehr sie sich nach einem Kind sehnte, und er wollte doch, dass sie glücklich war.

»Ich muss jetzt in Bestform sein«, fuhr sie fort. »Jede Form der Ablenkung wäre fatal.« Sie seufzte und stellte den ausgetrunkenen Becher auf den Boden. »Ich weiß ja nicht einmal, wie Muttersein geht. Ich habe keine Ahnung!« Panik war in ihrer Stimme zu erahnen. »Ein Kind wird herkommen und hier mit mir wohnen. Ich werde für dieses Kind der sichere Hafen sein, alles, was es hat. Offensichtlich ist es mir nicht gelungen, meine Ehe aufrechtzuerhalten. Wie soll es mir dann gelingen, eine Beziehung zu einem anderen Mann aufzubauen? Ich habe keine Ahnung, wie ich es schaffen soll, eine gute Mutter zu sein. Wie geht das?« Sie sah ihn an, als kenne er die Antwort.

Er lächelte schief. »Also … da bin ich wohl eher nicht der richtige Ansprechpartner.«

Sie schüttelte den Kopf. »Und ich bin allein für das Kind verantwortlich.« Ihr Gesichtsausdruck veränderte sich, Entsetzen machte sich bemerkbar. »Was, wenn ich es nicht schaffe?«

Er nickte langsam, nahm einen Schluck Apfelsaft. Das Gespräch hatte eine völlig andere Wendung genommen, als er gedacht hatte. Aber sie brauchte ihn, seine Unterstützung, und das war ein gutes Gefühl. »Als Angehöriger eines Drogenabhängigen fand ich es besonders schlimm, dass das Umfeld immer die Schuld in der Familie gesucht hat. Alle wollten den Fehler bei uns sehen. Wir hatten irgendetwas falsch gemacht. Am schlimmsten war es sicher für meine Eltern. Die Angehörigen sehen die Schuld ohnehin schon bei sich selbst. Mag sein, dass wir manche Dinge anders hätten regeln können. Ich hätte auch einiges anders machen können. Man fühlt sich also schon in hohem Maße als Versager, und die Meinung der anderen macht es umso schlimmer.«

Sie hörte aufmerksam zu.

»Doch wenn ich etwas hätte anders machen sollen, dann hätte ich versucht, mehr an mich selbst zu glauben und auf die Menschen zu hören, die wirklich auf mich zählen. Das ist letztendlich das Wichtigste.«

»Ich glaube nicht an mich selbst.« Ihre Stimme klang schwach. In den Situationen, in denen er sie bisher erlebt hatte – im Job und wenn er mit ihr flirtete –, war sie ihm immer so cool und selbstbewusst vorgekommen. Jetzt wirkte sie plötzlich klein und verletzlich.

»Dann wird es Zeit, dass du es tust. Warum solltest du es nicht schaffen, eine gute Mutter zu sein? Denk mal daran, wie viele inkompetente Eltern es gibt. Es ist ein Wunder, dass die Selbstmordrate nicht höher ist und es nicht noch mehr Drogenabhängige gibt. Aber ich habe dich als sehr einfühlsam und umsichtig erlebt, wenn du zum Beispiel über deine Nichten und Neffen und die Kinder deiner Freundin sprichst. Ich wüsste nicht, warum du keine wunderbare Mutter werden solltest.« Er lächelte. »Ich glaube an dich.«

Sie streckte sich ihm entgegen und küsste ihn. Sie küsste ihn lange, zog ihm die Regenjacke aus, schlang die Arme um seinen Hals und fuhr mit den Händen durch sein Haar. Dann strich sie über seine Brust, unter sein Hemd, berührte seinen Bauch. Behutsam erwiderte er ihren Kuss, umfasste ihren Nacken und ihren Kopf, wollte die Zeit anhalten und den zärtlichen, intimen Moment für immer bewahren. Er ließ zu, dass sie ihm Pullover und T-Shirt auszog. Vorsichtig befreite er sie von ihrem Strickpullover und dem dünnen T-Shirt, küsste sie zärtlich.

Sie zogen sich gegenseitig die restlichen Kleidungsstücke aus und ließen sich auf die kalten marokkanischen Steinfliesen sinken, doch er empfand keine Kälte. Sie liebten sich unter dem Schein der Lichterkette, die an der Decke hing, während draußen der Regen gegen die Glasscheiben schlug.

Der Fußboden unter Victorias verschwitztem, nacktem Rücken fühlte sich kalt an. Sie drehte sich zu Daniel. »Ich bin total ausgehungert.« Ihr Normalzustand, nachdem sie mit ihm zusammen gewesen war.

»Gut, ich habe nämlich massenweise Essen dabei.« Sein Zeigefinger bewegte sich in kleinen Kreisen über ihren Bauch. Es kitzelte angenehm.

Dann suchten sie ihre Kleider vom Boden zusammen, zogen die Regenjacken über ihre nackten Körper und liefen ins Haus. Sie verschwand in der oberen Etage, zog ein frisches T-Shirt, einen Pullover, bequeme Tights und Wollsocken an.

Als sie hinunterkam, roch sie den Duft des Feuers aus dem offenen Kamin. Er hatte Boxershorts und Hemd angezogen und wirkte schon ganz vertraut mit ihrer Küche, wie er so dastand und verschiedene Käsesorten auspackte. Er blickte auf. »Ich habe Feuer gemacht, ich hoffe, das war in Ordnung?«

»Ich habe es schon gerochen.« Sie lächelte. Eine unerwartete Wendung, dachte sie, während sie ihn betrachtete. Seine Reaktion auf ihre Erzählung war so reif gewesen. Ihr war klar, dass er geschockt gewesen war. Vielleicht hätte sie ihm schon früher von ihren Plänen erzählen sollen, aber bisher hatte ihre

Beziehung noch nicht diese Ebene gehabt. Heute hatte er sie auf ein anderes Niveau gehoben.

Er griff nach einer Rotweinflasche und goss ihr ein Glas ein. Sie las das Etikett. Ein Jahrgangs-Barolo.

»Oh, ich muss im Weinhimmel sein.« Sie nahm das Glas in Empfang, hielt die Nase dicht über den Rand und sog den herrlichen Duft nach dunklen Trauben und Leder ein.

Er lächelte. »Geh doch schon rüber und setz dich ans Feuer, ich komme sofort.«

Sie gehorchte, ging ins Wohnzimmer und sank aufs Sofa. Nippte am Wein und weinte fast, als sie die samtweichen Tannine und den langen, würzigen Abgang schmeckte. Dann dachte sie an das, was er vorhin gesagt hatte, und erinnerte sich an sein verlegenes Lächeln davor. Daniel Häger, dieser freche, selbstsichere Mann, hatte sie verlegen angelächelt. Und sie hatte sich sehr beherrschen müssen, um nicht herauszuschreien, was in Gottes Namen er denn nun eigentlich sagen wolle.

Und dann hatte er exakt das gesagt, worauf sie gehofft hatte. Dass er abweisend gewesen sei, weil er Angst vor seinen eigenen Gefühlen gehabt habe. Der Traum jeder abgewiesenen Frau.

Und was er anschließend über ihre Mutterschaft gesagt hatte, war genau das gewesen, was sie hatte hören wollen. Auf einmal hatte sie sich ganz sicher gefühlt. Erst als sie über ihre Sorgen angesichts der bevorstehenden Mutterschaft gesprochen hatte, war ihr selbst klargeworden, wie sie sich eigentlich fühlte. Während der ganzen Jahre, in denen sie so verzweifelt versucht hatte, schwanger zu werden, hatte sie nie über die Herausforderungen des Mutterseins nachgedacht. Vielleicht dachten andere Frauen während der Schwangerschaft darüber nach, wenn sie vor dieser lebensumwälzenden Veränderung standen, die ein Kind bedeutete. Sie hatte nur ihren Traum gehabt, eine diffuse Vorstellung, die aber nie Wirklichkeit geworden war. Erst hier und jetzt war ihr der Gedanke gekommen, dass sie es vielleicht gar nicht hinkriegen würde, Mutter zu sein. Und noch dazu alleinerziehend.

Dass sie eine gute Mutter werden würde, war das absolut Unwiderstehlichste, was ein Mann ihr sagen konnte.

»Eine italienische Platte, bitte sehr!« Daniel tauchte in der Türöffnung auf, in der Hand ein Holzbrett mit Burrata, einer kleinen Flasche Olivenöl, frischem Basilikum, Tomaten, etwas, das wie Pecorino aussah, und dünne Scheiben Salami. Es sah köstlich aus.

Er stellte die Leckerbissen ab, ging in die Küche und kam mit der Weinflasche und seinem eigenen Glas zurück. Setzte sich neben sie auf das niedrige, weiche Sofa.

»Der Wein ist fantastisch.«

Er probierte. »Trotzdem fand ich den Ripasso in Åre noch besser.«

Sie lächelte und nippte erneut mit geschlossenen Augen am Wein. Schon bald hatte sie das halbe Glas ausgetrunken, und Daniel schenkte ihr nach.

»Danke, dass du mich eben beruhigt hast. Es bedeutet mir viel, das von jemandem zu hören.«

»Ich habe es genauso gemeint.« Er sah sie ernst an.

»Danke. Wirklich. Ich weiß ja, wie hart es ist, alleinerziehend zu sein. Mein Vater kam und ging, wie es ihm gefiel. Mama hat uns komplett allein erzogen.«

»Vielleicht wagst du es genau deshalb?«

Sie nickte, so hatte sie es noch nicht gesehen. »Vielleicht.«

»Was meinst du damit, dass dein Vater kam und ging?«

Sie zuckte die Schultern. »Er war einfach nie da, man konnte nie mit ihm rechnen.«

»Möchtest du nicht darüber reden?«

»Es ist nicht besonders interessant.«

»Nicht?«

Sie antwortete nicht, denn sie hatte keine Lust, detailliert zu erzählen, wie der Vater wochenlang weg gewesen war, ohne von sich hören zu lassen. Ihre schmerzliche Sehnsucht nach ihm wurde nur vorübergehend gelindert, wenn er mit Geschenken zurückkam und sie mit in den Vergnügungspark Gröna Lund und ins Spaßbad nahm. Dinge, die Mama sich nicht leisten konnte, da sie alleinerziehend war. Mit etwa elf Jahren begann Victoria das Ganze zu durchschauen und begriff, dass ihre Mutter ständig die Fehler des Vaters kompensieren musste. Diese Einsicht stärkte das Verhältnis zu ihrer Mutter. Victoria nahm die lächerlichen Geschenke ihres Vaters nicht länger an und traf sich nur mit ihm, wenn es nicht anders ging. Erst kürzlich hatte er sich auf ihre wiederholten Anrufe überhaupt gemeldet und ihr auf den Anrufbeantworter gesprochen. Er würde mal nach dem Testament schauen, hatte er gesagt. Also konnte sie es vergessen. Aber nach der neuen Hausbewertung würde es mit dem Kredit ja vielleicht auch so funktionieren.

Sie schnitt ein Stück von der Burrata ab und träufelte Olivenöl darüber.

Daniel nahm sich nichts vom Essen, sondern blickte sie nur auffordernd an, als erwarte er, dass sie noch mehr über ihren Vater erzählte. Sie rutschte auf dem Sofa hin und her. Aß Burrata und nahm sich ein Basilikumblatt.

Dann nickte er langsam, schien sich mit der Antwort zufriedenzugeben, aber blickte sie dennoch weiter fragend an.

Gefühle zurückzuhalten und nicht zu sehr in die Tiefe zu gehen hatte sie schon als ganz kleines Kind gelernt. Alles, um ihrem Vater zu gefallen. Er fand es anstrengend, wenn sie traurig war, wenn sie ihn anrief und weinte, sich nach ihm sehnte.

Er fand es auch anstrengend, wenn Mama wegen seiner notorischen Untreue am Boden zerstört war, und hätte am liebsten jede noch so kleine Emotion unterdrückt, die in der Familie geäußert wurde. Schließlich war es am einfachsten gewesen, sich emotional abzuschotten.

Sie räusperte sich. »Es fällt mir etwas schwer, darüber zu sprechen. Ich glaube, es liegt an meinem Vater. Von ihm habe ich gelernt, meinen eigenen Gefühlen nicht so viel Bedeutung beizumessen und emotional nicht in die Tiefe zu gehen.«

»Ich kenne mich aus mit schlechten Vater-Kind-Beziehungen.«

»Hast du ein schlechtes Verhältnis zu deinem Vater?«

»Es ist etwas … kompliziert. Wir sind uns in vielen Dingen uneinig und von Grund auf verschieden.« Er sprach langsam, als dächte er über jedes einzelne Wort nach. »Wir können uns zum Beispiel nicht darüber einigen, wie wir den Jahrestag zusammen verbringen sollen.« Er sah sie an. »Am Dienstag ist Adrian seit fünf Jahren tot.«

Sie legte ihre Hand auf seine.

»Ich merke selbst, wie verrückt das klingt«, entschuldigte er sich.

»Du brauchst dich nicht vor mir zu rechtfertigen, aber vielleicht wäre es gut für euch alle, wenn ihr euch wenigstens über diesen Tag einig werden könntet.«

Er nickte.

»Wie findet deine Mutter das?«

»Natürlich mag sie es gar nicht.«

Sie sah ihn prüfend an.

»Was ist?«, fragte er.

Sie lehnte sich auf dem Sofa zurück. »Ist es dir wichtig, ein gutes Verhältnis zu deinem Vater zu haben?«

Er sah sie lange an, dann blitzte etwas in seinen Augen auf, als sei ihm ein Gedanke gekommen. »Sorgst du dich um meine Beziehung zu meinem Vater? Lässt dich das zweifeln?«

»Ich weiß nicht.« Sie schüttelte den Kopf.

Und er legte seine Hand an ihre Wange und sah ihr zärtlich in die Augen. »Vielleicht bin ich nicht ganz der starke und zuverlässige Mann, den du brauchst, aber ich kann es werden. Für dich.«

»Danke.« Sie lächelte glücklich. »Aber ich denke dabei hauptsächlich an dich, nicht nur an mich.«

Er nickte langsam und blickte ins Feuer. »Natürlich ist das wichtig. Vielleicht kann ich nicht einfach alles vergessen und ihn zum Vater des Jahres ernennen, aber mir ist schon klar, dass ich irgendwo anfangen muss.«

»Den ersten Schritt zu tun und sich über den Jahrestag zu einigen ist vielleicht ein guter Anfang?«

Er nickte und sah sie an. »Da hast du wohl recht.« Dann rutschte er näher zu ihr hin. »Und ich möchte mich deinetwegen anstrengen. Mir ist klargeworden, dass ich das tun muss, um mich besser zu fühlen, und ich möchte, dass es mir gut geht. Für dich. Ich möchte für dich stark sein.«

Sie begegnete seinem Blick und wusste nicht, was sie darauf antworten sollte. Was er sagte, klang ganz wunderbar.

»Ich muss nur noch eine Sache erledigen«, sagte er, verschwand in der Küche und kam kurz darauf mit seinem Handy zurück. Er schrieb eine Nachricht und zeigte ihr das Display. *Hallo, hast du morgen Zeit, um über Dienstag zu sprechen?* Er hatte die Nachricht an Douglas Häger geschickt.

Sie nickte lächelnd. »Sehr gut.« Es fühlte sich hoffnungsvoll an. Wenn sie einen Mann in ihr Leben ließ, dann musste es ein Mann sein, der mit sich selbst achtsam umging. Das schien Daniel trotz allem zu tun. Seine Probleme zu identifizieren und das, woran man arbeiten musste, war schon eine ganz schöne Leistung.

Er sah sie freimütig an. »Ich möchte wirklich mit dir zusammen sein, und du sollst wissen, dass ich deinem Adoptionsverfahren niemals im Wege stehen will. Ich möchte mit dir zusammen sein. Mit dir und deinem Kind.«

»Du hast also nichts dagegen, dass ich ein Kind haben werde?«

Er schüttelte den Kopf. »Überhaupt nichts. Schließlich bin ich dreißig. Bald. In dem Alter muss man damit rechnen, dass die Frauen, die man kennenlernt, Kinder haben oder bald eines haben werden.« Er lächelte. »Und ich möchte natürlich auch gerne irgendwann Kinder haben.«

Natürlich. Ihr Herz sank. Natürlich wollte er das. Idiotischerweise hatte sie daran noch nicht gedacht.

Er sah sie nachdenklich an. »Was ist?«

»Möchtest du … eigene Kinder? Also biologische Kinder? Ist dir das wichtig?«

»Darüber habe ich noch gar nicht richtig nachgedacht.« Dann sah er sie an, als begreife er, worauf sie hinauswollte. »Du kannst keine eigenen Kinder bekommen?«

Sie schüttelte den Kopf. »Nein, deshalb möchte ich so gerne eins adoptieren. Das ist quasi meine einzige Chance. Je mehr Zeit vergeht, desto schwerer wird es für mich zu adoptieren. Es gibt ziemliche strenge Regeln, was das Alter der Adoptiveltern bei der Adoption angeht.«

»Das Einzige, was ich weiß, ist, dass ich überglücklich wäre, eines Tages Vater eines Kindes zu werden, biologisch oder nicht. Unabhängig davon möchte ich dich unbedingt weiter treffen.« Er kam noch näher zu ihr und legte die Hand an ihre Wange. »Ich habe vollstes Verständnis dafür, dass das Kind das Wichtigste für dich ist, aber ich möchte dich unterstützen.

Das Kind geht vor, aber ich möchte dich trotzdem weiterhin sehen.« Er machte eine Pause. »Ich denke, wir merken dann schon, ob wir zusammenpassen. Wenn du mich nicht stabil genug findest, hören wir einfach auf, uns zu sehen. Aber wir können uns doch eine Chance geben? Du bist mir wichtiger als biologische Kinder.«

Es war, als öffnete sich eine vorher geschüttelte Champagnerflasche in ihrer Brust. Was war mit diesem Mann? Den ganzen Abend über hatte er genau die richtigen Worte gesagt.

Sie starrte ihn an. »Gibt es dich wirklich?«

Er lachte auf. »Das frage ich mich manchmal auch. Bezogen auf dich, meine ich.«

Ein Adoptionsverfahren hätte die meisten Männer unter dreißig dazu gebracht, die Beine in die Hand zu nehmen und das Weite zu suchen. Allerdings war das Alter eines Menschen nicht unbedingt der Maßstab für die seelische Reife, das hatte sie an diesem Abend begriffen. Sie empfand unglaublich viel für ihn.

»Wir geben uns eine Chance«, sagte sie und nickte langsam.

Er antwortete mit einem strahlenden Lächeln, als habe er soeben im Lotto gewonnen, dann küsste er sie sanft und lange.

26

Am nächsten Tag rief Daniel seinen Vater an. Es folgte zwar eine harte Verhandlung, aber die Stimmung zwischen ihnen war richtig gut, und Daniel empfand Stolz darüber, den ersten Schritt gemacht zu haben.

Dann war endlich Dienstag, und sie begannen den Tag mit einem Frühstück zu Hause in Djursholm. Den Vormittag über spielten sie Tennis, wie es sich der Vater gewünscht hatte. Die Mutter mochte den Sport auch, und Daniel hatte früher einmal gespielt, bis es ihm keinen Spaß mehr gemacht hatte, da sein Vater ihn zu hart rangenommen hatte. Danach gab es selbstgemachte Pizza mit Dosenananas und Schinken. Wenn Daniel und Adrian als Kinder Essen gemacht hatten, war es jedes Mal Pizza gewesen. Die Mutter hatte den Teig vorbereitet, und die Jungs kümmerten sich um den Belag. Häufig hatte es damit geendet, dass Adrian die halbe Dose Ananas aufgegessen hatte.

Nach dem Mittagessen machten sie einen langen Spaziergang, tranken Tee und sahen sich Fotos aus Daniels und Adrians Kindheit an. Da waren die Bilder vom Frankreichurlaub, als sie ein riesiges Spaßbad besucht hatten. Die Brüder verbrachten die ganze Zeit in der Wasserrutsche, und Adrian hatte so viel Wasser geschluckt, dass er sich am Ende übergeben musste, aber danach war er unverdrossen weitergerutscht.

Und da waren Fotos von den Weihnachtsferien, als es ausnahmsweise einmal so viel geschneit hatte, dass sie im Garten ein Iglu bauen konnten. Adrian wollte darin schlafen, durfte es zu seiner großen Enttäuschung aber nicht. Mitten in der Nacht hatte Daniel ihn geweckt, mit Schlafsack, warmer Unterwäsche und Winterkleidung. Dann waren sie hinaus ins Iglu geschlichen und hatten sich dort hingelegt. Eine Stunde lang hielten sie es aus, dann rannten sie zurück zu ihren Eltern, die sie gehört hatten und schon mit heißem Kakao auf sie warteten.

Es war ein schöner Tag. Die Mutter lächelte die ganze Zeit, wenn auch etwas wehmütig, aber sie konnten tatsächlich miteinander über gemeinsame Erinnerungen an Adrian lachen, und Daniel vertrug sich mit seinem Vater.

Abends gingen sie in die Oper. Hinterher wollten sie sich mit Jack und Anita im Theatergrill treffen.

Die Oper war ausverkauft. Die Aufführung – *Figaros Hochzeit* – lief schon seit einigen Monaten und war immer noch außerordentlich gefragt.

Die Pause verbrachten sie im Goldfoyer mit einer Flasche Champagner. Sie verquatschten sich an der Bar, und als sie es merkten, mussten sie sich beeilen, denn es waren nur noch wenige Minuten, bis die Vorstellung weiterging. Als Daniel sich auf seinem Plüschsessel niederließ, vibrierte sein Handy. In seinem Bauch flatterten Schmetterlinge auf.

Wie war dein Tag?

Er lächelte. Beide hatten am Tag zuvor lange arbeiten müssen und sich nicht gesehen. In jeder Sekunde hatte er sich nach ihr gesehnt. Später würde er sie noch anrufen. Er wollte diesen Tag mit ihr teilen, und morgen würden sie sich sehen. So fühlte er sich: Er wollte so viel mit ihr teilen, und das, was er am Samstag über sie erfahren hatte, war eine große Sache gewesen.

Aber es veränderte in keiner Weise seine Gefühle für sie. Im Gegenteil. Es vertiefte sie. Sie hatte so glücklich ausgesehen, als sie davon gesprochen hatte, Mutter zu werden. Und das war schön gewesen.

Daniel spürte den Blick seiner Mutter auf sich. »Du siehst froh aus.« Sie hielt ihre kleine, paillettenbesetzte Tasche, die sie immer mit in die Oper nahm, mit beiden Händen fest und lächelte ihn an.

»Es war eine gute Arbeitswoche.«

Sie seufzte. »Immer nur Arbeit. Du solltest mal etwas anderes finden, womit du deine Zeit ausfüllst, Daniel.«

»Da sind wir uns sehr ähnlich, Daniel und ich. Wir haben eben verstanden, was wichtig ist im Leben.« Der Vater beugte sich vor und grinste spöttisch, während seine Frau ihm gespielt entrüstet auf die Schulter schlug.

»Was für ein schlechter Scherz«, sagte die Mutter, doch sie lächelte noch immer. Daniel war ganz ihrer Meinung, doch er hatte sich geschworen, an diesem Tag nicht mit seinem Vater zu streiten.

Was, wenn sein Vater und er sich endlich versöhnen, den alten Groll begraben und endlich miteinander klarkommen könnten? Heute war jedenfalls ein guter Zeitpunkt, genau das zu tun. Der fünfte Jahrestag. Der Tag, vor dem Daniel sich gefürchtet hatte, der nun aber seinen Schrecken verloren hatte. Vielleicht, weil er mit Victoria über seinen Bruder gesprochen hatte und dadurch die Last etwas leichter geworden war, die Adrians letzte Lebensstunden für Daniel bedeuteten?

Er hatte Victoria davon erzählt, wie es sich angefühlt hatte, Angehöriger eines Drogenabhängigen zu sein – ein zugegebenermaßen unbeholfener Versuch, sie in ihrer Mutterrolle zu stärken. Danach war ihm zum ersten Mal klargeworden, dass es nicht in seiner Macht gestanden hatte, etwas gegen Adrians

Drogenmissbrauch zu unternehmen. Mehrere Jahre lang hatte er versucht, dem Bruder zu helfen. Vielleicht war er schon lange vor jenem schicksalhaften Tag an die Grenze dessen gestoßen, was ein Nahestehender tun konnte?

Diese Gedanken waren so wunderbar leicht und versöhnlich.

»Ja, da sind wir uns wohl etwas ähnlich.« Er lächelte seinen Vater an.

»Spaß beiseite. Es ist wirklich eine Berufung. Als Unternehmenschef lebt man für sein Unternehmen und für seine Arbeit.« Es war das erste Mal, dass sein Vater ihn als Unternehmenschef kategorisierte und ihn ansatzweise mit seiner eigenen hohen Position gleichsetzte. »Vielleicht sollte ich von meinen Plänen erzählen, oder was meinst du, Eva?«, sagte sein Vater dann.

»Ja, unbedingt.« Die Mutter lächelte erfreut und blickte Daniel geheimnisvoll an.

»Ich möchte dich nämlich gerne mit einbeziehen«, sagte der Vater vertraulich. Doch in dem Moment erloschen die Deckenlampen. Das Gemurmel um sie herum verstummte.

»Wir sprechen nachher darüber«, flüsterte sein Vater und lehnte sich auf seinem Sessel zurück. Daniel war neugierig geworden. Worum es wohl ging?

Er verfolgte die Komplikationen und Intrigen der Opernhandlung, genoss den Gesang und das Schauspiel, aber konnte nicht aufhören darüber nachzugrübeln, was sein Vater wohl gemeint haben könnte.

Nach der Vorstellung gingen sie zum Abendessen in den Theatergrill. Jack und Anita wollten etwas später dazustoßen. Während sie auf die beiden warteten, bestellten sie sich eine Flasche Wein, und Daniel entschuldigte sich kurz.

Er betrat die Toilettenräume, blieb jedoch plötzlich stehen. Ein bekanntes Gesicht. Otto Ohlsson. Adrians Schulkamerad, einer der Jungs aus der Clique, die ihn mit Drogen in Kontakt gebracht hatten. Einer von denen, die Adrian vergessen hatten, sich nicht mehr für ihn interessierten, als es ihm am dreckigsten ging. Sich aber ab und zu gemeldet hatten, um über ihn an Partydrogen zu kommen. Das Gemurmel im Restaurant, entfernte Musik und das Geräusch klirrender Gläser versetzten Daniel zehn Jahre zurück zu einem Abend im Sturehof, als er Otto und Adrian auf einer der Toiletten begegnet war und Adrian noch Spuren von Kokain unter der Nase gehabt hatte. Daniel war wütend geworden und hatte ihm das Kokain weggewischt, während Otto nur grinsend dastand und sich mit der Hand durch sein lockiges Haar fuhr. Adrian war vollkommen weggetreten gewesen. Das war der Unterschied zwischen ihnen gewesen – Otto hatte im Gegensatz zu Adrian die Kontrolle über seinen Drogenkonsum, von Anfang an.

Jetzt lächelte Otto ihn an. »Hej, Daniel! Lange nicht gesehen. Ich habe von deinem Unternehmen gehört. Börsengang? Nicht schlecht!«

Daniel sah ihn nur schweigend an und stellte sich ans Pissoir. Otto schien kurz zu zögern, dann stellte er sich neben ihn. Daniel wusch sich die Hände und verließ die Toiletten, ohne Otto eines Blickes zu würdigen.

Er kehrte zu seinen Eltern zurück und setzte sich auf das rote Plüschsofa an der Wand mit Blick ins Restaurant.

Dann sah er seinen Vater an. »Erzähl von deinen Plänen.«

Sein Vater räusperte sich, setzte sich auf dem Stuhl zurecht und nippte am Wein, der inzwischen gekommen war. »Schon lange möchte ich etwas im Gedenken an Adrian tun. Und jetzt bin ich zu dem Entschluss gekommen, dass es am besten wäre, eine Stiftung in seinem Namen zu gründen, deren Geld dafür verwendet wird, jungen Menschen mit den gleichen Problemen zu helfen.«

Daniel nickte langsam. Es war ungewöhnlich, dass sich sein Vater gemeinnützig engagieren wollte, aber Daniel begrüßte das. Absolut. »Ich finde, das klingt super.«

»Und Papa dachte, dass ihr vielleicht zusammenarbeiten könntet«, warf die Mutter ein. »Das heißt, eure Unternehmen.«

Daniel musste sich anstrengen, seine Begeisterung zu verbergen, erlaubte sich aber ein kleines Lächeln. Eine Zusammenarbeit zwischen ihm und seinem Vater wäre noch besser als eine Investition. Es würde bedeuten, dass sie gleichwertig waren und gleich viel zu sagen hatten. Und das alles für Adrian. »Natürlich bin ich dabei. Gerne.«

Sein Vater warf ihm ein anerkennendes Lächeln zu. »Ich glaube, ich habe es dir noch nicht gesagt, Daniel, aber deine Mutter hat mir von den Investoren erzählt, die du ins Boot geholt hast. Ich bin sehr beeindruckt!« Er drückte Daniels Schulter, dann schien er etwas am anderen Ende des Raumes zu bemerken, links von Daniel. Sein Gesicht erhellte sich, und er stand auf. »Otto! Grüß dich!«

Oh nein.

Der Vater winkte mit der Hand. Daniel sah nicht hin, doch bald stand Otto an ihrem Tisch. Er begrüßte sie, mied den Blickkontakt mit Daniel und umarmte die Mutter.

»Gerade haben wir davon gesprochen, dass wir planen, eine Stiftung in Adrians Namen zu gründen«, sagte der Vater und schien nicht zu merken, dass Daniel Otto noch nicht einmal ansah.

»Das klingt ja großartig.« Otto nickte ehrfurchtsvoll. »Dann möchte ich natürlich einer der ersten Investoren sein.«

Daniel räusperte sich laut.

»Das wäre eine große Ehre.« Der Vater ergriff Ottos Hand.

»Ist das jetzt dein Ernst?« Daniel blickte seinen Vater an. »Otto hat Adrian mit den Drogen doch erst in Kontakt gebracht und sich dann einen feuchten Dreck um ihn geschert, als es ihm am dreckigsten gegangen ist.«

»Aber Daniel! Sprich nicht so! Du weißt doch, welch gute Freunde sie waren. Wir brauchen Investoren wie Otto. Er ist Verwalter eines der ...«, begann der Vater.

»Verdammt, er hat Adrian in den letzten Jahren noch nicht einmal gekannt!«

Sein Vater machte eine beschwichtigende Geste. »Daniel, du beruhigst dich jetzt!«

Ottos Blick flackerte zwischen ihnen beiden hin und her, und er zog sich zurück.

Daniel hasste es, wenn sein Vater ihn als bockiges, quengeliges Kind hinstellte. Er wollte ihm nicht recht geben und holte tief Luft. »Das ist es doch. Du begreifst gar nichts. Du hast Adrian am Schluss nicht gekannt. Du wusstest nicht, wer seine Freunde waren, sondern interessierst dich nur für diejenigen, die Einfluss und Geld haben.« Er versuchte, ruhig zu sprechen, doch seine Stimme wurde unwillkürlich lauter. »Du hast keine Ahnung, wer oder was Adrian etwas bedeutet hat, denn du warst nie da. Und wenn du einmal da warst, dann hast du nur unsinnige Forderungen an ihn gestellt. Wie kann es sein, dass du das nicht begreifst?«

Sein Vater sah ihn eine Weile schweigend an. »Aber du hast Adrian gekannt? Und alles über ihn gewusst? Wo warst du denn, als er starb?« Vater nagelte ihn mit seinem Blick fest. »Warum warst du nicht zu Hause?« Seine Stimme wurde laut. »Warum bist du geflohen, wenn du doch wusstest, wie man seinen kleinen Bruder am besten unterstützt?« Er stellte sein Weinglas mit einem Knall auf den Tisch. Die anderen Gäste drehten sich zu ihnen um. Für einen Moment war es still im Raum, bevor sich die Leute wieder ihren Gesprächen widmeten und so taten, als bekämen sie nichts mit vom Familienkrach. Otto hatte sich längst aus dem Staub gemacht.

»Douglas!«, rief die Mutter, die bis jetzt geschwiegen hatte, und packte ihn am Arm. »Jetzt reicht es!«

Aber der Vater hatte genau das ausgesprochen, was Daniel selbst die ganzen Jahre über gedacht hatte. Nun war es klar: Sein Vater war auch der Ansicht, dass Daniel schuld an Adrians Tod war.

Daniel hatte es die ganze Zeit gewusst.

Was, wenn der Vater wusste, was Daniel zu Adrian gesagt hatte, bevor er starb? Und dass er seine tödliche Überdosis finanziert hatte?

»Warum warst du eigentlich am anderen Ende der Welt?« Sein Vater gestikulierte wild herum, während er sprach. Seine Augen waren gerötet und glänzten, als würde er jeden Moment anfangen zu weinen.

Die Mutter holte tief Atem. »Jetzt ist es genug.« Sie schlug mit der Faust auf den Tisch und starrte ihren Mann an. »Ihr habt schon alle Geburtstage von Adrian zerstört, und jetzt auch diesen Tag. Ihr macht alles kaputt.« Sie warf Daniel einen wütenden Blick zu. »Merkt ihr gar nicht, wie idiotisch und unlogisch es ist, mit Unmengen von Geld dazusitzen und sich darüber zu streiten, wie man es am besten ausgibt? Statt einfach etwas zu *tun*! Ihr könntet hunderten von Jugendlichen helfen, aber seid zu stolz, um zusammenzuarbeiten. Ihr seid alle beide Idioten, und ich habe euch satt, alle beide.« Sie sah kalt von einem zum anderen.

Der Vater blickte Daniel an. »Siehst du, was du deiner Mutter antust? Na? Jetzt geht es ihr auch noch deinetwegen schlecht.«

Auch. Sein Vater wusste genau, welche Knöpfe er drücken musste. Aber er hatte recht. Daniel war ein schlechter Sohn und ein noch schlechterer großer Bruder. Er war schuld daran, dass es seiner Mutter schlechtging, und er hatte seinen kleinen Bruder nicht retten können.

»Nein, Douglas. Ihr *beide* bringt mich dazu, mich schlecht zu fühlen.« Die Mutter stand auf, riss ihre Handtasche von der Stuhllehne und eilte aus dem Lokal. Der Vater lief hinterher, doch Daniel blieb sitzen.

Sie hatten recht. Er machte alles kaputt. Nicht einmal jetzt gelang es ihm, mit seinem Vater an einem Strang zu ziehen.

Er verließ das Restaurant und ging nach Hause. Es war kalt, und die Luft duftete nach Holzfeuer aus den offenen Kaminen. Er nahm sein Handy, um Victoria anzurufen. Alles würde sich leichter anfühlen, wenn er nur mit ihr sprach. Doch dann dachte er an die Situation, in der sie sich befand. Er hatte ihr gegenüber betont, dass er ihr guttun wollte. Er wollte ihr eine Stütze sein und alles für sie geben.

Aber das würde nicht funktionieren. Er tat den Menschen nicht gut, die er liebte. Das Handy rutschte in die Tasche zurück. Er wusste, dass er auch ihr nicht guttun würde.

27

Ich rufe dich morgen an.

Mehr stand nicht in der Nachricht, die Victoria von Daniel am Dienstag bekam. Dann sagte er ihr Date am Mittwoch ab mit der Begründung, er müsse noch spät arbeiten.

Am Freitagnachmittag hatte er noch immer nicht angerufen. Victoria war in der Kanzlei und arbeitete am Entwurf für den Wertpapierprospekt, konnte aber nur an ihn denken.

Irgendetwas stimmte ganz und gar nicht.

Machte sie sich unnötig Sorgen? Vermutlich hatte er viel zu tun. Tags zuvor hatte sie einen ersten Entwurf des DD-Berichts an ihn geschickt, und bestimmt saßen Antonia und er gerade daran und gingen ihn gemeinsam durch. Sie hatte Lövviken nirgendwo erwähnt und auch nichts von fehlenden Sanierungsarbeiten oder Unstimmigkeiten mit einer Angestellten geschrieben. Es gab ja keine schriftlichen Beweise, und sie verstand noch immer nicht, wie alles zusammenhing. Zuerst brauchte sie Beweise, irgendetwas, was Karl zu Fall bringen würde. Er sollte nicht davonkommen, jetzt, wo sie so lange auf den richtigen Moment gewartet hatte.

Sie wandte sich wieder ihrem Entwurf zu. Bevor sie ins Wochenende ging, wollte sie noch einiges schaffen. Erst hörte sie nicht, wie ihr Handy vibrierte. Dann stand Azzie auf, winkte ihr zu und deutete auf ihr Handy.

Eine Stockholmer Vorwahl. Sofort dachte sie an die Adoptionsvermittlung und beeilte sich, das Gespräch anzunehmen.

»Victoria Leander.«

»Hier ist die Adoptionsvermittlung.«

»Ach, hallo!« Victoria stand auf, ihr Puls schnellte in die Höhe. Sie verschwand in einem der kleineren Räume auf dem Flur, die für kürzere Meetings gedacht waren. Ihr Herz schlug heftig. Sie riefen nur an, wenn etwas passiert war.

»Ich habe gute Nachrichten.« Ihre Sachbearbeiterin machte eine Pause, und Victoria hielt den Atem an. »Wir haben gerade eine Öffnung in Südafrika. Wie weit sind Sie mit Ihren Unterlagen?« Sie meinte die Gutachten über Victorias Lebensweise und ihre Eignung als Mutter, mit Referenzen und Fotos von Freunden und Familie, die an die Adoptionsagentur in Südafrika geschickt werden sollten.

»Die sind so gut wie vollständig. Und mit Öffnung meinen Sie …?«

»Ich meine, wenn Sie die Unterlagen liefern, wird es wahrscheinlich schnell gehen.«

»Wirklich?« Victoria konnte sich nicht beherrschen und stieß einen Freudenschrei aus.

Die Sachbearbeiterin am anderen Ende der Leitung lachte auf. »Ja, wirklich! Schicken Sie uns alles, sobald Sie damit fertig sind, und dann drücken wir die Daumen!«

Victoria beendete das Gespräch und blieb für einen Moment im Zimmer stehen, um Atem zu schöpfen. Dann ging sie hinaus und eilte den Flur entlang, wo sie mit Mikaela zusammenstieß, die gerade Henriks Büro verließ. Ihre Augen waren gerötet und voller Tränen. Hatten sie sich etwa gestritten? Victoria schielte durch die Glaswand in Henriks Arbeitszimmer und konnte sehen, dass er konzentriert auf seinen Bildschirm starrte. Doch sie hatte wichtigere und interessantere Dinge, auf die sie sich konzentrieren wollte, als deren blöde Affäre.

Sie ging weiter zu Ebbas Büro. Die Tür stand offen, und sie stürmte hinein und schloss sie hinter sich. Ebba sah von ihrem Schreibtisch auf.

»Die Adoptionsvermittlung hat gerade angerufen.« Ebba stand auf, und Victoria ergriff ihre Hände. »Sie möchten, dass ich meine Unterlagen schicke, vielleicht gibt es bald eine Öffnung!«

Ebba schnappte nach Luft und legte die Hand auf den Mund. Dann begann sie zu strahlen. »Nein, ist das wahr?« Sie stieß einen Freudenlaut aus. »Und was genau bedeutet das?«

»In allen Foren, die ich gelesen habe, stand, dass man so eine Nachricht nur erhält, wenn man bald an der Reihe ist. Meine Sachbearbeiterin in der Adoptionsvermittlung hat gesagt, es sei noch nicht spruchreif, aber mit etwas Glück ... Ich muss jetzt so schnell wie möglich meine Unterlagen fertigstellen!«

Ebba umarmte sie. »Was tust du dann noch hier? Ab nach Hause zu deinen Papieren!«

Am Samstagnachmittag trafen sich Victoria und Ebba zu einem Spaziergang am Norr Mälarstrand. Danach wollten sie noch zum Kaufhaus NK. Abends sollte die Wohltätigkeitsgala von Kraft steigen, und Victoria brauchte ein neues Kleid, ein atemberaubendes Kleid.

Es war ein grauer Tag. Windböen zogen vom Riddarfjärden herein und wirbelten das trockene Laub auf.

Sie gingen am Kai entlang und begegneten dabei lauter frisch verliebten Pärchen auf Samstagsspaziergang.

Victoria hatte noch immer nichts von Daniel gehört. Am gestrigen Abend hatte sie keine Zeit gehabt, an ihn zu denken. Ihre Mutter war da gewesen, und sie hatten sich zusammen weiter um die Papiere und das Fotobuch gekümmert. Es versetzte ihr einen Stich, als sie die verliebten Paare sah. Sie begriff nicht, warum er sich nicht meldete.

Als es zu kalt wurde, gingen sie in die Orangerie am Norr Mälarstrand, um sich aufzuwärmen. Sie ergatterten einen Tisch neben dem großen offenen Kamin, zogen sich ihre Jacken aus, behielten aber die Schals an. Dann bestellten sie sich jede ein Glas Rotwein und einen Salat.

Ebba zog eine kleine Plastikmappe aus ihrer Handtasche und holte ein paar Fotografien heraus. Einige mit Victoria und den Kindern darauf und eins mit Ebba, Peter und den Kindern in Victorias Garten.

»Sehr schön!«, sagte Victoria.

»Meinst du, sie sind in Ordnung?«

»Mehr als das.«

Sie betrachtete das Bild von Ebba, Peter und den Kindern. Würde sie jemals so etwas haben? Einen Mann, mit dem sie alles teilen konnte? Oder würde ihr Kind ohne Vater aufwachsen? Sie schob die Gedanken beiseite. Ihre Mutter hatte es geschafft, und Victoria hatte sich ganz allein auf die Adoption eingelassen, vielleicht mit der Mutter als Inspiration. In dem Punkt hatte Daniel wohl recht gehabt. Trotzdem fühlte sie einen gewissen Schmerz beim Betrachten des Fotos. Nicht weil sie sich nach jemandem gesehnt hatte. Sie hatte sich darauf gefreut, das ganze Adoptionsverfahren allein zu durchlaufen. Aber die Verliebtheitsgefühle Anfang der Woche und die Vorstellung, einen Mann an ihrer Seite zu haben, hatten etwas verändert. Doch jetzt war sie unsicher, ob er wirklich an ihrer Seite stehen würde.

»Woran denkst du?« Ebba sah sie prüfend an.

Sie schüttelte den Kopf. »Ich habe jemanden kennengelernt. Aber es ist kompliziert.«

»Aha?« Ebba hob eine Augenbraue. »Und warum erfahre ich das erst jetzt?«

»Weil wir in der letzten Zeit kaum geschafft haben, miteinander zu sprechen.«

»Das stimmt.« Ebba nickte. »Und warum ist es kompliziert?«

Wo sollte sie anfangen? »Erstens ist er etwas jünger, und ich weiß nicht, ob er für so etwas bereit ist.« Sie sah auf die Fotografien.

»Ach, etwas jünger macht doch nichts. Jüngere Männer sind doch voll im Trend.« Ebba zwinkerte. »Wie alt ist er denn?«

»Jung.«

Ebba zog eine Grimasse. »Bitte sag mir, dass er zumindest volljährig ist.«

Victoria lachte. »Neunundzwanzig.«

»Das ist doch nicht so schlimm. Liegt das Problem wirklich dort? Oder glaubst du, er ist noch nicht reif genug für das volle Programm mit Kind?«

Sie seufzte leise. »Ich weiß es nicht. Es war ein ganz besonderer Start, wir … haben uns im Herbst kennengelernt. Letztes Wochenende wurde es deutlich ernster, wir hatten einen wunderbaren Abend und eine tolle Nacht, aber jetzt habe ich seit Dienstag nichts mehr von ihm gehört.«

Ebba runzelte die Stirn. »Du weißt doch, wie das ist. Er muss bestimmt viel arbeiten.«

»Ja, vielleicht.« Aber sie war nicht überzeugt.

Der Salat wurde serviert, und Victoria spießte ein Blatt Grünkohl auf ihre Gabel. »Heute Abend wird er auf der Wohltätigkeitsgala sein. Es fühlt sich so seltsam an hinzugehen, wo wir in den letzten Tagen nichts voneinander gehört haben.«

»Aber wer ist es denn? Jemand, den du über die Arbeit getroffen hast?«

»Ja, das kann man so sagen.« Sie beugte sich näher zu ihrer Freundin. »Bitte versprich mir, mich nicht zu feuern, aber … es ist Daniel Häger.«

Ebba verschluckte sich beinahe am Grünkohl. Sie hustete und trank ein paar Schlucke Wasser.

»Ich weiß, es ist ungünstig. Wir arbeiten zusammen und alles. Aber meine Arbeit in der Kanzlei wird nicht darunter leiden, versprochen!« Victoria sah die Freundin bekümmert an.

»Natürlich werde ich es nicht weitersagen. Aber an deiner Stelle wäre ich vorsichtig. Du weißt ja, wie in der Kanzleiwelt getratscht wird.«

»Oh ja.« Victoria hob vielsagend die Augenbrauen. »Apropos, vor ein paar Wochen habe ich mich mit Karl getroffen.«

»Was sagst du? Warum das?« Ebba sah sie überrascht an.

»Ich dachte, er wollte mit mir über den Wert des Hauses sprechen, aber in Wahrheit wollte er nur Sex.«

»Warum hast du dich überhaupt mit ihm getroffen?«

Sie zögerte einen Moment. Sollte sie es Ebba erzählen? Sie hatte noch mit niemandem über ihren Verdacht gegenüber Rekrea gesprochen.

»Du weißt, dass seine Kanzlei Gabriella Bodin von Rekrea beraten hat, als Kraft das Unternehmen aufgekauft hat?«

»Ja, ich weiß.«

»Ich glaube, er hat irgendetwas vertuscht. Also bin ich hingefahren und …« Zu erzählen, dass sie Informationen aus seinem Computer gestohlen hatte, erschien ihr etwas zu ehrlich. »… und habe versucht, etwas darüber herauszufinden.«

»Hast du das gemacht, weil du dir vor dem Börsengang die beiden Unternehmen noch mal genauer anschaust?«

»Ja, richtig«, sagte Victoria schnell.

Ebba legte das Besteck zur Seite und sah Victoria ernst an. »Falls der Grund, warum du darin herumgräbst, etwas mit Karl himself zu tun haben sollte, rate ich dir, die Finger davon zu lassen.« Ebba blickte sie streng an. »Karl ist ein Idiot. Du aber musst besser und größer sein als er. Das Beste wäre, wenn du ihn und alles, was passiert ist, einfach hinter dir lassen würdest. Vor allem jetzt, wo du dich in Daniel Häger verliebt hast.«

»Ich bin nicht verliebt.«

»Aber wenn du etwas mit ihm anfangen möchtest, musst du offen mit deinem Verdacht umgehen. Benutze ihn nicht, um Karl eins auszuwischen, falls es das ist, was du vorhattest.«

Ebba kannte sie einfach zu gut. Und vielleicht hatte sie recht? War ihr Traum von Rache nicht tatsächlich ein Zeichen dafür, dass sie sich noch immer von Karl beeinflussen ließ?

Vielleicht sollte sie es einfach Daniel erzählen und ihm das weitere Vorgehen überlassen. Denn sollte es zwischen ihnen ernster werden, konnte ihre Beziehung nicht auf Lügen und Heimlichkeiten basieren.

Tief im Innern wusste sie auch, dass es das einzig Richtige wäre, Daniel von Lövviken und ihrem Verdacht zu erzählen, damit er selbst der Sache nachgehen konnte. Er war dazu am besten geeignet. In diesem Moment entschied sie sich. Heute Abend würde sie ihm alles erzählen, was sie wusste.

Ebba trank den letzten Rest Wein aus, während sie Victoria nachdenklich ansah. »Hast du noch mehr zu erzählen? Ansonsten würde ich vorschlagen, wir gehen zu NK und suchen nach diesem Kleid.«

»Gute Idee.«

Sie bezahlten und verließen die Orangerie. Dann fuhren sie mit dem Taxi durch das stürmische Stockholm. In der Abteilung für nordisches Design fand Victoria ein Kleid aus dünner, bronzefarbener Spitze von Malina, das ihre Kurven äußerst schmeichelhaft betonte. Es würde Daniel bestimmt gefallen.

Sie fragte sich die ganze Zeit, ob ihre Rede von Kindern ihn nicht doch abgeschreckt hatte. Wenn Daniel fand, es sei eine zu große und komplizierte Sache, war er ganz klar der falsche Mann für sie, das wusste sie. Dennoch war sie enttäuscht. Sie hatte gehofft, dass er anders war. Konnte er seine Meinung wirklich so schnell ändern?

Als sie mit der Rolltreppe hinunter in die Kosmetikabteilung fuhren, spürte sie, wie der Kloß im Hals zunahm.

Sie probierte einen purpurroten Lippenstift aus, der perfekt zum Kleid passte. Dann begaben sie sich beide in den Manikürebereich und ließen sich die Nägel machen. Victoria entschied sich für eine dunkelrote, beinahe schwarze Farbnuance, die sie an die sonnengereiften Herzkirschen hinter dem Reihenhaus ihrer Eltern erinnerte. Sie würde gut zu ihrem Kleid passen.

Zum Abschluss ließ Victoria sich noch die Haare in große, glänzende Locken legen. Bevor sie NK verließen, eilte Victoria noch in die Unterwäscheabteilung, um sich eine Strumpfhose zu kaufen. Die Gala würde in anderthalb Stunden beginnen, und sie hatte vor, sich bei Ebba zu Hause umzuziehen. Sie gingen die kurze Strecke dorthin über den regennassen Asphalt.

Während die Familie zu Abend aß, zog Victoria sich um. Als sie fertig war, zog sie ihre hochhackigen Schuhe an, die sie dabeigehabt hatte, und ging in die Küche, wo die ganze Familie Bœuf bourguignon aß. Sie drehte eine Pirouette, und Ludvig und Filippa sahen sie mit großen Augen an.

»Eine Prinzessin«, stellte Ludvig fest. Ein schöneres Kompliment hatte Victoria noch nicht bekommen.

»Was für ein schönes Kleid!« Peter lächelte. Ebba hatte ihrem Mann beigebracht, was sich gehörte.

Sie sprühte sich mit ihrem neuesten Parfüm ein, das sich immer in ihrer Handtasche befand: eine Flasche von ihrer Lieblingsmarke Byredo mit dem romantischen Namen *Slow Dance.*

In einer Wolke aus Veilchen-, Kräuter- und Vanilleduft und etwas Dunklerem, Maskulinem warf sie sich einen langen, dunkelbraunen Mantel aus Kunstpelz um, den sie sich von Ebba geliehen hatte, winkte zum Abschied und ging dann hinunter zum Taxi, das schon wartete. Während sie durch Östermalm und weiter nach Blasieholmen fuhren, schlug ihr Herz schneller vor Aufregung, aber auch aus Nervosität. Und dann dieses ziehende Gefühl im Bauch …

Im Foyer des Nationalmuseums schwirrten Kellner umher und trugen Tabletts voller Champagnergläser. Victoria ging langsam hinein und blickte hinauf in die hohe Kuppeldecke, betrachtete die gewaltige Steintreppe und die Kunstwerke an den Wänden. Überall standen Menschen mit Champagnergläsern in kleinen Gruppen zusammen. Am anderen Ende des Foyers war eine provisorische Bar aufgebaut. Die Männer waren alle im Smoking gekommen, die Frauen trugen lange Kleider in gedeckten Farben. Lange Ohrringe glitzerten um die Wette mit Diamantarmbändern. Lachen und das Klirren von Gläsern hallte durch den riesigen Raum.

Victoria nahm sich ein Glas, nippte am trockenen, kalten Champagner und ging weiter in den Raum hinein. Bald entdeckte sie Måns Fritzson zusammen mit seiner Frau. Er stellte sie einander vor. Seine Frau war braunhaarig, klein und hübsch mit hellen, neugierigen Augen und einem ansteckenden Lachen. Sie trug ein weinrotes Kleid aus zartem Stoff und hatte eine schwarze Leder-Clutch dabei. Auch sie war Juristin und arbeitete als Unternehmensjuristin bei einem der großen Fernsehsender.

Antonia und ihr Mann Fred, den Victoria schon im Café ihres Bruders kennengelernt hatte, kamen vorbei, und sie begrüßten einander. Gemeinsam bewunderten sie die Kunstwerke, die an der Wand neben ihnen hingen, und während die anderen über den französischen Maler diskutierten, der die Bilder gemalt hatte, nahm Antonia Victoria mit einer Sorgenfalte zwischen den dunklen Augen beiseite. »Daniel ist noch nicht hier. Er verspätet sich sonst nie, aber wir können ihn nicht erreichen.« Sie sah Victoria an. »Hast du etwas gehört?«

Wusste Antonia von ihrer Romanze? Oder wie auch immer man es nennen wollte?

»Nein, ich habe nichts von ihm gehört. Heute nicht.«

»Okay.« Antonia atmete langsam aus, Unruhe lag in ihrem Blick.

Warum war Daniel nicht hier? Seine Abwesenheit deutete darauf hin, dass tatsächlich irgendetwas nicht stimmte und dass er sich nicht nur ihretwegen merkwürdig benahm. Victoria entschuldigte sich und verschwand auf die Damentoilette, wo sie ihr Handy hervorholte und eine Nachricht an Daniel schrieb.

Wo bist du? Hoffe, alles ist okay.

Dann zog sie ihren Lippenstift nach und machte sich wieder auf den Weg zu den anderen. Sie hoffte, dass es Daniel gut ging, doch ihr Bauchgefühl sagte etwas anderes.

Auf dem Weg nach draußen kam ihr Gabriella entgegen, in einem engen schwarzen Kleid, perfekt geschminkt, mit feuerroten Lippen und langen Nägeln in derselben Nuance, hohen Absätzen und hochgestecktem Haar.

»Ach, hier bist du also.« Gabriellas Stimme klang scharf, und sie blieb abrupt stehen.

»Hast du mich gesucht?«

»In der Tat.« Ihre Augen blitzten gefährlich. »Ich habe gehört, dass du nach Listen gefragt hast von Leuten, die gekündigt haben, und …« Sie unterbrach sich, als Schritte auf den Steinfliesen zu hören waren. Stattdessen packte sie Victoria fest am Ellenbogen und zog sie mit sich fort in einen leeren Nebenraum. Ein dicker Teppich, der auf dem Marmorboden ausgerollt war, und lange Samtvorhänge vor den Fenstern dämpften ihre Stimmen. Lachen, Gespräche und Musik waren von weitem zu hören.

»Du hast also weiter in dieser Personalangelegenheit herumgegraben?« Gabriella beugte sich zu ihr und zischte: »Warum hast du Daniel nichts von deinem Verdacht erzählt?«

»Vielleicht solltest eher du dir Sorgen machen?« Victorias Stimme klang fest. Gabriella sollte ihre Unsicherheit nicht bemerken, und außerdem hatte Victoria hier die Oberhand – Gabriella war diejenige, die Informationen verschwiegen, damit Geld verdient und sich wahrscheinlich des Betrugs schuldig gemacht hatte.

»Es gibt nichts, weshalb ich mir Sorgen machen müsste.« Gabriella machte eine abwehrende Geste mit der Hand. Übertrieben abwehrend. »Allerdings bin ich als Vorstandsmitglied von Kraft besorgt darüber, dass unsere rechtliche Beraterin Dinge vor uns geheim hält.«

Sie sprach merkwürdig gedehnt und schien Probleme zu haben, ihren Blick auf etwas zu fokussieren. Vielleicht war es nicht verwunderlich, dass sie angetrunken war. Alles, wofür Gabriella gekämpft hatte, stand auf dem Spiel. Wenn herauskam, dass sie Gelder veruntreut hatte, war ihre Karriere am Ende.

»Was würde Daniel sagen, wenn er davon erfährt?«, fuhr sie fort. »Und deine Kanzlei?«

Victoria kniff die Lippen zusammen. Sie wusste, dass sie Daniel davon hätte erzählen müssen. Verdammt, warum hatte sie es ihm nicht gleich gesagt? Doch Gabriella sollte mindestens genauso beunruhigt sein.

»Die Frage ist, was sie über dich sagen würden«, konterte

Victoria. Dann drehte sie sich um und trat hinaus auf den langen Flur.

Gabriella hatte also begriffen, dass sie nachgeforscht und Daniel die Informationen vorenthalten hatte. Dabei hatte sie ihm ja alles erzählen wollen. Sie musste Gabriella unbedingt zuvorkommen. Dann wurde ihr klar, dass es Gabriella vermutlich nicht sonderlich eilig haben würde, sich selbst zu entlarven. Victoria musste jetzt alles richtig machen und absolut transparent gegenüber Daniel sein, damit Gabriella nicht die Möglichkeit erhielt, es ihr zu vermasseln.

Sie ging wieder in den Festsaal. Von weitem erkannte sie Daniel neben der breiten Steintreppe. Er war also endlich gekommen. Sofort entzündete sich die Flamme in ihrer Brust, ihr wurde heiß, und es kribbelte in ihrem Bauch. Sie ging auf ihn zu. Als sie näher kam, bemerkte sie, dass seine Schultern angespannt und hochgezogen waren. Er war frisch rasiert und trug einen perfekt sitzenden Smoking. Sie trat auf ihn zu und setzte ein Lächeln auf, während ihr das Herz bis zum Hals schlug.

Erst wollte sie ihre Hand auf seinen Arm legen, hielt sich dann jedoch zurück. Eine solch intime Geste passte nicht in diesen offiziellen Zusammenhang.

»Hej«, sagte sie stattdessen vorsichtig.

Daniel wandte sich ihr zu. Sein Blick war kalt und abweisend. Sie zuckte zusammen. »Hej.«

Ihr Magen zog sich zusammen. Irgendetwas stimmte ganz und gar nicht. »Ist alles in Ordnung?« Sie sah ihn besorgt an, legte jetzt doch vorsichtig die Hand auf seinen Arm und hoffte, dass es niemand sah.

»Ja, alles in Ordnung.« Er sah an ihr vorbei, über sie hinweg. Ihre Bauchschmerzen wurden schlimmer. Sie holte tief Luft, um sich zu sammeln. Wusste er, dass Victoria ihm Informationen vorenthalten hatte? Aber Gabriella konnte es ihm unmöglich schon gesagt haben, wenn sie nicht eine hervorragende Entschuldigung für den schlechten Zustand des Heims in Lövviken hatte. Wo war also das Problem? Hatte er es sich mit ihnen beiden anders überlegt? Der Mann neben ihm lächelte Victoria beschwichtigend an. Er war groß und ungeheuer gutaussehend, erinnerte an irgendeinen Hollywoodschauspieler, dessen Namen sie vergessen hatte. »Hej, ich heiße Jack. Ich bin Daniels Cousin.«

»Ich bin Victoria.« Sie schüttelte ihm die Hand. »Du bist also dieser Jack?«

»Dieser Jack?« Er lächelte fragend.

»Ich arbeite zusammen mit Carl-Adam bei Svärdh & Partner.«

Jacks Lächeln erstarb. »Verstehe.« Er griff nach dem Ehering und drehte ihn ein paar Mal um den Finger.

»Entschuldigt mich, ich habe zu tun.« Daniel drehte sich um und eilte fort.

Sie lächelte Jack an. »Ich muss nur gerade ein paar Worte mit ihm wechseln.« Jack nickte kurz. Sie schob ihre Selbstachtung beiseite, während sie Daniel hinterhereilte. Dabei fühlte sie sich erbärmlich. Warum verhielt sie sich so? Warum tat sie sich das an? Aber sie musste mit ihm sprechen.

Daniel hatte sich neben Gabriella und einige andere aus dem Vorstand gestellt, doch sie ging dennoch auf ihn zu. »Daniel, hast du einen Moment?«

»Nein, leider gerade nicht.« Kurz sah er traurig aus, als wolle er sie nicht so abfertigen, fühlte sich aber dazu gezwungen. Stattdessen wandte er sich Gabriella zu, die ihn breit anlächelte. Sie beugte sich zu ihm und flüsterte ihm etwas ins Ohr. Daniel lachte und sah Victoria gar nicht mehr an. Die Demütigung brannte auf ihrer Haut. Worum ging es hier? Um die Adoptionssache oder um etwas ganz anderes? Kürzlich noch hatte er mit ihr zusammen sein, an ihrem Leben und dem ihres Kindes teilhaben wollen. Hatte sie etwas missverstanden?

Sie holte tief Luft, drehte sich um und ging zur Bar. »Was darf es sein?«, fragte der Barkeeper.

»Ich brauche etwas Starkes.«

»Zweimal Long Island Ice Tea, bitte!«, hörte sie eine tiefe Stimme neben sich sagen.

Jack lächelte den Barkeeper an, der zur Antwort nickte und sich die Flaschen zusammensuchte, um ihre Drinks zu mixen. Victoria musste an den Abend denken, an dem Carl-Adam im Riddaren für sie Long Island Ice Tea bestellt hatte.

»Man merkt, dass du mit Carl-Adam verheiratet bist.« Sie lächelte Jack an.

»Wirklich?« Jack sah sie neugierig an.

»Er hat mir denselben Drink bestellt, um mich aufzumuntern.«

Jack lächelte und sah sie dann fragend an. »Und warum musst du aufgemuntert werden?«

»Kein besonderer Grund.« Sie konnte es Jack nicht erzählen.

Unwillkürlich sah sie hinüber zu Daniel. Gabriella hatte sich noch näher zu ihm gestellt, und er lachte wieder laut. Sie musste einen Crashkurs in Humor belegt haben, denn soweit sich Victoria erinnerte, verstand Gabriella weder Ironie noch Sarkasmus, sondern lachte in erster Linie, wenn sich jemand anderer blamierte.

Jack folgte ihrem Blick. »Daniel hat viele gute Eigenschaften, aber Beziehungen sind nicht seine starke Seite. Nimm sein Verhalten nicht zu ernst.«

»Wie meinst du das?«

»Er hat mir von dir erzählt, und ich habe versucht, ihn zu ermutigen, es diesmal ernst zu nehmen. Ich weiß nicht, was danach schiefgelaufen ist.«

Der Barkeeper kam mit ihren Drinks zurück. Die Eiswürfel klirrten im Glas, als sie es entgegennahm.

Nun glaubte sie es zu wissen. Plötzlich schien es sonnenklar: Natürlich lag es an der Adoption. Er war neunundzwanzig und der heißeste Junggeselle der Stadt. Er wollte keine unfruchtbare Vierzigjährige mit Adoptivkind daten. Sie nahm einen großen Schluck und stellte fest, dass sie definitiv keinen Mann haben wollte, der ein Problem mit ihrer Lebenssituation hatte.

»Irgendetwas ist am Jahrestag letzte Woche passiert.« Jack trank auch einen Schluck und legte die Stirn nachdenklich in Falten.

»Aha?«

»Ich weiß nicht, was, aber irgendetwas passiert immer, wenn sich Daniel mit seinem Vater in einem Raum befindet.«

»Was hat man eigentlich von diesen unfähigen Vätern?« Sie seufzte.

»Du sagst es. Mein Vater ist nach Nigeria zurückgegangen, als ich zwei Jahre alt war. Offenbar eine gute Gelegenheit für ihn, einfach abzuhauen.« Er hob sein Glas. »Auf alle unfähigen Väter.«

Sie schlug ihr Glas an seins. »Auf alle unfähigen Väter. Und Männer.«

»Vermutlich gehöre auch ich in diese Kategorie?«

Sie nickte. »Nach dem, was ich gehört habe, ja.«

Jacks Lächeln erstarb wieder. Die Stirnfalten wurden tiefer, dann sah er sie an. »Wie viel weißt du über meinen Fehltritt?«

»Fehltritt ist eine Untertreibung.«

Jack zog eine Grimasse und sah erst beschämt, dann unendlich traurig aus. So hatte Karl während ihrer Trennung nie ausgesehen. Sie hegte keinerlei Sympathien für Menschen, die ihre Partner betrogen hatten, doch Jacks Niedergeschlagenheit ließ sie nicht kalt. Zum ersten Mal erwog sie die Möglichkeit, dass es vielleicht doch eine Grauzone gab.

»Carl-Adam und ich haben über euch gesprochen, weil er meine Geschichte kennt. Ich bin nämlich frisch von meinem untreuen Ehemann geschieden.«

»Was ist passiert?«

Nachdem sie den halben Drink ausgetrunken und Karls und ihre Geschichte bis zum Ende erzählt hatte, erloschen die Lichter um sie herum. Alle Köpfe drehten sich zur kleinen Bühne, die neben der Steintreppe aufgebaut worden war. Daniel betrat sie und erntete Applaus. Musste er so unglaublich heiß in seinem Smoking aussehen? Sie konnte es nicht fassen, dass sie nur wenige Tage zuvor mit diesem Gott in einem Bett gelegen und dass er ihr am selben Abend in die Augen geschaut und gesagt hatte, er sei bereit, alles für sie zu tun. Und ihr Kind.

Sie schnaubte. So heftig, dass sie mit dem Ellenbogen an ein Glas auf der Bar stieß, das daraufhin mit lautem Geräusch umfiel. Die Köpfe drehten sich zu ihr, und im selben Moment begann Daniel zu sprechen.

Es war derselbe Vortrag wie in Åre. Genauso leidenschaftlich und einfühlsam. Die Zuhörer standen mucksmäuschenstill da, und Victoria kam es vor, als höre sie Daniel das erste Mal reden.

In der Mitte der Rede stieß Jack sie mit dem Ellenbogen in die Seite. »Seine Mutter steht dort vorne, aber seinen Vater, Douglas Häger, sehe ich nicht.« Victoria blickte in die Richtung, in die Jack genickt hatte. »Ich habe ihn den ganzen Abend noch nicht gesehen. Da muss auf jeden Fall etwas zwischen ihnen passiert sein.«

Victoria lehnte sich gegen den Tresen und nahm einen Schluck von ihrem starken Drink. Was war schiefgegangen?

Als der Vortrag zu Ende war, stellte sich Daniel wieder neben Gabriella, die ihn zu loben schien, ihm zuprostete und anerkennend nickte. Victoria bestellte sich noch einen Drink. Sie ertrug es nicht, Gabriella zu sehen, diese Vorstandskönigin mit dem selbstgefälligen Grinsen. Sie wandte sich Jack zu, der eine Anekdote von einer Party in seinem Managerbüro erzählte, nach der man am nächsten Tag Kot im Flur gefunden hatte.

»Also, menschlichen Kot«, verdeutlichte Jack. »Seitdem ist hochprozentiger Alkohol auf unseren Partys verboten.«

Victoria lachte tonlos. Sie konnte sich nicht an seinen Erzählungen erfreuen, schätzte aber seine Versuche, sie aufzumuntern. In der Hinsicht war er wie sein Mann. Sie passten wirklich gut zusammen. Bis jetzt hatte Jack auf sie einen warmherzigen und offenen Eindruck gemacht.

Sie trank einen weiteren Long Island Ice Tea und bestellte sich anschließend noch einen. Schon bald lachte sie über Jacks Anekdoten aus dem Managerbüro und sah kein einziges Mal in Daniels Richtung.

»Weißt du, was du jetzt brauchst?«, sagte Jack nach einer Weile. »Du brauchst eine richtige Partynacht!«

Sie nickte zustimmend. »Da hast du recht!« Sie wollte Party machen. Daniel vergessen und einfach nur hinaus in die Stockholmer Nacht.

»Auf zur Scheidungsbar!« Jack nahm ihre Hand und bahnte sich seinen Weg durch die Gäste.

»Scheidungsbar?«

»Wo alle Wilden und Geschiedenen abhängen. So wie du: wild und geschieden.«

Victoria leerte ihr Glas und stellte es auf einen der hohen Tische, bevor sie sich hinaus in die Winterkälte führen ließ, weiter zum Riche. Die Lichter des riesigen Weihnachtsbaumes auf der Skeppsbron und die des Schlosses, die sich im Wasser spiegelten, blinkten ihr entgegen.

Wild und geschieden. Heute Abend gefiel ihr das.

Vor der kleinen Bar direkt neben dem Riche standen die Menschen Schlange, doch Jack nickte einem Türsteher zu, woraufhin Victoria und er eingelassen wurden.

Die Blicke der Männer drinnen in der Bar fühlten sich ungewohnt an. Einige Male war sie ausgegangen, seitdem sie Single war, doch das hier war anders. Die Stimmung war eine andere. Es duftete süßlich nach hundert verschiedenen Parfüms und verschütteten Drinks. Jedes Mal, wenn sich die Tür öffnete, drang der Geruch nach Zigarettenrauch herein. Warme Körper berührten ihren, und sie nahm noch einen anderen Duft wahr. Begehren. Ihr Parfüm für diesen Abend passte zum Duftcocktail, auch wenn es eigentlich für Daniel bestimmt gewesen war.

»Hier wirst du jemanden aufreißen, das verspreche ich dir.« Jack lächelte breit. »Stockholms allerbester Fleischmarkt.«

»Gut. Ich will nämlich Spaß.« Daniel konnte zur Hölle fahren. Sie bestellten sich jeder ein Glas Sekt.

»Hattest du denn schon Sex nach dem untreuen Mistkerl? Oder sollen wir heute Abend jemanden für dich finden?« Jack sah sich um, als halte er Ausschau nach einem geeigneten Kandidaten.

»Mit ein paar habe ich schon geschlafen.«

»Ein paar?« Jack legte geschockt die Hand vor den Mund.

Sie seufzte. »Jedenfalls war es mit niemandem ansatzweise so wie mit Daniel.« Der Alkohol löste ihre Zunge.

Jack sah sie mitleidig an. »Wenn es dich tröstet: Er ist eine Katastrophe, wenn es um Beziehungen geht, und das hat nichts mit dir zu tun.«

»Dass es nichts mit mir zu tun hat, tröstet mich nicht wirklich.«

»Aber es ist so. Dass er dich so vor den Kopf gestoßen hat liegt nur daran, dass er sich selbst schützen möchte. Er ist so, seit Adrian tot ist.«

»Oder aber er benimmt sich so, weil ich ihm erzählt habe, dass ich mitten in einem Adoptionsverfahren stecke.« Es war ihr einfach so herausgerutscht. Von der Adoption wussten nur ihre Familie und ihre engsten Freunde. Und Daniel. Doch die Drinks und der Sekt brachten sie zum Reden.

»Ach?« Jack beugte sich näher zu ihr hin, um besser hören zu können.

Sie nickte. »Ich möchte schon so lange Kinder haben, und jetzt ist es bald so weit.«

»Gratuliere!« Jack umarmte sie und lächelte ehrlich erfreut.

»Aber ich habe Daniel davon erzählt, er musste es ja erfahren. Bestimmt ist er deshalb so seltsam.«

Jack schüttelte den Kopf. »Ich glaube nicht, dass das der Grund ist. Ich bin ziemlich sicher, dass es an seinem Vater liegt. Irgendetwas ist letzte Woche passiert. Seit Adrians Tod oder eigentlich schon, seit Adrian drogenabhängig wurde, ist Daniel immer wieder in diese Dunkelheit abgetaucht. Häufig nach einem Streit mit seinem Vater.«

Vielleicht hatte Jack recht? Doch mit einem so unberechenbaren Mann konnte sie auch nicht leben, der kam und ging, wie es ihm beliebte, und bei dem sie nicht wusste, woran sie war.

Der Barkeeper brachte ihnen die Sektgläser.

»Aber jetzt vergessen wir Daniel für einen Moment. Jetzt haben wir einfach nur Spaß.« Jack stieß mit ihr an, dann kippte er den Sekt hinunter, und sie beschlossen, sich gleich eine Flasche zu bestellen.

Jack schüttelte den Kopf, als er bei seinem zweiten Glas angelangt war. »Ich bin immer so schnell betrunken, weil ich zurzeit kaum etwas esse.«

»Du hast alles in allem zwei Long Island Ice Tea und zwei Gläser Sekt getrunken.« Sie blickte ihn vielsagend an.

»Ja, aber früher war das kein Problem für mich. Ich trinke recht viel auf der Arbeit – Geschäftsessen und After-Work-Drinks ... Ich habe immer viel vertragen, aber inzwischen nicht mehr.«

Jack goss ihr noch mehr Sekt ein. Sie prosteten sich zu und tranken weiter. Dann tanzten sie. Um sie herum wurden vermutlich begehrliche Blicke getauscht, doch davon merkte Victoria nichts. Sie genoss es, einfach nur Spaß zu haben. Sie tanzten und lachten, sie sang lauthals mit. Kümmerte sich nicht um Arbeit, Haus, Scheidung, Vermögensaufteilung und diesen verdammten Daniel. Dachte nicht an ihre Gefühle.

Tanzte mit ihrem neu gefundenen Freund und fühlte sich ein ganz kleines bisschen glücklich.

»Oh mein Gott. So. Verdammt. Lecker.« Jack biss erneut in seinen Cheeseburger. »So bekommt man also seinen Appetit wieder? Indem man sich betrinkt und tanzen geht?«

»Vermutlich.« Victoria biss ebenfalls herzhaft in ihren Burger.

Sie hatten sich jeder einen Burger mit Pommes frites und Cola bei McDonald's auf der Kungsgatan bestellt. Es war das Leckerste, was Jack seit langem gegessen hatte. Das Essen schmeckte nicht mehr nur nach Pappkarton wie in den letzten Monaten, sondern er nahm den Käsegeschmack, den knackigen Salat, die saftigen Tomaten, das Hackfleisch und das salzig-süße Hamburgerdressing wahr. Bedeutete der wiedergefundene Appetit, dass er einen Schritt weiter war? Dass er dabei war, über Carl-Adam hinwegzukommen? Wahrscheinlich nicht, denn es versetzte ihm einen Stich, sobald er an ihn dachte.

»Was machen wir jetzt?« Victoria stopfte die letzten Pommes in sich hinein. »Ich möchte noch nicht nach Hause.« Sie sah unverschämt frisch und unternehmungslustig aus.

»Die Clubs schließen bald, und ich glaube, es ist illegal, nach vier Uhr morgens noch so eine strahlende Haut zu haben.«

Sie zuckte die Schultern. »Ich bin ja schon seit mehreren Jahren nicht mehr ausgegangen. Können wir nicht zu dir nach Hause und einfach Musik hören?« Sie sah ihn fröhlich an.

»Ich habe kein Zuhause, ich wohne bei Daniel.«

»Da möchte ich nicht hin.« Sie sah düster aus. »Vielleicht hat er diese Gabriella mit nach Hause genommen.«

Er bemerkte den verletzten Ausdruck in ihren Augen. Warum hatte sein Cousin es derart verbockt? Victoria war eine tolle Frau, und sie schien Daniel ernsthaft zu mögen. Konnte er nicht einfach die schwierige Vergangenheit hinter sich lassen, jetzt, wo er jemanden gefunden hatte?

»Aber wir könnten doch zu dir nach Hause?« Irgendwie kam es ihm verlockend vor, einmal woanders zu übernachten als bei Daniel.

»Klar, aber ich wohne in Bromma.«

»Kein Problem. Ich bin schon mal außerhalb des Stadtzentrums gewesen!«

Sie gingen hinaus auf die Straße, hielten ein Taxi an, und zwanzig Minuten später blieb das Auto vor einem zweigeschossigen verklinkerten Haus stehen.

Sie stolperten aus dem Taxi und verabschiedeten sich vom Taxifahrer, der fröhlich alle Powerballaden mitgegrölt hatte, die sie im Auto gesungen hatten. Jack nahm die Visitenkarte des Fahrers entgegen, bei ihm wollte er in jedem Fall noch einmal mitfahren.

Als er das Haus betrat, blieb er abrupt auf den Naturschieferfliesen im Flur stehen – die Einrichtung haute ihn um. Die Schieferplatten des Fußbodens hatten unregelmäßige Formen und führten weiter zu einer Doppeltür aus mehrfarbigem Glas, die ins Wohnzimmer führte. In einer Ecke des Eingangsbereiches stand eine hohe Zimmerpflanze, deren Blätter den Boden berührten. Mitten im Flur stand ein runder Tisch mit einem großen Strauß lila Hortensien in einer rauchfarbenen Vase, und in einer anderen Ecke ein Lampenfuß in Form eines weiblichen Körpers.

»Wunderschön!« Er hängte seine Jacke auf, und sie gingen weiter ins Wohnzimmer. Als er es sah, wurde er fast ohnmächtig. Ein abgesenktes Wohnzimmer – das war schon immer sein größter Wunsch gewesen. Stilechter konnte man die Sechziger-Jahre-Dekadenz nicht abbilden. Ein großer gläserner Couchtisch stand auf einem Teppich mit Zebramuster, umgeben von einer niedrigen Sitzgruppe. Die eine Längswand war aus nacktem Ziegel, und das andere Ende des Raumes zierten deckenhohe Fenster. In einer Ecke gab es einen aus Ziegeln gemauerten offenen Kamin.

»Ich habe das Gefühl, als würde ich eine Luxusvilla von 1968 betreten!«

Jack sank in einen weichen Sessel aus hellbraunem Leder und sog den Duft ein. »Es ist so toll. So perfekt.« Ihm kamen beinahe die Tränen. Hätte er ein Haus einrichten müssen, er hätte es exakt so gestaltet.

»Danke, genau das war meine Absicht!«

Victoria verschwand kurz und kam bald darauf mit einer Flasche Rotwein und einer Tüte Chips zurück.

»Herrlich.« Jack nahm das Weinglas entgegen.

So ein Haus hatte er sich eines Tages mit Carl-Adam kaufen wollen. Es schmerzte in der Brust beim Gedanken an Carl-

Adam. So schön es auch war mit Victoria, am liebsten wäre er nach Hause gefahren, in ihre schöne Wohnung auf Kungsholmen, wäre ins Bett gekrochen, um Carl-Adams Körper neben sich zu spüren und seinen himmlischen Duft einzusaugen. Ihm einfach nur nahe zu sein. Wie hatte er es nur so fundamental vermasseln können?

Der Ledersessel knarrte, als er einen Seufzer ausstieß.

»Denkst du an ihn?«

Er nickte. »Die ganze Zeit.«

Nachdenklich sah sie ihn an. »Darf ich dich etwas fragen?«

Er nickte zögernd, in Erwartung einer unangenehmen Frage.

»Warum hast du es getan?«

Er seufzte erneut, lehnte sich vor und hielt die Hände vor sein Gesicht. Wenn er darauf nur eine Antwort gehabt hätte. »Sinnlose Idiotie. Ich wünschte, ich hätte eine bessere Begründung als die, dass ich in jenem Moment eine Art überflüssige Bestätigung gesucht habe.«

Sie schnaubte. »Bestätigung?« Sie sah ihn an, als habe er soeben behauptet, ein Medium hätte ihm dazu geraten, seinen Mann zu betrügen.

»Ich weiß, wie das klingt, und ich weiß, dass du es niemals verstehen wirst, aber manchmal fühle ich mich so unzulänglich.« Er vergrub das Gesicht in seinen Händen. »Ich habe nächtelang darüber nachgedacht. Die einzige Erklärung, die mir einfällt, ist mein Gefühl der Unzulänglichkeit.« Er sank im Sessel zurück. Noch vor einer Weile war er ziemlich betrunken gewesen, doch jetzt fühlte er sich klar im Kopf. »Als Carl-Adam und ich uns kennenlernten, ging ich auf die Handelshochschule. Ich war ein Junge aus dem Vorort, der noch immer darum kämpfte, dazuzugehören, während er sich in diesem Umfeld vollkommen zu Hause fühlte. Er und seine Familie imponierten mir, und … ich weiß nicht … ich habe mich immer gefragt, warum er sich ausgerechnet in mich verliebt hat.« Er atmete tief ein. »Ich muss mich so sehr anstrengen, um den Ansprüchen zu genügen, die ich an mich selbst habe. Um Carl-Adam zu verdienen. Seiner würdig zu sein. Und als ich diesen …« Er räusperte sich. »… diesen Mann getroffen habe, war es so befreiend, diese Ansprüche außen vor zu lassen und mich nur meiner Lust hinzugeben.« Er seufzte leise. »Es war nur ein Mal. Nur eine halbe Sekunde verdammter Genuss. Und die Jahre voller Liebe habe ich einfach weggeworfen.«

»Liegt es an Carl-Adam, dass du so hohe Ansprüche an dich selbst hast?«

»Überhaupt nicht.«

»Aber warum hast du es dann zugelassen?«

»Darauf finde ich einfach keine Antwort. Ich liebe ihn doch über alles. Und meine Mutter. Ich liebe ihn und meine Mutter am meisten. Die beiden haben alles für mich getan.« Er schüttelte den Kopf. »Du denkst bestimmt, dass ich der schlimmste Mensch auf der Welt bin?«

»Nein, ich denke, dass mein Exmann der schlimmste Mensch der Welt ist.« Sie lächelte. »Karl war notorisch untreu, hatte unzählige Affären, und ich weiß noch nicht einmal, ob er es bereut. Er hat versucht, mir die ganze Schuld zuzuschieben. Als hätte ich ihm unter Androhung von Gewalt befohlen, seine Sekretärin zu vögeln.«

»Was für ein Schwein.«

»Da stimme ich dir zu. Aber der Grund dafür, warum er es getan hat, ist wohl, dass er mich tief im Inneren nicht geliebt hat. Nicht so, wie du offenbar Carl-Adam liebst.«

Diese Worte trieben Jack die Tränen in die Augen. Nach allem, was er getan hatte, den Beschuldigungen und diesem glühenden Selbsthass, den er nach Daniels und Ignacios Vorwürfen empfand – alle fanden, er sei der schlimmste Mann der

Welt –, bedeutete es ihm ungeheuer viel zu hören, dass jemand tatsächlich glaubte, er liebe Carl-Adam.

Denn das tat er.

»Du musst das wieder in Ordnung bringen«, fuhr Victoria fort und nahm sich eine Handvoll Chips. »Ich hoffe, er verzeiht dir, denn ihr scheint euch wirklich zu lieben.«

»Und du und dein Exmann? Könntet ihr wieder zueinander finden?«

Victoria schüttelte unbekümmert den Kopf. »Niemals. Er ist ein Mensch, den ich früher mal gekannt und geliebt habe. Aber jetzt bin hauptsächlich froh darüber, ihn los zu sein.« Sie trank den letzten Schluck Wein. »Ihr zwei – das ist eine ganz andere Geschichte. Du musst euch beiden einen Dienst erweisen und die Sache reparieren.«

Victoria wachte davon auf, dass es wiederholt an der Haustür klingelte. Herrgott, wo war sie eigentlich? Sie sah sich um. Zu Hause, sie war zu Hause. Sie rieb sich die Augen. Der Kopf brummte, und ihr Mund war ganz trocken. Jack, dachte sie. War Jack nicht hier? Sie erhob sich aus dem Bett und stapfte hinaus in den Flur. Ihr Kopf fühlte sich an, als würde er gleich zerspringen. Die Tür des Gästezimmers auf der anderen Seite war offen, lautes Schnarchen war zu hören. Richtig, er schlief im Gästezimmer. Sie ging die Treppe hinunter. Wieder klingelte es. »Ja, ich komme!« Wer konnte das sein? Wie spät war es?

Plötzlich hielt sie inne. Ob es Daniel war?

Sie beeilte sich und öffnete die Tür. Fast wäre sie in seine Arme gesprungen, um ihn zu küssen und …

Die Enttäuschung durchfuhr sie wie ein Blitz.

»Hej«, sagte sie.

»Freut mich auch, dich zu sehen«, meinte Jens und trat in den Flur. In der einen Hand hatte er eine Tasche und in der anderen einen Halter mit zwei Bechern frisch gepresstem Orangensaft. »Schön zu sehen, dass du lebst, ich hatte schon Sorge, du seist tot.« Er stellte die Sachen auf dem Flurtisch ab. »Ich habe hundertmal angerufen, Åsa bestimmt fünfzigmal.«

»Und was wolltet ihr?«

»Ich habe mir die Festplatte angeschaut.« Jens fischte einen silberfarbenen dünnen Gegenstand aus der Tasche. »Und ich habe Croissants dabei.« Er reichte ihr eine Papiertüte, die noch ganz warm war. War das sein Ernst?

Sie fiel ihrem Bruder um den Hals und gab ihm einen Kuss auf die Wange. »Danke!«

Jens fuhr zurück und zog eine Grimasse. »Was hast du gestern gemacht? Eine ganze Schnapsfabrik leergetrunken?«

In dem Moment knarrte es auf der Treppe, und Jack kam heruntergeschlendert.

»Hej!« Er nickte Jens zu und ging ihm entgegen. »Ich heiße Jack und bin ein Freund von Victoria.« Er schüttelte ihm die Hand.

Jens hob die Augenbrauen. »Äh … freut mich!«

Jack ging weiter in die Küche. Jens sah seine Schwester mit großen Augen an.

Sie schüttelte den Kopf. »Es ist nicht so, wie du denkst. Wir hatten keinen Sex.«

»Okay. Aber er ist mit dir nach Hause gegangen?«

»Er ist ein Freund von mir. Er ist verheiratet und definitiv nicht an mir interessiert. Ich bin nicht sein Typ, könnte man sagen.«

»Nicht sein Typ? Klar, du bist zu alt für ihn. Aber das scheint ja kein Problem für dich zu sein, wenn ich an diesen Daniel denke, der offenbar ganz vernarrt in dich ist. Er muss mindestens fünfzehn Jahre jünger sein.«

Sie gab ihm einen Klaps auf den Arm. »Zehn Jahre jünger.«

»Was ist überhaupt mit ihm? Er wirkte sympathisch.«

»Tja, was ist mit ihm …« Sie lächelte verhalten. »Lass uns ein anderes Mal darüber reden.«

»Das machen wir. Genießt das Frühstück, ich muss zurück nach Hause. Åsa möchte zum Yoga. Dein junger Freund kann meinen Saft haben.« Jens reichte ihr den Orangensaft und gab ihr zum Abschied einen Kuss auf die Wange.

Aus der Küche drang Kaffeeduft. Victoria ging hinüber, stellte die Croissants auf die Marmorplatte und nahm ihr Handy, das dort seit letzter Nacht gelegen hatte. Zwanzig verpasste Anrufe, fünf Nachrichten von Jens und eine Nachricht von einer unbekannten Nummer.

Hallo. Möchten Sie noch mit mir sprechen? Haben Sie heute Zeit? VG Maryam

Die Konditorei am Marktplatz von Södertälje war an diesem Sonntag fast voll besetzt. Die Gäste waren hauptsächlich ältere Leute. Victoria bestellte ein Mineralwasser, kaute Kaugummi und hoffte, dass Maryam nicht merken würde, wie sehr sie nach Alkohol roch. Sie ließ sich an einem Tisch ganz hinten in einer Ecke nieder, von wo aus man einen guten Blick auf die Tür hatte. Schon bald trat sie ein. Maryam. Sie erkannte sie anhand der Fotos, die sie gesehen hatte. Die Frau trug Jeans, Kapuzenpulli und eine sportliche Daunenjacke. Victoria stand auf und ging ihr entgegen.

»Victoria Leander.« Sie streckte die Hand aus.

»Hej, ich bin Maryam.«

»Darf ich Sie einladen? Was möchten Sie denn?«

»Ein Kaffee reicht, danke.«

Sie setzten sich an den Tisch. Maryam rührte in ihrem Kaffee und nahm einen großen Schluck. »Warum haben Sie mich überhaupt kontaktiert, wenn ich fragen darf?«

»Ich arbeite für den Konzern, der Rekrea aufgekauft hat. Ich überprüfe das Unternehmen, um potenzielle Investoren über Risiken aufzuklären. Wenn ich es richtig verstanden habe, gab es Unstimmigkeiten mit einer Angestellten, die vertuscht wurden. Wissen Sie etwas darüber?«

Maryam nickte und sah sie unsicher an. »Die Unternehmensführung von Rekrea hat mir schon einmal gedroht. Ich habe mich mit dieser Gabriella Bodin getroffen, der Eigentümerin, und sie hat von irgendwelchen Paragrafen geredet und mir mit einer Anzeige gedroht, da ich mich der üblen Nachrede schuldig gemacht hätte.« Sie schüttelte den Kopf. »Ich bin alleinerziehend mit zwei kleinen Kindern, ich kann mir keine Entschädigungszahlungen leisten.«

Victoria nickte. »Gabriella Bodin hat den jetzigen Besitzer angelogen, und glauben Sie mir, Sie begehen keine Straftat, wenn Sie mir die Wahrheit sagen. Der neue Besitzer möchte nichts lieber, als den Jugendlichen zu helfen.«

»Und warum hat der neue Eigentümer es dann nicht getan?«

»Weil er das Unternehmen gerade erst übernommen hatte und der alten Führung vertraut hat. Nur wenn wir erfahren, was geschehen ist und was noch immer dort passiert, können wir etwas ändern!« Victoria nahm sich einen neuen Kaugummi, bot auch Maryam einen an, doch diese schüttelte den Kopf.

»Es ist so unglaublich viel Mist in Lövviken passiert, Sie glauben es gar nicht.« Maryam seufzte laut.

»Ging es um die versprochene Sanierung? Ich bin selbst vorbeigefahren und habe gesehen, dass das Gebäude in sehr schlechtem Zustand ist.«

Maryam schnaubte. »Das war noch das Harmloseste. Sie können sich nicht vorstellen, was in diesem Heim vor sich geht.« Sie holte tief Luft. »Es gab keine Psychologen und keine Ärzte. Das Heim erhält von der zuständigen Behörde die höchsten Tagessätze, weil die Bewohner besondere Unterstützung brauchen. Aber es gibt null Unterstützung. Ich verstehe gar nicht, wohin die Gelder gehen.«

Direkt in Gabriellas Tasche, dachte Victoria. »Und wie hoch ist der Tagessatz?«

»Fünftausend Kronen.«

»Und wie meinen Sie das, es gab null Unterstützung?«

»Keine Ärzte, keine Psychologen. Kein ausgebildeten Mitarbeiter.«

»Aber auf der Webseite und in allen Transaktionsdokumenten steht, dass es vor Ort massenweise Experten gibt. Gut ausgebildete Mitarbeiter und …«

»Ja, das sagt man, um dafür Gelder einzustreichen«, unterbrach sie Maryam. »Angeblich machen andere Behandlungsheime es genauso, ich hatte es aber noch nie vor Ort miterlebt. Erst in Lövviken. Es gab tatsächlich weder Ärzte noch Psychologen. Nur zwanzig Jugendliche mit Drogenproblemen und einer Menge anderer Schwierigkeiten, zusammen in einem Heim. Destruktiver geht es nicht. Und im Team gab es mehrere Kriminelle.«

»Kriminelle? Das ist doch nicht erlaubt?«

»Das ist denen doch scheißegal. Sie stellen die Leute an, die am wenigsten Bezahlung verlangen. Behandlungsheime für Suchtkranke sind eine Goldgrube für Dealer. Dort gibt es ja die Abhängigen, die sich verzweifelt nach dem nächsten Schuss sehnen.«

»Sie meinen, dort werden Drogen verkauft?«

»Auf jeden Fall in Lövviken. An jeder Ecke. Einer der Angestellten hat einem Mädchen für sexuelle Leistungen Drogen besorgt.«

»Soll das ein Witz sein?« Victoria starrte Maryam an. Ihr war schlecht.

Maryam schüttelte den Kopf, und ihre dunklen, wachsamen Augen blickten traurig. »Schön wär's. Es sind widerliche Menschen, die sich solche Heime aussuchen, um junge Menschen auszunutzen. Verletzliche Menschen ohne Rückhalt.«

»Aber ich habe die Papiere gesehen. Die Leiterin der Einrichtung hat doch eine entsprechende Ausbildung und ...«

»Das ist nicht wahr«, unterbrach sie Maryam. »Sie ist nur das Aushängeschild, damit Lövviken überhaupt zugelassen wurde. Ich habe diese Annelie, oder wie sie heißt, die nach außen hin als Leiterin fungiert, niemals getroffen. Der tatsächliche Leiter hat mal in Kumla eingesessen. Seine Nebentätigkeit besteht darin, den Bewohnern gegen Bezahlung Drogen zu verschaffen.« Während sie sprach, knibbelte sie an ihren Nägeln herum.

Victoria konnte kaum glauben, was sie da hörte.

»Aber warum ist nichts passiert? Warum ist das bei den Inspektionen niemandem aufgefallen?«

»Dazu müsste die Leitung Alarm schlagen. Ich habe der Führungsriege alles erzählt, andere Kollegen haben es ebenfalls versucht. Diese Gabriella Bodin ist die Einzige, die man erreichen kann, und die kümmert sich kein bisschen.« Maryam war dazu übergegangen, mit ihrem Finger über den Rand der Kaffeetasse zu fahren, wo ein Stück Porzellan herausgebrochen war.

»Wie ist es da, wo Sie jetzt arbeiten?«

Zum ersten Mal lächelte Maryam. »Dort sind alle mit Herzblut dabei. Sie haben die Jugendlichen im Blick und wollen nur ihr Bestes. Wir unterhalten uns oft darüber, wie es sein kann, dass so etwas in Behandlungsheimen vorkommt. Und ich bin überzeugt, dass es einen Riesenaufschrei gäbe, wenn es sich um andere Pflegeeinrichtungen handeln würde. Aber diese Jugendlichen …« Sie trank einen Schluck Kaffee und sah aus dem Fenster. Schneeregen fiel über den Marktplatz. »Diese Jugendlichen haben keine Lobby. Niemand interessiert sich für sie. Unbegleitete Flüchtlingskinder, Drogenabhängige, junge Mädchen mit selbstverletzendem Verhalten. Kinder, die ihr ganzes Leben in Heimen verbracht haben und umhergeschickt wurden, ohne einen Orientierungspunkt. Sie haben nichts zu sagen, und es gibt niemanden, der für sie seine Stimme erhebt.«

Victorias Kehle war wie zugeschnürt, als sie nach Hause fuhr. Wie konnte so etwas überhaupt möglich sein? War es so einfach, sich an schutzlosen Menschen zu bereichern? Victoria wollte es nicht glauben. Sie wünschte fast, Maryam hätte sie angelogen.

Am schockierendsten fand sie das zynische Menschenbild dieser Leute. Daniel hatte darüber geklagt, wie die Gesellschaft mit Drogenabhängigen umging, mit schutzlosen Jugendlichen, die nicht der Norm entsprachen. Maryams Bericht hatte das nur bestätigt. Jetzt musste sie einen Beweis für Maryams Vermutung finden, dass das Geld, das eigentlich für qualifiziertes Personal und eine Sanierung gedacht gewesen war, stattdessen in Gabriellas Tasche gelandet war.

Und ihr wurde klar, dass sie Daniel davon erzählen musste, auch wenn sie keine Beweise finden würde. Auch wenn er nicht mit ihr sprechen wollte. Er musste die Wahrheit erfahren.

Als sie wieder zu Hause war, setzte sie sich an den Computer und schloss die externe Festplatte an, die Jens ihr gebracht hatte. Sie gab als Suchwort »Rekrea« ein, und sofort erschienen jede Menge Dokumente auf dem Bildschirm. Dokumente der DD, Verträge und E-Mails. Das war schon mal gut. Sie stand auf, machte sich einen starken Espresso und ging die Dokumente durch, eins nach dem anderen. Doch sie fand nichts. Rein gar nichts. Gegen Nachmittag rief Jens an und lud sie zu einer selbstgemachten Pizza ein. Der Gedanke an Pizza war allzu verlockend. Sie zog ihre Winterstiefel und einen warmen, weichen Daunenmantel an. Bevor sie in den dunklen Sonntagabend hinaustrat, steckte sie noch schnell die Festplatte in die Manteltasche. Vielleicht konnte sie bei Jens noch einen Blick darauf werfen. Große Schneeflocken fielen vom dunklen Himmel und glitzerten im Schein der Straßenlaternen. Eine dünne Schneedecke lag auf dem Asphalt.

Bevor sie das Tor zum Vorgarten von Jens' und Åsas Reihenhaus öffnete, blieb sie stehen. Die Familie saß schon zu Tisch, und sie beobachtete sie, ohne selbst gesehen zu werden. Jens goss den Zwillingen Cola ein und gab ihnen Pizza auf den Teller. Ermahnend hob er einen Zeigefinger und sagte etwas. Wahrscheinlich sollten sie die Cola nicht vor dem Essen trinken. Elias antwortete irgendetwas, das Jens zum Lachen brachte. Er wuschelte seinem Sohn durchs Haar. Victoria musste lächeln. Normalerweise hätte dieser Anblick ihr wehgetan. Sie gönnte ihrem Bruder und Åsa jedes Glück der Welt, doch es war ihr immer schwergefallen, das Neidgefühl zu unterdrücken. Zum ersten Mal spürte sie nichts als Freude, als sie Jens mit seinen Kindern sah. Bald würde auch sie so etwas haben.

Doch als Åsa hinzukam und Jens ihr einen schnellen Kuss gab, bevor er das Pizzablech abstellte, versetzte es ihr einen unerwarteten Stich ins Herz. Sie musste an Daniel denken und spürte, wie sie ihn vermisste.

Sie schüttelte das Gefühl ab, ging über den gepflasterten Eingangsbereich und schloss die Tür auf, anstatt zu klingeln. Die Zwillinge sprangen vom Tisch auf und begrüßten sie mit einer Umarmung, bevor sie genauso schnell wieder zurück an ihrem Platz waren, um den jeweils anderen daran zu hindern, heimlich Cola zu trinken.

Nach dem Essen lieh sie sich Jens' Notebook und ließ sich auf dem Sofa nieder, zwischen den Zwillingen, die einen Film sahen.

Die Wärme der Kinder und das bequeme Sofa machten sie schläfrig, doch sie durfte jetzt nicht aufgeben, sondern musste weitersuchen. Nach dem Gespräch mit Maryam fühlte sie sich dazu verpflichtet, der Sache auf den Grund zu gehen. Und da Daniel offenbar nicht mehr mit ihr reden wollte, konnte sie eigentlich ebenso gut ihren ursprünglichen Plan verfolgen und Karl eins auswischen. Allerdings ging es ihr jetzt nicht mehr um Rache, sondern um Wiedergutmachung. Wenn er in seiner Eigenschaft als Anwalt gewusst hatte, was in den Heimen vor sich ging, und dies den Käufern gegenüber geheim gehalten hatte, dann sollte er bestraft werden. Er und Gabriella ...

Auf einmal sah sie den Namen und zuckte zusammen. Maryams Name in einer Mail von Gabriella an Karl.

Maryam war eben hier. Ich glaube, ich habe sie zum Schweigen gebracht.

Mit einem Schlag war Victoria hellwach. Sie scrollte herunter, doch die Mail war zu Ende. Sie brauchte noch mehr.

Für die Zwillinge war es nun Schlafenszeit, und Victoria beschloss, nach Hause zu gehen und die Dokumente weiter zu durchsuchen.

Sie ging durch den verschneiten Vorort. Die schneidende Kälte erfrischte sie. Nachdem sie sich, eingekuschelt auf dem Sofa, erneut an den Computer gesetzt hatte, öffnete sie Karls Antwortmail.

Kannst du mir Maryams Mails weiterleiten? Dann sehe ich, was wir haben.

Sie beugte sich näher zum Laptop. Wenn Gabriella Maryams Mails und Zeugenaussagen an Karl weitergeleitet hatte, dann wusste er *alles*, was in den Heimen passiert war.

Sie suchte weiter. Suchte nach Maryams Namen, fand aber nichts.

Sie probierte es mit anderen Suchbegriffen. *Lövviken.*

Da waren sie. Mails von Maryam, die Gabriella anschließend an Karl weitergeleitet hatte.

Ein langer Bericht über die Zustände in den Behandlungsheimen. Genau das, was Victoria von Maryam erfahren hatte.

Und dann Karls Antwort:

Was hast du dagegen unternommen? Was hast du zu ihr gesagt, als ihr euch gesehen habt?

Gabriella: *Dass sie gefeuert wird, dass sie Lövviken heute verlassen muss und dass ich sie anzeigen werde, wenn sie etwas sagt.*

Karl: *Die Sache ist ernst. Ich fliege aus dem Anwaltsverein, wenn ich so etwas vor dem Käufer verheimliche. Ein normales Anwaltshonorar von dir/euch reicht hier nicht aus.*

Gabriella: *Ich werde selbstverständlich dafür sorgen, dass du einen Teil des Verkaufserlöses bekommst.*

Karl: *Sehr gut. Kraft darf nichts von dieser Maryam erfahren. Wenn es Probleme mit der Zulassung gibt, ist die Sache erledigt. Jetzt tu, was du kannst, um alles zu vertuschen und diese Person zum Schweigen zu bringen. Ich freue mich schon darauf, in Zukunft weiter mit dir zusammenzuarbeiten …*

Die Tragweite dessen, was Karl getan hatte, sank langsam in ihr Bewusstsein. War sie wirklich mit diesem Menschen verheiratet gewesen, dem weder Moral noch vernünftige Grundwerte wichtig zu sein schienen? Der für Geld offenbar alles tat?

Lövviken würde schließen müssen. Das galt für alle von Rekrea geführten Behandlungsheime.

Für Daniel wäre das schlimmer als ein Skandal. Wenn es herauskam, war ein Börsengang ausgeschlossen, denn niemand würde mehr Vertrauen in den Kraft-Konzern haben.

Sie schickte Daniel eine Nachricht: *Könntest du einrichten, dass wir uns morgen sehen und sprechen? Ich muss dir etwas über Rekrea erzählen.*

Auf irgendeine Weise musste Karl seine gerechte Strafe bekommen. Und die Jugendlichen ihre Wiedergutmachung.

»Hier sind die Zahlen für das letzte Quartal. Der Zuwachs beträgt etwa zwanzig Prozent.«

Daniel betrachtete den großen Bildschirm an der Wand und das Säulendiagramm, das ihm völlig unlogisch vorkam. Unlesbar. Er hörte dem Typen von der Finanzabteilung zu, fand dessen Ausführungen jedoch nicht stringent. Sie saßen im Konferenzraum ganz oben im Gebäude, mit großen Fenstern in Richtung Östermalmstorg. Der Schnee vom Wochenende lag noch immer auf den Hausdächern.

»Das ist ein weiterer Zuwachs von zehn Prozent im Vergleich zum letzten Jahr, was vermutlich daran liegt, dass …«

»Bevor das an den Vorstand geht, müsst ihr das Material aber besser aufbereiten«, unterbrach ihn Daniel. Er sah auf den Bildschirm. »Wäre es nicht sinnvoller, die Anzahl der PT-Kunden zu zeigen als die Anzahl der PT-Stunden?«

Der junge Mann blickte unsicher. »Das sieht man weiter unten.«

»Aha, ach so. Das muss aber vergrößert werden. Wie gesagt, ihr müsst die Unterlagen noch bearbeiten. Man kann überhaupt nichts erkennen.« Daniel blätterte in den Papieren vor sich.

»Jetzt ist aber gut, Daniel.« Antonia klang scharf. »Du bist schon die ganze Zeit über unfreundlich. Das Material ist richtig gut und deine Bemerkungen sind albern. Was immer dich ärgert, lass es bitte nicht an uns aus.« Sie hatte sich noch nie gescheut, Daniel klipp und klar die Meinung zu sagen, doch so hatte sie bisher noch nicht mit ihm geredet. Aber er wusste, dass er es verdient hatte. Seit dem Streit mit seinem Vater war er leicht reizbar. Und wütend.

Vor allem wütend. Er war wütend auf seinen Vater, weil der ein Mistkerl war, wütend auf seine Mutter, weil er sich ihretwegen selbst wie ein Mistkerl fühlte. Er war wütend auf Victoria, weil sie ihn nicht in Ruhe gelassen hatte, sondern in sein Leben gestiefelt war und alle Wunden aufgerissen hatte. Ihretwegen hatte er versucht, sich mit seinem Vater zu versöhnen und ein funktionierendes Vater-Sohn-Verhältnis aufzubauen. Wäre sie nicht gewesen, hätte er weiterhin Distanz zu seinem Vater und auch zu ihr gehalten. Dann hätte er sich nur um sich selbst gekümmert, was im Nachhinein betrachtet eindeutig das Beste gewesen wäre.

Aber er wusste auch, dass er im Grunde am wütendsten auf sich selbst war, weil er Victoria vor allen Leuten abgewiesen hatte. Sie hatte wirklich etwas Besseres verdient. Als er sie mit Jack hatte weggehen sehen, war er auch nach Hause gegangen. Voller Scham. Unglücklich und mit schlechtem Gewissen. Gabriella war betrunken und anhänglich gewesen, doch es war ihm geglückt, sie abzuschütteln.

Außerdem war er wütend auf seinen Bruder. Weil er nicht mehr lebte, weil er so leichtfertig mit seinem Leben gespielt und sich für die Drogen entschieden hatte.

Es verging kein Tag, an dem Daniel nicht darüber nachdachte, wie Adrian wohl heutzutage wäre. Welches Leben er geführt und wie sich ihr Verhältnis entwickelt hatte. Dabei wusste er, dass sie sich wunderbar verstanden hätten, und das machte es nicht gerade einfacher. Adrian und Jack waren immer die Menschen gewesen, die ihn am besten kannten.

Er seufzte tief. »Du hast recht, Antonia.« Er sah den armen Kerl aus der Finanzabteilung an. »Ich bitte um Entschuldigung. Können wir unseren Termin verschieben? Ich habe mir die Unterlagen noch nicht genau angeschaut, aber darunter sollt ihr nicht zu leiden haben.« Er wusste, dass es dumm war, Schwäche zu zeigen. Vermutlich das Dümmste, was man als Unternehmenschef tun konnte. Zumindest nach Ansicht seines Vaters.

Als der Kollege aus der Finanzabteilung gegangen war, wandte Antonia sich an Daniel. »Du musst dich zusammenreißen. Der Börsengang steht unmittelbar bevor, und dein Verhalten ist wirklich nicht in Ordnung. Was auch immer dich belastet, setz dich damit auseinander!« Antonia klappte ihren Laptop zusammen, stand auf und ging, ohne eine Antwort abzuwarten.

Sie hatte recht. Aber er konnte nicht den ersten Schritt zu einer Versöhnung mit seinem Vater machen. Das hatte er ja schon einmal versucht, und alles war schiefgegangen. Aber vielleicht sollte er mit Victoria sprechen? Wenn er sich für sein Verhalten entschuldigte, würde es ihm bestimmt besser gehen. Sie verdiente eine Erklärung. Er musste ihr einfach sagen, wie es war, nämlich, dass er es nicht besser gewusst hatte. Er war nicht in der Lage dazu, eine Beziehung zu führen, sosehr er es auch wollte. Sie brauchte Stabilität, und die konnte er ihr nicht bieten. Er würde nur ihr Leben zerstören.

Sein Handy vibrierte. Eine Mail von seiner Assistentin war eingetroffen, in der stand, dass ein Anwalt namens Karl Helmersson ein kurzes Treffen mit ihm wünschte, so bald wie möglich. Offenbar eilte es.

Karl Helmersson. Victorias Exmann.

Was zum Teufel wollte er? Daniel hatte nicht die geringste Lust, sich mit ihm zu treffen, war aber neugierig, was er ihm zu sagen hatte.

Er schrieb seiner Assistentin eine Antwort und bat sie, Karl Helmersson auszurichten, dass sie am Nachmittag zusammen trainieren könnten, wenn er ihn denn treffen wolle. Normalerweise schlug Daniel solche Treffen während einer Trainingseinheit nur Menschen vor, die er gut kannte und die ebenfalls gerne trainierten. Aber hier ging es um etwas anderes. Es war eine Machtdemonstration. Der Vorschlag würde Karl verunsichern und Daniel einen Vorsprung verschaffen.

Victoria lehnte sich tief seufzend auf dem Schreibtischstuhl zurück. Sie hatte ein ungutes Gefühl in der Magengegend. Daniel hatte spätabends auf ihre Nachricht reagiert. *Ich habe zurzeit viel zu tun. Aber du kannst gerne mailen.* Sie begriff noch immer nicht, warum er sein Verhalten so radikal geändert hatte. Aber jetzt ging es um etwas anderes als um ihre Beziehung. Klar, sie hätte ihm eine Mail schreiben können, aber sie musste sich mit ihm hinsetzen und alles erklären.

Also griff sie nach ihrem Handy, um ihn anzurufen, doch die Nachricht, die auf dem Display erschien, schnürte ihr die Kehle zu.

Sie war von Karl. *Bin unterwegs zu einem Treffen mit Daniel Häger und gerade bei seinem Studio am Östermalmstorg angekommen, um ihm etwas über Gabriella Bodin zu erzählen. Und über dich.*

Was wusste Karl? Sie stand abrupt vom Stuhl auf. Ihr Puls raste, Panik stieg in ihr auf. Gabriella musste mit ihm gesprochen haben. Natürlich. Victoria musste sofort ins Studio, um sie zu stoppen, wobei auch immer. Sie warf sich den Mantel über und stürmte aus der Kanzlei, lief die Riddargatan und dann die Sibyllegatan entlang. Die Straßen waren verschneit und glatt. Der Streusand war ungleichmäßig verteilt, dazwischen gab es lauter glatte Eisflächen. Mehrmals verlor sie den Halt, verlangsamte aber ihre Schritte nicht. Karl hatte die Nachricht vor einer halben Stunde geschickt. Sie hatte keine Minute zu verlieren.

Victoria stürmte zur Rezeption des Fitnessstudios. Mist, ihre Karte lag ja in der Sporttasche!

Warum um alles in der Welt waren Karl und Daniel überhaupt hier im Studio? Und warum wollte Karl Daniel etwas erzählen? Wahrscheinlich, um seine eigene Haut zu retten.

»Tut mir leid, ich habe meine Karte vergessen.« Sie sah den jungen Mann hinter dem Tresen gestresst an, der konzentriert auf den Computer-Bildschirm starrte.

Er sah auf, und Victoria hielt ihm ihren Ausweis hin.

Der Rezeptionist nahm ihn entgegen und tippte auf der Tastatur herum. »Scheint leider gerade ein Problem mit dem System zu geben.«

»Ich muss jetzt hinein. Es …« Sie unterbrach sich. »Ich muss mit jemandem dort drinnen sprechen.«

»Einen Moment, ich muss neu starten.« Der junge Mann lächelte höflich.

In diesem Augenblick traten Karl und Daniel aus dem Studio. Karl war hochrot und verschwitzt, doch als er Victoria entdeckte, grinste er über das ganze Gesicht. Daniel sah verbissen aus.

»Victoria!« Karls Lächeln wurde noch breiter. »Gut, dass du da bist! Wir sind gerade fertig geworden, ich wollte gleich wieder gehen. Aber ich habe dir etwas bei deiner DD geholfen und Daniel ein paar Informationen gegeben, die er und die Investoren kennen sollten.« Er ging durch die Sperre, und als er an Victoria vorbeiging, fuhr er mit gekünsteltem Gesichtsausdruck fort: »Ich meine die Sache mit Gabriella und ihren undurchsichtigen Geschäften, die du neulich herausgefunden hast.«

Aha, er hatte sich also mit Daniel getroffen, um seine eigene Haut zu retten. Aber er kannte nicht alle Informationen, die sie hatte, nämlich dass die Mails schwarz auf weiß Karls Mitschuld bewiesen.

»Ich wollte nur sichergehen, dass Daniel alles erfährt. Die Information habe ich auch gerade erst bekommen.«

Lügner.

Er nickte mit unschuldigem Blick in Daniels Richtung.

Jenseits der Sperren stand Daniel mit versteinerter Miene. Sie meinte Hass in seinem Blick zu erkennen. Ob der Hass gegen sie oder Karl oder gegen sie beide gerichtet war, wusste sie nicht.

Und Karl hätte sie am liebsten den Kopf abgerissen. Und ihn erschossen. Alles auf einmal. Unruhig sah sie Daniel an und versuchte, seinen Gesichtsausdruck zu deuten.

»Daniel weiß, dass ich nichts von Gabriellas kleinen Geheimnissen gewusst habe. Sie hat auch mich hinters Licht geführt.« Karl sah sie bedauernd an. Dann zog er sich seine Jacke über und raunte leise in ihr Ohr, damit Daniel nichts hörte: »Hast du wirklich geglaubt, mir eins auswischen zu können? Eine kleine Loserin, eine armselige Kanzleijuristin, das bist du!« Er wandte sich an Daniel. »Viel Glück mit dem Börsengang.« Dann ging er.

Daniel stellte sich an die Sperrschranke zum Studio und sah Victoria schweigend an. Seine blauen Augen bohrten sich in ihre, er wirkte angespannt und hatte die Arme vor der Brust verschränkt.

Victoria ging schnell zu ihm hin. »Du weißt, dass er lügt. Er hat alles gewusst. Er ist es, der dich hinters Licht geführt hat.«

»Mir ist schon klar, dass er alles gewusst hat. Aber er meint, dass du alles gewusst hättest und nichts erzählt hast. Stimmt das?«, zischte er.

Sie schüttelte den Kopf. »Ich weiß nicht so viel, wie du vielleicht denkst.« Sie musste es ihm begreiflich machen. »Ich habe das Allermeiste erst gestern erfahren.«

»Nicht so viel, wie ich denke?«

»Ich hatte schon so meinen Verdacht, wollte aber erst Beweise finden.«

»Moment. Ich habe gehört, dass du Verzeichnisse der Angestellten angefordert hast. Gabriella erwähnte, dass du Fragen zu irgendwelchen Unstimmigkeiten gestellt hast, und du hast nach Sanierungen gefragt. Jetzt, wo ich Karls Geschichte gehört habe, wird mir klar, dass du schon sehr früh etwas gewusst haben musst, richtig? Außerdem kann ich mich selbst daran erinnern, dass du schon ganz zu Anfang sehr eingehende Fragen zu Rekrea gestellt hast.«

»Ich …« Das stimmte in der Tat. Sie sah ihn schweigend an. »Aber ich hatte nicht genügend Beweise. Nur vage Auskünfte, nichts, worauf ich hätte aufbauen können.«

»Aber du hattest einen Verdacht?«

Sie nickte. »Ja, das hatte ich.«

»Und warum hast du geschwiegen? Wir haben so viel miteinander gesprochen, aber darüber hast du kein Wort verloren, obwohl du wusstest, dass es für mich von größter Wichtigkeit gewesen wäre. Warum?« Er nagelte sie mit seinem Blick fest. Dann blinzelte er, als sei ihm plötzlich ein Gedanke gekommen. »War es wegen ihm?«

»Wegen wem?« Verwirrt blickte sie ihn an.

Er sagte nichts, doch dann verstand sie, wen er meinte. Heftig schüttelte sie den Kopf. »Nein, natürlich nicht.«

»Ich weiß nicht mehr, was ich glauben soll.« Er drehte sich um und ging ins Studio.

»Daniel, bitte lass uns darüber reden. Ich habe noch mehr erfahren. Über die Behandlungsheime, die Bedingungen vor Ort, und ich …« Doch Daniel ging weiter, ohne sich noch einmal umzudrehen.

Sie legte eine Hand an die Sperre, kam jedoch nicht hinein.

Der Rezeptionist sah sie mit großen Augen an und schüttelte dann den Kopf. »Tut mir leid. Daniel Häger scheint nicht zu wollen, dass du ins Studio kommst.«

Sie bedachte den Rezeptionisten mit einem finsteren Blick, blieb aber stehen und sah Daniel nach. Warum weigerte er sich, ihr zuzuhören? Und warum war sie so dumm gewesen und hatte ihm nicht früher von ihrem Verdacht erzählt? Frustriert umfasste sie die Schranke und rüttelte daran. Der Rezeptionist holte Luft.

»Jetzt muss ich dich leider bitten …«

»Ich geh ja schon.«

Daniel stand auf seiner Terrasse und umhüllte gerade den letzten Stamm in seinen Pflanzkästen mit Jutegewebe, als es von innen gegen die Fensterscheibe klopfte. Sein Dauermitbewohner (so fühlte es sich zumindest an) Jack hielt ein Tablett mit einer Teekanne hoch. *Gleich*, signalisierte ihm Daniel mit den entsprechenden Lippenbewegungen. Anita tauchte hinter Jack auf und hob grüßend die Hand.

Jack öffnete die Terrassentür. »Schau mal, wer da ist!«

Daniel lächelte seine Tante erfreut an, streifte die Gummistiefel ab und ging hinein. Er umarmte sie.

»Mein Gott, du bist fast vier Stunden da draußen gewesen!« Jack warf einen Blick auf die Terrasse. »Was kann man eigentlich so spät im Jahr auf einer Terrasse noch tun?«

Die Antwort darauf lautete: nicht viel. Eigentlich hatte er zu seinen Eltern hinausfahren wollen. Es war Samstag, und er hätte nach den Pflanzen im temperierten Gewächshaus sehen sollen. Doch er mied seinen Vater noch immer und hatte seine Mutter noch nicht wirklich um Verzeihung gebeten. Also hatte er auf seiner Terrasse aufgeräumt. Alte Töpfe ausgespült, damit sie im Frühling sauber waren. Sein eigenes kleines Gewächshaus gereinigt, das nur ein paar Quadratmeter groß war, und sich um die Gewächse in den Pflanzkästen gekümmert. sie mit Jutegewebe umwickelt und beschnitten, was möglich war.

Er brauchte eine Beschäftigung, um nicht ständig an Victoria und Rekrea denken zu müssen. Nach ihrer Begegnung im Studio hatte sie ihm eine lange Mailkorrespondenz zwischen Gabriella und Karl weitergeleitet, mit widerwärtigen Informationen, die er kaum fertigbrachte zu lesen. Wie war sie überhaupt darangekommen? In der Mail schrieb sie, dass Karls Aussagen im Prinzip stimmten. Sie habe den Verdacht gehabt, dass die Gelder nicht rechtmäßig eingesetzt worden seien, und es habe Beschwerden gegeben. Aber mehr habe sie nicht gewusst. Und als seine Rechtsberaterin habe sie mehr Beweise haben wollen, bevor sie etwas so Schwerwiegendes mit ihm besprach.

Als seine Rechtsberaterin. Die Worte schmerzten. War sie in ihrer Wahrnehmung nur das für ihn gewesen? Sie hatten sich so viel erzählt und so viel Persönliches miteinander geteilt – und dann enthielt sie ihm so wichtige Dinge vor? Er begriff es nicht.

Doch in diesem Moment spielte es keine Rolle. Jetzt war es wichtig, das Chaos zu sichten, das Gabriella verursacht hatte. Er hatte noch nicht mit ihr gesprochen. Doch er musste die Jugendlichen aus ihrer misslichen Situation befreien und ihnen neue Plätze besorgen. Es war ihm nicht klar, wie er alle Probleme lösen sollte. Wenn die Sache ans Licht kam, war ihre Zulassung in Gefahr und ebenso der Börsengang. Er wusste nicht, wo er anfangen sollte. Deshalb hatte er sich den ganzen Tag seinen Pflanzen gewidmet. Neben dem Training war das die Beschäftigung, bei der er am besten nachdenken konnte.

Drinnen war es so warm, dass seine Wangen zu glühen begannen. Er setzte sich aufs Sofa und nahm die Tasse Tee entgegen, die Jack ihm reichte.

Sie sprachen über das Behandlungsheim in Åre. Als Leiterin war Anita diejenige, die sich am besten in der Einrichtung auskannte. Sie sprachen über Zulassungsanträge, über die Wohltätigkeitsgala und die neuen Projekte der geplanten Reha-Einrichtung. Niemand erwähnte Daniels Vater. Falls Anita von seiner Mutter hergeschickt worden war, verriet sie das jedenfalls nicht.

»Das Projektteam, das den Börsengang vorbereitet, kommt mir sehr kompetent vor«, sagte sie und biss in ein Stück des englischen Blätterteiggebäcks, das sie mitgebracht hatte. Sie teilte Daniels Vorliebe dafür. Und für Tee. »Vor allem diese Anwältin hat mir gefallen. Sie hat interessierte Fragen gestellt. Das ist gut.«

»Mmm …« Daniel nippte am Tee.

»Die Anwältin? Meinst du Victoria?« Jack sah seine Mutter an.

»Genau, Victoria. So hieß sie.« Anita nickte.

»Du hast sie auf der Gala richtig mies behandelt, Daniel. Willst du irgendwas dazu sagen?« Jack sah Daniel an.

Anita wirkte etwas verwirrt.

»Daniel und sie haben etwas miteinander, aber Daniel hat es vermasselt, weil er Streit mit seinem Vater hatte«, erklärte Jack.

Daniel warf seinem Cousin einen irritierten Blick zu. »Müssen wir wirklich jetzt darüber sprechen, wenn Anita dabei ist?« Er versuchte, Ruhe zu bewahren, doch am liebsten hätte er die Teetasse nach Jack geworfen. Daniel wusste, dass Jack nur darauf aus war, ihn zu provozieren.

»Ach? Du und diese bezaubernde Anwältin, ihr seid ein Paar?« Anita sah ihn positiv überrascht an, doch dann runzelte sie die Stirn. »Aber warum hast du sie schlecht behandelt?«

»Das ist eine längere Geschichte, für die wir jetzt keine Zeit haben.«

Jack zuckte die Schultern. »Also, ich habe alle Zeit der Welt.«

Anita lächelte. »Ja, ich würde nur zu gerne mehr über Victoria erfahren. Ich koche noch mehr Tee!« Sie verschwand in der Küche.

»Du kannst doch wohl darüber reden? Hör auf, dich wie ein alter Knacker mit Bindungsproblemen zu verhalten«, sagte Jack.

»Wie mein Vater, meinst du?«, antwortete Daniel scharf.

»Genau. Hör auf, dich wie dein Vater zu verhalten. Die ganze letzte Woche hast du nur gegrübelt und unverständliches Zeug vor dich hingemurmelt.«

»Das hat nichts mit Victoria zu tun. Dass ich so komisch drauf bin, liegt an Problemen mit dem Börsengang.« Das stimmte zumindest teilweise.

»Okay. Also hat deine Laune nichts damit zu tun, wie du sie voriges Wochenende behandelt hast?« Jack schnaubte.

»Vielleicht hat sie es ja verdient.«

Jack sah schockiert aus. »Das glaube ich nicht.«

Daniel stellte die Teetasse auf den Tisch. Der Grund, warum Karl ihn aufgesucht hatte, war natürlich die Tatsache, dass es langsam brenzlig wurde. Karl war kein Unschuldslamm. Er musste von der Situation in den Einrichtungen schon vor dem Verkauf gewusst haben. Und auch Victoria hatte davon erfahren, ihm jedoch nichts gesagt. Es tat so furchtbar weh, dass sie ihren Verdacht nicht gleich ihm gegenüber geäußert hatte.

Hätte sie es getan, dann hätte man die Angelegenheit näher untersuchen und vielleicht die Probleme ausräumen können. Dazu hätte man nur früher davon wissen müssen. Der Börsengang sollte in drei Wochen stattfinden. So schnell konnten sie den Fall nicht aufklären. Warum nur hatte Victoria ihm nicht sofort davon erzählt? Er konnte es einfach nicht begreifen.

Der unangenehme Gedanke von gestern nagte an ihm – hatte sie die Informationen zurückgehalten, um Karl zu schützen? Aber warum hatte der sich dann an Daniel gewandt? Er verstand es nicht. Alles vermengte sich zu einer Wolke aus verwirrten Gedanken. Fest stand nur, dass Victoria nicht ehrlich zu ihm gewesen war, und das tat weh.

»Sie hat mir für den Börsengang wichtige Informationen vorenthalten«, sagte er ruhig.

»Vielleicht hatte sie ihre Gründe?«

Anita kam mit einer neuen Kanne Tee und einem frisch gefüllten Kuchenteller zurück.

Daniel nahm sich ein Stück, schenkte sich Tee nach und lehnte sich im Sofa zurück. Für ihn war die Diskussion über ihn und Victoria beendet, und er sah seine Tante an. »Wie lange bleibst du in Stockholm?«

»Hör auf, vom Thema abzulenken«, fuhr Jack fort. »Ich glaube, du versuchst, dich selbst davon zu überzeugen, dass sie dich angelogen hat, damit du sie hinter dir lassen kannst.«

Warum ließ er nicht locker? Warum bohrte er immer tiefer in der Wunde herum? Daniel wollte nicht über das Thema reden. Nach dem Gespräch mit Karl vorige Woche hatte er entschieden, dass Victoria für ihn Geschichte war. Sie brauchte ihm nichts zu erklären. Beziehungen waren unnötig, das wusste er schon lange.

»Eine Beziehung passt im Moment einfach nicht. Ich habe keine Zeit, an jemand anderen zu denken als an mich selbst. Die Vorstellung, dass jemand von mir abhängig sein könnte, macht mir Angst. Es funktioniert nicht.« Daniel hörte, wie das klang. Im Grunde begriff er, dass Jack wahrscheinlich recht hatte. Er hatte vorschnelle Schlüsse gezogen und sich darauf gefasst gemacht, dass alles schiefgehen würde.

»Glaubst du nicht, dass Victoria auch allein klarkommt? Sie hat ein eigenes Haus, adoptiert ein Kind, und ja, sie wird von dir abhängig sein, so wie man es ist, wenn man jemandem nahekommt. Aber nicht so, wie du befürchtest.« Jacks Tonfall war höhnisch. Es war offensichtlich, dass er provozieren wollte.

»Wovon sprichst du?« Er verstand nicht, worauf Jack hinauswollte.

»Du glaubst, nur weil du jemanden magst und dir dieser Mensch wichtig ist, musst du dein ganzes Leben aufgeben. So wie du es bei Adrian musstest.« Hatte Jack ein Kurzseminar zum Thema Verhaltenstherapie besucht, oder was sollte das? Was auch immer, Daniel mochte es nicht, Gegenstand seiner laienpsychologischen Analysen zu sein.

»Du hast keine Ahnung, wovon du sprichst. Adrian war mein Bruder. Victoria ist eine Frau, die ich gerade kennengelernt habe. Ende der Diskussion«, sagte Daniel verbissen und blickte Jack dabei nicht an.

»Warum musst du dich immer selbst bemitleiden?« Jack betrachtete ihn. »Ja, dein Vater war in deiner Kindheit hart und ungerecht, aber er hat sich immerhin um dich gekümmert. Ich tue mir nicht die ganze Zeit selber leid, nur weil mein Vater abgehauen ist, oder? Es kann doch nicht so schwierig sein, deine Beziehung zu Douglas in den Griff zu bekommen? Sprich doch mit ihm!«

»Tu doch nicht so, als wärst du irgendwie besser. Wir wissen beide, dass du deiner Mutter nicht alles erzählst!« Daniel schämte sich dafür, dass er Anita mit hineinzog, doch Jack hatte ihn wiederholt unter der Gürtellinie getroffen. Und er wusste, dass Jack Anita nichts über sich und Carl-Adam erzählt hatte.

Jack knallte seine Teetasse auf die Untertasse aus Porzellan und sah Daniel durchdringend an, als wolle er ihn zwingen, den Mund zu halten.

»Wie meinst du das?« Anita blickte Daniel verwirrt an.

»Ich meine, dass Jack und Carl-Adam Probleme haben.«

»Das weiß Mama schon«, sagte Jack schnell.

»Ich glaube aber nicht, dass sie weiß, warum.«

Anita runzelte die Stirn und sah Daniel verständnislos an. »Was meinst du damit?« Dann wandte sie sich an Jack. Genau wie alle anderen in der Familie liebte Anita Carl-Adam, und Daniel schämte sich noch mehr dafür, dass er sie in die Sache hineingezogen hatte.

»Das ist etwas, was nur mich und Carl-Adam etwas angeht«, sagte Jack verbissen.

»Was hast du getan?«, fragte Anita. Jacks beschämter Gesichtsausdruck verriet alles.

»Ich dachte, du wärst so gut darin, über alles zu reden«, bemerkte Daniel bitter.

»Ich möchte, dass du es mir erzählst. Sonst kann ich dir nicht helfen.« Anita blickte ihren Sohn an.

Jack seufzte. »Wie viel Zeit hast du?«

28

Carl-Adam liebte Weihnachten, insbesondere die erste Dezemberwoche, wenn das Weihnachtsgefühl noch ganz neu war. Wenn die Pfefferkuchen frisch gebacken und die Mandarinen noch lecker waren, der Glögg des Jahres noch Neuigkeitswert und man sich noch nicht an Bing Crosby sattgehört hatte. Das war vielleicht die beste Woche des Jahres.

Es war der Montag nach dem ersten Advent gewesen, den er nicht wie sonst genossen hatte. Er fühlte sich niedergeschlagen und hatte weder Lust auf Pepparkakor noch auf die Schürzkuchen aus dem Kaufhaus NK, von denen er normalerweise gleich zwei Tüten kaufte, zusammen mit einer Packung Weihnachtstee. Er war auch noch nicht auf dem Weihnachtsmarkt im Freilichtmuseum Skansen gewesen und hatte keine gebrannten Mandeln gegessen. Er und Jack liebten gebrannte Mandeln.

Als Victoria einen Mittagsspaziergang auf der Insel Djurgården vorgeschlagen hatte, lehnte er spontan ab. Es erschien ihm wenig reizvoll, bei dieser Kälte draußen zu sein. Doch Victoria hatte ihn schließlich überzeugt, und er hatte keine Kraft gehabt, sie zu enttäuschen.

Sie gingen den Strandvägen entlang, an den Hausbooten vorbei und weiter über die Djurgårdsbron. Der Kanal war zugefroren, und auf den Ästen der riesigen Buchen lag eine dicke Schicht Schnee.

»Ich habe ziemlich viel zu tun. Warum wolltest du unbedingt mit mir in dieser Eiseskälte spazieren gehen?« Carl-Adam kuschelte sich in seine riesige Daunenjacke und zog den Reißverschluss bis unters Kinn.

»Mit dieser Jacke würdest du eine Nacht am Nordpol überstehen. Wurden die nicht extra für Polarexpeditionen entwickelt?« Sie blickte vielsagend auf seine Jacke. »Da sollte eine Runde auf Djurgården bei minus zwei Grad eigentlich kein Problem sein.«

»Kann sein.« Carl-Adam runzelte die Stirn über ihr irritierendes Daunenjackenwissen.

»Ich dachte, es könnte ganz schön sein, mal rauszukommen.« Normalerweise hätte Carl-Adam das auch so gesehen.

»Du hast so unglaublich viel Elan. Fast zu viel, weißt du das?«

Victoria lächelte. »Bist du mit dem falschen Bein aufgestanden?«

Carl-Adam seufzte. »Es ist wegen Jack. Ich kann einfach nicht aufhören daran zu denken, wie wir miteinander geschlafen haben. Ich kriege ihn einfach nicht aus dem Kopf. Und ich begreife nicht, warum.«

»Weil du ihn noch immer liebst?«

»Wie kann man jemanden lieben, der einem so weh getan hat? Das ist doch Selbstquälerei!« Am liebsten hätte er ihn einfach vergessen. Er musste endlich begreifen, dass es am besten für ihn war, die Scheidung einzureichen, und nach vorn zu schauen.

»Vielleicht, weil das, was euch verbindet, echte Liebe ist?« Victoria sah ihn ernst an.

Er schüttelte den Kopf. »Kann etwas echt sein, wenn einer von beiden fremdgeht?« Er blieb stehen. »Und müsstest du nicht eigentlich auf meiner Seite sein? Ich dachte, wir stehen auf derselben Seite – als betrogene Ehepartner, die ihren Exmann hassen und ihm einen qualvollen Tod wünschen, am besten an einer obskuren Geschlechtskrankheit.«

Victoria musste grinsen. Sie gingen weiter, dann sah sie ihn ernst an. »Ich bin in diesem Club und will, dass Karl einen qualvollen Tod stirbt. Aber ist dieser Club wirklich etwas für dich?«

»Wie meinst du das?«

Victoria schwieg eine Weile. Unter ihren Füßen knirschte der Schnee. »Vor ein paar Wochen bin ich Jack begegnet, auf der Wohltätigkeitsgala von Kraft.«

Carl-Adam blieb erneut stehen und ergriff ihren Arm. Was sagte sie da? Warum hatte sie ihm nichts davon erzählt? Und warum war sie plötzlich im Team Jack?

»Wir haben uns gut unterhalten. Quasi den ganzen Abend. Und die halbe Nacht.«

Er schüttelte den Kopf, konnte nicht glauben, was er da hörte. Sie sollte Jack doch *hassen*. Waren Freunde nicht genau dafür da? Um diejenigen zu hassen, die einem wehgetan hatten?

»Jack bereut es zutiefst«, fuhr sie fort. »Er hat den ganzen Abend von dir gesprochen, es geht ihm miserabel. Ich finde, du solltest dich mit ihm treffen und mit ihm reden.«

»Wie kannst gerade du so etwas vorschlagen? Würdest du dich mit Karl treffen und dir seine Erklärungen anhören?«

»Nein, aber Karl hat keine Erklärung für sein Verhalten. Er hat sich kein einziges Mal entschuldigt oder dafür gesorgt, dass ich mich besser fühlte, seitdem ich von seinen Fehltritten erfahren habe. Er war schon seit langem bereit gewesen, mich zu verlassen, im Gegensatz zu Jack. Also, was er getan hat, war natürlich falsch, und ich entschuldige auch nicht seine Tat, überhaupt nicht. Aber es ist nun mal passiert. Und ich weiß nicht …« Sie legte ihre Hand auf seine Schulter und versank in all den Daunen. »Ich fände es nur schade, wenn du nicht einmal erwägst, ihm zu verzeihen.«

Er spürte, wie ihm Tränen in die Augen stiegen. Er war so wütend, aber gleichzeitig trösteten ihn ihre Worte. Dann liefen ihm die heißen Tränen über die kalten Wangen. Er wollte nichts lieber, als Jack zu verzeihen. Aber es tat so weh. Wie sollte er jemals vergessen, was Jack getan hatte? »Eine solche Sache kann man nicht verzeihen, nicht Untreue.« Er wischte sich die Tränen mit dem Jackenärmel weg. »Trotzdem will ich ihn einfach nur zurückhaben. Auch wenn das völlig gegen meine Prinzipien geht.« Das Leben war öde ohne Jack. Es hatte keinen Sinn mehr. Alles war farb- und klanglos.

Victoria umfasste seine beiden Arme. Er erwartete eine Umarmung, doch sie legte nur die Hände auf seine Schultern. Was er hätte wissen können, denn Victoria war nicht der Typ, der jemanden unnötig in den Arm nahm. Sie sah ihm streng in die Augen. »Dann bin ich der Meinung, dass es eine ausgezeichnete Gelegenheit ist, seine Prinzipien über Bord zu werfen.«

»Einfach hinunter in den Djurgårdskanal?« Noch immer liefen Carl-Adam die Tränen über die Wangen.

»Ja, direkt in den Kanal.«

Das klang verlockend.

»Er scheint es also zu bereuen?«

»*Scheint*?« Sie sah ihm fest in die Augen. »Ich habe noch nie einen traurigeren Menschen gesehen.«

»Er hat niemand anders angebaggert?«

»Natürlich nicht. Er war absolut desinteressiert und hat die ganze Zeit nur von dir gesprochen.«

Er atmete tief ein und blickte über den mit Raureif bedeckten Kanal. Die hohe Zinne des Nordischen Museums stach wie ein Speer in den eisig weißen Himmel. Er wollte ihr glauben, und vielleicht tat er es. Vielleicht glaubte er tatsächlich, dass Jack es zutiefst bereute und vielleicht sogar eine zweite Chance verdiente.

Als sie am Kanal entlang zum Büro zurückgingen, fühlten sich seine Schritte leichter an, und der Druck auf der Brust hatte nachgelassen. Es war ungeheuer befreiend, zu verzeihen. Zum einen Jack, aber zum anderen sich selbst. Ob er es wohl schaffen würde, seine Prinzipien über Bord zu werfen? Konnte er Jack wieder zurücknehmen?

Am nächsten Morgen eilte Victoria hinunter in den Lichthof, schnappte sich ein Sauerteigbrötchen und schenkte sich den letzten Rest Kaffee aus der Thermoskanne in eine Tasse. Einmal im Monat veranstaltete eine Abteilung der Kanzlei ein Seminar für die restlichen Kollegen. Diesmal präsentierte die Zivilrechtsabteilung einen Rechtsstreit, den sie kürzlich gewonnen hatte. Es ging dabei um einen Aktienübertragungsvertrag. Ein relevantes Thema für Victoria, die wirklich hätte zuhören müssen. Doch sie war mit ihren Gedanken woanders. In der vergangenen Woche hatte sie nichts von Daniel gehört. Immer mehr Menschen hatten jedoch im Vorfeld des Börsengangs von Kraft Aktien gezeichnet. Die Zustände in Lövviken so spät an die Öffentlichkeit zu bringen hatte ein enormes Zerstörungspotenzial.

Soeben hatte sie ein geheimes Treffen mit Charlotta Kvist gehabt – einer der Senior Associates der Zivilrechtsabteilung und, wenn man den Gerüchten Glauben schenken wollte, bald Kanzleipartnerin. Charlotta und sie hatten sich schon Anfang der Woche getroffen, als sie gemeinsam nach diversen Überstunden im Lichthof zu Abend gegessen hatten. Dabei hatten sie sich über Carl-Adam und Jack unterhalten. Charlotta war Carl-Adams beste Freundin, und ihr Verlobter ein enger Freund von Jack. Victoria und Charlotta waren sich darüber einig, dass es höchste Zeit für eine Versöhnung zwischen den beiden war. Die letzte Stunde hatten sie damit verbracht zu planen, wie das vonstattengehen könnte.

Mikaela tauchte kurz nach Victoria auf. Ihre Augen waren gerötet und feucht, die Nase geschwollen. Sie sah aus, als hätte sie die ganze Nacht geweint.

Victoria setzte sich auf einen der freien Plätze ganz hinten in den Stuhlreihen, die im Lichthof aufgestellt worden waren. Im nächsten Moment kam Henrik. Ohne Mikaela eines Blickes zu würdigen, setzte er sich an die andere Seite des Hofes.

Victorias Handy summte, und eine Nachricht von Måns erschien auf dem Display.

Daniel Häger hat um elf zu einer Pressekonferenz geladen. Weißt du, warum?

Ihr Puls stieg. Darüber hatte Daniel sie nicht informiert. Eine Pressekonferenz bedeutete, dass er wichtige Informationen öffentlich machen wollte. Was war sein Plan? Sie bloßzustellen? In Anbetracht dessen, wie kalt er sie behandelt hatte, war das nicht ausgeschlossen. Sie öffnete ihre Mails, doch von Daniel war nichts gekommen. Sie hielt im Lichthof nach Måns Ausschau, entdeckte ihn am anderen Ende des Raumes, suchte seinen Blick und schüttelte den Kopf.

Måns stand auf, und Victoria folgte ihm in die Empfangshalle der Kanzlei.

Måns nahm sein Handy. »Ich versuche, Daniel jetzt zu erreichen. Kannst du bitte Arash von der Investmentbank anrufen?«

»Klar.« Victoria rief Arash an, doch der telefonierte offenbar gerade mit jemand anders.

»Besetzt«, sagte sie.

»Und Daniel geht nicht ran.« Sie blickten einander beunruhigt an.

Schnell öffnete sie die Webseite einer Wirtschaftszeitschrift, doch dort stand nur, dass Kraft im Vorfeld des Börsengangs zu einer Pressekonferenz geladen habe. Es folgten ein paar Spekulationen, doch nichts über Rekrea oder darüber, dass die juristische Beraterin den Börsengang vermasselt hätte.

Das Handy vibrierte. Arash rief zurück. Schnell hielt sie das Telefon an ihr Ohr.

»Hallo, weißt du, warum Daniel zur Pressekonferenz eingeladen hat?« Ihre Stimme überschlug sich beinahe.

»Ich weiß genauso wenig wie du. Habe es gerade erst erfahren.«

Ihr Magen krampfte sich zusammen. Was ging hier vor?

»Ich muss Schluss machen und versuchen, Antonia zu erreichen.« Arash klang hektisch. »Sobald ich etwas erfahre, melde ich mich. Ansonsten sehen wir uns auf der Pressekonferenz.« Arash legte auf.

Sie sah Måns an. »Er wusste von nichts. Vielleicht haben sie etwas Neues über die seltsamen Finanzposten herausgefunden?« In der vergangenen Woche hatte sie Måns in groben Zügen von Lövviken erzählt – dass sie merkwürdige Zahlungen gesehen und den Mandanten darüber in Kenntnis gesetzt habe. Sie konnte ihm nicht alles offenbaren, was sie gefunden hatte. Zum Beispiel, dass sie Zugriff auf eine Mailkonversation ihres Exmannes hatte und diese an den Mandanten weitergeleitet hatte. Herr im Himmel, wie hatte sie sich derart in Lügen und Geheimnisse verstricken können?

»Okay«, seufzte er. »Ich habe jetzt ein wichtiges Meeting, aber ruf mich an, wenn du etwas erfährst.« Måns ging davon.

Victoria blieb stehen. Was wollte Daniel überhaupt auf der Pressekonferenz sagen? Es war nicht ganz abwegig, dass er berichten würde, dass die juristischen Berater es versäumt hätten, das Unternehmen rechtzeitig über bestehende Probleme zu informieren, und schlechte Arbeit geleistet hätten.

War heute alles wieder vorbei? Würde sie ohne Job dastehen? Konnte Daniel ihr das antun? Es war ja nicht alles ihre Schuld. Doch ihr war auch bewusst, dass er die Möglichkeit gehabt hätte, die Probleme anzugehen, wenn sie ihm nur rechtzeitig davon erzählt hätte.

Sie pfiff auf das Seminar und ging zurück an ihren Schreibtisch. Wie sollte sie das Problem lösen?

Es gab nichts, was sie tun konnte. Sie war gezwungen, auf die Pressekonferenz zu gehen und auf das Beste zu hoffen.

Sie öffnete ihren Laptop, las sich die Mails durch, die im Lauf des Vormittags gekommen waren, aber konnte sich nicht darauf konzentrieren. Nervosität breitete sich in ihr aus, ihr wurde schlecht, und sie zitterte. Um halb elf tauschte sie ihre Pumps gegen Winterstiefel, zog ihren warmen Daunenmantel an und schob ihren Laptop in die Hülle. Dann hängte sie sich ihre Handtasche über die Schulter und verließ den Schreibtisch mit dem Gefühl, unterwegs zu ihrer eigenen Hinrichtung zu sein.

Der Raum war voller Journalisten. Kein Wunder, wenn man so kurz vor einem Börsengang eine Pressekonferenz einberief. Allen war klar, dass eine große Sache verkündet werden würde. Insbesondere die Wirtschaftspresse zeigte sich interessiert, denn viele Investoren hatten bereits Aktien gezeichnet, aber es war unvermeidlich, dass sie sich nun zurückziehen würden. Doch Daniel hatte keine Wahl. Er musste offenlegen, was er erfahren hatte.

Am vergangenen Samstag, nachdem Jack seiner Mutter alles über seine momentanen Eheprobleme gebeichtet hatte, waren

Anita und Jack den Rest des Abends bei Daniel geblieben. Jack hatte beschlossen, alles zu tun, um sich mit Carl-Adam zu versöhnen.

Dann hatte Daniel erzählt, was er über die Behandlungsheime erfahren hatte. Anita, die über eine langjährige Erfahrung in der Jugendhilfe verfügte, hatte Daniel zurechtgewiesen, weil er den Tag mit Gärtnern verbracht hatte, obwohl er wusste, dass es den Jugendlichen in Lövviken so schlecht ging. Dann hatte sie entschieden, dass sie so schnell wie möglich hinfahren mussten. Das hatte Daniel eigentlich tun wollen, sobald er von den Missständen erfahren hatte, doch er hatte sich zu sehr geschämt. Vor den Jugendlichen und vor den Angestellten, die trotz allem versuchten, das Beste aus der Situation zu machen. Lövviken war Teil seines Unternehmens, doch er hatte die Einrichtung noch kein einziges Mal besucht. Was sie wohl über ihn dachten?

Früh am Sonntagmorgen waren sie hingefahren. Was er sah, schockierte ihn. Das Gebäude war abbruchreif, die Räume kalt und zugig. Einige Jugendliche schliefen auf nackten Matratzen. Von den Angestellten war niemand zu sehen. Im Flur traf er auf einen Jungen, der high zu sein schien. Sofort kamen Daniel die Tränen.

Die Transaktion von Rekrea im Frühjahr war so schnell über die Bühne gegangen, und danach hatte er sich ausschließlich auf den Börsengang konzentriert und auf die Frage, wie er seinen Traum von Schwedens bestem Suchtbehandlungskonzept verwirklichen konnte. Darüber hatte er die Einrichtungen vernachlässigt, die er bereits über Rekrea erworben hatte. Außerdem hatte er Gabriella und ihrer scheinbaren Kompetenz blind vertraut. Er hatte keinen Moment gezögert, sie in den Vorstand von Kraft zu integrieren, war jedoch von Grund auf betrogen worden. Er war wütend auf sich selbst. Wer, wenn nicht er, hätte sich sorgfältiger um alles kümmern müssen? Es ging um das Größte und Wichtigste, was er je würde ausrichten können, und nun drohte alles zu scheitern.

Die Pressekonferenz fand in einem Konferenzsaal des Hotels Haymarket statt. Daniel liebte die hohen Fenster des Raumes, die den Blick auf Hötorget und das Konzerthaus freigaben. Die vielen Lampen an der Decke verbreiteten ein warmes, gemütliches Licht. Das dunkelbraune Fischgrätparkett und die dicken Gardinen sorgten für ein heimeliges Gefühl. Es duftete nach dem Kaffee, der in einer großen Pumpthermoskanne im hinteren Ende des Saales bereitstand, und nach dem Essen, welches im Restaurant ein halbes Stockwerk höher zubereitet wurde.

Daniel stand bereits vorne am Podium, das aus einem runden, hohen Tisch bestand und vor wenigen Minuten von gestressten Mitarbeitern herbeigerollt worden war. Es war reine Glückssache gewesen, dass dieser Konferenzraum so kurzfristig frei war.

Dem Anlass entsprechend trug er einen Anzug. Die Hemdärmel waren etwas zu weit hochgerutscht und schnitten in die Haut. Er zog sie herunter und räusperte sich leise. Daraufhin verstummte das Gemurmel so abrupt, als habe er laut gerufen. Ganz hinten im Saal erkannte er Måns Fritzson. Und Victoria.

Er hatte natürlich über Alternativen nachgedacht. Wie sollte er den Investoren erklären, dass Kraft nichts von den Missständen gewusst hatte? Und dass die so wichtigen Zulassungen in Gefahr waren? Möglicherweise konnte ihn die Erklärung retten, dass seine juristischen Berater das Problem nicht rechtzeitig gemeldet hatten. Es war seine einzig mögliche Rettung. Er würde Victoria nicht persönlich bloßstellen, doch jeder würde begreifen, dass sie den Fehler begangen hatte – ihr Chef und ihre Kollegen, die Investmentbanker und alle anderen im Projekt.

Sein Blick blieb an ihr hängen. Warum hatte sie ihm nicht sofort davon erzählt? Hatte sie tatsächlich ihren Exmann, diesen Mistkerl, schützen wollen?

Er ließ seinen Blick über die übrigen Anwesenden schweifen. Journalisten, aufgescheuchte Investoren und andere Neugierige. Nach einem tiefen Atemzug begann er zu sprechen.

»Vielen Dank, dass Sie alle hier erschienen sind.« Er machte eine Pause. »Der Grund, warum Sie hier sind, ist der Umstand, dass ich einiges über Kraft zu berichten habe.« Ein Raunen war zu hören, gefolgt von aufgeregtem Flüstern. »In einer Reihe von Einrichtungen, die Bestandteil der Übernahme von Rekrea waren, sind Unregelmäßigkeiten aufgetreten.«

Wenn er nicht alles daransetzte, die Schuld auf jemand anderen zu schieben, war er gezwungen, sich von Kapital in Milliardenhöhe zu verabschieden. Die geplante Kette von Behandlungsheimen würde nicht realisiert werden. Seine gesamte Arbeit wäre umsonst gewesen.

Aber konnte er Victoria das antun? Er hasste sie beinahe und liebte sie zugleich. Niemand hatte ihn bisher so beeinflusst wie sie. Niemand außer Adrian. Er hatte für seinen Bruder so viel aufgegeben, und jetzt stand er hier und war bereit, wieder eine ganze Menge für jemanden aufzugeben.

Genau deswegen hätte er sie niemals so nah an sich heranlassen dürfen.

»Diese Unregelmäßigkeiten wurden kürzlich von unserer juristischen Beraterin aufgedeckt«, fuhr er fort. Er sah Victoria an, die angespannt zurückblickte. »Wir haben beschlossen, ab sofort sämtliche Behandlungsheime zu schließen. Die Jugendlichen sind woanders untergebracht worden, und wir versuchen nun, eine andere Lösung zu finden, um ihnen zu helfen. Wir haben die Leitung von Rekrea ausgetauscht, es liegt aber noch ein langer Weg vor uns. Wir haben uns selbst bei der IVO angezeigt, der Aufsichtsbehörde für Fürsorge und Pflege, weil wir absolute Transparenz gewährleisten wollen. Natürlich sind die Zulassungen für die Behandlungsheime in Gefahr, und das betrifft auch unseren aktuellen Zulassungsantrag für das Heim in Åre. Wir werden einen internen Krisenstab einsetzen, um alles aufzuklären und …« Er verstummte. Jetzt kam es darauf an. Entweder versuchte er, alles zu retten, indem er von den unterschlagenen Informationen der juristischen Beraterin erzählte, oder er ließ es sein. In dem Fall konnte er den Börsengang vergessen. Er gab sich ein paar Sekunden, um zu überlegen. Begegnete Victorias angespanntem Blick. Fasste seinen Entschluss. »Und wir werden nicht an die Börse gehen.«

Jetzt standen die Worte im Raum, und er konnte sie nicht wieder zurücknehmen. Im Saal erklang aufgeregtes Tuscheln, vermischt mit dem Klicken unzähliger Kameras. Victoria sah ihn an. Mit großen, feuchten Augen.

Er wusste nicht, wie er das Problem lösen sollte. Wie er sein Unternehmen retten und seine Zukunftspläne durchführen sollte. Aber er wusste, dass er Victoria nicht mit in den Abgrund reißen durfte. Das war undenkbar.

Er verließ das Podium und ging zwischen den Stuhlreihen entlang durch den Raum. Eine schwarz gekleidete Frau, Journalistin in der Finanzredaktion einer der großen Tageszeitungen, rief ihm hinterher, ob er ein Interview geben wolle, doch er hatte sich noch nicht entschieden, was er sagen wollte. Ein Statement musste er abgeben, doch erst wollte er über den Alternativplan nachdenken, der in seinem Kopf langsam Gestalt annahm. Wenn er eine Chance haben wollte, seine Träume zu verwirklichen, musste er um Hilfe bitten. Nach Bekanntwerden des Skandals und dem plötzlich gecancelten Börsengang war es unmöglich, Investoren zu finden, die ihr Kapital auf Kraft setzen wollten.

Es gab nur einen Ausweg. Ansonsten würden sein Traum und sein Lebenswerk in Scherben vor ihm liegen.

Es war ein Ausweg, den er eigentlich nicht nehmen wollte. Ein Mensch, an den er sich nur ungern wandte.

29

Das Taxi bog von der Birger Jarlsgatan ab in die Odengatan. Es war sieben Uhr abends, und etliche Leute waren im Schneegestöber unterwegs. Entweder kamen sie von einem Glöggtrinken oder Abendessen, oder sie waren auf dem Weg dorthin.

»Ich frage mich, mit wem wir zusammen kochen wollen? Bestimmt irgendein Amateurkoch, der nichts kann. Die können meistens nichts, diese Kochkursköche. Bestimmt jemand, der in Butter anbrät und auf viel zu geringer Hitze.« Carl-Adam verzog den Mund. »Das habe ich schon mal auf so einem Event erlebt. Die Zwiebeln waren ganz glasig und weich.«

Victoria lächelte in sich hinein. Wenn Carl-Adam gewusst hätte … Mikaela war ihr behilflich gewesen. Als sie gehört hatte, dass es um Carl-Adam ging, hatte sie allen Kollegen der Transaktionsabteilung eine Mail geschrieben mit Informationen über das angebliche Ereignis des Abends, bevor alle in den Weihnachtsurlaub entschwanden – ein Kochabend mit einem guten Koch. Victoria hatte die Kollegen darüber aufgeklärt, dass es eine Überraschung für Carl-Adam von seinem Mann war, ohne auf Einzelheiten einzugehen, und sie aufgefordert mitzuspielen, falls dieser den Abend erwähnen sollte.

Schon beim Anblick von Jack würde Carl-Adam vermutlich umkehren. Wenn die britische Sterneköchin es nicht schaffte, dann wusste Victoria auch nicht, was Carl-Adam dazu bewegen konnte, Jack zuzuhören.

Das Taxi bremste vor der angegebenen Adresse. Durchs Fenster waren Küchenutensilien und Kupferkessel zu sehen und dahinter eine moderne Küche. Schlichte Lampen, die im Fenster hingen, warfen einen gemütlichen Schein hinaus auf die Straße.

»Gehen wir hinein? Es ist so kalt.« Bibbernd stieg Carl-Adam aus dem Taxi. »Die anderen kommen bestimmt nach.«

»Ja, wir können schon rein.« Victoria ging zur Tür und öffnete. Sanfte Wärme und ruhige Jazzmusik schlugen ihnen entgegen. Sie wusste, dass Jack schon da war, doch er war nicht zu sehen. Charlotta war auch da, falls Überredungskünste vonnöten sein würden.

Sie legten ihre Jacken im Eingangsbereich ab. Gleich rechts führte ein schmaler Flur zu den Räumen, wo sie sich aufhalten würden. Von weiter hinten waren Stimmen zu vernehmen. Eine Frau mit hoher Kochmütze tauchte im schmalen Flur auf und strahlte sie an.

»Herzlich willkommen!«, sagte sie in charmantem britischem Englisch und klang wie eine der Figuren aus *Downtown Abbey*.

Carl-Adam blieb die Spucke weg. »Das ist die Köchin, mit der wir kochen werden?« Er stolperte auf Annabelle Haley zu. »Sie sind mein größtes Idol, oh mein Gott … Werde *ich* mit Ihnen kochen?« Er sah Victoria an. »Werde ich mit …« Er unterbrach sich. »Werden wir mit ihr …?«

»Geht es dir gut, Carl-Adam?« Victoria machte sich Sorgen. Er bekam ja kaum ein Wort heraus.

»Es geht mir gut, mehr als das!« Er sah Annabelle mit großen Augen an. »Wie zum Teufel hat die Kanzlei das hinbekommen? Das muss doch ein Vermögen gekostet haben«, flüsterte er Victoria zu. »Ich habe um diesen Abend mitgeboten, aber der Preis ist die ganze Zeit gestiegen. War natürlich blöd, gegen die Kanzlei zu bieten.«

»Ach, das Geld ist sowieso für einen guten Zweck«, warf Victoria ein.

Annabelle lächelte und umarmte Carl-Adam herzlich. »Ihr Mann hat gesagt, Sie seien ein außergewöhnlich guter Koch. Ich hoffe, ich kann Ihnen noch etwas beibringen.«

»Mein Mann?« Carl-Adam erstarrte. »Wie …«

Im selben Moment trat Jack hervor, dicht gefolgt von Charlotta. Und dann … Daniel. Victoria schnappte nach Luft. Darauf war sie absolut nicht vorbereitet gewesen. Seit der Pressekonferenz vor einer Woche hatten sie sich nicht mehr gesehen. Er sah sie ruhig an, doch ohne zu grüßen. Stattdessen richtete er seinen Blick auf Jack und lächelte ihn aufmunternd an, als wolle er ihm Selbstvertrauen geben. Er stand ein Stück hinter Jack, der sich nervös umdrehte. Doch gestärkt durch die Anwesenheit seines Cousins wandte sich Jack wieder Carl-Adam zu.

»Ja, dein Mann. Ich bin noch immer dein Mann.« Jack blickte ihn ernst an. »Und als dein Mann frage ich dich, ob du mit mir einen Abend verbringen möchtest? Mit Kochen und Reden?«

Carl-Adam sah ihn an, ohne ein Wort zu sagen. Dann sah er Charlotta und Daniel anklagend an.

»Ihr beiden habt offenbar einiges zu besprechen. Meiner Erfahrung nach lassen sich beim Kochen viele gute Gespräche führen. Ich werde das Kochen anleiten und euch zeigen, was ihr tun sollt. Ihr tut nur das, was ich euch sage, und währenddessen könnt ihr reden, so viel ihr wollt, oder einfach nur schweigen.« Annabelle schien die gedrückte Stimmung zu spüren, und sprach ganz ruhig.

Carl-Adams Blick verfinsterte sich. »Ich habe dir doch schon gesagt, dass ich dir nicht zuhören will, Jack. Ich …«

»Bitte, hör ihm zu, Carl-Adam«, unterbrach ihn Charlotta. »Ich glaube, Jack hat dir einiges zu sagen.«

»Ich spreche nicht mit dir«, antwortete Carl-Adam knapp und wandte sich dann vorwurfsvoll an Victoria. »Du hast das eingefädelt. Was soll das überhaupt sein? Eine Intervention?«

»Charlotta und ich wissen, dass es dir schlecht geht«, sagte Victoria. »Jack geht es auch schlecht. Wir wollen nur, dass ihr die Gelegenheit habt, miteinander zu reden. Außerdem hast du die Chance, mit Annabelle Haley zu kochen.«

Carl-Adam schwieg einen Moment. Dann schüttelte er den Kopf und seufzte. »Ich weiß nicht.« Er sah erst Annabelle, dann Jack an. »Aber nur Annabelle zuliebe.«

Alle im Raum atmeten auf. Dann übergaben sie das Ehepaar an die Starköchin und verließen das Restaurant.

Draußen wartete ein sichtlich nervöser hochgewachsener Mann mit dunklen Haaren. Charlotta lief ihm in die Arme und küsste ihn glücklich.

»Ich deute das so, dass alles gutgegangen ist und ich keinen verzweifelten Jack vom Boden aufsammeln muss?« Der Mann blickte Charlotta beinahe lächerlich verliebt an.

»Das wissen wir noch nicht. Aber der Anfang war schon mal vielversprechend.« Charlotta wandte sich an Victoria. »Das ist mein Verlobter Ignacio, und das hier ist meine Kollegin Victoria, eine Freundin von C-A.« Victoria schüttelte Ignacio die Hand.

Charlotta sah Daniel an. »Ihr kennt euch schon, richtig? Victoria hat doch mit am Börsengang gearbeitet?«

»Ja, das stimmt. Wir kennen uns.« Er klang professionell. Neutral.

Victoria nickte still.

Während Charlotta Ignacio erzählte, was drinnen passiert war, standen Victoria und Daniel schweigend daneben. Der Schnee knirschte unter ihren Füßen, als sie die Position wechselte. Die Luft war kalt und trocken.

»Ich wusste nicht, dass du hier sein würdest«, meinte sie nach einer Weile.

»Jack wollte mich als Unterstützung dabeihaben.«

Sie sah ihn nachdenklich an. Auch wenn er nicht mit ihr reden wollte, musste sie darüber sprechen, was passiert war. »Du, noch mal, es tut mir leid wegen …«

»Du brauchst dich nicht zu entschuldigen. Du hattest deine Gründe dafür.« Daniel sah sie kaum an.

»Ich wollte es dir schon früher sagen. Das war die ganze Zeit der Plan. Doch ich habe auf eine gute Gelegenheit gewartet. Ich weiß, dass ich es ganz zu Anfang hätte sagen sollen.« Sie schwieg. »Ich weiß nicht, warum du auf der Pressekonferenz nicht gesagt hast, dass ich von allem wusste. Aber … danke. Danke, dass du nichts gesagt hast.«

Er zuckte die Schultern. »Es gab keinen bestimmten Grund dafür. Es kam mir einfach richtig vor.« Er wirkte so blasiert. Spielte er ihr etwas vor?

»Richtig?« Sie sah ihn direkt an.

»Ja. Man möchte ja niemanden in die Pfanne hauen. Genauso wie du, als meine juristische Beraterin, mehr Informationen und Beweise brauchtest, um von deinem Verdacht zu erzählen, hatte ich, als dein Mandant, das Gefühl, dass ich meine Beraterin nicht unnötig bloßstellen wollte.«

Sie kniff die Lippen zusammen. Jetzt musste sie ihn fragen. Es war zwecklos, länger darüber nachzugrübeln. »Dass du auf der Pressekonferenz nichts Negatives über mich gesagt hast, lag also nicht daran, dass ich dir etwas bedeute?« Warum konnte sie es nicht einfach lassen? Sie hatte immer Schwierigkeiten gehabt, Gefühle zu zeigen. Und jetzt ging sie vor wie eine Dampfwalze, ohne sich zu beherrschen.

Er sah sie lange an, bevor er antwortete. Traurigkeit war in seinem Blick zu erahnen. Doch dann schien er sich zusammenzureißen. Er blinzelte und blickte sie wieder neutral an. »Nicht so, wie du meinst. Was zwischen uns passiert ist, war eine nette Sache. Das fanden wir doch beide.«

Wovon redete er? »Aber du sagtest doch, dass …«

»Ich weiß, was ich gesagt habe. Aber das war falsch. Damals wollte ich uns vielleicht tatsächlich eine Chance geben, aber das war voreilig von mir. Außerdem hast du ganz klar gesagt, dass das zwischen uns nichts Ernstes war. Also sollten wir es dabei belassen. Es ist besser für uns beide.«

Wieder sah er traurig aus, doch dann wandte er sich hastig an Charlotta und Ignacio und sagte laut: »Ich mache mich auf den Heimweg. Das war gute Arbeit heute Abend!« Er umarmte beide, sah Victoria nicht an, als er seine Jacke zuknöpfte, drehte sich einfach um und ging davon. Er ließ sie einfach stehen.

Sie wollte ihm hinterherrennen, ihn anschreien. Wie konnte er so etwas nur tun? Ihr alles versprechen und dann alles zurücknehmen? Es hatte so endgültig geklungen. Dennoch setzte sie sich in Bewegung und ging ihm eilig hinterher. Er bog um eine Ecke, sie folgte ihm.

»Daniel!«, rief sie, doch er ging weiter. Es begann wieder zu schneien. Sie lief schneller, hatte ihn fast eingeholt, packte ihn an der Schulter.

Erst da blieb er stehen. Drehte sich um und blickte sie kühl an.

»Daniel, bitte. So kann es doch nicht enden? Wie kann das …« Sie unterbrach sich. »Alles, was du gesagt hast …« Sie holte tief Luft. »Alles, was du bei mir zu Hause gesagt hast. An dem einen Abend.«

»Alles, was ich damals gesagt habe, war nur etwas, was ich in dem Moment gefühlt habe.« Sanft nahm er ihre Hand von seiner Schulter. »Es hat nichts bedeutet.«

Wieder drehte er sich um und ging. Doch diesmal ging sie ihm nicht hinterher, sondern beobachtete, wie er im Schneegestöber langsam aus ihrem Sichtfeld entschwand.

Carl-Adam band sich die weiße Schürze um und nahm den Drink entgegen, den Annabelle ihm reichte.

Widerwillig stieß er mit Jack an, der ihn nervös anblickte. Hauptsächlich, um Annabelle einen Gefallen zu tun. Dann nippte er am Drink, einem ausgezeichneten Gin Tonic.

Mit dem bitter-säuerlichen Geschmack des Drinks auf der Zunge überlegte er, wie er Victoria und Charlotta künftig das Leben schwermachen würde. Diese Verräterinnen. Er war gezwungen, gute Miene zum bösen Spiel zu machen, während er Jack am liebsten angeschrien hätte. Oder nein, eigentlich wollte er ihn gar nicht mehr anschreien. Die Gefühle hatten ihn völlig erschöpft. Er wollte nicht mehr schreien oder streiten, sondern nur noch in Ruhe gelassen werden.

Gleichzeitig wünschte er sich nichts sehnlicher, als dass Jack um ihn kämpfte.

Nachdem sie den halben Drink ausgetrunken und etwas Small Talk über Annabelles ersten Tag in Stockholm gehalten hatten, forderte die Köchin sie auf, sich an die lange Arbeitsplatte aus Edelstahl zu stellen, die an den Küchenwänden entlang verlief. Sie erklärte ihnen, wie sie die Meerrettichcreme für die Muscheln zubereiten sollten.

Jack reichte ihm die Schalotte. Er nahm sie entgegen, hackte sie in feine Würfel und gab das Schneidebrett an Jack zurück, der auf Annabelles Anweisung hin Butter zerließ. Doch die Butter wurde zu braun, und es roch angebrannt.

»Das hast du noch nie gekonnt. Sollen das karamellisierte oder angebrannte Zwiebeln werden?« Carl-Adam seufzte und rollte mit den Augen.

Jack nickte. »Vielleicht ist es am besten, wenn wir tauschen?«

Carl-Adam nickte ebenfalls und schnappte sich die Bratpfanne. Gab Butter hinein und fing von vorne an.

Er wollte nicht, dass sie in ihre gewohnten Rollen zurückfielen. Beim Kochen war Jack immer für die kalten Speisen und den Abwasch zuständig, während Carl-Adam am Herd stand. Er wollte nicht, dass Jack den Eindruck bekam, etwas sei wieder wie immer. Nichts war wie immer.

Doch als Annabelle sie weiter instruierte und die Stille dann und wann mit Anekdoten über diverse Speisen unterbrach, verfielen sie schließlich doch in ihre alten Rollen. Jack holte die Zutaten, die Annabelle ihm nannte, und wog sie ab, dann putzte und hackte er das Gemüse, während Carl-Adam es zubereitete. Dieses angenehm Bekannte rückte etwas in ihm wieder gerade. Widerwillig musste er vor sich selbst zugeben, dass sich alles richtig anfühlte.

Stimmte das, was Victoria gesagt hatte? Dass er und Jack anders waren als andere Paare, bei denen einer fremdgegangen war? Er hatte nie gedacht, dass ihnen so etwas passieren würde. Was sie hatten, war zu besonders, als dass einer den anderen jemals verletzen würde.

Würde die Liebe zwischen ihnen ausreichen, um darüber hinwegzukommen? Er sah Jack an. Die letzten Wochen waren die härtesten seines Lebens gewesen. Er hätte nie gedacht, dass Jack ihm so weh tun würde.

Die Meerrettichcreme und die Muscheln waren bald fertig. Es duftete himmlisch. Nun war das nächste Gericht an der Reihe: Fish & Chips à la Annabelle – in Kartoffelmehl frittierter Lachs und knuspriges Wurzelgemüse mit Tartarsauce, abgeschmeckt mit Knoblauch und geräuchertem Pfeffer.

Annabelle zeigte ihnen den Weg ins Zimmer zur Straße, wo ein Fenstertisch für zwei gedeckt war. Sie zündete die Kerze auf dem Tisch an und erklärte, sie werde dem Hauptgericht den letzten Schliff geben, während sie die Vorspeise aßen. Dann überließ sie es Jack, ihnen den Weißwein zur Vorspeise zu servieren, einen frischen Chablis.

Sie aßen schweigend. Bald kam Annabelle mit dem Hauptgericht und zog sich danach zurück. Jetzt gab es nur noch Carl-Adam und Jack, eine einsame Kerze zwischen ihnen, das exzellente Essen und den Schnee, der vor dem Fenster herabwirbelte.

Jack sah ihn aufmunternd an. »Können wir jetzt reden?«

Er nickte. »Rede nur.«

»Es wird nie eine Entschuldigung geben für das, was ich getan habe.« Jack sah Carl-Adam an und schien fast zu erwarten, dass dieser ihn mit einer sarkastischen Bemerkung unterbrechen würde. Doch Carl-Adam schwieg.

Jack räusperte sich. »Aber ich möchte, dass du eines weißt: Ich habe es nicht getan, um dich zu verletzen.« Er atmete langsam aus. »Alles lag an einem idiotischen Gefühl der Unzulänglichkeit, und ich brauchte Bestätigung.«

Carl-Adam schüttelte langsam den Kopf. Was meinte Jack damit?

»Moment. Warum brauchtest du Bestätigung?«

Jack legte das Besteck ab und blickte aus dem Fenster. »Ich vermute, es hat damit zu tun, dass wir von Anfang an so unterschiedlich waren. Ich hatte immer das Gefühl, als wäre ich deiner nicht würdig. Nicht gut genug. Und ich weiß, dass ich lernen muss, damit umzugehen.«

Carl-Adam blinzelte erstaunt. »Hast du gewusst, dass ich

mich genauso gefühlt habe, nur umgekehrt? Du weißt ja selbst, wie du angestarrt wirst, wenn wir in der Stadt unterwegs sind, von Frauen und von Männern. Als wir uns auf dieser Party kennenlernten, begriff ich gar nicht, warum du gerade mich angesehen hast.«

Jack lächelte. »Es lag an deinen klaren blauen Augen und dem schönsten, ehrlichsten Lächeln, das ich jemals gesehen hatte.«

Carl-Adam lächelte, dann wurde er ernst. »Ich habe immer befürchtet, dass du jemand Besseren finden würdest. Und als du dann fremdgegangen bist, war das wie eine Bestätigung.«

Jack saß eine Weile schweigend da. »Ist es nicht merkwürdig, dass wir uns beide dem anderen gegenüber unzulänglich fühlen?«

Carl-Adam nickte. Er begriff nicht, dass Jack sich so gefühlt hatte. Es machte ihn unendlich traurig. Er wollte, dass Jack sich *geliebt* fühlte. Und er wollte sich selbst geliebt fühlen.

»Ich liebe dich mehr als alles andere. Ich kann mir nicht vorstellen, mit jemand anderem als mit dir zusammenzuleben.« Jack sah ihn mit Tränen in den Augen an. »Ich möchte morgens neben dir aufwachen, abends mit dir über die Arbeit reden, Gemüse für deine Sieben-Gänge-Menüs schnippeln und hinterher alle Töpfe, Bratpfannen und Schüsseln abspülen.« Jack verstummte und sah ihn lange an. »Ich möchte Kinder mit dir haben.«

»Kinder?« Carl-Adam traute seinen Ohren nicht.

»Ich möchte, dass wir Kinder haben. Wenn du mir verzeihen kannst.«

»Aber du wolltest doch noch damit warten?«

Jack schüttelte den Kopf. »Ja, und ich verstehe nicht, warum. Aber jetzt, wo wir getrennt waren, habe ich gemerkt, dass ich nichts lieber möchte, als eine Familie mit dir zu gründen.«

Carl-Adam nickte langsam. Konnte er Jack verzeihen? Konnte er es so weit vergessen, dass ihre Ehe funktionierte? Er wollte nichts lieber als all das – Kinder mit Jack. Familienleben mit Jack. Mit der Liebe seines Lebens.

»Wirst du mir jemals verzeihen können?« Jack sah Carl-Adam flehend an, während ihm die Tränen über die Wangen liefen.

Carl-Adam sah ihn lange an. »Vielleicht.« Er nickte nachdenklich. Seufzte, trank vom Wein. »Ich glaube schon. Jedenfalls weiß ich, dass ich ohne dich nicht leben kann.« Dann probierte er den Lachs, der nur noch lauwarm war. »Doch jetzt würde ich gerne dieses gute Essen genießen, bevor es kalt wird. Nur zusammen essen. Wie früher.« Er lächelte seinen Mann an.

Jack nickte, und dann aßen sie schweigend.

Nach einer Weile erkundigte sich Jack nach seiner Arbeit, und es war schön, mit ihm über etwas anderes als den Seitensprung zu sprechen. So als sei alles wie immer.

Vielleicht würde es eines Tages wieder genauso sein? Wie immer.

30

Die schweren roten Samtvorhänge schlossen sich, der erste Akt der Oper war vorüber. Um sie herum toste der Applaus. Der Vorhang öffnete sich wieder, und das Ensemble trat auf die Bühne, um dem Publikum zu danken. Jack saß neben Daniel und klatschte enthusiastisch. Den ganzen Abend über hatte er gelächelt. Nachher würde er Carl-Adam wiedersehen, und das war ganz klar ein großer Schritt auf ihrem gemeinsamen Weg. Daniel konnte sich ein liebevolles Lächeln in Richtung seines Cousins nicht verkneifen. Er hoffte wirklich, dass alles wieder in Ordnung kommen würde.

Sie standen auf und verließen den Saal. Daniel hatte seinen Vater ein paar Reihen weiter entdeckt und wusste, dass er ihn in der Pause im Goldfoyer finden würde. Er war entschlossen, mit ihm zu reden und ihm vorzuschlagen, in Kraft zu investieren. Das war der einzige Ausweg.

Während Jack die Herrentoilette besuchte, ging Daniel ins Goldfoyer. Er bewunderte die goldenen Wände und den gewaltigen Kronleuchter aus Kristallglas, der von der Decke hing. Der schönste Raum Stockholms. Als er seinen Vater an seinem angestammten Tisch sitzen sah, hätte er am liebsten kehrtgemacht. Er sah so selbstgefällig aus. Auf eine Weise, wie es nur Männern in diesem Alter gelang. Aufgeblasen. Daniel rief sich in Erinnerung, dass er diesen Schritt nicht gehen musste.

Er brauchte Douglas Häger nicht auf Knien um Verzeihung zu bitten. Aber es war die einzige Möglichkeit, das Unternehmen und seine ambitionierten Zukunftspläne zu retten. Tief in seinem Innersten wusste er auch, dass es genau das war, was sie beide brauchten: etwas, das sie verband, um sich versöhnen zu können und vielleicht irgendwann alles hinter sich zu lassen, was gewesen war.

Bevor er zu ihm ging, fiel ihm auf, dass sein Vater älter aussah als sonst. Er wirkte bedrückt und einsam, was Daniel bisher nicht aufgefallen war. Seine Mutter war nicht da, und wenn man es recht betrachtete, hatte sein Vater nicht viele Freunde. Er hatte zu viel gearbeitet, um sich mit anderen zu treffen. In dem Moment merkte er, wie ähnlich sie sich waren: Beide hatten nach Adrians Tod versucht, ihren Schmerz mit Arbeit zu betäuben.

»Entschuldigung, darf ich mich setzen?«

Verwundert blickte sein Vater zu ihm auf und schwieg einen Moment. Dann nickte er. »Sicher.«

Er setzte sich ihm gegenüber. Am besten, er brachte es schnell hinter sich. »Ich nehme an, du hast vom Börsengang gehört?«

Er hatte mit Schadenfreude gerechnet, doch sein Vater sah traurig aus. »Ja, das habe ich, und es tut mir wirklich sehr leid für dich.«

Daniel hob eine Augenbraue. Das hatte er nicht erwartet.

»Wie kam es, dass du erst so spät von diesen Problemen erfahren hast?«, fuhr sein Vater fort.

»Das hatte verschiedene Gründe. Und leider waren es zu viele Probleme, als dass wir hätten weitermachen können.«

Sein Vater nickte. »Ich verstehe. Irgendwie ist es ja doch Glück im Unglück, dass gerade du Rekrea übernommen hast.« Daniel sah ihn fragend an. »Du wirst es zu etwas Gutem führen. Du bringst so viel Verständnis für diese jungen Menschen auf. Es wäre viel schlimmer, wenn Kraft ein herzloser Konzern wäre. Aber du wirst es in Ordnung bringen, da bin ich mir sicher.«

Die Worte des Vaters machten Daniel sprachlos. Benahm er sich so, weil er der Ansicht war, dass sich Daniel mit seinen Börsenplänen komplett übernommen hatte und nun gescheitert war, wie er es die ganze Zeit vorhergesagt hatte? Oder tat Daniel ihm aufrichtig leid?

Er sammelte sich. »Danke, das zu hören bedeutet mir viel.«

»Und? Was wirst du jetzt tun? Du hast doch nicht etwa vor, deinen Traum von den Behandlungsheimen aufzugeben?« Sein Vater lächelte milde.

»Oh nein. Keineswegs. Mein Ziel ist es nach wie vor, Rekrea zu rehabilitieren.«

»Gut.« Der Vater beugte sich näher zu ihm. »Ich möchte dir wirklich sagen, dass ich schon immer beeindruckt war von deinem Elan. Ich weiß, was ich über den Börsengang gesagt habe. Ich habe nicht daran geglaubt, aber verdammt, du warst so nahe dran …« Sein Vater schüttelte langsam den Kopf. »Du wirst es noch weit bringen.«

Daniel verschlug es den Atem. Er spürte, wie Tränen in ihm aufstiegen.

»Erzähl mehr von Rekrea. Was wollt ihr unternehmen?«

»Ja, also …« Daniel räusperte sich, um sich wieder zu sammeln. »Ich habe vor, jede einzelne Einrichtung zu inspizieren und die Mitarbeiter auszutauschen.« Er holte tief Luft. »Ich persönlich werde sie einstellen, werde dafür sorgen, dass die Gebäude komplett saniert werden, und dann werde ich ein Kompetenzzentrum einrichten, wo sich die Klienten selbst einbringen und Einfluss auf die Pflege nehmen können. Ich habe ein großes Team von Psychologen und Ärzten engagieren können, die mir helfen werden, dieses Zentrum zu entwickeln. Aber …« Er unterbrach sich und sah seinen Vater an. »Ich brauche einen Partner. Ich brauche Kapital, aber auch jemanden, der Verständnis für das ganze Projekt aufbringt. Jemanden, der für die Suchtbehandlung ebenso brennt wie ich. Und der sie versteht.«

»Meinst du mich?«

»Ich meine dich. Ich glaube, wir beide können zusammen richtig gute Dinge bewegen. Menschen wirklich helfen. Wir haben das Wissen und das Geld, aber vor allem haben wir die Erfahrung.«

»Ich will schon lange so etwas tun.« Sein Vater lächelte.

»Wirklich?« Daniel blickte ihn verwundert an. »Warum hast du es nicht schon früher getan?« Daniel war neugierig. Sein Vater verfügte über genug Kapital und hätte sich die nötige Kompetenz kaufen können.

Die Augen seines Vaters wurden feucht, und er schüttelte langsam den Kopf. »Weil ich Angst hatte. Es ist mir nicht gelungen, meinem eigenen Sohn zu helfen. Wie sollte ich dann ein Pflegeunternehmen betreiben, das anderen Jugendlichen hilft?« Er atmete mit einem zischenden Laut aus. Dann sah er Daniel an und schüttelte den Kopf. »Ich denke jeden Tag daran. Dass ich nicht oft genug zu Hause war und dass ich ihn immer zu hart rangenommen habe. Es vergeht kein Tag, ohne dass ich mich frage, was ich hätte anders machen können.«

Daniel sah seinen Vater schweigend an, denn er wusste nicht, was er sagen sollte. »Und wie … wie kommst du jetzt darauf?«

»Nach unserem Streit und nach allem, was du am Jahrestag über mich gesagt hast. Es hat mich gezwungen, über meinen eigenen Anteil an der ganzen Sache nachzudenken.

Wahrscheinlich habe ich es die ganze Zeit gewusst, aber …« Er blickte Daniel an. »Aber es war zu schwierig, es zuzugeben.«

Daniel legte die Hand auf die Schulter seines Vaters. Er hätte ihm am liebsten etwas von seiner Last abgenommen. »Ich verstehe, wie du dich fühlst. Man sucht die ganze Zeit die Erklärung bei sich selbst. Was hätte man anders machen können?« Er atmete tief ein. »Aber ich versuche mich mit dem Gedanken anzufreunden, dass es Grenzen dessen gibt, was man als Angehöriger tun kann. Irgendwann braucht derjenige professionelle Hilfe.«

Der Gong läutete den zweiten Akt ein. Sie blickten einander schweigend an. Daniel wollte das Gespräch noch nicht beenden, nicht jetzt, wo er das erste Mal seit vielen Jahren ein richtiges Gespräch mit seinem Vater führte. »Wollen wir stattdessen einen Spaziergang machen?«

»Klingt gut.«

»Wo ist Mama eigentlich?«, fragte er, als sie die Steintreppe hinunter zum Ausgang gingen.

»Sie wollte mit Anita essen gehen. Und ich hatte niemand anderen für heute Abend, also …« Er zuckte die Schultern. »Also bin ich allein gegangen. Und du? Bist du alleine hier?«

»Ich bin mit Jack hier. Richtig!« Er fischte sein Handy aus der Tasche. »Ich schreibe ihm kurz, dass wir gehen.« Jack würde ihn verstehen.

Sie holten ihre Mäntel und tauschten ihre Schnürschuhe gegen robuste Winterstiefel. Es hatte die ganze Woche ordentlich geschneit.

Sie gingen hinunter zum Strömkajen, wo das Wasser noch nicht gefroren war, dann nach Blasieholmen und weiter über die Skeppsholmsbron, von wo sie die Lichter von Södermalm betrachten konnten.

»Es gibt Dinge, die auch ich bereue«, sagte Daniel nach einer Weile. Die Vertraulichkeit und Ehrlichkeit seines Vaters machten ihn mutig. Er holte tief Luft, und dann erzählte er von seinem letzten Telefonat mit Adrian. Von der Geldüberweisung und dass er gegen ihre wichtige Übereinkunft verstoßen hatte. Dass er die Überdosis möglich gemacht hatte, die Adrian das Leben gekostet hatte.

Daniel sprach mit tränenerstickter Stimme und wagte seinen Vater dabei kaum anzusehen. Er stand mitten auf der Brücke und hielt sich krampfhaft am Geländer fest. »Das Letzte, was ich zu Adrian gesagt habe, war, dass ich ihn hasste. Ich war so wütend auf ihn und so genervt. Wütend auf alles.«

Jetzt konnte er ein Schluchzen nicht mehr zurückhalten. Sein Atem war wie eine Wolke in der dunklen Abendluft zu sehen. »Das war das Letzte, was ich zu meinem kleinen Bruder gesagt habe. Ich habe jeden Tag daran gedacht und es jeden Tag bereut, jede einzelne Stunde seit damals.« Noch immer sah er seinen Vater nicht an. Stattdessen blickte er auf die Lichtpunkte in der Ferne, die durch die hervorquellenden Tränen vor seinen Augen verschwammen. Es kam ihm so vor, als stürzte etwas in ihm zusammen.

Sein Vater zog ihn an sich und umarmte ihn lange und fest. Daniel schluchzte auf.

»Liebster Daniel. Es war nicht deine Schuld.« Sein Vater sprach mit sanfter Stimme. »Hast du das die ganze Zeit mit dir herumgeschleppt und nichts gesagt? Hast du nicht einmal deiner Mutter davon erzählt?«

Daniel schüttelte den Kopf, unfähig zu sprechen.

»Es war nicht deine Schuld. Alles, was passiert ist, war nicht deine Schuld.« Sein Vater strich ihm über die Schultern.

Daniel weinte und weinte. Über Adrian, über all die Jahre. Über den Verlust. Den Schmerz.

Sein Vater umarmte ihn fest, und bald spürte Daniel, wie der Körper des Vaters bebte.

Und so standen sie da, mitten in der dunklen Dezembernacht, und konnten nach Jahren der Trauer und Frustration endlich weinen. Sie umarmten und trösteten sich gegenseitig.

31

Den Rest der Woche arbeitete Victoria jeden Tag bis Mitternacht. Ein DD-Bericht sollte für einen von Henriks Fällen erstellt werden, und der Kollege war noch mürrischer als sonst – etwa weil mit Mikaela Schluss war? Azzie hatte gehört, dass er die Affäre beendet hatte, weil seine Frau etwas geahnt und sich gefragt hatte, warum er so häufig weg war. Irgendwie hoffte Victoria, dass Henriks Frau niemals die Wahrheit erfahren und er begreifen würde, was er getan hatte.

Am Freitagmorgen schickte sie ihm den Bericht, verließ die Kanzlei am frühen Nachmittag und gönnte sich einen Besuch im Fitnessstudio. Jedoch nicht am Östermalmstorg, weil sie nicht riskieren wollte, Daniel zu treffen.

Als sie nach Hause kam, stellte sie die Sauna ein und gönnte sich eine lange Dusche. Sie schrubbte ihren Körper, als wolle sie den Stress und die Anspannung der letzten Wochen abwaschen. Sie trug eine Haarkur auf und ging in die Sauna.

Lange blieb sie dort sitzen. Ausnahmsweise schwirrten keine Gedanken in ihrem Kopf herum. Die Müdigkeit nach der Arbeitswoche, die harte Trainingseinheit und die Saunahitze machten ihren Kopf angenehm träge und leer. Wunderbar befreiend. Das zurückliegende Jahr hatte in emotionaler Sicht im totalen Chaos geendet. Sie war ziemlich erschöpft.

Als sie aus der Sauna trat, wickelte sie sich in ein Handtuch und ging die Verandatreppe hinunter. Um ihren Körper herum dampfte es, und sie ließ die Nadelstiche der Dezemberkälte an ihre Haut. Sie starrte hinauf in den tiefschwarzen Himmel, wo einige Sterne zu sehen waren. Wäre sie weiter entfernt von der Stadt gewesen, wären viele tausend Sterne zu sehen gewesen.

Sie ging zurück in die Wärme. Auf dem Flurtisch, wo sie ihre Tasche abgestellt hatte, klingelte ihr Handy. Vermutlich Arbeit. Doch dann kam ihr ein Gedanke, und ihr Herz tat einen Hüpfer: In allen Adoptionsforen im Netz stand, dass die Adoptionsvermittlungen immer freitags anriefen, wenn ein Kind abzugeben war.

Sie rannte zum Flurtisch und nahm ihr Telefon.

»Sag mal, Victoria, liest du keine Mails?« Henriks irritierte Stimme war zu hören.

»Ich bin zu Hause, ich bin heute früher gegangen.«

»Hast du dir nicht schon letzte Woche einen Nachmittag freigenommen?«

»Doch. Aber heute musste ich früher nach Hause.« Es war ihr egal, dass er versuchte, ihr ein schlechtes Gewissen zu machen. Abgesehen davon, dass ihr im Kraft-Projekt Fehler unterlaufen waren, was aber niemandem in der Kanzlei bekannt war, wusste sie, dass sie einen hervorragenden Job machte. Und sie konnte freitags früher nach Hause gehen. Wenn sie einmal Mutter war, würde sie, sooft es nötig war, früher nach Hause gehen.

»Das muss ich auch, ich habe nämlich drei Kinder, die ich im Herbst kaum gesehen habe. Aber ich werde hier gebraucht. In der Kanzlei.« Henrik klang sarkastisch.

»Liegt es an deiner Arbeit, dass du deine Familie kaum gesehen hast?« Sie konnte es nicht lassen. Glaubte er wirklich, dass es niemand wusste? Es war lachhaft, dass ausgerechnet er sich anscheinend als Familienmensch sah.

»Was meinst du damit?« Unruhe schwang in seiner Stimme mit.

»Ach, egal.« Sie hatte keine Lust auf so ein Gespräch. »Was wolltest du?«

»Ich habe den Bericht gelesen, und du hast bei den Lieferantenabkommen einen Fehler gemacht. Check mal deine Mails.«

So eilig war das nicht, das wusste sie. Henrik wollte ihr nur unter die Nase reiben, dass sie früher nach Hause gegangen war. »Klar, ich kümmere mich gleich darum.«

Henrik schnaubte.

Schnell verabschiedete sie sich und legte das Handy zur Seite. Sie fror im kalten Flur und ging wieder zurück in die Sauna. Die Wärme war herrlich. Schon wieder hörte sie von weitem ihr Handy klingeln. Am liebsten hätte sie diesen verdammten Henrik ignoriert, aber sie wusste, dass er wieder anrufen würde. Schnell lief sie zurück zum Flurtisch.

»Ja?«, meldete sie sich kühl.

»Ja, hallo?« Eine Frauenstimme. »Störe ich? Hier ist die Adoptionsvermittlung.«

Herr im Himmel, die Sachbearbeiterin von der Adoptionsvermittlung. Victoria räusperte sich und versuchte, freundlich zu klingen. »Nein, überhaupt nicht. Sie stören gar nicht.« Ihr Herz schlug schneller.

»Das ist schön. Ich habe nämlich gute Neuigkeiten!«

Jetzt schien ihr Herz einen Schlag auszusetzen.

»Wir haben gerade mit der Adoptionsorganisation in Südafrika gesprochen, und …« Die Sachbearbeiterin machte eine Pause. Jetzt sag es schon! »Und wir haben ein Kind für Sie. Es ist ein etwas älteres Mädchen. Es ist vier Jahre alt und …«

Victoria hörte nichts mehr. Sie konnte nicht fassen, dass es ein Mädchen gab, das sie brauchte. Auf sie wartete.

Sie würde Mutter werden.

»Werde ich Mutter?« Ihre Stimme bebte.

Die Sachbearbeiterin musste lachen. »Ja. Ich schicke Ihnen gleich die Papiere, Arztberichte und alles andere per Mail. Sie heißt Hope.«

Hope. So hieß sie. Ihre Tochter hieß Hope.

»Lesen Sie sich alles in Ruhe durch, dann können Sie mir nächste Woche sagen, ob Sie das Kind adoptieren möchten.«

»Ich sage Ja. Natürlich sage ich Ja.«

»Das verstehe ich. Aber wir warten normalerweise …«

»Aber ich sage Ja!« Ihre Stimme überschlug sich. Sie wollte Hope. Es war ihr Mädchen, keine Arztberichte oder irgendetwas anderes konnten daran etwas ändern.

»Rein formell muss man sich etwas Bedenkzeit geben, und wir können vor Montag auch noch nichts in die Wege leiten. Aber ich schicke Ihnen die Unterlagen gleich zu.«

Nach dem Gespräch stand Victoria erst ganz still. Dann streckte sie beide Hände in die Luft. Das Handtuch glitt zu Boden, doch sie jubelte laut. Immer lauter schrie sie vor Glück. Sie würde Mutter werden.

Im nächsten Augenblick vibrierte ihr Handy. Sie öffnete die Mail der Adoptionsvermittlung. Das Erste, was sie sah, war das Bild eines lächelnden, kleinen Mädchens mit zwei Zöpfchen und dunkelbraunen, glitzernden Augen. Das war ihre Tochter. Im ganzen Körper spürte sie, dass sie beide zusammengehörten. Sie und Hope. Tränen liefen ihr über die Wangen. Das Foto verschwamm vor ihren Augen.

Hope.

32

Es war nur noch eine Woche bis Weihnachten. Diese Woche verlief ungewöhnlich ruhig in der Kanzlei, und Victoria nutzte die Zeit, um Dinge aufzuarbeiten, die sie im Herbst nicht geschafft hatte, wie etwa die Musterverträge, mit denen sie in ihrer ersten Woche beschäftigt gewesen war, und ein Fall, bei dem es um eine Aktionärsvereinbarung ging. Er war liegengeblieben, weil der Mandant erst einen Verkauf erwogen, sich dann aber umentschieden hatte.

Nach der Mittagspause ging sie mit Azzie zur Riddarbäckerei, wo sich beide eine Lussekatt, das vorweihnachtliche Safrangebäck, und heiße Schokolade mit Sahne kauften und damit in die Kanzlei zurückkehrten.

Sie ließen sich im Lichthof nieder, wo eine Gruppe junger angestellter Juristinnen und Juristen Kaffee trank und eine Schachtel Pralinen plünderten, die sie von einem Mandanten bekommen hatten. Jemand hatte Weihnachtsmusik auf seinem Handy eingestellt, die aus einem tragbaren Lautsprecher tönte. Die Stimmung war ausgelassen und entspannt. Niemand hatte noch viel zu tun, und die Weihnachtsferien standen vor der Tür.

»Habt ihr schon gehört, dass sich Mikaela hat beurlauben lassen?«, fragte Petra, während sie ein mikroskopisch kleines Stück von der Praline abbiss, an der sie schon seit einer halben Stunde knabberte.

»Eine Auszeit?« Victoria sah Petra fragend an. Hatte sie Mikaela deshalb schon länger nicht mehr gesehen? Victoria trank einen Schluck von ihrem Kaffee. Sie hatte gedacht, dass Mikaela etwas früher Urlaub genommen hatte.

Die junge Juristin beugte sich über den Tisch. »Ja, wegen ihrer Affäre mit Henrik. Also, das ist wirklich tragisch.« Sie schüttelte den Kopf. »Keiner der Partner hat noch Vertrauen in sie, weil sie diese Affäre hatte. Was hat sie sich denn gedacht? So unglaublich dumm von ihr …«

Victoria runzelte die Stirn. »Wieso, kein Vertrauen? Und was ist mit Henrik? Haben sie denn noch Vertrauen in ihn, meinst du?«

Die junge Frau sah Victoria unsicher an. »Ja, also …«

»Er ist es doch wohl, der sich schlecht benommen hat? Er ist derjenige, der verheiratet ist und Kinder hat.« Mikaela war zwar eine schlechte Assistentin, aber das hatte nichts damit zu tun, dass sie eine Affäre mit Henrik gehabt hatte. Victoria war es so leid, dass Männer wie Henrik immer davonkamen. Sie hoffte, dass die Kanzleipartner nicht der Meinung waren, dass Mikaela allein die Schuld an dem Ganzen trug. Sie merkte sich, dass sie das Thema noch mit Ebba besprechen musste.

»Völlig richtig.« Azzie nickte zustimmend.

»Absolut«, sagte Johannes aus der Zivilrechtsabteilung.

Petra lehnte sich zurück und verzog angesäuert den Mund. Sie schien enttäuscht, dass niemand mit ihr über Mikaela lästern wollte.

Als Victoria und Azzie zu ihren Schreibtischen zurückkamen, fanden sie beide ein Kuvert vor.

Victoria öffnete ihres und zog eine dicke weiße Karte heraus, auf der die Silhouette eines Mannes mit Hut abgebildet war.

Gangsta's Paradise!
Herzlich willkommen zur Silvesterparty beim Ehepaar Lamm
um 19 Uhr am Silvesterabend
Dresscode: Gangster-Outfit nach Wahl

Mit der Karte in der Hand lief Victoria sofort zu Carl-Adams Büro. Sie trat ein, ohne zu klopfen, und wedelte fröhlich mit der Einladung. »Das heißt also, ihr seid wieder ein Paar?«

Carl-Adam lächelte glücklich und stand auf. »Es fühlt sich so richtig an.«

Victoria schüttelte lächelnd den Kopf. »Ich freue mich so für euch.« Sie umarmte ihn lange.

»Kommst du denn?«, fragte Carl-Adam.

»Klar komme ich. Meine Güte, eine Gangsterparty will ich doch nicht verpassen!« Sie war Silvester bei Jens und Åsa eingeladen. Alle Familien mit Kindern im Viertel würden da sein, und sie würden sicher gut ohne Victoria klarkommen. Außerdem wollte sie auf eine Party ohne Kind. Im nächsten Jahr würde der Fokus auf Hope liegen, also musste sie es noch ausnutzen.

Während sie zu ihrem Büro zurückkehrte, kam ihr der Gedanke, dass Daniel vermutlich auch da sein würde. Wie würde es sein? Er hatte erklärt, dass er keine Gefühle mehr für sie hatte. Obwohl sie sich gedemütigt und traurig fühlte, würde es irgendwie gehen. Glaubte sie zumindest. Vielleicht würde sie Carl-Adam bei Gelegenheit danach fragen. Es wäre gut, gefühlsmäßig vorbereitet zu sein. Auch wenn sie nie wirklich vorbereitet war, wenn sie Daniel traf, wie sehr sie es auch versuchte.

Das Leben würde weitergehen. Jetzt hatte sie Hope, und das war das Wichtigste. Vielleicht würde sie nie über Daniel und ihre Verliebtheit hinwegkommen, aber letzten Endes würde sie wohl zu der Einsicht kommen, dass es nicht das Richtige gewesen wäre. Er war nicht der Richtige. Wenn er es gewesen wäre, hätte er nicht alles ohne eine vernünftige Erklärung beendet.

Als sie an diesem Abend nach Hause kam, wie immer den Briefkasten öffnete und die Werbeblätter herausnahm, zuckte sie zusammen. Ein weißes Kuvert, auf dem ihr Name und ihre Adresse in blauer Tinte geschrieben standen. Die Handschrift ihres Vaters. Was wollte er?

Sie riss den Umschlag auf, während sie zur Haustür ging.

Liebe Victoria!
Ich habe gehört, dass ich Großvater werde. Gratulation!
Eine weitere gute Nachricht ist, dass ich den Schlüssel zum Bankfach gefunden habe. Und das Testament! Sieh zu, dass das Kind ein gutes Startkapital erhält.
Papa

Sie faltete das Dokument auseinander, das im Umschlag lag.

Da war es. Das Testament.

Aufgeregt lief sie ins Haus, zog Winterstiefel und Mantel aus, eilte weiter in die Küche und schaltete die Deckenlampe und den Adventsstern im Fenster ein, um besser sehen zu können. Das Testament war eindeutig. Das Geld, das Karl ihr verweigert hatte, und somit ein Großteil des Hauses, war Victorias persönliches Eigentum. Ihr gehörte also ein bedeutend größerer Teil ihres gemeinsamen Vermögens als Karl.

Sie faltete das Dokument wieder zusammen und blickte hinaus in den dunklen Garten. Am liebsten hätte sie gar nicht mehr mit Karl kommuniziert, aber es würde das letzte Mal sein, dass sie sich mit ihm auseinandersetzen musste. Ein für alle Mal würden sie diese kräftezehrende Vermögensaufteilung beenden, und sie würde dafür sorgen, dass sie ihren rechtmäßigen Anteil erhielt.

Hope zuliebe würde sie es aushalten.

Zwei Tage später trafen sich Victoria, ihre Anwältin Lisen, Karl und das Wiesel Erland in Lisens Büro.

Karl sah Victoria durch schmale Augenschlitze an und grüßte nicht, als sie ins Besprechungszimmer trat.

Sie setzte sich an die andere Seite des Tischs. Erland lehnte sich vor. »Mein Mandant hat langsam keine Lust mehr auf diesen nicht enden wollenden Prozess.«

»Ich auch nicht.« Lisen verschränkte die Hände vor sich auf dem Tisch.

»Okay.« Erland holte Luft. »Wir sind bereit, die Bewertung des Hauses zu akzeptieren und dass Karl ausbezahlt wird, wenn die Gesamtsumme morgen auf dem Konto ist.«

Lisen sah Victoria an. »Das sollte klappen, oder?«

Victoria nickte. »Auf jeden Fall.«

»Meine Mandantin und ich meinen die Summe, die Karl laut Vermögensaufteilung zusteht«, erklärte Lisen, »abzüglich des Betrages, den Victoria als Startkapital beim Hauskauf eingesetzt hat.«

»Moment. Darüber haben wir doch schon gesprochen. Sie bekommt nicht mehr Geld als ich.« Karl blickte Lisen wütend an, die das Testament hervorholte und es über den Tisch zu Karl hinschob. Er nahm es mit gerümpfter Nase entgegen, als sei es eine Dose Surströmming.

Er las es, sperrte die Augen auf und verzog dann das Gesicht zu einer unzufriedenen Grimasse, bevor er es an Erland weiterreichte.

»Und hier ist eine neue Zusammenstellung der Vermögensaufteilung, in der das berücksichtigt wird.« Lisen holte ein weiteres Dokument hervor und reichte es Karl, der eine abwehrende Geste mit der Hand machte. Also gab sie es weiter an Erland.

»Aha.« Der Rechtsanwalt seufzte tief und tauschte einen Blick mit Karl. »Ja, wir …«

»Das Geld ist morgen auf deinem Konto«, bestätigte Victoria. Die Summe war ein knappes Viertel dessen, was Karl vorgeschlagen hatte.

Karl starrte sie an. Dann unterschrieb er die Dokumente und stand auf. Erland tat es ihm nach.

Auf dem Weg nach draußen blieb Karl bei Victoria stehen.

»Blöde Ziege«, zischte er in ihr Ohr.

Victoria sah ihn nicht an, sondern starrte vor sich hin.

Lisen war außer sich. »So sprechen Sie nicht mit meiner Mandantin. Ich bitte Sie, mein Büro zu verlassen, bevor ich den Sicherheitsdienst hole!«

Victoria atmete langsam aus. Endlich war es vorbei.

Zusammen mit Lisen ging sie in ein Restaurant, um zu feiern. Während der Mahlzeit schnitt Lisen ein Stück vom panierten Rotbarsch ab und sah Victoria verschwörerisch an. »Wusstest du eigentlich, dass Karl von einem früheren Gegner beim Anwaltsverein angezeigt worden ist?«

Victoria sah sie erstaunt an. »Nein, das wusste ich nicht.«

Lisen nickte. »Das Gerücht besagt, dass Karl die Gegenpartei in die Irre geführt und wesentliche Informationen im Zusammenhang mit einer Unternehmensübernahme vorenthalten hat.«

Victoria lehnte sich auf dem Stuhl zurück. Und sie hatte gedacht, der Tag konnte nicht mehr besser werden.

Also erhielt Karl seine gerechte Strafe, und sie ihre Rache. Dank Daniel.

33

Nach ihrer Aussprache vergingen die Tage wie im Fluge. Daniel und sein Vater arbeiteten bis spät in die Nacht, um ihr neues Projekt zum Laufen zu bringen. Seine Mutter war ihnen zuvorgekommen und hatte schon begonnen, einen Plan zu skizzieren. Aus reiner Wut hatte sie mehrere Tage lang nach dem Streit zwischen Daniel und Douglas hart gearbeitet. Sie hatten schon einige kompetente Partner für eine Zusammenarbeit gewinnen und zudem eine renommierte Expertenkommission bilden können, bestehend aus Psychologen, Forschern und Ärzten, die dabei helfen würden, die beste Suchtbehandlung zu gewährleisten. Svärdh & Partner hatten sich die wichtigsten Punkte in den Verträgen angesehen, die in diesem Anfangsstadium relevant waren. Victoria war bei dem Treffen nicht dabei gewesen.

Vor dem Hintergrund, wie er sie behandelt hatte, war das nur verständlich. Er wurde das Gefühl nicht los, dass an jenem Abend, als sie sich vor dem Kochkursrestaurant gesehen hatten, alles falsch gelaufen war. Dabei hatte er selbst daran geglaubt – dass er an jenem Abend bei Victoria zu Hause alles nur aus einem Impuls heraus gesagt hatte. Doch am Abend der Versöhnung von Carl-Adam und Jack, als sie vor ihm gestanden und eine Erklärung verlangt hatte, fühlten sich die Worte, die er sagte, so falsch an. Obwohl er doch wusste, dass sie richtig waren.

Zwei Tage vor Weihnachten war er zusammen mit Carl-Adam und Jack bei Assar zum Glöggtrinken eingeladen. Assar und Cleo trugen passende Weihnachtspullover mit Rentieren darauf – Cleos Pullover zeigte den vorderen Teil des Tiers und Assars den hinteren Teil. Wenn sie nebeneinanderstanden, wurde daraus ein komplettes Rentier. Carl-Adam und Jack trugen identische Weihnachtspullover mit Schneemännern und blinkenden Weihnachtsbaumkerzen darauf und erinnerten an übertrieben dekorierte amerikanische Gärten zur Weihnachtszeit. Er selbst hatte sich für einen ganz normalen Strickpullover entschieden und fühlte sich wie das deprimierte fünfte Rad am Wagen.

Assar hatte den Glögg selbst zubereitet, und Cleo hatte Pepparkakor gebacken, die sie mit Blauschimmelkäse aßen. Daniel saß mit seinen Freunden zusammen, trank Glögg und versuchte, sich ihrem Gelächter anzuschließen. Eigentlich war das Jahr ganz gut gelaufen. Er konnte damit zufrieden sein und sich auf das nächste Jahr freuen. Sein Traum, den er in den letzten Jahren gehegt hatte, stand kurz vor der Verwirklichung. Auch wenn die Marke einen Kratzer abbekommen hatte, lief Kraft noch immer gut. Außerdem würde sein gemeinsames Projekt mit dem Vater die Marke auf ein neues Niveau heben.

Doch ein merkwürdiges Gefühl der Leere beschlich ihn, als er von Assar nach Hause spazierte. Er ging unter den riesigen Kränzen hindurch, die über dem Karlavägen hingen, und bog dann in seine kleine Straße.

Er hatte sie immer gemocht. Die Ruhe geliebt, die dort herrschte. Doch jetzt bedrückte ihn die Stille. Er ging hinauf zu seiner Wohnung, in der es hallte, als er eintrat. Er legte seine Lieblingsoper *Norma* von Vincenzo Bellini auf, goss sich ein Glas Whisky ein und setzte sich ans Fenster, von wo man auf den Karlavägen blickte. Doch er dachte nur an Victorias

Haus – den offenen Kamin, das wunderbare, weiche Bett, ihr Gewächshaus. Ob sie ihr Haus wohl weihnachtlich geschmückt hatte?

Der Abend bei ihr war eine schöne Vorahnung dessen gewesen, was es bedeutete, ein Paar zu sein. Alles war so einfach gewesen. Und er hatte sich glücklich und zufrieden gefühlt. Harmonisch. Hatte er wirklich das Richtige getan?

Er fragte sich, ob es wohl schon Neuigkeiten wegen ihrer Adoption gab.

Die Versöhnung mit seinem Vater hatte etwas in ihm wieder zurechtgerückt. Nun hatte er das Gefühl, wieder eine Beziehung zu seinen beiden Eltern zu haben. Doch er konnte nicht aufhören, an Victoria zu denken. Sie bedeutete ihm etwas, er machte sich Gedanken um sie, und dieses Gefühl war angenehm. Ganz anders als damals bei Adrian. Sie machte ihm kein schlechtes Gewissen, nein, sie tat ihm gut.

Zu den Klängen seiner Lieblingsarie wurde ihm plötzlich klar, was für ein Idiot er war. Er hatte tatsächlich geglaubt, mit sich im Reinen zu sein, nachdem sich alles mit seinem Vater, dem Konzern und den Behandlungsheimen für suchtkranke Jugendliche geklärt hatte.

Doch er würde sich nie als Person vollendet fühlen. In diesem Moment wurde es ihm klar. Seit er Victoria kennengelernt und eine Ahnung davon bekommen hatte, wie es wäre, mit ihr zusammen zu sein, begriff er, dass er ohne sie nicht weiterleben konnte. Ohne sie war das Leben nur halb so viel wert.

Aber was, wenn sie zu Karl zurückgekehrt war? Carl-Adam hatte Jack ja verziehen und sich mit ihm versöhnt. Vielleicht hatte sie das inspiriert? Außerdem wollte sie eine Familie haben, und Karl war von Anfang an ein Teil dieses Plans gewesen.

Er trank noch mehr Whisky und griff nach seinem Handy.

Hast du Zeit, dich mit mir zu treffen und zu reden? Über uns?

Victoria nahm den fertig gekneteten Teig aus der Küchenmaschine, legte den Klumpen auf die Arbeitsfläche und holte ein Nudelholz aus dem Regal darüber. Jens hatte den älteren Damen im Viertel versprochen, dass er am Tag vor Heiligabend Plätzchen verkaufen wollte, und die Bestellungen waren zahlreich. Außer Pepparkakor sollte es Zimtherzen, Bauernkekse, Mandelmuscheln und kleine Schokoladenplätzchen in Form von Weihnachtsbäumen mit Hagelzucker obendrauf geben. Weihnachtsmusik erscholl aus der Backstube.

Sie würden die Nacht durcharbeiten müssen. Da es ruhig in der Kanzlei war, war Victoria zusammen mit ihrer Mutter eingesprungen. Zucker und Zimtpulver regneten über die Backfläche, als Jens die Bleche mit den Zimtherzen für den Backofen fertig machte.

»Pause?«, fragte er dann und wischte sich mit dem Ärmel über die Stirn. Es war warm in der Backstube, während es draußen mehrere Grad unter null war.

»Ich brauche etwas zu essen. Und einen Kaffee, wenn ich die Nacht durchhalten soll.« Victoria sah ihren Bruder erschöpft an.

»Geht mir genauso.« Ihre Mutter streute Hagelzucker über die letzte Reihe der Schokoladenweihnachtsbäume und reichte Jens das Blech. Sie machten sich jeder einen Kaffee und ein Käsebrot und gingen hinüber ins Café. Es war dunkel, doch in den Fenstern standen Adventsleuchter und verbreiteten einen sanften Lichtschein. Sie ließen sich an einem Ecktisch nieder, und Victoria biss von ihrem Brot ab. Sie holte ihr Handy hervor, um auszurechnen, wie viele Stunden sie noch vor sich hatte, bis sie schlafen durfte.

Eine Nachricht war eingetroffen. Von Daniel. Ihr Herz klopfte plötzlich doppelt so schnell.

Sie las. Hatte er seine Meinung geändert?

Sie wollte ihn sehen, nichts wollte sie lieber. Ihr Körper schrie nach ihm. Doch er hatte so häufig geschwankt. Seine Gefühle waren Achterbahn gefahren. Und jetzt?

Er hatte Schlimmes mitgemacht, das respektierte sie. Es war für ihn beängstigend, jemanden so nahe an sich heranzulassen.

Doch jetzt würde Victoria Mutter werden. In ihrem Leben gab es keinen Platz für einen unentschlossenen Mann, der Probleme mit zu großer Nähe hatte. Jetzt gab es nur noch Platz für Hope.

Schließlich antwortete sie: *Hallo, ich weiß nicht, worüber du reden willst, aber unabhängig davon gibt es zu uns nicht mehr viel zu sagen. Nicht jetzt. Frohe Weihnachten.*

Sie musste sich überwinden, die Nachricht abzuschicken, aber es ging momentan nicht anders.

34

Im Riddaren war es fast voll. Überall Menschen, die einen Drink brauchten, weil sie kein Weihnachtsessen mehr sehen konnten und keinen alten Tanten mehr zuhören mochten, die immer dieselben Geschichten erzählten.

Carl-Adam setzte sich in eine Ecke des Lokals und wartete auf Victoria. Sie waren heute fast die Einzigen in der Kanzlei gewesen. Carl-Adam hätte die Tage zwischen den Jahren lieber zu Hause mit Jack verbracht, Historiendramen im Fernsehen gesehen und die letzten Weihnachtssüßigkeiten aufgegessen. Doch Victoria und er mussten sich wegen einer Aktionärsvereinbarung abstimmen, also hatte er sich am Morgen in die Kanzlei geschleppt. Jetzt belohnte er sich mit einem Bier, das himmlisch schmeckte. Er konnte keinen Glögg mehr sehen.

Victoria hingegen hatte erklärt, dass sie jetzt so viel wie möglich arbeiten wollte, um Urlaubstage für die erste Zeit mit ihrem kleinen Mädchen sparen zu können. Carl-Adam freute sich so für sie. Ihre Adoption hatte in der Tat dazu geführt, dass Jack und er inzwischen ernsthaft über die Adoption eines Kindes nachdachten.

Sie hatten sich am Abend zuvor mit Victoria getroffen, die von ihren Erfahrungen mit dem Adoptionsverfahren berichtet hatte. Anfang Januar würden sie Kontakt zur Adoptionsvermittlung aufnehmen und dann den Prozess in Gang bringen.

Er war schon früher in die Bar gegangen, um die Silvesterparty zu planen, während er auf Victoria wartete. Zuerst schrieb er die Einkaufsliste, dann wollte er die letzten Details für die Dekoration vorbereiten und sicherstellen, dass mit der Musikanlage alles klarging, die sie mieten würden. Und er wollte sich Aperitifs ausdenken. Jack hatte vorgeschlagen, einen Drink aus Bourbon und Amaretto in Whiskygläsern zu servieren, weil Bourbon an die Zeit der Prohibition erinnerte und Amaretto italienisch war, was besser zum Mafia- und Gangstermotto passte. Carl-Adam war eher für Champagner in klassischen Gläsern – zeitlos und elegant. Es fühlte sich so vertraut an, wieder jemanden um sich zu haben, mit dem er sich auseinandersetzen konnte. Dabei war Jack ungewöhnlich sanft, seit er kurz vor Weihnachten wieder zu Hause eingezogen war. Carl-Adam setzte sich fast immer durch.

Er schrieb auf, was sie auf der Party an Speisen anbieten wollten: Blinis mit Schmand und Kaviar, Minihamburger und Club-Sandwiches. Alles, was ein waschechter Gangster vermutlich zu sich nahm. Dann mailte er der Cateringfirma, die für das Essen sorgen würde.

Anschließend schrieb er Daniel eine Nachricht und fragte ihn, ob er noch etwas für ihn einkaufen solle. Jack und er hatten am ersten Weihnachtstag bei Daniel zu Hause zu Abend gegessen, zusammen mit dessen Eltern und Anita. Anschließend hatte Daniel ihn und Jack beiseitegenommen und sie gebeten, ihm bei einer Überraschung für Victoria an Silvester zu helfen.

Carl-Adam war sofort Feuer und Flamme gewesen, Jack ebenso.

Als Sekunden später eine Antwort von Daniel eintrudelte, meinte er erst, Daniel hätte ihm die falsche Nachricht geschickt. Sollte er wirklich Tiefkühlpizzen und eine Flasche Ripasso besorgen?

Er fragte, ob er richtig gelesen habe.

Ja, lautete Daniels Antwort. Er musste den Verstand verloren haben. Carl-Adam hatte mit Jahrgangschampagner und einer Platte Meeresfrüchte gerechnet.

Aber er freute sich, bei Daniels und Victorias Wiedervereinigung mithelfen zu können. Abgesehen von dem armseligen Abendessen, das Daniel offenbar für ihr kleines privates Treffen plante, konnte eine Versöhnung kaum schöner sein. Zumindest hoffte er, dass der Abend so enden würde – Daniel und Victoria mit Blick auf die Zinnen und Türmchen von Södermalm und das dunkel schimmernde Wasser des Riddarfjärden. Er stellte sich Daniel im Anzug vor, mit Hosenträgern und Hut. Carl-Adam würde ihm gerne mit seinem Outfit behilflich sein, er hatte es sich ja schon ausgedacht. Und Victoria als luxuriöse Ehefrau eines Mafioso, das würde ihr ausgezeichnet stehen. Vielleicht mit künstlichen Wimpern, dunkelrotem Lippenstift, einem schwarzen Seidenkleid und großen Schmuckstücken.

»Hej!« Victorias Stimme riss ihn aus seinen Gedanken.

Er blickte auf. Sie hatte Schnee im Haar und auf den Schultern, obwohl es nur zwei Meter zwischen dem Eingang von Svärdh & Partner und dem vom Riddaren waren.

»Schneit es?«

»Allerdings. Wie verrückt.«

Carl-Adam blickte hinaus, und tatsächlich – große Flocken fielen auf die Straße.

Sie hängte ihren Mantel auf, verschwand an die Bar und kam bald darauf mit zwei großen Gläsern Rotwein zurück. Dann ließ sie sich auf dem Stuhl neben ihm nieder und trank einen Schluck Wein. »Du … ich wollte dich etwas fragen. Kommt Daniel zur Silvesterparty?« Sie sah ihn unruhig an.

»Nein«, log Carl-Adam. »Er wollte mit seinen Eltern zu irgendeiner Veranstaltung.«

»Okay, schön. Also, nicht dass du denkst, ich könnte nicht damit umgehen, wenn er käme.« Sie lächelte. »Aber das war alles so ein Durcheinander, und ich hätte nicht gewusst, wie ich mich ihm gegenüber hätte verhalten sollen. Wenn wir uns gesehen hätten.« Sie lächelte wieder, als wäre ihr die Sache nicht so wichtig. Dennoch fand er, dass sie enttäuscht aussah.

»Er kommt jedenfalls nicht. Und vergiss nicht, dass die Feier im Partyraum unserer Wohnungsgenossenschaft stattfindet. Im obersten Stockwerk des Gebäudes.«

»Habt ihr die Location gewechselt? Wollten wir nicht erst kurz vor zwölf hochgehen?«

»Das hatten wir erst vor, aber jetzt sind wir so viele, dass wir uns umentschieden haben.«

»Okay.« Sie nickte und sah ihn dann neugierig an. »Als was verkleidest du dich?«

»Als Don Corleone natürlich, den bestgekleideten Mafiaboss aller Zeiten. Und du?« Er rieb sich die Hände voller Vorfreude.

Victoria lächelte. »Ich werde als Scarface gehen.«

Sein Lächeln erstarb.

»Willst du die Kleidung sehen, die ich mir organisiert habe?« Sie suchte in ihrem Handy und zeigte ihm dann ein paar Kleidungsstücke, die auf Bügeln an einer Schranktür hingen. Hawaiihemd und Chinos. »Meine Schwägerin kann super schminken. Sie wird mir die Narben aufmalen.« Victoria wies mit der Hand auf ihr Gesicht.

Er machte ein angeekeltes Gesicht und hätte heulen können. Sollte sie sich wirklich mit narbigem Gesicht und in Hawaiihemd mit Daniel versöhnen? Nicht dass es Daniel gestört hätte. Er war so lächerlich verliebt in sie, dass sie sich als Rumpelwicht hätte verkleiden können. Aber es würde womöglich der wichtigste Abend ihres Lebens werden.

Er konnte es nicht darauf ankommen lassen. Also lächelte er einschmeichelnd. »Willst du nicht stattdessen als Michelle Pfeiffer gehen? Schwarzes, aufreizendes Kleid mit Spaghettiträgern und einem Zigarillo in der Hand? Ich kann mir kaum etwas Glamouröseres vorstellen. Du würdest darin großartig aussehen.«

»Du meinst die Frau von Scarface, Elvira Hancock. Gespielt von Michelle Pfeiffer.«

»Ja, ja, du Besserwisserin.« Carl-Adam rollte die Augen.

»Ich will nicht glamourös aussehen«, fuhr sie fort. »Ich will ein Gangster sein.«

Carl-Adam dachte an den Tag, an dem er sich ernsthaft in Jack verliebt hatte. Sie hatten einen Ausflug zur Inselgruppe Fjäderholmarna gemacht, und abends vor dem Spiegel hatte er festgestellt, dass er nach dem langen Tag in der Sonne verschwitzt und rot im Gesicht war. Er hatte nicht gerade attraktiv ausgesehen, aber glücklich. Das würde Victoria auch. Mit oder ohne Narbe im Gesicht.

Carl-Adam strich ihr über die Hand. »Du wirst ein ultracooler Scarface sein.«

Victoria strahlte. »Ich weiß.«

35

Daniel ließ seinen Blick durch den Partyraum schweifen. Der Raum war rund, und man hatte von den Fenstern Aussicht in jede Himmelsrichtung – vor ihm lag Södermalm, rechts das südliche Kungsholmen, links prangte das Rathaus mit seinen drei Kronen, und hinter ihm war das neue Wahrzeichen der Stadt zu sehen – Norra tornen, hell erleuchtet im Dunkeln.

Den ganzen Tag über hatten sie die Party vorbereitet, jetzt war alles fertig. Die kuppelförmige Decke des Raums war mit einem Netz aus Lampen geschmückt, die ein warmes Licht im Raum verbreiteten. In den Fenstern brannten Kerzen und Teelichte und warfen einen sanften Schein auf einen Fenstertisch, der für zwei Personen gedeckt war. Unten in Carl-Adams und Jacks Wohnung standen die Tiefkühlpizzen bereit. Einer der beiden würde sie hochbringen, sobald Victoria hier war. Der Wein stand auf dem Tisch.

Daniel musste nur noch darüber nachdenken, was er Victoria sagen wollte. Das war eindeutig der schwierigste Teil des Abends. Wie sollte er ihr erklären, dass er sich verändert hatte? Wie sollte er ihr begreiflich machen, dass er es ernst meinte und ein Teil ihres Lebens sein wollte? Dass er sich seiner Sache sicher und verlässlich genug war, um ihr eine Stütze zu sein?

Die Tür öffnete sich, und instinktiv trat er einen Schritt zur Seite und verbarg sich hinter einer Säule. Seine Nervosität wuchs. Es war Victoria, die sich gerade mit Carl-Adam unterhielt.

»Ich habe doch Musik aus eurer Wohnung gehört!«

»Ja, aber geplant ist, dass die Party hier oben beginnt.« Carl-Adam klang gestresst.

»Aber die anderen sind doch in eure Wohnung gegangen!« Herrgott, diese Frau war wirklich hartnäckig.

»Nur ein paar Leute«, behauptete Carl-Adam. »Die meisten sind hier oben, und die anderen kommen bald.«

Ihre Stimmen näherten sich, und er trat hinter der Säule hervor. Sie erstarrte in ihrer Bewegung, und ihm wurde ganz warm ums Herz, als er ihr Outfit sah – weite Hose, Hawaiihemd, Hut und eine große Narbe im Gesicht.

Scarface.

»Daniel?« Victoria sah ihn verwundert an.

»Al Capone, wenn ich bitten darf!« Daniel verbeugte sich, doch sie reagierte eher verhalten. Er räusperte sich und sah sie an. Dann trat er einen Schritt auf sie zu. »Ich hätte gerne die Chance, mit dir zu reden.«

Sie schüttelte zögernd den Kopf. »Ich weiß nicht, ich …«

»Bitte. Nur fünfzehn Minuten. Mehr verlange ich nicht.«

Sie sah aus, als wolle sie protestieren, wurde jedoch durch das Geräusch der sich öffnenden Tür daran gehindert. Jack tauchte auf, in jeder Hand ein Backblech. Der Duft nach frisch gebackenem Pizzateig, geschmolzenem Käse, heißer Tomatensauce und Pesto stieg ihnen in die Nase.

»Die Pizza, bitte sehr!«, meinte Jack grinsend. Er trug Hosenträger über einem Hemd mit hochgekrempelten Ärmeln und dazu eine Anzughose, jedoch kein Jackett.

Victoria blickte hin und her, während Jack die Pizzen auf zwei Teller schob.

»Darf ich dich zu etwas so Schlichtem wie Tiefkühlpizza

einladen?« Daniel ging in Richtung Tisch. Victoria blieb stehen, aber sah ihn an. »Und dazu ein Glas Ripasso?« Daniel winkte sie zu sich.

Ein kleines Lächeln spielte in ihren Mundwinkeln, bevor Ernst und Zögern wieder die Oberhand gewannen. Währenddessen bewegte sich Carl-Adam rückwärts in Richtung Tür, und Jack folgte seinem Beispiel. Vorsichtig schlichen sie sich hinaus. Victoria drehte sich um, als die Tür hinter ihnen zufiel. Es sah aus, als wolle sie ihnen hinterhergehen.

Daran musste er sie hindern. »Bleib!« Mehr brachte er nicht heraus und musste sich ein paar Sekunden sammeln. »Können wir nicht einfach Pizza essen und ein Glas Ripasso trinken? Und du hörst mir zu, nur eine Viertelstunde?« Er machte noch einen Schritt auf sie zu und reichte ihr die Hand.

Sie schwieg. Erst sah sie ihn an, wandte dann aber den Blick ab und schaute aus dem Fenster in den dunklen Himmel, erleuchtet von den Lichtern der Stadt. Als müsse sie wegsehen, um klar denken zu können. Dann drehte sie wieder den Kopf zu ihm. »Okay.«

Erleichtert atmete er auf und ging zum Tisch. Sie folgte ihm, und er schob ihr den Stuhl hin.

Im Kerzenschein konnte er sie besser erkennen. Narben verliefen vom Ohr hinunter bis zum Kinn. Ansonsten war sie komplett ungeschminkt. »Du bist das schönste Scarface, das ich je gesehen habe.«

Sie lächelte. »Danke. Du machst dich auch gut als Al Capone!«

»Danke!«

Sie setzten sich. Er servierte ihr den Wein, und sie schnitt sich ein Stück Pizza ab.

Er ließ sie erst eine Weile essen, er selbst brachte vor Nervosität nichts hinunter.

Eine Weile atmete er tief ein und aus, als wolle er Mut in sich einsaugen. Nach einer Minute war er bereit. »Zuerst möchte ich mich dafür entschuldigen, was ich beim letzten Mal gesagt habe. Nichts von dem hat gestimmt.«

Sie legte das Besteck nieder und wartete ein paar Sekunden. »Warum hast du es dann gesagt?«

»Ich habe mich selbst, aber auch dich angelogen.« Er verstummte. Nippte am Wein, schmeckte jedoch nichts. Er nahm erneut Anlauf. »Die Gefühle, die du in mir hervorgerufen hast, mochte ich nicht. Ich fand es nicht gut, so abhängig von dir zu sein. Und ich entschuldige mich dafür, wie ich mich auf der Gala verhalten habe. Mein Vater und ich hatten uns am Jahrestag gestritten, und danach habe ich zugemacht. Komplett zu.« Er sah sie ernst an. »Aber ich habe durch dich so viel gelernt. Erst durch dich habe ich begriffen, dass es etwas Gutes sein kann, von jemandem abhängig zu sein, jemandem etwas zu bedeuten.« Er beugte sich über den Tisch und sah ihr fest in die Augen. Ihre Augen waren dunkel, zweifelnd. »Ich …«, begann er, dann verstummte er. Was er sagen wollte, war wichtig. Er wollte, dass sie es verstand. Also atmete er tief ein und legte seine Hand auf ihre. Drückte sie sanft. Er fürchtete, sie würde sie wegziehen, doch sie ließ ihre Hand liegen. »Es ist mir noch nie so gut gegangen wie in der kurzen Zeit, in der ich zuließ, in dich verliebt zu sein. Du machst mich glücklich. Und ich kann mir ein Leben ohne dich nicht vorstellen. Hätte ich dich nicht getroffen, wäre ich noch immer fest davon überzeugt, am besten alleine klarzukommen, aber jetzt …« Er unterbrach sich. »Jetzt begreife ich, dass ich ohne dich nicht klarkomme.«

Sie schwieg noch immer, als müsse sie die Worte auf sich wirken lassen. »Aber ich werde bald ein Kind haben«, sagte sie dann.

»Und ich sage dasselbe wie an dem Abend bei dir: Ich werde niemals zwischen dir und deinem Kind stehen. Ich unterstütze dich zu hundert Prozent. Ich möchte für dich da sein. Dir helfen. So viel, wie du mich lässt.«

Sie schwieg weiter, und er wartete. Dann legte sie das Besteck zur Seite und drehte gedankenverloren ihr Glas zwischen den Fingern. »Ich würde wirklich gerne glauben, was du da sagst.«

»Es ist wahr«, beeilte er sich zu sagen. Er wollte sie so gerne davon überzeugen und sie dazu bringen, alles zu glauben.

»Unabhängig davon, ob es wahr ist oder nicht, wird es nicht funktionieren.«

Das Herz rutschte ihm in die Hose. Doch noch war er nicht bereit aufzugeben. »Wie meinst du das?«

»Ich habe erfahren, dass ich ein Adoptivkind bekomme. Vorher brauche ich noch ein paar Unterlagen, den Gerichtsbeschluss aus Südafrika und …« Sie verstummte, aber er sah das glückliche Blitzen in ihren Augen.

»Moment.« Er lächelte sie an. »Du meinst, du hast einen positiven Bescheid erhalten?«

Sie nickte. Dann lächelte sie.

Er drückte ihre Hand. »Gratuliere!« Sein Gesicht strahlte. »Ich freue mich so für dich!«

»Ich hoffe, dass ich sie schon im Frühling holen kann!«

»Es ist also ein Mädchen?«

Sie nickte und strahlte noch mehr. »Sie heißt Hope.«

»Hope.« Er atmete tief ein.

»Möchtest du ein Foto sehen?«

»Gerne.«

Sie zog ihre Hand zurück und nahm die Handtasche vom Fußboden. Zog das Handy hervor, suchte darin und hielt ihm dann das Display hin, auf dem ein kleines Mädchen mit strahlendem Lächeln seine kleinen weißen Zähnchen zeigte und mit glitzernden, dunklen Augen in die Kamera sah. Etwas an diesen Augen erinnerte ihn an Victorias.

»Sie ist bezaubernd.«

»Ist sie nicht das süßeste Mädchen, das man je gesehen hat?« Victoria nahm ihr Handy zurück und betrachtete glücklich das Foto. Er fragte sich, wie oft sie es sich wohl schon angesehen hatte. Unzählige Male vermutlich.

»Ganz klar«, stimmte er ihr zu. »Konkurrenzlos.«

Sie legte das Handy auf den Tisch, ihr Blick wurde wieder ernst. »Jetzt, wo die Adoption so greifbar ist, wird es schwierig, das mit uns auszuprobieren.«

Er holte tief Luft. »Ich würde alles für dich tun. Für euch. Das meine ich ernst.«

Sie seufzte und schüttelte dann den Kopf. »Schon rein formell würde es nicht gehen.«

»Formell?«

»Ich adoptiere ja als Alleinstehende. Mich haben sie überprüft, und deshalb kann ich für eine Weile keinen Freund haben.« Sie sah ihn bedauernd an. »Wir könnten zum Beispiel nicht zusammenwohnen. Würde ich mit einem Mann zusammenziehen, würde das meine Chancen senken, dieses Kind zu bekommen.«

»Dann lass mich als ein guter Freund für dich da sein. Lass mich für dich da sein, wie du es brauchst. Dann kann ich warten, bis du mit mir zusammenleben kannst, wenn du es dann noch willst. Ich möchte mit niemand anderem zusammen sein.« Er sah sie lange an. »Ich will nur dich. Und ich will für dich da sein. Ich will ein Teil deines Lebens sein.«

Victoria biss ein Stück von der Tiefkühlpizza ab und kaute langsam, während sie Daniel betrachtete.

Als er sie vor Weihnachten kontaktiert hatte, war sie sich ihrer Sache sicher gewesen. Trotzdem hatte sie seitdem die ganze Zeit an ihn gedacht. Jede Sekunde. Und sie glaubte ihm, was er sagte. Sie glaubte, dass er es ernst meinte. Aber hatte sie die Möglichkeit, ihn in ihr Leben zu lassen? Ein Kleinkind zu adoptieren war keine leichte Aufgabe, das hatte sie in den Elternkursen der Adoptionsvermittlung gelernt. Vielleicht gab es zurzeit nur Platz für eine Person in ihrem Leben? Die wichtigste Person.

Doch Hope würde noch nicht morgen kommen und auch nicht nächste Woche. Oder nächsten Monat. Das Gerichtsverfahren würde sich noch hinziehen, und die Adoptionsvermittlung hatte ihr mitgeteilt, dass es bis zu einem halben Jahr dauern konnte. Während dieser Zeit konnten sie vielleicht eine Beziehung aufbauen?

»Ich möchte für den Rest meines Lebens mit dir Tiefkühlpizza essen und Ripasso trinken.« Daniel lächelte hoffnungsvoll.

Vorsichtig lächelte sie zurück. Was, wenn er seine Meinung änderte, nachdem sie Mutter geworden war? Würde sie damit klarkommen? Vielleicht änderte er sie schon nächste Woche? Andererseits hatte sie noch nie jemanden getroffen, der so zielgerichtet und entschlossen war wie Daniel. Sie wusste noch, wie sie selbst gezweifelt hatte, bevor sie sich klargemacht hatte, dass sie in ihn verliebt war. Vielleicht war es nicht weiter verwunderlich, dass auch er seine Zweifel gehabt hatte. Öffnete man sich so, wie er es gerade tat, wenn man es nicht ernst meinte? Vielleicht hatte ihn das verändert, was er in der letzten Zeit durchgemacht hatte.

Allein der Gedanke, mit ihm ihr Leben zu verbringen, machte sie viel glücklicher.

Dann schüttelte sie den Kopf. »Das will ich nicht.«

Daniels Lächeln erstarb. Er schluckte, holte tief Luft, um etwas zu erwidern, doch sie kam ihm zuvor. »Ich will nicht nur Tiefkühlpizza essen. Können wir es nicht ab und zu mit Nudeln versuchen?« Sie zog einen Mundwinkel hoch.

Er sah sie verwundert an. »Du meinst also …«

Sie nickte, streckte die Hand aus und legte sie auf seine.

»Lass es uns versuchen.«

Sein Gesichtsausdruck war erstaunt, als glaubte er, sich verhört zu haben. Dann stand er auf und zog sie an der Hand hoch, sodass sie zum Stehen kam. Er stellte sich dicht vor sie. »Das meinst du ernst?«

Sie nickte. Seine Nähe und Wärme raubten ihr den Atem. Zwar hatte sie in der letzten Zeit ständig an ihn gedacht, doch dabei hatte sie merkwürdigerweise vergessen, was seine Nähe mit ihr anstellte. Wie seine Berührung sie zum Erschauern brachte. Wie ihr Puls anfing zu rasen, wenn sie seinen Duft roch – einen Duft nach Kiefern und etwas Rauchigem.

Der Kuss, der nun folgte, rückte alles in ihr wieder zurecht. Ihr wurde klar, wie sehr sie sich nach ihm gesehnt hatte in den Wochen, in denen sie voneinander getrennt gewesen waren. Zusammen mit ihm empfand sie Ruhe und freudige Erwartung zugleich.

Als sie voneinander abließen, nahm er wieder ihre Hand. »Wollen wir zu Ende essen?«

Sie aßen die Pizza und tranken Rotwein. Er erzählte ausführlich von dem neuen Projekt, das er zusammen mit seinem Vater plante. Sie war ungeheuer erleichtert, dass sich alles zum Besten gewendet hatte. Und sie bewunderte ihn. Die Welt brauchte Menschen wie Daniel, die alles daransetzten, anderen zu helfen. Sie war sicher, dass er große Taten vollbringen würde.

Dann brachten sie einander auf den aktuellen Stand, was

sonst in den letzten Wochen passiert war, und sprachen ununterbrochen, während sie Wein tranken.

Nach einer Weile verstummte er und sah sie nachdenklich an.

Sie stellte ihr Weinglas ab und sah ihn fragend an. »Woran denkst du?«

»Ich habe über etwas nachgedacht. Was war der wahre Grund dafür, dass du gezögert hast, die Informationen über Rekrea herauszugeben? Ich vermute, es lag nicht nur daran, dass du vernünftige Beweise haben wolltest?«

Sie kniff die Augen zusammen. »Eigentlich schäme ich mich dafür, aber ...« Dann schüttelte sie den Kopf. »Ich wusste, dass etwas mit Rekrea nicht stimmte, das habe ich schon geahnt, als ich noch mit Karl verheiratet war. Und ich ... ich wollte mich an ihm rächen.« Sie sah ihn an und fürchtete, er würde sie kindisch und impulsiv finden oder womöglich glauben, sie sei noch nicht über Karl hinweg.

Doch er nickte nur, dann lächelte er. »Und jetzt hast du deine Rache bekommen.«

Sie nickte und blinzelte ihn an. »Du hast ihn beim Anwaltsverein gemeldet, richtig?«

»Irgendwie wollte ich mich auch an ihm rächen.« Er lächelte und blickte durch die gewölbten Fenster nach draußen. Dann sah er sie an. »Wie ist es mit dem Haus gelaufen?«

Sie lachte auf und nahm sich ein Stück von der kalten Pizza. »Mein Vater hat sich unerwartet gemeldet und mir mitgeteilt, dass er das Testament gefunden hat. Also ist jetzt alles klar. Das Haus gehört mir.«

»Das ist schön zu hören.«

Fröhliche Stimmen und Schritte auf der Steintreppe unterbrachen ihr Gespräch. Die Türen wurden aufgeschlagen, und die Partygäste strömten herein. Menschen mit Hosenträgern,

Nadelstreifenanzügen und Hüten, Seidenkleidern und glitzerndem Schmuck.

Carl-Adam löste sich aus der Masse und eilte zu ihnen. »Entschuldigt bitte, aber alle wollten unbedingt hier hochkommen. Bald ist es zwölf, und …«

»Kein Problem«, unterbrach ihn Victoria. »Wir sind fertig.« Sie zwinkerte ihm zu.

»Ihr habt euch also versöhnt?«

Sie sah Daniel an, streckte die Hand aus und umfasste seine. Dann lächelte sie Carl-Adam an. »Wir haben uns versöhnt.«

»Ich freue mich so!« Carl-Adam umarmte sie und zog dann beide mit sich hinaus auf die Dachterrasse, von der aus man auf den Kungsholmstorg blickte.

Jack servierte Champagner aus einer riesigen Flasche. Weiter weg schossen Feuerwerkskörper wie glitzernde Blumensträuße in den schwarzen Himmel. Die Kälte schnitt in Victorias Wangen. Die Luft roch nach Feuerwerk und dem Parfüm der Partygäste.

Carl-Adam zählte die letzten Sekunden herunter. Mit Jacks Hand in seiner. Die anderen stimmten mit ein, und bei null jubelten und grölten alle, und Champagnerkorken flogen in die Luft. Daniel zog sie an sich, ganz fest, und sah ihr tief in die Augen. »Frohes Neues Jahr!«

»Frohes Neues Jahr!« Sie küsste ihn, während um sie herum das Feuerwerk glitzerte und funkelte.

Sie war ein Mafiaboss. Aber einer, der seine Karten richtig gespielt hatte. Sie hatte hoch hinausgewollt, hatte Aufstieg und Fall erlebt. Dennoch stand sie jetzt hier und hatte alles, was sie wollte.

Macht, Intrigen, Leidenschaft

Helene Holmström
WORKING LATE
Aus dem Schwedischen
von Corinna Roßbach
464 Seiten
ISBN 978-3-7363-1429-0

Charlotta Kvist gehört zu den besten Anwältinnen bei Svärdh & Partner. Ihr größter Wunsch ist es, endlich Partnerin der Anwaltskanzlei zu werden. Und als eins der schwedischen Top-Unternehmen nach einem Unfall in einer Produktionsstätte angeklagt wird, ist das Charlottas Chance, ihrem Ziel ein großes Stück näher zu kommen. Sie vertritt die Seite der Kläger, hat aber nicht mit der Anziehungskraft zwischen ihr und Ignacio Vargas, dem CEO der Gegenseite, gerechnet. Charlotta weiß, dass sie alles verlieren könnte, und lässt sich für ihren Traum dennoch auf ein riskantes Spiel ein …

»Ich liebe dieses Buch!« SIMONA AHRNSTEDT

LYX

Lügen, Liebe, zweite Chance

Helene Holmström
AFTER HOURS
Aus dem Schwedischen
von Corinna Roßbach
ISBN 978-3-7363-1497-9

Als Unternehmerin Parisa Tagavi herausfindet, dass ihr Verlobter das Geld ihrer gemeinsamen Firma veruntreut und sich dann aus dem Staub gemacht hat, gleicht ihr Leben einem Scherbenhaufen. Sie wendet sich an den einzigen Menschen, dem sie noch vertrauen kann. Ihr Ex-Freund Johannes Lund ist inzwischen ein angesehener Anwalt bei Swärdh & Partner in Stockholm – und ihre letzte Rettung. Wäre da nicht das heiße Knistern zwischen ihnen, das plötzlich so feurig ist wie nie zuvor …

»Drama, Leidenschaft und moderne Großstadtromantik. Ich liebe dieses Buch« SIMONA AHRNSTEDT über WORKING LATE

LYX

Weil sich in jedem Herzen etwas Gutes verbirgt

April Dawson
DARE TO TRUST

432 Seiten
ISBN 978-3-7363-1435-1

Als der Geschäftsmann Hayden Millard seiner ehemaligen Mitschülerin Tori Lancaster gegenübersteht, gerät seine Welt ins Wanken. Schließlich war sie es, die ihm das Leben in der Highschool zur Hölle gemacht hat – auch wenn sie ihn scheinbar nicht wiedererkennt! Als Hayden herausfindet, dass Tori einen Job braucht, bietet er ihr eine Stelle als Assistentin bei seinem Plattenlabel an - um es ihr endlich heimzuzahlen! Doch Hayden merkt schon bald, dass sein Herz ganz andere Pläne hat …

» Diese wundervolle Geschichte zeigt, dass du jederzeit zu dem Menschen werden kannst, der du sein willst.« NADJABOOKDATING

LYX

Sein Unternehmen ist seine Welt – bis ein Kuss alles verändert …

Avery Flynn
HEARTBREAKER
Aus dem amerikanischen
Englisch von
Stephanie Pannen
352 Seiten
ISBN 978-3-7363-1098-8

Sawyer Carlyle regiert sein Unternehmen mit eiserner Hand. Ein Privatleben kennt er nicht, und für die Liebe hat er keine Zeit. Umso mehr nervt es ihn, dass seine Familie alles daransetzt, ihn zu verkuppeln und ihm eine potenzielle Freundin nach der anderen präsentiert. Um dem einen Riegel vorzuschieben, engagiert der CEO Clover Lee. Die junge Frau soll seine Verlobte spielen und ihm die heiratswilligen Damen – und seine Familie – vom Hals halten. Doch dann stellt ein Kuss Sawyers Welt auf den Kopf, und aus dem Spiel wird schnell etwas ganz anderes …

»Von der ersten Seite an ein echter Hit.« BOOKS I LOVE A LATTE

LYX

Wenn der Mann, den du am Abend zuvor geküsst hast, plötzlich dein neuer Chef ist ...

Simona Ahrnstedt
AFTER WORK
Aus dem Schwedischen
von Antje
Rieck-Blankenburg
528 Seiten
ISBN 978-3-7363-0559-5

Als Lexia Vikander erfährt, dass ihre Stockholmer Marketingagentur von einem großen Konzern aufgekauft wurde, gibt es für sie nur eine Lösung: Alkohol. Und zwar viel davon. In einer Bar lernt sie den aufregenden Adam Nylund kennen, der ihr nicht nur einen Drink nach dem nächsten spendiert, sondern ihr am Ende des Abends auch noch den heißesten Kuss gibt, den sie je zuvor bekommen hat. Lexia schwebt auf Wolke 7 – bis sie am nächsten Morgen zur Arbeit kommt und herausfindet, wer ihr neuer Chef ist ...

»Lesen! Lesen! Lesen!« COSMOPOLITAN

LYX

Die Community für alle, die Bücher lieben

In der Lesejury kannst du

- ★ Bücher lesen und rezensieren, die noch nicht erschienen sind
- ★ Gemeinsam mit anderen buchbegeisterten Menschen in Leserunden diskutieren
- ★ Autoren persönlich kennenlernen
- ★ An exklusiven Gewinnspielen und Aktionen teilnehmen
- ★ Bonuspunkte sammeln und diese gegen tolle Prämien eintauschen

Jetzt kostenlos registrieren: www.lesejury.de

Folge uns auf Instagram & Facebook:
www.instagram.com/lesejury
www.facebook.com/lesejury